20世纪美国重要诗人及其经典诗歌研究

董务刚◎著

吉林大学出版社

图书在版编目(CIP)数据

20世纪美国重要诗人及其经典诗歌研究 / 董务刚著
.—长春：吉林大学出版社，2019.3
ISBN 978-7-5692-4476-2

Ⅰ.①2… Ⅱ.①董… Ⅲ.①诗歌研究-美国-20世纪 Ⅳ.①I712.072

中国版本图书馆CIP数据核字(2019)第053810号

书　　名　20世纪美国重要诗人及其经典诗歌研究
　　　　　20SHIJI MEIGUO ZHONGYAO SHIREN JIQI JINGDIAN SHIGE YANJIU
作　　者　董务刚　著
策划编辑　许海生
责任编辑　卢　婵
责任校对　许海生
装帧设计　博克思文化
出版发行　吉林大学出版社
社　　址　长春市人民大街4059号
邮政编码　130021
发行电话　0431-89580028/29/21
网　　址　http://www.jlup.com.cn
电子邮箱　jdcbs@jlu.edu.cn
印　　刷　三河市华东印刷有限公司
开　　本　710mm×1000mm　1/16
印　　张　14.5
字　　数　280千字
版　　次　2019年3月第1版
印　　次　2019年3月第1次
书　　号　ISBN 978-7-5692-4476-2
定　　价　48.00元

前　言

随着19世纪末20世纪初的西方科学技术的发展，西方的经济也获得了前所未有的大发展，人民的物质生活水平较以前有了巨大的，甚至可以说跳跃性的改善和提高。但物质生活的优裕并没有给人们带来健康、积极的心态以及精神、情感上的高尚、愉悦。相反，人们感到生活的压力在增大，人与人、人与社会、人与自然、人与自我之间的矛盾变得越来越难以协调、越来越尖锐化。人性在资本主义社会中普遍地被异化了，人变得孤独、失望、空虚，对人类社会的一切，对未来的人生感到迷茫。就在这样的社会背景之下，现代主义产生了。现代主义发轫于19世纪90年代的德国，后来扩展到整个西方资本主义社会，最后终结于20世纪40年代。人们普遍认为，现代主义就是19世纪西方工业主义和科学技术的发展给社会带来的巨大变化所产生的一种文化思潮。现代主义在思想意识方面突出地表现在对传统的反叛上。在涉及人与社会、人与外部世界的关系上，现代主义作家努力揭示出现代社会中人的异化现象，表现人与社会环境的不协调、社会的异己性和陌生性。人在现代社会中，成了在精神上没有信仰、支柱，在心理上没有什么依靠，在理想方面空虚、迷惘、失落的个体。总之，人被各种环境所包围，被各种社会力量所作用，但在精神及心理上却与环境、社会机构等相疏离、隔膜。

现代主义是现代西方许多文学流派的一个总称，它包括象征主义、印象主义、后印象主义、未来主义、结构主义、意象主义、漩涡派、表现主义、意识流、达达主义、超现实主义等。在现代主义文学的发展过程中，欧洲于1914年爆发了第一次世界大战，美国后来也参战了，战争持续了四年。一战后，在欧美，很多青年人对战后西方资本主义社会的现实感到失望、不满、困惑，他们对一战给自己的民族、国家所造成的巨大破坏感到痛心，对一战给很多人的精神心理所带来的打击、震动感到遗憾。可以说，一战带来的这些后果在很大程度上促推了现代主义作家对社会、人生的悲观意识和没落情绪。也就是说，本来在现代主义作家及其作品中就存在着对社会、人生、未来的各种不满情绪、失望和迷茫的情感由于一战的发生而变得强烈起来。很多作家在自己的作品中对社会上普遍存在的这些心理状态，对一战给社会的制度、风气、人们的精神状态，以及民族的文化所造成的严重恶果进行了描述、揭示，在描述、揭示的过程中，很多作家不无带着一种悲观、哀伤、遗憾的笔调，但不少作家在沉痛的反思、深沉的追悔、深刻的反映之后，能擦干眼角的泪水，在荒芜寂寥的文学坟墓上满怀无限的深情，插上一束绚烂芬芳的鲜花，以期给人们带来希望、憧憬，希冀旧事物的死亡能唤醒、催发新事物的诞生。

这些作家中最为杰出的当为埃兹拉·庞德、托马斯·斯特尔那斯·艾略特。他们对战后西方资本主义社会所普遍存在的失望、迷惘、愤懑、消沉的思想情绪，对战后资本主义社会传统价值观的破碎、商业价值观的盛行在作品中都有十分详细、真切、生动的描写。正如庞德所钦佩的亨利·詹姆斯（Henry James，1843—1916）写了“一本又一本反对压迫、反对现代生活中一切卑鄙肮脏和摧毁个性的压迫的作品”[1]一样，庞德和艾略特都创作了大量的诗歌，对现代社会的弊病，对物质主义、拜金主义的泛滥，对社会体制给人的精神心理、人格个性所造成的巨大压力进行了揭露、嘲讽。在艺术风格的表现上，庞德和艾略特都依其对西方古典文学，尤其是中世纪文学、希腊罗马文学的精熟而倾向于回到古代的文学典籍中，对一些典故加以创造性的使用，并以此来说明或影射现代生活中种种社会现象。因此，他们的作品中充满了古典文学的典故，他们的作品既是对西方传统文化的一种继承，又是对传统文化的一种发展。就庞德而言，他不仅仅从西方传统文化中吸取丰富的营养，而且还将自己的审美视界投向太平洋彼岸——有着几千年文明发展史的中国文化，通过翻译介绍，学习钻研中国古典文学，希图从中吸取文化滋养，以校正、振兴美国的民族主义文学。从艾略特、庞德等人的不懈努力中，我们可以看出，当一个民族的文化面临着危机的时刻，一些有志于社会改革、文化复兴和繁荣的知识分子对本民族文化所自觉担负的重大责任，对本民族文化的发展前景怀有的强烈的忧患意识。

现代主义是以与过去、传统决裂的方式而突显于文学创作领域的。现代主义作家主张表现论，反对并一律摒弃再现论。他们在作品中大肆张扬人的个性，注重人物的自我表现。他们极其看重艺术直觉，把内心的想像置于艺术创作很高的位置上。庞德创建了意象主义创作流派，将意象定义为外界客观物在人的智力和情感上所产生的瞬间性的反应，这是一个富有活力的、各种思想交融在一起所形成的中心（即：Pound defined an image as an intellectual and emotional complex in an instant of time, as a vortex or cluster of fused ideas endowed with energy[2]）。诗人的任务是将这一意象和它所产生的反应逼真地描述出来，它必须是一个具体的、确定的、实实在在的画面，这画面在外表轮廓上必须是粗糙简单、不精细的，这就是说，诗人不必用烦琐细致的语言去描述它们，诗的语言必须是简单、直接、精确、短小、精炼、明晰的，诗中所使用的每个词语都必须是非常必要的，诗中应无一词为多余、无关紧要的。意象主义诗歌采用的是自由诗的诗体，不使用传统格律诗的诗歌形式。庞德所创立的意象主义诗歌的这些创作原则是对浪漫主义诗歌创作方法，对注重说教、堆砌非诗素材、使用传统的抑扬格五音步的维多利亚诗歌创作方法的一种强烈的反叛，意象主义在西方现代主义文学运动中应当说强有力地推动了文学形式的变革和创新，推动了文学风格、文学主题向新颖性、时代性的方向发展。

本书除对庞德、艾略特及他们的经典诗歌作详细的研究外，还探讨了罗伯特·弗罗斯特的诗。弗罗斯特从事创作的岁月虽有一部分属于现代主义文学运动发展的时期，有些文学史中也将弗罗斯特列为美国现代主义诗人，但弗罗斯特的诗与庞德、艾略特等现代主义诗人的诗歌相比，无论从主题思想，还是从艺术特征上都与他们的诗有着很大的距离。弗罗斯特一生有大部分时光都居住在新英格兰的农场，他的诗也大都与农场周围的自然环境，与农场里的农民、农业劳动有着密切的关系。这一点与庞德、艾略特的诗就有着很大的不同，庞德、艾略特大都将艺术的眼光集中于都市，尤其是伦敦，描写都市里的社会风尚、文化氛围，再现都市里各种人物的精神状态、心理情感等。另外，弗罗斯特的大部分诗歌都采用传统的格律诗的艺术形式，他特别注重韵的使用，认为写诗不押韵如同打网球不设网架，当然他在使用格律时，不是直接照搬硬套传统的形式，他能在继承、借鉴、吸取传统格律的基础上有所创新，有所发展。弗罗斯特偶或也会写一些非传统形式的诗歌，如现当代格律诗，或半自由半格律诗类，这应当是可以理解的，因为他毕竟生活、创作于现代主义文学的发展时期。但这一类诗在其一生所创作的所有诗歌中是占少数的。再者，弗罗斯特的诗大都用词简单、普通，他很少使用那些多音节词，诗的语言口语性较强。拉丁语词汇或来源于罗曼语的词汇在他的诗中是极其少见的，这同庞德、艾略特在诗中大量用典、庞德在诗中会使用很多种外语词汇是大不相同的。弗罗斯特也为美国民族主义文学的发展作出了贡献，尽管在现代主义文学发展时期，他未能适应、或很好地适应现代主义文学的发展潮流，跟随潮流的推进去改革创新艺术形式，但他以自己独特的创新方式，以自己独有的艺术魅力赢得了亿万读者对他的赞许，赢得了美国政府、美国文化界及民间对他一致的认可和欢迎。

总之，一些现代主义诗人如庞德和艾略特在艺术形式上进行了大幅度的创新，在诗歌的语言形式、叙事方法、结构安排等方面都进行了多角度、多层次、多方面的实验性改革。在现代主义诗歌中，一些传统的句法结构、叙事语言的连贯性、节奏格律等都遭到了消解。现代主义对艺术和社会话语中早已为人们所接受的传统规范的破坏打破了读者墨守成规的思维方式，为英美诗歌园地吹进了一股清新的风，在很大程度上促进了英美民族主义文学的发展。弗罗斯特，应该说也进行了较大幅度的创新，但他的创新与庞德和艾略特等人截然不同，他是在继承英国文学传统的基础上进行的创新，他的创新给人的感觉是温和的、甜美的，不是庞德、艾略特等人那种大地震、大震荡式的创新。

本书还研究了20世纪另一名重要诗人，加里·斯奈德，这是一名主要生活和创作于后现代主义时期的美国诗人，他的很多作品都是发表和出版于1959年之后，有些面世于21世纪初。后现代主义作为一种文学思潮发生于第二次世界大战以后。那时，整个西方的科学技术以惊人的速度发展着，但人类其实面临着很多威胁和很大的危险，如纳粹的极权主义思想、大规模的人种灭绝、原子弹摧毁全世界的恐怖、工业文明的高速发展给自然环境、生态文明带来的巨大破坏，还有人口过剩等等，这些威胁和危险所产生的严重后果使第一次世界大战给西方传统的伦理道德观、文化价值思想所造成的灾难性影响大大加剧了。现代主义对传统进行了反叛，后现代主义不仅仅继续了这样的反叛，更重要的是它对现代主义的各个方面又进行了全方位的批判性反思，对现代文化哲学和精神价值取向进行了批判性解构，这是因为现代主义的形式在其多年的发展过程中也变得越来越陈旧、不合时宜。为此，后现代主义对现代主义的表达方式、思维方式等进行了大幅度的颠覆和反叛。从一些诗歌的创作主题、创作形式等方面，我们能看到这种颠覆和反叛性的表现。本书研究的加里·斯奈德是个十分关注生态文明、自然环境保护的诗人，他的绝大部分诗歌主题都与此有着密切的关系。他之所以将诗歌的主题定位于这个方面，一方面与其出生、生活和受教育的背景有关，另一方面，我认为应与上文所说的第二次世界大战爆发以后，人类所面临的巨大威胁和危险有着很大的关系。斯奈德出生和生活于美国的西雅图北部的一个农场，26岁时，他前往日本，在日本学习佛教和东方文化长达13年的时间，他的诗很多从中国古代的山水诗、自然诗中汲取营养，以此来警示美国的读者提防工业文明对自然环境的破坏，号召人们保护自然，走进自然，从自然的怀抱中获取温暖。读他的诗，人们会加强环保意识，加深对自然和人类的爱，增强对战争、屠杀人类行径的仇恨。斯奈德诗歌的题材大多取自于自然，其主题思想大多为自然与文化的关系、自然所独具的美质、人与自然的关系，题材、主题思想与现代主义诗人庞德和艾略特的都市题材、以表现资本主义没落时期人的失望迷惘和压抑紧张、暴露现代文明种种弊端的现代主义诗歌有着很大的区别，这实际上可看作后现代主义诗人对现代主义在题材和内容方面的一种解构。斯奈德在艺术形式上吸取了中国古典诗词的一些特点，尤其是古典诗词在语言表达、句法结构上的一些特点，被斯奈德创造性地引进英语诗歌中，这使斯奈德的诗在艺术风格上呈现出别具一格的风采，这风采，从传统的英语诗歌语言的句法、词法视野来看，应属后现代主义在诗歌创作中所展现出的一道独特、亮丽的风景线，也是后现代主义对诗歌传统的艺术风格的一大解构。

20世纪美国文学的阆苑中还有一处百花齐放、万紫千红的园圃，那就是美国黑人文学。美国黑人文学的芬芳园地中盛开着美国黑人诗歌的鲜花。20世纪20年代由美国黑人所发起的哈莱姆文艺复兴将美国的文艺创作推向了高潮。在这场运动中，美国黑人诗人兰斯顿·休士，同其他的黑人作家一道，在哈莱姆成立了一个团体，作为该团体的代言人，休士以一篇著名的文章《黑人艺术家与种族山》(*The Negro Artist and the Racial Mountain*)的发表，宣示了与传统文学的决裂，由此，掀起了黑人文学创作的新潮流。休士创作了大量的诗歌，诗歌中有对辽阔壮丽的美国河山的无比自豪、有对自己作为一个美国人为国家的建设与发展所作出的贡献而怀有的喜悦、骄傲，更有对自己作为一个黑人在美国社会里长期遭受种族歧视、种族隔离、种族压迫所心怀的愤恨和哀痛。他的诗既有一种凄楚的情调，又会洋溢着一种坚强不屈、同各种险恶环境作勇敢斗争的精神。他的诗能显示出黑人在美国社会里所经历的苦难、所体验到的各种痛苦，同时他的诗也明显地流露出黑人在种族不平等的环境里所力图保持的人格尊严、在人生道路上砥砺前行的高尚情操。

书中论及了20世纪美国文学史上五位重要的诗人及其经典诗歌，所选的诗人及诗作不多，但基本上能涵盖20世纪美国文学史上一些重要的文学思潮及每一个思潮中具有代表性的诗人及其重要的作品。在研究中，以诗人的诗作为主，论述诗歌的方方面面，有些涉及诗人的生平、创作思想、生活背景部分再结合诗歌的内容展开论述。对于诗人的研究，不另辟专节或专门的部分论述，而是将诗人的生平资料、重要的创作经历、创作观点有机地融进对所选的经典诗歌的论述、分析中，以加强研究的科学性、合理性、逻辑性。本书的研究以马克思的辩证唯物主义和历史唯物主义为指导，对每一位诗人及其诗歌的研究均结合诗人的生活、创作的社会历史背景，诗歌诞生时的文化背景、时代特点来进行，以使研究不空泛、不虚幻，始终建立在扎实的史料印证、科学的逻辑分析、细致的论证阐述的基础上。

全书共五章，每章所含的节数不等。除第二章第三节外，其余各章各节均从“大意解读”“主题思想讨论”“艺术特征分析”“结语”四个方面来展开论述。“结语”部分一般涉及三个方面的问题，一是该诗所属的文艺思潮，它具有该思潮什么样的特点。二是通过该诗，论述诗人为美国民族主义文学作出了什么样的贡献；三是诗人通过该诗为美国梦的构筑和最终实现作出了什么样的贡献。“结语”触及的第一方面的问题，一般人都易理解，触及的第二、第三方面的问题也应认识到其必要性。美国，同欧洲很多国家及中国相比，其历史较短，美洲大陆一开始的人口由土著居民印第安人和欧洲移民组成，因此美国从一建国就面临着创立、发展美国民族主义文学的问题，而民族主义文学不是一句不具任何实际内容的空谈，它就实实在在地体现在作家、知识分子们辛勤的精神劳动当中，对于诗人来说，就体现在所创作的每一首诗歌当中，因此从诗人所创作的一首首诗歌中，去看美国民族主义文学的发展，这是十分实际，也是非常重要的事情。美国梦是美国的祖祖辈辈、多少代人披荆斩棘、艰苦奋斗、热烈追求的国富民强、自由民主之花遍地开放的美好梦想，诗是最能反映诗人及广大民众对幸福的人生、理想的社会、光明的未来的美好憧憬的。因此，从诗人所创作的一首首诗中去追索、探寻诗人对美国梦的构筑所作出的贡献，这也是十分必要的。本书第二章第三节研究的是一首译诗，之所以选择这首译诗来研究，一方面是因为诗人庞德不仅仅是一位著名的诗人，而且还是一名优秀的翻译家，对于我们中国的读者和研究者来说，他还应是一位极其重要的翻译家，因为庞德对中国古典文学、中国古代的哲学思想非常感兴趣也颇有研究，他翻译了不少的中国古代文化典籍和唐诗宋词；另一方面翻译研究、翻译文学也是文学研究、文学或比较文学的一部分，故本书特辟专节对庞德的一首译诗进行详细的论述。在该节的“结语”部分，也仿照其余各节“结语”中论及的三个方面的问题来展开分析、论证。

相信通过本书的研究，读者能对 20 世纪美国的一些重要诗人和他们的经典诗作，对 20 世纪美国文学史上所经历的一些重要的文学思潮能有一个清晰的、细致的了解。本书适合高等院校中美国文学的学习者和研究者、美国文学的爱好者，尤其是那些对 20 世纪美国诗歌怀有浓厚兴趣的人研究和使用。本书对提高他们的文学鉴赏力、诗歌评论水平会大有裨益和帮助。

注释

[1] 萨克文·伯科维奇．马睿，陈贻彦，刘莉，译．剑桥美国文学史 第五卷［M］．北京：中央编译出版社，2009：127

[2] 吴定柏．美国文学大纲［M］．上海：上海外语教育出版社，1998：102

目　录

第一章　罗伯特·弗罗斯特和他的经典诗歌

第一节　论罗伯特·弗罗斯特和他的《没有走的路》

Robert Frost

The Road Not Taken

Two roads diverged in a yellow wood,
And sorry I could not travel both
And be one traveler, long I stood
And looked down one as far as I could
To where it bent in the undergrowth;

Then took the other, as just as fair,
And having perhaps the better claim,
Because it was grassy and wanted wear;
Though as for that, the passing there
Had worn them really about the same,

And both that morning equally lay
In leaves no step had trodden black.
Oh, I kept the first for another day!
Yet knowing how way leads on to way,
I doubted if I should ever come back.

I shall be telling this with a sigh
Somewhere ages and ages hence:
Two roads diverged in a wood, and I—
I took the one less traveled by,
And that has made all the difference.

当罗伯特·弗罗斯特于 1874 年出生之时，美国文学在浪漫主义文学运动刚刚降下它那鲜艳灿烂的帷幕之际，开始进入现实主义文学的发展时期。美国现实主义诗歌经过保尔· 劳伦斯·邓巴 (Paul Laurence Dunbar, 1872—1906)、乔·希尔（Joe Hill, 1880—1915)、锡德尼·拉涅尔 (Sidney Lanier, 1842—1881)、艾德温·马卡姆（Edwin Markham, 1852—1940）和威廉·伏恩·摩迪（William Vaughn Moody，1869—1910）等人的悉心耕植，在其艺术园圃里诞生了一大批注重反映社会现实、艺术性和思想性都非常精湛高超的诗歌。这些诗歌虽然在艺术形式上与美国浪漫主义时期不少诗人的作品有很多相似之处，也可以说继承了美国浪漫主义诗歌不少的艺术特点，但在艺术内容上因其对现实社会的讽刺、抗争和批判，明显地显示其与浪漫主义诗歌巨大的差异。当时光进入 20 世纪时，一场席卷整个欧美大陆的文学浪潮开始以一种声势浩大的方式涌现出来，这就是在世界文学发展史上一直为人们所津津乐道，并加以不厌其烦研讨的现代主义文学运动。这场运动冲击了文学发展史上一切传统的价值观念、思想理论、创作方法，当然盛行于美国 19 世纪下半叶直至 19 世纪末的美国现实主义文学也不可避免地被这如狂飙巨澜式的现代主义文学运动所冲垮、淹没了。

随着文学潮流的发展，弗罗斯特也进入了 20 世纪的现代主义文学运动时期，并在这一时期，其诗歌创作达到了其一生中最辉煌的阶段。在这一阶段，他创作了《男孩的心愿》（A Boy' s Will，1913)、《波士顿以北》（North of Boston, 1914)、《山中间隔》（Mountain Interval, 1916)、《新罕布什尔》（New Hampshire, 1923)，《西去的溪流》（West - Running Brook, 1928)，《又一片牧场》（A Further Range, 1936)，《见证树》（A Witness Tree, 1942）等诗集，共含诗歌达 256 首左右。在 1945 年第二次世界大战结束以后，亦即一般学者认为的后现代主义文学运动开始的时期，弗罗斯特还创作了《理智的假面具》（A Masque of Reason, 1945)、《慈悲的假面具》（A Masque of Mercy, 1947)、《尖塔丛》 (A Steeple Bush, 1947)、《诗歌全集》（Complete Poems, 1949）和《林间空地》（In the Clearing, 1962）等。综合弗罗斯特的一生，他经历了美国现实主义文学、西方现代主义文学、及后现代主义文学三大重要的文学流派的发展、演变时期。按常理来说，其作品的主题思想、艺术风格等也应随着文学流派的更替、发展而发生着相应的变化，但我们仔细研读弗罗斯特的诗后，会发现，诗人诗歌的创作自始至终都保持着同样的基调，好像“千磨万击还坚劲，任尔东西南北风”。不论风云如何变幻，文学创作的潮流如何演变，其创作的总基调却始终如一，没有什么变化。弗罗斯特在新英格兰农村度过了其一生中的大部分时光，他对那片他所挚爱的土地上的风土人情、花鸟虫鱼、山林河泽、淳朴的农民有着无比的亲切之感，他以满腔的创作热情，描写新英格兰农村中的人、事、物，笔触之细腻、谙熟、深刻达到炉火纯青、精湛圆熟的地步。就弗罗斯特的创作风格而言，他更多的是接受了19世纪下半叶美国现实主义文学的影响和熏陶，其创作的内容和题材直接来源于他所熟悉的农村生活，我们在其诗作中可以逼真地见到在他所生活、劳动、工作过的地方那些纯真、朴实的乡亲、那散发着特有芳香的土地、那郁郁葱葱的森林、那覆盖在森林、山峰上的皑皑白雪、那淙淙流淌的山间小溪等等。当然在其现实主义的创作方法中间，我们也常常能窥见到浪漫主义诗情的挥洒，诗人会将自己对人、自然风景的喜爱于漫不经心、轻松自如的笔触中随意地展露出来，有时虽只是寥寥数笔，但却让人觉得有一种清新、纯净的审美意趣。从这个意义上来说，弗罗斯特的诗歌创作还明显地接受了浪漫主义文学运动的影响。今天我们说到20世纪美国现代派诗歌最杰出的诗人，一般人会认为他们是弗罗斯特、庞德、托马斯·斯特尔那斯·艾略特、史蒂文斯和威廉·卡洛斯·威廉姆斯，但在这五位诗人中，其实唯独弗罗斯特虽被人们认为是现代主义诗人，但其诗歌创作从内容和艺术特征上却很少受到西方现代主义文学运动的影响。说他是现代主义诗人，更多的是因为他生活、创作于美国现代主义文学从产生到最终过渡到后现代主义这个文学的发展阶段。为了真实具体地了解20世纪美国这位伟大的，也是最受人们欢迎的诗人，我们需要认真地研究一下他的诗作。下面本文拟对上面的《没有走的路》作详细论证、分析。

一、大意解读

第一节，在金黄色的树林里，有两条路朝着不同的方向向前延伸下去，很可惜，我不能两条路同时走。作为一个旅行者，我久久地站在两条道分岔的地方，向着一条路延展的方向极目远眺，直到它在大树下的下层丛林处转弯为止。

第二节，我选择了另一条道路，我认为这是恰当合理的。我对我的选择或许有比较好的看法，能提出比较正当、自认为合理的观点。因为我选择的这条道杂草丛生，且人迹罕至。由于人迹罕至，所以路面并没有遭到过践踏、磨损。说到对路面造成损害、破坏，走过这两条路中不管哪一条，最后的结果几乎都是一模一样的。这里诗人是说他选择那条道行走，并不是抱着对它的路面造成损害、破坏的目的，而是受了这条道路上漫漫杂草、一派荒芜凄凉景象的吸引，这条道路的荒凉、冷僻及很少有人行走引起了诗人的兴趣。

第三节，那天早上，那两条道路静静地躺在我的眼前，好让我从中择其一。路面都积满了落叶，没有人在落叶上走过，留下黑漆漆的印迹。哦，我将第一条道留待未来，想日后有机会再从它那里踏上行程。我知道，路路相通，道道相连，从这条路走出去，然后又会走上另一条道，再往后会走得更远、更远。我真不知道，我会不会再回来，再回到刚开始在森林里两条路分岔的地方。

第四节，从今以后，在未来的某一个时间，我会向他人讲述这一次经历，那时，我会唏嘘再三、叹息不已。过去，在森林里的某个地方，有两条道分了岔，我选择了一条很少有人行走的道路，后来的结果竟有了很大的差异。

二、主题思想讨论

该诗写于1915年2月，最早出现于1916年出版的《山中间隔》上。该诗无疑是个隐喻。在现实生活中，人们在旅行或奔赴某一个地点时，经常会遇到选路择向的问题，尤其是当来到一个岔路口，即使路口有路标显示方向或抵达目的地的里程数，人们依然会思虑再三，或犹豫稍许。诗人以日常生活中经常遇到的此类事情作为喻体来隐喻人生道路、事业生涯上的各种选择。诗将背景设在树林里，但实际上这样的选择可以出现在任何地方、任何时候，在现实生活中，这样的问题也会出现于各种场合或一个人一生中的任何时候。当面临着两种方向，两种可能的答案、方法、情形、结局这样的问题时，任何人都得作出选择。

据说弗罗斯特写作该诗是受了他的一位最要好的朋友的影响。该朋友名叫爱德华·托姆斯（Edward Thomas，1878—1917），他于20世纪早期应征入伍，前往法国参加第一次世界大战，后来弗罗斯特听说他于1917年在战场上牺牲了。诗人为此感到十分悲伤。爱德华在人生面临抉择时，选择了参军，但结果是令人悲痛的，如果他当初不那么选择，而是选择在国内做些别的事情，那么他也就不会遭遇如此令人震惊的厄运了。毕竟，人的生命是最宝贵的，每个人一生只能有一次，一旦失去，也就成了永远。弗罗斯特从爱德华的角度作了丰富深刻的思考，爱德华在面临选择参军还是不参军这样的问题时，在经过一番仔细、认真、慎重的思考后，毅然地选择参军，为国家甘愿血洒疆场，宁可马革裹尸，也不愿闲适在家。爱德华在面临选择其时，应知道，他所要踏上的从军道路是一条险象环生、灾难会随时从天而降的危途，因战争意味着流血，意味着毁坏，也意味着随时可能发生的死亡。它与待在国内享受着清静、安宁、和平的生活是不可同日而语的。这正如诗中所描述的诗人在森林里面临着两条伸向远方的道路一样。一条是人们常走的、大家都很熟悉，也很喜欢的坦途，而另一条则长满了荒芜杂乱的野草。诗人在这二者之间作选择时，没有按一般人的思维方式喜欢选择那些对已来说比较容易、便利、快捷之途，喜欢选择那些能给自己带来愉快、平安、祝福的大道畅途，而是经过一番观察、比较、思考，毅然地选择了另一条险径艰途。这一条险径艰途平常少有人走，它长满了野草，但诗人选择了它，这宛如爱德华毅然选择从戎入伍一样，虽然从戎扛枪、当兵打仗意味着要经历、克服和平环境里所难以想象到的各种困难、艰苦、危险，还意味着可能随时会献出自己宝贵的生命，但他还是作出了这样的选择。当然，爱德华选择入伍并不是为了给国家政府决定参加一战这一国策军政事业造成什么破坏，起什么消极的作用，他是抱着响应美国政府的号召而远赴国外参战的。正如诗中，诗人在第二节所说的，他选择那条人迹罕至的道路并不是为着损害路面，而是受其杂草丛生、荒僻冷清的景象所吸引，他想试着走一走，借此磨炼一下自己的勇气、胆识，在前人所未涉之途、未踏之径上闯出一条通达便利之路来。爱德华毅然地选择了炮火连天、硝烟弥漫的战场，而没有选择安宁平静的港湾，也是要借恶劣、险峻的环境、形势来砥砺一下自己的斗志，锻炼一下自己的人格个性，因为他深知，逆境锤炼一个人的意志，环境越险恶、条件越艰苦，越有利于一个人的成长、发展。

在面临抉择时，不随大流，不趋炎附势，而能独辟蹊径，勇于选择那些常人所不常走的道路，这对一个人，尤其是一个年轻人来说，是十分重要而有意义的选择。因为年轻人如早晨八九点钟的太阳，其未来的日子路漫漫其修远兮。一开始假若就选择温暖舒适的生存环境，选择不见风雨、和平安逸的生活和工作环境，这对其一生的发展、坚强性格的养成是不利的，因为在一个人的一生中，随着社会形势、家庭状况、个人机遇等的变化，会遭遇各种各样的挫折、困难或磨难，若在年轻时没有能锻造出刚毅坚贞的品格、顽强执着的个性、不屈不挠地同各种险恶环境作斗争的精神性格，要想沉着有效地应付有时是突发性的险情危势，不期而遇的困难曲折，并能以勇敢无畏的精神、超绝卓越的智慧去排除万难、摆脱险镜是不可能的。选择也是给自己创造机会，诗中，诗人选择杂草苍苍的荒路，爱德华选择应征参军，这都是在给自己创造锻炼自己、磨炼性格、做好应对未来人生之途上所可能遇到的各种挑战准备的最佳机会。日常生活中，我们常会听人说，自己没有遇到发展的机会，人生的机遇没有降临到自己的头上，其实很多时候，机会是自己创造出来的，机遇也是自己适时地捕捉到的，关键是一个人面临生活、事业的抉择时持有什么样的观念，作何种选择。选择恰当、合理、科学，机会便有了，机遇也如雪中送炭般地不期而至了。

选择条件艰苦、环境险恶之途，可以砥砺自己的意志，锻炼自己的性格，培养高尚纯洁的精神情操，但这样的选择也会意味着冒险，甚至是牺牲。爱德华选择赴法，参加一战，但却于 1917 年在战争中献出了自己的生命，爱德华的选择酿成了自己生命的消亡，那么他的选择对不对呢？值不值呢？

选择不能盲目单纯地从自我出发，因为人都是生活在一定的历史时代、社会环境中的，个人选择，不论是爱情婚姻上的，还是工作职业上的，都要符合一定时期的社会大众所普遍能够接受的道德伦理要求，符合一个民族、一个国家的审美情趣、时代风尚，符合社会历史发展的基本规律，符合这个民族和国家存在和发展的要求。1914 年 8 月，在协约国（英国、法国和俄国）和同盟国（德国、奥匈帝国和意大利）之间爆发了为重新瓜分世界、争夺世界霸权和势力范围的第一次世界大战。战争爆发不久，欧洲大部分的国家均已参战。意大利最终抛弃三国同盟，加入协约国阵营，而与原先的协约国及罗马尼亚和日本成为联盟。看到欧洲战场上烽火燃起，美国于 1914 年 8 月宣布保持中立，因美国其时十分珍视和平的重要性，从 1900 年开始，美国开始进入进步主义时代，美国政府在国家的各个领域推进改革，希图建立一个繁荣富强、民主高效的国家，将美国梦推向一个更高、更为辉煌灿烂的阶段。美国总统威尔逊一直期望能承担起一个和平缔造者的角色，但随着欧洲战事的进展，事实证明，威尔逊的希望是不切实际的。首先于 1917 年 8 月 1 日向俄国宣战，随后不久又向法国宣战的德国在美国宣布中立以后屡屡向中立国的权力、利益进行挑战。1915 年 5 月 7 日，一艘德国潜艇以鱼雷对英国客轮进行进攻，结果，“有 1000 多人死亡，包括 128 名美国人”[1]。1916 年 3 月，一艘德国潜艇将一艘没有武装的法国船只击沉，“伤害了几名美国人”[2]。尽管威尔逊多次向德国政府提出警告，要求停止无限制潜艇战，但德方在稍停一段时间以后又加以恢复，不仅如此，德潜艇还对大西洋运输进行肆意的破坏。到 1917 年 3 月 21 日止，“德国潜艇已经击沉了六艘美国船”[3]。根据这样的国际形势，威尔逊不得不于 1917 年 4 月 2 日要求国会向德国宣战。威尔逊在全国进行了动员，他指出，美国参战绝不仅仅是为了保护美国与协约国之间的贸易，而更重要的是要捍卫和平。他对德潜艇的攻击进行了严厉的谴责，说这是“反人类的战争”，他还告诉美国人民，“世界应该让民主享有安全”。他还向全体国民许诺，“美国将会为民族自决、‘小国的权利与自由’，以及‘给所有国家带来和平与安全并使世界本身最终得自由’的国际联盟而战。”[4]。美国政府的参战得到了国内大部分民众的支持。其时，许多男性都自愿要求参军，在登记要求参军的 2400 万男性中，有 280 万被征入伍，占了整个陆军总人数的约 72%。有很多女性参加海军和海军陆战队的文书工作，还有不少女性在陆军护士团服役。还有很多平民女性也远赴法国在接近前线的地方从事红十字会服务。有几十万名的非洲裔美国人也奔赴欧洲战场参战。

从客观的立场上看，美国参加一战是合乎情理的，包含着捍卫正义、保卫和平的因素。一战的爆发，德国是肇始者，因为是它首先向俄国和法国发起进攻，国与国之间固然会存在着一些矛盾、对立和斗争，但解决问题的途径可以有很多种，不是一定要通过战争。德国首先向俄法发起进攻，这发生在国与国之间，明显地带有侵略的性质。美国随后参战，同协约国一道，打击同盟国，这带有反侵略的性质。一国侵略另一国，对另一国的主权进行野蛮的破坏，对另一国的领土实行肆意的掠夺，对另一国的生命财产进行疯狂的损害，这是反人道的、反人类的行为，任何一国都可以对这样的侵略行径加以谴责、阻止，任何一国都可以站在维护和平、捍卫正义的立场上对侵略者予以坚决打击。因此，从这个意义上来说，美国参战是合乎正义、合乎法理、合乎人情的。另外，当美国宣布自己为中立之国后，德国又屡次对其中立国的地位加以破坏，不顾美国的再三抗议、警告，伤害美国公民，在这种情况下，美国参战有保卫自己国民的生命安全、捍卫民族尊严的意义，同时还包含着防止一战大火蔓延，进而波及到整个美洲的意义。

爱德华响应了美国的号召，毅然参战，这是一种英雄行为。任何一个国家、民族都需要英雄，时穷节乃见，当一个国家、民族处于危亡境地的时候，需要有高尚的民族气节的人出现来救亡图存。郁达夫在《纪念鲁迅大会》上说过："一个没有英雄的民族是可悲的奴隶之邦，一个有英雄而不知尊重的民族则是不可救药的生物之群。"爱德华的参战是捍卫民族尊严、反侵略、保家卫国的英雄壮举，是值得人们敬重的。不幸的是，爱德华在战争中牺牲了，但他的牺牲是值得的，因为他是为了国家、民族、人民的利益而死的，人们在为他的牺牲悲伤哀痛之余应为他那伟大的国际主义、爱国主义精神而感到钦佩，并加以礼赞。

诗人在诗中还说"way leads on to way"，即"路路相通，道道相连"。爱德华选择了参军，其时，那些不选择参军而是待在国内的人是不是就做不出为人们啧啧称道、可歌可泣的辉煌业绩出来了呢？不是的！待在国内的人，只要他们有着一颗强烈的爱国心、事业心，以满腔的热情投入到其他领域里的工作中，他们也同样能做出突出的、为世人所瞩目的贡献来。因为一个国家的发展不仅仅是体现在国防军事方面，还体现于经济、科技、教育、文化、卫生等方方面面。其时，美国正处于进步主义时代，若一个人在政府管理、经济发展、科技创新方面作出了卓越的贡献，也一样是非常有意义和重要的，他也会像爱德华一样成为那个时代最可爱的人，最值得人们尊敬的英雄。

当一个人将自己的命运同祖国、民族、人民的利益或世界和平事业联系在一起而作出某种选择时，就不应有什么懊悔、遗憾，像爱德华的亲朋至友就不应为他当初的选择而深怀什么悔意，因为他的选择是正确的、合乎情理的。像爱德华这样富有牺牲精神、深怀强烈的爱国情愫和民族大义的人，在其时即使不参军，也一样能在国内其他领域中，在于己合适的岗位上，有时即使是十分平凡的、普通劳动者的岗位上作出突出的贡献的。那么，既然如此，再谈论是否回到选择之初，重做他择，也就没有什么意义了。他其时的选择是最正确、最合理的。

诗人在最后一节说道，他选择了一条人迹罕至的林中小道，结果却完全不一样了。对于爱德华来说，这里的"不一样"主要体现在"爱德华在战争中牺牲了"这一点上。人死不能复生，人的生命只能有一次，死对于任何人来说都是极其悲痛之事，对爱德华来说也是如此。死与生阴阳相隔，但死又是人人都必须经历的，人人都必须面对的。人终有一死，但爱德华以其伟大的国际主义精神，以其对和平的真诚热爱使自己生命的终结放射出光彩夺目的火花，这火花照亮了全世界每个爱好和平、崇尚正义的人的心。因此他的死是伟大的，当然是值得的。从这个意义上来说，他选择参军要比那些人选择呆在国内过安逸无为的生活要来得正确、合理、合情了，最后的结果也大不一样了。爱德华成为了一名伟大的国际主义战士，一名深受人们敬重、爱戴的英雄，而那些呆在国内享受安逸生活的人结果却一事无成，一文不名。所以诗中所说的“不一样”还含有同别人未作如此选择进行比较，而致结果迥然有异这样的含义。

一个人在人生各阶段的选择都应同国家、民族的前途和命运结合起来，这样才能使自己的人生放射出异彩，这样到年老或即将谢下生命的帷幕之时，他不会因为自己当初未能进行正确的选择以致蹉跎岁月，虚度青春年华而感到懊悔、遗憾。当然，正确、合理、科学的选择除与国家、民族的前途和命运相联系外，还应考虑到一个人的兴趣、特长、爱好和能力。如不考虑这后一点，有时选择会贯彻不到底、半途而废，或虽选择了，但却不能将自己的选择做好、做美，让大家满意。诗人弗罗斯特在自己的人生中也做过一次重要的选择。考察他的生平，我们发现弗罗斯特在年轻时做过很多种工作，他做过教师、报社记者、工人、农民，还做过守夜人，但最后他是以一位著名的诗人而为世人所知、所喜爱。其实，在他决定从事诗歌创作，并打算在这个领域勇敢开拓，力争做出辉煌业绩之前，他在经营农场和创作诗歌之间是做过认真考虑、仔细斟酌的。1900 年，在他的母亲病逝之后，弗罗斯特举家搬到了乡下，他开始经营他的祖父为他购置的一个农场。农场里每天有干不完的活儿，但弗罗斯特的经济收入却十分菲薄，难以维持有五个孩子的大家庭的日常生活，为此他还不得不到农场附近的一所中学教书或做一些其他的零活，以获取一些收入贴补家用。因此，从经营农场这个角度来看，弗罗斯特应该是个失败者。在农场劳动、管理期间，弗罗斯特潜心诗歌创作。农场的恬静、空气的清新、环境的优美使弗罗斯特能安心创作，在这期间，他创作了诗集《男孩的心愿》（A Boy's Will）、《波士顿以北》（*North of Boston*）和《山中间隔》（*Mountain Interval*）里的大部分诗篇，但令他非常失望和沮丧的是，他的诗只有五首发表，其余的都被出版社拒绝了。因此，从诗歌发表这个角度来看，弗罗斯特也是个失败者。

对于这两种职业生涯，弗罗斯特似乎都未能成功。但弗罗斯特最终还是选定了诗歌创作作为自己人生的最后、最重要的工作来做，他在诗稿被拒、心情沮丧之后，并未对诗歌创作丧失信心、感到绝望。一是他认为自己对诗歌创作怀有浓厚的兴趣，他爱好诗歌，小时听母亲讲课，唱古老的苏格兰民谣，接受了丰富的英语语言文化的熏陶和滋养。二是他认为自己有能力、资质在诗歌创作领域斩获丰硕的成果，有希望将自己的作品推向公众视野，面诸于世。他还认为自己有扎实的文化知识基础。在中学阶段，他就是一名优秀学生，对拉丁语有着浓厚的兴趣，在中学毕业典礼上，他被校方指定为所有毕业生致开幕词的学生代表。1894 年在《独立者》（*Independent*）杂志上首次正式发表过诗歌《我的蝴蝶》（*My Butterfly*）。于是他选择了诗歌创作，而放弃了农场经营，尽管这两者，在其时他似乎都未能做成。

诗歌创作绝非坦途，这一点弗罗斯特深深地明白，他投出了若干诗稿，但都石沉大海。在诗歌创作这条道上，没有捷径可走，只有勤奋写作，笔耕不辍。诗歌创作宛如诗人在《没有走的路》中所选择的那条杂草丛生的林中小道一样，充满了坎坷、曲折，但诗人抱定这样的信念：即使作品难以面世，也不能气馁绝望，中途退却。他必须对创作事业怀抱希望，只有希望在，凭自己的毅力、勤勉和自信，就一定能成功。1912 年他作出了一个大胆的决定：变卖农场，携着年幼的五个孩子和妻子一起远赴英国，拟在那儿呆上几年，一来可以继续诗歌创作，二来可以寻找作品出版的途径。他觉得历史悠久、文化传统源远流长的英国有着文学创作和作品出版的最佳气候和氛围，在那里，他能在诗歌领域取得更大丰收，能力争自己在该领域闻名于世。幸运的是，弗罗斯特在伦敦结识了美国现代诗歌之父庞德，对诗歌创作有着强烈的事业心、热情爱才，且乐于助人的庞德在读了他的诗稿以后，对其诗歌十分赏识，并主动地为他联系了英国出版商。1913 年，《男孩的心愿》得以顺利出版，1914 年，《波士顿以北》也得以面世。作品出版后，弗罗斯特在英国声名鹊起。到 1915 年举家回国时，弗罗斯特已是一名著名的诗人了。其声誉不仅闻名英国，而且也响遍了大西洋彼岸的故乡——美国。随后，他的多部诗集陆陆续续地出版，弗罗斯特成了一名深受美国读者欢迎的诗人，他的《新罕布什尔》（1923）、《诗集》（*Collected Poems* ,1930）、《又一片山脉》（*A Further Range* ,1936）和《见证树》（*A Witness Tree* ,1942）分别获得了普利策奖（Pulitzer Prize），1963 年在他离世之前，他又获得了博林根奖（the Bollinger Prize）。弗罗斯特成了美国非正式的桂冠诗人（an unofficial poet laureate）。

弗罗斯特选择诗歌创作这条艰难曲折的道路，经过自己的刻苦努力，辛勤耕耘，结果取得了成功。他最后成了名人，这一结果与他当初若是选择农场经营而产生的结果定然会有天渊之别的。这正应合了诗人在诗最后所生发的感慨，他选择了一条人迹罕至的林中小道，其结局大不一样了。从弗罗斯特的成功，我们可以看出，人生的选择有赖于选择者依自己的兴趣、爱好来行事，有赖于选择者对自己的能力、资质、水平、技术、才能能有一个正确的认知，也有赖于选择者能有坚强不屈的品性，在失败面前不气馁、不服输、不退缩，勇往直前的斗争精神。

三、艺术特征分析

如前所述，全诗为一大隐喻，以林中小道隐喻人生的道路，事业生涯之路。诗中，诗人所选择的那条小道杂草丛生，人迹罕至，这隐喻人生之路艰险曲折、坎坷不平、鲜有人胆敢涉足行走。人生之路千万条，但不是每条道路都是那么顺畅、宽阔、平坦，总有些道路凹凸不平、障碍密布、泥泞不堪而致险象环生、危机重重，但有时越是难走的路就越能锻炼人的意志、锤炼人的人格、砥砺人的精神；越是难走的路，就越能让一个人的人生放射出异彩。而很多人在选择走什么样的道路时，一般都乐于选择那些被很多人走过的平坦之路，这样的路确实会让人一生平安、无甚风险，但却不能让一个人的人生出彩，不能造就出在某一行业领域有突出贡献的成功人士，它只能产生一些平庸无能、无所作为，或贪图安逸享乐之人。

该诗语言简单朴素，但婉和隽永。诗中无大词难句，但哲理深刻，深致曲传。诗人通过人们日常生活中常见之事、常见之物引导读者深挖其中的深理要旨，有很强的象征意义。诗启发人们，在日常的生活、工作、劳动中应注意那些习见常触之物，关注那些平时被大家视为琐碎不重要的小事。要善于从这些一般被视为无甚意义和重要性的事物中发掘出对人生、工作具有指导意义的哲理出来。真正的真理有时就产生于平常的生活当中。要培养善于观察生活、体验生活、体味生活，并从生活中总结出真理的能力。这是这首诗带给读者的一条重要的启示。诗歌语调平缓、沉静，但在这种平静的语调下，蕴藏着深邃的哲理。

下面本文分析一下该诗的节奏。

The Road Not Taken

Two róads | divér | ged ìn | a yél | low wóod,
And sór | ry Í | could not trá | vel bóth
And bé | one trá | veler, lóng | I stóod
And lóok | ed dòwn | one às | far às | I cóuld
To whére | it bént | in the ún | dergròwth;

Then tóok | the ó | ther, as júst | as fáir,
And há | ving perháps | the bétt | er cláim,
Becáuse | it was grás | sy and wán | ted wéar;
Though ás | for thát | , the pás | sing thére
Had wórn | them réal | ly abóut | the sáme,

And bóth | that mór | ning é | qually láy
In léaves | no stép | had tród | den bláck.
Oh, I képt | the first | for anó | ther dáy!
Yet knów | ing hów | way léads | on to wáy,
I dóub | ted if Í | should é | ver cóme（back).

I sháll | be tél | ling thís | with a sígh

∧Sóme | where áges | and áges | ∧ hénce:
Two róads | divér | ged ìn | a wóod | , and Í—
I tóok | the óne | less trá | veled bý,
And thát | has máde | all the díf | ferènce.

诗歌基本节奏为抑扬格，绝大部分诗行为抑扬格四音步，仅有第一节第一、四行和第四节第三行为抑扬格五音步。弗罗斯特的诗基本上会以传统的格律诗形式写成，因此，我们看待他的诗的韵律节奏，仍以传统的格律诗的眼光。从传统的格律诗角度来看，全诗节奏的变格较多。第一节变格较少，仅有三处抑抑扬格替代，它们是第二行第三音步、第三行第三音步和第五行第三音步。第二节共有五处变格，它们分别出现在第一行第三音步、第二行第二音步、第三行第二和第三音步、第五行第三音步上。第三节共有六处变格，其中抑抑扬格替代共五处，分别出现在第一行第四音步、第三行第一和第三音步、第四行第四音步、第五行第二音步上，最后一处变格为超音步音节替代。第四节共有五处变格，抑抑扬格替代共有三处，它们分别是第一行第四音步、第四行第四音步和第五行第三音步。除此，该节还有两处单音节替代，它们分别是第二行第一和第四音步。

第一节节奏变格偏少，这是因为该节只是一种细节性的描述，其中并没有包含诗人对事物或人的某种看法，也不包含诗人某种鲜明的、特定的情感。该节只是告诉我们，在金黄色的森林里有两条朝不同方向延伸的小路，诗人选择了其中的一条，即那条在大树下的下层丛林中拐弯的小道。该节以描述为主，没有牵涉主人公特定的情感因素，故节奏变格也较少。

第二节，诗人开始表达对自己选择的看法。他选择了一条，而舍弃了另一条，这需要一种敢于拒绝、勇于放弃的勇气和胆识，他认为他所选择的那一条小道杂草丛生又很少有人走过，这样的选择对于他来说是恰当合理的，他对此也有很好的看法。但我们透过诗人的话语会知道，诗人所选择的那条小道是充满着崎岖、曲折和很多险阻的。这是一条不平坦的道路，在人的生涯中，要是走上一条不平坦、不顺畅的道路，是要冒些风险、克服些困难的。诗人在该节用了较多的节奏变格，其实是预示着他所选择的这条森林小道是会充满着很多荆棘、困苦和危险的。在人生之路上，行路之人走上高低不平之路需要凭借自己的勇气、智慧、毅力去与各种可能出现的艰难、风险作斗争。这条森林小道、这条人生的险途非波平浪静、风和气清之路。这与该节节奏变格较多正好适应。

第三节，诗人选是选了，走也走了，但他内心却一直不能平静、坦然。这是自然的，这很符合人之常情。因为人在面临抉择时，是会凭自己的果断和坚决而作出自己的最终选择，但选择过后，心里会对前途的渺茫存有担忧，也会对另一条他所未选之路存有一丝留恋和不舍，因为他不知若走上另一条他所未选之途，结果会如何。有时行路之人甚至会想是否再回到起点去重做选择。这节透过末两行的语气和遣词用语，我们能窥探到诗人内心的犹豫、踌躇、矛盾和不安。故在该节，诗人共用了六处变格。我们设想一下，假如诗人走上当初所选之路，内心坦荡荡，心情喜洋洋，一切皆风调雨顺，那么诗人还会用这么多的节奏变格吗？

第四节，诗人承续着第三节思考问题的思路，他颇有些感叹不已。他为自己当初的选择感慨万千。他想象着自己在未来的某一天向他人讲述自己当时在森林中的选择。他选择了一条而舍弃了另一条。当初的选择造就了他今日的景况。一般地来说，即使现在的景况很好，由于当初明智的选择而致今日事业的辉煌、家庭的幸福美满、社会地位的高升，但回首往事，追忆当时面临抉择时的情形，回想着自己当时的犹豫彷徨和随后的果断坚决，人们也都会唏嘘不已，感念万生。人们会为生活的不易而感慨万千，会为人生之路上充满如此之多的选择而慨叹再三，人们还会为未来的人生之路充满各种可能的不测和险境而感想良多。若是现在的景况不佳，而这不佳又是由当初贪图生活的轻松自在、前途的顺畅和便捷所致，那么，当事之人的感想会更加地复杂了，其心境将不是一种感叹、思量，而是一种深刻的悲悯、沉痛、叹惋或凄苦了。故在该节，诗人也用了较多的节奏变格以适应其内心复杂的情感、纷纭的思绪。

由以上分析可知，诗人将诗的节奏与各节的思想内容、艺术意境和情感基调紧密地结合起来，从而使全诗的艺术形式与艺术内容达到完美的融洽和结合。

该诗为五行诗节诗，押 abaab 韵。这种韵式在传统的五行诗节中是不多见的，应视为罗伯特·弗罗斯特的一项创新成果。五行诗节中，有三行押同样的韵脚，另两行押另一韵脚，音韵和谐、声音优美。各节诗行长短基本一致，韵式相同，基本具备英语传统格律诗的形式要求。

另外，诗中还运用了一些头韵、行内韵等，请看：

1. 头韵，如：在第一节，第二行的 both 和第三行的 be, 第二行的 travel 和第三行的 traveler，第一行的 wood、第三行的 one、第四行的 one 和第五行的 where，第三行的 long 和第四行的 looked；在第二节，第一行的 Then – the 和第二行的 the，第二行的 better 和第三行的 Because，第三行的 was – wanted – wear 和第五行的 worn，第四行的 Though – that – the – there 和第五行的 them – the；在第三节中，第一行的 lay、第二行的 leaves 和第四行的 leads，第一行的 both 和第二行的 black, 第三行的 first – for, 第二行的 no 和第四行的 knowing, 第三行的 day 和第五行的 doubted，第三行的 kept 和第五行的 come; 在第四节中，第一行的 sigh 和第二行的 Somewhere, 第一行的 telling、第三行的 Two 和第四行的 took，第一行的 with、第三行的 wood 和第四行的 one，第四行的 the 和第五行的 that – the。

2. 行内韵，如：在第一节，第四行的 as – as；在第二节，第一行的 as – as；

在第三节，第四行的 way – way，第五行的 I – I；在第四节，第一行的 I – sigh，第二行的 ages – ages，第四行的 I – by。

不少头韵及一些行内韵的使用，增添了诗的韵味和乐感，它们与整齐的韵式一道，通过朴质无华的遣词、简单易懂的诗句，在诗人低沉、冷静、沉思、婉转的语气诉说下，缓缓地道出诗的思想内容，隐隐地透露出潜藏于诗歌语言表层下面的生活哲理。

四、结语

该诗创作于 20 世纪早期，那是西方现代主义文学运动开始大潮涌动的年代，身处这样的文学潮流之中，诗人不为外界的一切纷扰所动，他仍致力于传统格律诗的创作。这也启迪我们，一名诗人或作家，不是随着文学潮流的变化而即时地改变自己所喜爱的创作风格，就能使自己获得文学创作上的成功的。文学潮流的变化体现了时代的一种发展，也体现出新生事物的诞生，但新的风尚、新的现象的出现并不意味着传统的彻底消亡。因为传统中包含有很多有价值、有意义的东西值得人们去学习、效法，这些东西具有永恒的美质，经历千年万年仍能一直闪耀着夺目的光辉。像传统的格律诗虽经惠特曼的自由诗，及后来的现当代格律诗，半自由半格律诗或半格律半自由诗的影响，但在内战以后的 19 世纪下半叶美国现实主义文学发展时期仍有不少诗人写作，如艾德文·阿林顿·鲁滨逊（Edwin Arlington Robinson, 1869—1935）、保尔·劳伦斯·邓巴（Paul Laurence Dunbar，1872—1906）、锡德尼·拉涅尔（Sidney Lanier, 1842—1881）、艾德温·马卡姆（Edwin Markham，1852—1940）等人的很多诗篇均以传统的格律诗创作而成，或其中不少的诗歌深受传统格律诗的影响。这些诗歌所包含的很多传统的格律因素在 19 世纪下半叶的美国诗坛上闪耀着熠熠的光泽，它们与自由诗诞生以前的很多美国浪漫主义诗歌在艺术形式上可谓交相辉映。时至 20 世纪早期，罗伯特·弗罗斯特仍坚持以传统的格律诗形式创作，其诗从诗风上虽与时代的审美趣味大相迥异，但却并非无人问津，相反在其中年以后他的很多名诗一面世，就被人们争相传阅，其中有不少名篇佳作即使是在今天很多的国家里，仍为人们大加赞赏，兴趣盎然地加以阅读、欣赏、评论和分析。像《没有走的路》也是这样一首名篇佳作，从诗中，我们看不出西方现代主义文学风格的丝毫影响，但它却能以其独有的艺术魅力征服了一百多年来很多国家中难以计数的读者的心。它为人们在人生道路上面临各种选择时进行正确、合理、慎重的选择，提供了重要的启迪。

罗伯特·弗罗斯特对传统格律诗艺术形式的坚持其实也是一种选择，他选择了传统，这在 20 世纪早期是一条人迹罕至之路，因很多诗人舍弃了这一传统，而随着艺术潮流的涌进走上了现代主义诗歌的创作道路。弗罗斯特的选择其实也是一种创新，因在现代主义文学众声喧哗的情势下，他选择了传统艺术形式这一平静的港湾，在这一风平浪静的港湾里，他整日沉浸在新英格兰农村那风景如画的环境中，从乡村淳朴的生活、静谧的自然环境、艰苦但充满着丰收喜悦的农事和农活里挖掘出深刻的人生哲理。因此，弗罗斯特这一坚持和承续传统式的创新在其时是很有意义的。另外，也是更重要的一点是，弗罗斯特在坚持传统艺术形式的同时能在传统的基础上有所创新，如五行诗节诗的韵式，他没有选用人们所常见的几种形式，而是自创一种，但艺术效果却丝毫不逊于传统的五行诗节诗的艺术效果。传统的五行诗节诗中，也多有三行押一韵脚，而另两行又押一韵脚，但其韵式与弗罗斯特的这首五行诗节诗的韵式不同。从艺术效果言之，弗罗斯特的这首诗同它们并无什么不同。

弗罗斯特的选择、创新为美国民族主义文学的发展作出了贡献。20 世纪早期，跟随现代主义文学大潮进行富有创新性的文学创作是在发展美国民族主义文学，但像弗罗斯特这样坚持文学传统，并在坚持的同时进行一定的创新，这也同样是在发展美国民族主义文学。发展、创新文学的同时，不忘初心，坚持传统，这样文学发展的质量会有大幅度的提高。因为发展创新所产生的负面效应往往是传统的东西，不论其有无价值，都会被全盘否定、全面破坏掉，这种建东墙、拆西墙的做法往往会带来事倍功半的结果，不利于文学发展质量的提高。从一个民族、一个国家文学发展的整体状况来看，在某一时期，既有创新性强的作品问世，又有传统价值巨大的作品诞生，这是文学发展的幸事、喜事。20 世纪早期的美国诗坛是一个传统与创新并存共在、竞荣争辉的艺术园地。

诗探讨了人生的选择问题。如前所述，一个人的选择必须既关涉到祖国、民族的前途和命运，又须照应到一个人的志趣、爱好、个性和特长。第一点尤其重要。人是生活在一定的社会历史环境中的人，每个人的命运都同自己所生存的祖国、民族的命运紧紧地联系在一起。爱德华·托姆斯在 1915 年时，响应了祖国的号召参加一战，他将自己的青春和生命融入到美国保卫和平、保卫祖国、打击侵略者的伟大事业中，那些没有像爱德华那样自愿参军的美国公民，尤其是美国的青年人，他们待在国内，同样应该关心国家、政府的命运，积极参与到政府的建设中来。诗歌创作和发表的年代正是美国进步主义时代所推行的全方位改革开展得热火朝天的时期。从 1900 年开始，美国加快政治改革的步伐。从 1900 年至 1917 年美国决定参战时止，美国政府对国家的各行各业、各个领域进行了大刀阔斧的革新。那时许多个人和群体都积极主动地加入到这场声势浩大的改革运动中。进步主义时代的改革为美国政治的成熟起到了奠基作用，“在许多方面，进步主义标志着现代美国政治和政府的起源。”[5]政府的改革无疑是为了推动美国梦的实现进程，让所有的美国人生活在一个文明、富强、平等、自由、进步的国度里，其时很多人参加这场改革，也是带着美好的憧憬和向往的，他们将自己对未来美好生活的期盼同国家政府的锐意改革统一在了一起。

在这样一个时代，任何个人都不能袖手旁观，而应积极地参与改革，但参与改革就意味着要面对难以想象的艰难困苦，要克服前进道路上难以计数的障碍、曲折。选择参与改革，就是选择诗人在《没有走的路》中所说的“选择了一条杂草丛生、人迹罕至的森林小道”。这种选择是其时最为合理、最有意义、最值得人们称赞的人生选择。这样的选择是在为美国梦的最终实现贡献智慧和力量。弗罗斯特在诗中说他最终选择了那条布满荒草、很少有人行走的森林小道，这就隐含地告诉人们，在进步主义时代，凡是没有像爱德华那样参军入伍的人，都应该选择参与国家的改革运动。这与参加一战一样，也是一条充满危险、艰难、困苦，需要人们以巨大的勇气、非凡的毅力、过人的才智去行走的人生之路。但人生如逆旅，人生是逆水行舟，人的一生本来就是一条充满曲折、困难的旅途。在人的一生中若总是顺风使舵、顺流行船，顺势而下，那其结果往往会一事无成，个人对未来的美好设想往往会终成泡影。人只有逆向而行，去克服和战胜前进道路上的一切障碍，才能最终收获人生的辉煌和灿烂、美国梦和个人梦想的五彩缤纷，并能最终看到美国梦在明媚的阳光下绽放鲜艳的笑脸。

注释

[1] 卡罗尔·帕金，克里斯托弗·米勒，等. 美国史（中册）［M］. 葛腾飞，张金兰，译. 上海：东方出版中心，2013：513

[2] 卡罗尔·帕金，克里斯托弗·米勒，等. 美国史（中册）［M］. 葛腾飞，张金兰，译. 上海：东方出版中心，2013：513

[3] 卡罗尔·帕金，克里斯托弗·米勒，等. 美国史（中册）［M］. 葛腾飞，张金兰，译. 上海：东方出版中心，2013：517

[4] 卡罗尔·帕金，克里斯托弗·米勒，等. 美国史（中册）［M］. 葛腾飞，张金兰，译. 上海：东方出版中心，2013：517

[5] 卡罗尔·帕金，克里斯托弗·米勒，等. 美国史（中册）［M］. 葛腾飞，张金兰，译. 上海：东方出版中心，2013：495

第二节　论罗伯特·弗罗斯特和他的《补墙》

Robert Frost

Mending Wall

Something there is that doesn’t love a wall,
That sends the frozen ground - swell under it,
And spills the upper boulders in the sun;
And makes gaps even two can pass abreast.
The work of hunters is another thing;
I have come after them and made repair
Where they have left not one stone on a stone,
But they would have the rabbit out of hiding,
To please the yelping dog. The gaps I mean,
No one has seen them made or heard them made,
But at spring mending – time we find them there.
I let my neighbor know beyond the hill;
And on a day we meet to walk the line
And set the wall between us again.
We keep the wall between us as we go.
To each the boulders that have fallen to each.
And some are loaves and some so nearly balls
We have to use a spell to make them balance:
“Stay where you are until our backs are turned!”
We wear our fingers rough with handling them.
Oh, just another kind of outdoor game,
One on a side. It comes to little more:
There where it is we do not need the wall:
He is all pine and I am apple – orchard.
My apple trees will never get across
And eat the cones under his pines, I tell him.
He only says, “Good fences make good neighbors.”
Spring is the mischief in me, and I wonder
If I could put a notion in his head:

"Why do they make good neighbors? Isn't it
Where there are cows? But here there are no cows.
Before I built a wall I'd ask to know
What I was walling in or walling out,
And to whom I was like to give offense.
Something there is that doesn't love a wall,
That wants it down!" I could say "elves" to him,
But it's not elves exactly, and I'd rather
He said it for himself. I see him there,
Bringing a stone grasped firmly by the top
In each hand, like an old - stone savage armed.
He moves in darkness, as it seems to me,
Not of woods only and the shade of trees.
He will not go behind his father's saying,
And he likes having thought of it so well
He says again, "Good fences make good neighbors."

罗伯特·弗罗斯特做过农民，经营过农场，在乡村学校教过书，他对新英格兰农村里的农民、农事、农活，新英格兰农村里的乡情乡俗、自然环境都可谓驾轻就熟、了如指掌，他的所有诗篇都取材于新英格兰农村，也都反映新英格兰农村里的人、事、物。有人称他为“美国新英格兰的农民诗人”，这个称号，弗罗斯特是当之无愧的。弗罗斯特以其特有的艺术洞察力描写新英格兰的农事、农活，有些农事、农活，诗人自己亲自参加，但诗人的艺术之笔并不只停留于描写劳动的场景、自然环境的美丽，他于流畅、简洁、朴素的语言描写中，蕴藏着一些深厚的哲理要素，这就像波平如镜的河水下面潜藏着一股巨大的、汹涌澎湃的暗流一样，这暗流潜藏得既深又广，其深让人觉得有挖掘不尽的深理要义，其广似能覆盖非常宽广阔大的空间领域。这是弗罗斯特诗歌所具有的艺术魅力之所在，也是其诗自诞生以来一直为不同时代的读者所反复研习、探讨的原因之所在。上面的这首《补墙》便属于此类诗歌。下面本文对该诗作详细论析。

一、大意解读

有一种东西不喜欢墙，它能使墙基下面的土地冻结处隆起，而致墙体崩塌，墙上面的石头也会在阳光下纷纷滚落下来。诗人在这里所说的这种不喜欢墙的东西在广义上应指自然，具体地应指地壳运动或地震一类的自然现象。地壳运动或地震发生时，墙上会出现巨大的豁口，这豁口大到甚至两个人都可以并排走过。除自然灾害外，猎人们也毁墙，但他们的方式与上不同。我有时跟在猎人的后面，对墙体做些修补。猎人们不会让一块石头垒砌在另一块之上，他们会把一块石头整体推倒，这样会把兔子从墙中的藏身之处引出，让狂吠咆哮的猎犬兴奋异常。那些豁口形成时，没有人看到或听到。春天补墙时，我们发现墙体的豁口还在那儿。我让山那边的邻居了解这一情况，该补墙了！于是我们于某天相约，测量墙体豁口的长度，以做修补。我在墙这一面，邻人在墙那一面，这样墙又隔在了我俩之间。我们各自沿墙一边走，一边修补，我们各人捡起掉在自己这一边的石块，石块有些长如面包，有些圆如石球。要使这些石块在墙上稳住，保持平衡，我们都得花去一段时间。我们一边干活，一边告诫这些石块："呆在你们该呆的地方吧！这样我们才可以转过身去！"摆弄这些石块，我们的手指都磨得粗糙不平。啊！这只是另外一种室外游戏，我们俩一人一边在从事这样的游戏。除了是室外游戏而外，它几乎没有多少另外的含义和作用。在我们修墙垒石之处，其实我们并不需要墙。他那边是松树，我这边是苹果园。我的苹果树绝不会越过墙界，去吃他家松树下的球果。我跟他讲了这个事情，但他只是说，好篱笆成就好邻居。春天对我来说是一种伤害、烦恼或祸根，因为春天，树木生长茂盛，枝繁叶丰，我担心苹果树的枝叶会越出墙界，那时，我的邻居会加强自己好篱笆成就好邻居的想法。我想知道我能不能让他好好考虑一下，为什么篱笆能成就好邻居，是不是因为有人养了牛？过去家家户户有篱笆相隔，因为那时家家养牛，他们砌了围墙，是为了防范牛越过墙界到别人家田里去吃庄稼，糟蹋植物，但时代变化了，现在农人有了拖拉机来耕田耙地，牛耕时代已然结束了，农家不见了牛，那么我在建墙之前，就得问一问，我要把什么围起来，又要把什么围出去呢？我会伤害到谁呢？世上总有不喜欢墙的东西，想要墙体坍塌下来，这东西是什么呢？我对他说，这可能是"精灵"，但也不一定就是精灵。我倒宁愿他自己能说出口。我看见他在那儿，紧紧地抓住石头的顶部，就像旧石器时代的野人那样，每只手里都拿着一块石头。对我来说，他好像在黑暗中移动着，这黑暗不只是树木本身的暗黑和树木的阴影所造成的暗黑。还有他内心所存有的一片黑暗，这心中的黑暗是长久以来所形成的猜疑、恐惧、对他人的不信任、对他人所抱有的习惯性的偏见和不满所形成的。他认为，两家只要有了一堵墙相隔，彼此才会是安全的，彼此才会有良好的人际关系，相互之间才会有人与人之间的友爱、团结和关心。而一旦没了这堵墙，那么彼此间的安全就没有了，也就更谈不上友爱、团结和关心了。他不会仔细地斟酌、深入地探究父辈格言的深文大意，倒喜欢将这格言想一想，然后就又说道："好篱笆成就好邻居"。

二、主题思想讨论

该诗共四十五行，只有一节，收于1914年出版的《波士顿以北》诗集当中。全诗可分为三个部分，第一部分从诗的开头至第十一行的“But at spring mending -time we find them there”。在这一部分，诗人告诉我们，世上有不喜欢墙的东西，它们会造成墙的崩塌而形成豁口，猎人们也会毁墙，而致兔子从墙中的藏身之处跑出。第二部分从诗的第十二行直至第二十七行的“He only says, ‘Good fences make good neighbors’.”在这一部分，诗人与邻居相约一起修补豁口，诗人觉得，在他们之间并不需要墙，但邻居却说：“好篱笆成就好邻居”。第三部分从诗的第二十八行直至全诗的末尾。在这一部分，诗人分析邻居为什么说出“好篱笆成就好邻居”的原因、修墙建篱笆有什么必要性，诗人还探究了邻居这一观念是否合理、合时宜。

诗中涉及到了两种对立的观念、力量。一种是不喜欢墙，认为补墙、建篱笆是没有必要的。站在这一边的有自然的力量、猎人，还有诗人；另一种是喜欢补墙筑篱笆，认为好篱笆能成就好邻居。自然界以其不以人的意志为转移的法则在昼夜运行，它能造福人类，人离不开自然，在这一方面，自然显示其友好、慈善的本性，但自然也有其凶悍的一面，它在人不经意间施威发力，以地壳的骤然运动或地震一类的自然灾害而致墙体的崩塌。自然对墙的不喜欢、损坏这是客观的，是任何人都无法避免和阻止的。猎人毁墙有其功利、实用、商业目的，因他要捕猎，而猎物会藏身于墙体或墙基下面的泥土之中。这两种力量对墙的毁坏都有其客观必然性，而诗人对墙的不喜欢，对建墙筑篱笆的否定性态度则有鲜明的主观性，没有什么自然运作因素，也无什么功利、商业因素。诗人从实际用途和必要性角度，认为墙在他和邻居之间是无甚存在的必要性的。他认为在他和邻人之间补墙、建篱笆只能算是一种室外游戏，除此并无什么多大的价值和意义。诗人田里种的是苹果树，而邻居地里长的是松树，苹果树不会越出墙界去吃邻人的松果，两家种的树不会相互干扰，相互窜位，以致你我不分，或相互侵占。因此墙在两家之间是没有必要的。以前人们筑墙建篱笆，是因为那时家家养牛，那时经济不发达，牛是人们耕种田地，拉运东西的主要工具，牛会窜跑到邻居的田地里去吃庄稼，践踏人家的植物。但现在经济发展了，机械化的农业时代已取代了过去的靠牲畜耕田的时代。拖拉机的出现奏响了农业现代化经济的凯歌。牛已不见于农家，那么现在建墙设篱笆还有什么意义呢？站在诗人对立面的是邻居，他坚持认为墙是必要的，没有了墙、篱笆，就没有了好邻居。他的这一观念可能源于他的祖先，他的祖先可能在远古时代就有了这样的观念，在家与家之间建墙筑篱，这样相互之间的地界、利益等分得一清二楚。只有好篱笆，只有建好了墙，才会有好邻居，才会有邻里之间的和睦相处。

诗人在诗中对邻人的这一观念不仅非常地不赞同，而且是持有一种十分戏谑的看法，他说，他看到邻人紧紧地抓住石头的顶部，就好像旧石器时代的野人那样，每只手里握着一块石头在那里十分卖力、认真、一丝不苟地建墙。诗人还看到邻人在黑暗中移动、摸索。这里诗人含有影射邻居心理阴暗这一因素。邻居这么费尽心思地在修墙补篱笆，这应源于他对人的不信任或一丝恐惧、猜疑心理。从诗的第三部分的字里行间，我们可以推断，诗人认为邻人的观念过于陈旧、不合时宜。好篱笆成就好邻居，这是过去人们的观念，那时社会的文明程度较低，经济又不发达，人的文化素养都比较差，人与人之间的防范心理较重，人与人之间缺乏信任、宽容、理解、关爱，因此那时的人们喜墙爱篱，这样彼此就能安全地生活在一起，彼此之间不致产生抵牾和不和。但现在社会发展了，时代不同了，人们的文化素养也提高了，人们能以自己的宽容和关怀之心去谅解生活中的诸多不悦和摩擦。诗人认为邻居对父辈的格言“好篱笆成就好邻居”缺乏深入的研究和探讨（go behind）。言下之意，他喜欢将这句话挂在嘴边，但没有认识到这句格言有其时代的局限性，不适用于任何时代，人们对之应做分析、讨论，才能知其深文大意及如何应用。

该诗无疑是一个大隐喻，弗罗斯特谈邻里乡亲之间建墙筑篱，无疑是有深刻的用意。那么上面两种观念哪一种是正确的呢？

首先，我们来看弗罗斯特的观念，他认为牛耕时代已告结束，机械化的农耕时代已来临，拖拉机取代了耕牛，由此得出结论：墙没有存在的必要。单纯从拖拉机取代耕牛这一事件来说，所得出的结论无疑是正确的，但若从社会学及文学的比喻意义来观照这一事件，则所得出的结论就未必永远是正确的了。拖拉机象征着现代化的机器文明，耕牛象征着落后的牛耕文明。现代化文明取代落后的牛耕文明之后，人与人之间就不再需要建墙设篱了，也就是说，人与人之间不再需要设防了，果真如此吗？这实际上是很难下此断语的。我们不能说现代化的文明取代了过去落后的牛耕文明之后，人们的生活水平提高了，这时，人与人之间就都不应具有任何防范之心了。这样的结论是不能仓促而下的。因为物质文明的发展与精神文明的发展有时不是同步的。在发展物质文明的同时，应加强人们的思想道德文化建设，应注重人们精神素养的提高，这样精神文明与物质文明才可以比翼齐飞。当两种文明同步进行之时，人与人之间的墙的确没有存在的必要。因为整个社会洋溢着一股清新、健康、团结、关爱的氛围，人与人之间相互体贴、相互谅解、彼此睦邻友好，就宛如生活在一个和谐友好的大家庭里一样，那么在这样的社会团体当中，彼此之间的隔阂都应化为虚无，人与人之间的墙皆应灰飞烟灭，这也就如弗罗斯特在诗中所说的那样，“There where it is we do not need the wall”（在我们修墙的地方其实我们并不需要墙）。但若一个社会在发展物质文明、建设现代化的同时，没有重视建设人们的思想道德、伦理观念，没有注重人们心理、精神层面的改造、提高，那么经济的繁荣、物质生活水平的提高并不能使人与人之间的墙消除，相反，它有时能使这一堵墙加宽变高，人们之间的相互防范心理加剧。因为这个社会一切向钱看，人与人之间、团体与团体之间进行着无休止的不规范的竞争、相互攀比、你争我夺、蝇营狗苟，一切全是为了钱。为了钱，很多人的良心、道德、伦理观念全已丧失殆尽。社会上盗贼横行，抢劫贪污之类事件频繁发生，那么在这种情况之下，人与人之间设墙筑篱当然是非常必要的了。从这个意义上来说，邻居加紧筑墙修篱就有其合理性了。

从上面的论述，我们可以得知，这两种观念、态度，究竟哪一种是正确的，这要取决于具体的情况来定。但一般来说，或者说从发展的眼光来看，人与人之间不应有墙，人与人之间不应有什么隔阂，即使有了墙，或产生了隔阂，也应设法地去加以消除。没有了墙，没有了隔阂、障碍，人与人之间就能享受友爱的快乐，社会就能沉浸在一片团结、和谐、温暖的气氛之中。弗罗斯特的这首诗是符合当时社会发展的潮流和趋向的。该诗问世于1914年，属于美国进步主义时代。其时，随着美国社会的快速发展，社会的两极分化严重，富人富比陶朱，穷人穷得只能在贫民窟里忍受着凄惨穷苦的生活。富人与穷人之间存在着一堵高大雄阔的墙壁，富人的富有让穷人望尘莫及、望洋兴叹。这堵墙成为社会发展的障碍，成为社会平等、人民团结的拦路虎。若任其存在，它会像一切植物、生物那样一天天地成长、发展，变得越来越高、越来越大。就在这时，定居救助之家（the Settlement House）组织出现了。自美国内战结束以后社会两极分化变得严重时起，出于对贫困者的同情和社会平等的倡议，1889年，简·亚当斯（Jane Addams）和埃伦·盖茨·斯塔尔（Ellen Gates Starr）在芝加哥成立了第一家定居救助之家——“赫尔之家”(Hull House)[1]。自那以后，定居救助之家开始逐渐遍及美国各地，它们为若干个美国贫困家庭提供了若干项的帮助，如烹饪与缝纫课程教学、公共澡堂洗浴、儿童保育设施、英语教学，还有为一些未婚的工作妇女提供一些住房等等。定居救助之家的工作人员动员富人们向城市贫困者献爱心、送温暖，以自己的经济实力去帮助那些贫困的人，以期实现“在城市各经济阶层之间架设桥梁的作用”。[2]定居救助之家的女性工作人员还竭力要求社会中上层阶级的妇女出钱捐款以帮助那些贫困家庭的妇女儿童和惨淡潦倒的工人群众。定居救助之家以其一双双温暖的救助之手、一颗颗炽热的同情之心，向社会的贫困者送去了友爱、关怀，他们在社会各阶层之间所架设铺就的爱心桥梁对美国社会富人与穷人之间看似不可攀越的高墙造成了极大的毁坏，为美国的富人与穷人之间达成沟通，缩短贫富之间的巨大差距作出了有益的贡献。定居救助之家推动了社会改革，为社会的平等、人与人之间关系的和谐团结起到了有力的促进作用。

弗罗斯特对“好篱笆成就好邻居”观点的质疑和否定也符合20世纪初美国

妇女竭力推动女权主义，争取妇女平等权利的斗争的实际。长期以来，在美国和在世界上许多国家一样，妇女社会地位十分低下，她们一生只充当妻子、母亲和家庭妇女的角色，在教育、工作和政治上受到社会的隔绝。妇女们就业机会少，工资低，社会只把妇女当作性欲的对象和生育的工具，其存在只是为了取悦男性。她们的一生只能沉浸在烦琐的家庭事务当中，即使在其全身心所投入的家庭生活中，她也只是个被动的角色，经济上依赖男性，一切受男性的支配。由来已久、根深蒂固的歧视妇女意识成为隔绝男性和女性的一面墙，也成为隔绝女性和政治的一面墙。

但在弗罗斯特创作《补墙》的进步主义时代，很多由妇女成立或领导的组织开始出人意料地进入政治领域。像上文所说的定居救助之家就是这样的一个组织。在定居救助之家中，涌现出了很多热情善良、乐于助人、富有同情心的妇女。她们对社会问题的关注、对弱者的帮助和同情成为进步主义时代新女性的典型特征。妇女们放弃了传统上社会为她们所指派的角色和特定的活动领域，以一种崭新的形象，出现在社会生活的舞台上。她们在各方面都力求显示其自主性、独立性。在 1910 年，妇女们的“这种态度有时被称作女权主义”。[3]妇女们通过自己的多方奔走、有效斗争力争在社会、政治、经济上获得与男性平等的地位。她们知道隔在她们与男性之间的这堵墙有着太长太长的历史，这堵墙使她们在各方面都得依附于男性，无法与男性一样享有一个人所应具有的尊严、独立自主性。她们认为自己有才华、有能力、有品德、能担负起一个特定的社会角色，能为社会的发展作出自己独特的贡献。而这堵墙，这一面有形无形的墙限制了她们的活动范围和才能的发挥，压抑了她们做一个真正的人，一个对社会和人民有用的人的愿望。女权主义运动就旨在推掉这面墙以实现妇女们的个人价值和与男性平等的地位。20 世纪初的妇女们对其人生各方面进行自我规划和自主控制，随着世纪的推进，这方面的规划和控制日益加强。如 1903 年成立了妇女工会同盟（Women’s Trade Union League），旨在对工作女性的生活进行改善。1914 年还诞生了一部新的州工厂安全法，有利于保证劳动妇女的工作安全。妇女在政治改革上发挥了很大的作用，但在 20 世纪开始的时候大多数妇女还不能参加选举和担任公职。为此，妇女们开始采取政治行动以争取选举权，结果在 1910 年华盛顿州赋予女性选举权。“在接下来的 5 年里，又有七个州随之效仿”。[4]女性参加选举，标志着女性开始介入美国的政治生活，标志着女性社会地位的提高，也标志着女性与男性之间的这面墙以及女性与政治之间的这面墙已逐渐坍塌，社会在向着和谐、团结、平等、文明的方向发展、迈进。

在美国社会里，人与人之间最大最高的墙当属种族对立，即黑人与白人之间的对立，这堵墙有着悠久的历史。早自 1619 年第一批非洲人被带到美洲大陆时起，这堵墙就以它那傲视一切、凛然不可侵犯的方式巍然地屹立在广大的黑人面前。多少个春夏秋冬，多少个日日夜夜，非洲裔美国人饱含着心酸而热切的眼泪，期盼着拆毁这堵墙壁，实现种族平等，获得做人的尊严。黑人来到美国是作为奴隶使用的，他们一踏上美洲大陆的土地，就沦为白人奴隶主的工具，一份会说话、能干活的家产。奴隶在美国，尤其是在美国南部奴隶主的种植园里一生享受不到最起码地做一个人的身份、自由和尊严，他们过着悲惨苦痛、疲乏单调的生活，干着繁重艰巨的工作。一代又一代的奴隶们遭受着严重的种族压迫、种族剥削，身心长期受到严重的摧残和蹂躏。直至 1863 年《解放黑奴宣言》正式颁布生效，奴隶们虽名义上获得了人身自由，但在那以后，奴隶们仍然遭受着种族偏见、种族隔离措施的欺压。在进步主义时代，种族问题依然存在。在美国南部，由白人制定种族歧视法，另外，在南部私刑泛滥，私刑竟虐杀了一千多黑人的生命。对此，一位从哈佛大学获得哲学博士学位的非洲裔美国人杜波依斯（W. E. B. Du Bois）怀着激愤的心情著书谴责华盛顿，并号召黑人起来为他们应得、应享的人权作斗争。1910 年，“全美有色人种协进会（National Association for the Advancement of Colored People，NAACP）”[5]正式成立，该组织积极争取黑人平等，加促种族融合，期冀尽早结束种族歧视。杜波依斯等人的艰苦努力，皆是旨在彻底推翻隔在黑人与白人之间这堵种族对立、种族隔离之墙。这堵墙使美国政府长期标榜、一直引以为傲的人权成为一句贻笑大方的空谈，也使美国《独立宣言》中所宣称的“人人生而平等”的诺言化为乌有。杜波依斯等人既是在为自己的黑人兄弟姐妹们的平等、自由、尊严而奔走、斗争，也是在为美国这个民族、这个国家的荣誉和尊严在努力、在抗争，这是因为长期听凭种族隔离、种族偏见之墙横堵在白人与黑人之间，这不仅仅是在践踏黑人的尊严，也是在破坏美国这个民族、国家的声誉，破坏美国的民族团结，干扰美国的民主、自由事业的发展。一个国家政府言而无信，视自己的诺言为儿戏，在人与人之间凭空设墙建篱，这是不利于民族的团结、国家的和平与稳定的。弗罗斯特在诗中对“好篱笆成就好邻居”的否定是对其同代人杜波依斯等反抗种族隔离斗争的支持和拥护。

从上面的论述，我们可以得知，弗罗斯特对邻居提出的“好篱笆成就好邻居”进行质疑和反对，对其勤勉认真地修墙建篱进行了讥笑嘲讽，这对美国进步主义时代所推行的政治改革有着有益的促进、助推作用。他对邻居所坚持的传统观念的否定有利于社会成员形成团结友爱的和睦关系，有利于政府建设一个平等、自由、诚信、和谐的社会。

那么，根据上面的论述，“好篱笆成就好邻居”是不是在任何时候都不适用，我们应永远将之弃于不顾，奉行弗罗斯特所提倡的不建墙、不设篱的观点呢？

不是的！前文已讲过，“好篱笆成就好邻居”是否正确要看具体情况才能决定。在政治清明时期，社会稳定，人民安居乐业，大家相处融洽，这时在人与人之间设高墙、建固篱似无多大必要，人们应减弱相互之间的防范之心，增进彼此之间的了解、信任。通过人与人之间经常不断的沟通、交流，逐渐消除相互之间的误会、隔阂，以最终实现墙的倒塌。但在社会动荡时期，尤其是战争阶段，人与人之间还是以建墙设篱为宜。因为社会的混乱、人心的涣散会致人际关系的恶化，严重的甚至会导致生命的消亡、财产的损失。在这种情况下，建墙设篱有利于人身、财产的安全。尤其是人身安全为一切重中之重，动乱、战争时期积极有效地保住了生命即保住了一切。

"好篱笆成就好邻居"若从政治学的角度来说，在人类社会尚未进入共产主义发展阶段的时候，是成立的。因为在共产主义社会明媚的春光尚未普照宇宙大地之时，社会的物质生产资料尚未达到极大丰富的地步，社会的生产力也未达到高度发展的程度，人们的精神境界、思想道德水平尚未达到极高、极度高尚的阶段，这时人与人之间须设篱建墙、国与国之间须设定国界，这样可保证人与人之间和睦相交、平等相处，国与国之间做到互相尊重主权和领土完整，互不侵犯，互不干涉内政，平等互利，和平共处。若人与人之间不设篱，家与家之间不建墙，彼此消除了一切应有的防范心理，国与国之间的领土界限也模糊不清，那么此时因全社会尚未达到马克思所言的共产主义阶段，人在物质占有、精神发展方面尚未达到共产主义社会的本质要求，在这种情况下，社会会产生动荡、骚乱，国与国之间也会爆发战争。只有当共产主义社会来临，那时物质财富极大丰富，社会生产力极度发达，人民的思想境界极为高尚，人向自身、向社会实现了"合乎人性的人的复归"，[6]那时，"人和自然界之间、人和人之间的矛盾"获致了"真正解决"，"存在和本质、对象化和自我确证、自由和必然、个体和类之间的斗争"也得到了"真正解决"。[7]在共产主义阶段，社会消灭了生产资料私有制，没有了阶级制度、阶级差别、阶级压迫和剥削，所有成员各尽所能、各取所产、各取所需，所有成员获得全面发展，全世界没有了社会差别，也没有了国家，这时，人与人之间设篱建墙已成多余，国与国之间设立国界也无必要。

三、艺术特征分析

同《没有走的路》一样，《补墙》也是一首隐喻诗。诗中触及了诗人与邻居对补墙、修篱的两种不同的态度。这两种态度都有比喻意义，它们能影射社会、人生中人与人之间的关系、人与社会的关系和国际政治中国与国之间关系所呈现出的不同情形、不同性质。在这两种态度中，有时诗人是正确的，有时邻居是正确的，这要取决于观看问题的特定的角度以及问题所出现的具体领域、问题所产生的社会和时代因素。

该诗行末不用韵，没有固定的韵式。那么该诗的节奏如何呢？下面分析一下。

Mending Wall

∧Sóme | thing there ís | that dóe | sn' t lóve | a wáll,
That sénds | the fró | zen gróund | -swell ún | der ít,
And spílls | the úp | per bóul | ders ìn | the sún;
And mákes | gaps é | ven twó | can páss | abréast.
The wórk | of hún | ters ís | anó | ther thíng;
I háve | come áf | ter thém | and máde | repáir ↓
Where théy | have léft | not óne | stone òn | a stóne,
But théy | would háve | the ráb | bit óut | of híd (ing,
To pléase | the yél | ping dóg | . ‖ The gáps | I méan,
No óne | has séen | them máde | or héard | them máde,
But àt | spring ménd | ing-tíme | we fínd | them thére.
I lét | my néigh | bor knów | beyónd | the híll;
And òn | a dáy | we méet | to wálk | the líne ↓
And sét | the wáll | betwéen | ∧ ús | agáin.
We kéep | the wáll | betwéen | us ás | we gó.
To éach | the bóul | ders thát | have fál | len to éach.
And sóme | are lóaves | and sóme | so néar | ly bálls ↓
We háve | to úse | a spéll | to máke | them bál (ance:
"Stay whére | you áre | untíl | our bácks | are túrn (ed!"
We wéar | our fín | gers róugh | with hán | dling thém.
Oh, júst | anó | ther kínd | of óut | door gáme,
One ón | a síde | . ‖ It cómes | to lítt | le móre:
There whére | it ís | we dó | not néed | the wáll:
He ís | all píne | and Í | am áp | ple-órch (ard.
My áp | ple trées | will né | ver gét | acróss ↓
And éat | the cónes | ∧ ún | der his pínes | , I tell hím.
He ón | ly sáys | , ‖ "Good fén | ces máke | good néighb (ors."
Spring ís | the mís | chief ìn | me, ‖ ánd | I wónd (er ↓
If Í | could pút | a nót | ion ìn | his héad:
"Why dó | they máke | good néigh | bors? ‖ Ís | n' t ít ↓
Where thére | are cóws | ? ‖ But hére | there áre | no cóws.

Befóre | I buílt | a wáll | I' d ásk | to knów ↓
What Í | was wál | ling ìn | or wál | ling óut,
And tò | whom Í | was líke | to gíve | offénse.
∧Sóme | thing there ís | that dóes | n' t lóve | a wáll,
That wánts | it dówn! | " ‖ I cóuld | say "élves | " to hím,
But ít's | not élves | exáct | ly, ‖ ánd | I' d ráth (er ↓
He sáid | it fòr | himsélf | . ‖ I sée | him thére,
∧Bríng | ing a stóne | ∧ grásp | ed fírm | ly ìỳ | the tóp ↓
In éach | hand, ‖ lìke | an óld | -stone sá | vage árm (ed.
He móves | in dárk | ness, ‖ ás | it séems | to mé,
Not òf | woods ón | ly ánd | the sháde | of trées.
He wíll | not gó | behínd | his fáth | er' s sáy (ing,
And hé | likes háv | ing thóught | of ít | so wéll ↓
He sáys | agáin | , ‖ "Good fén | ces máke | good néighb (ors."

全诗的基本节奏为抑扬格，该诗诗行末尾没有统一规范的押韵韵脚。因素体诗（the blank verse）在通常情况下是"特指抑扬格五音步的无韵诗（unrhymed verse of iambic pentametre）"[8]，又因全诗四十五行中有一行非抑扬格五音步，故总体来看，全诗应属近似素体诗。吴定柏先生在《美国文学欣赏》中就这首诗的诗体指出："This poem is written in blank verse, with five beats to a line, and the stress falls on every second syllable. Also, the lines do not rhyme."[9]这几句话的意思即：这首诗是用素体诗写成，每行五个音步，每个音步中，重音落在第二个音节上。还有，诗行不押韵。根据我在上文的分析，我们可以看出，吴先生的这一结论是不够准确的，这首诗严格地来说应属近似素体诗，因为有一处特征不符素体诗的要求。

该诗节奏变格共二十二处，不算少。其中，单音节替代共六处，分别出现在第一行第一音步，第十四行第四音步、第二十六行第三音步、第三十五行第一音步，第三十九行第一和第三音步上；超音步音节替代共十处，它们是第八行末尾、第十八行末尾、第十九行末尾、第二十四行末尾、第二十七行末尾、第二十八行末尾、第三十七行末尾、第四十行末尾、第四十三行末尾、第四十五行末尾；抑抑扬格替代共六处，分别为第一行第二音步、第十六行第五音步、第二十六行第四和第五音步、第三十五行第二音步、第三十九行第二音步。诗中用了这么多的节奏变格，这同诗的思想内容是有很大关系的。全诗触及到了两种对立的观点、态度，一种赞成建墙补篱，认为"好篱笆成就好邻居"；而另一种则不赞成补墙修篱，认为邻居之间建墙无甚必要。同时，这一派的观点还认为邻里之间建墙补篱已显过时，建墙补篱是在牛耕时代能显示其必要性，因那时墙有助于保护自家农田里的庄稼，现在时代已不同了，机械化的农业时代取代了过去的牛耕时代。最后这一派观点还认为，他的邻居未对其祖先所遗留下来的这句格言作过深入的研究。两种观点之间的对立交锋始终贯穿着诗的始终。诗的一开首就写出了有一种力量对墙不喜爱，欲使墙体坍塌，其实这是一种源于自然的力量，然后又从自然的力量联想到了猎手对墙的毁坏，猎人们出于种种可能的动机也会对墙加以破坏。接着诗人从这两种力量对墙体进行破坏所产生的结果——巨大的豁口的形成出发，自然地引出诗人拟邀请山外的邻居一起来修补豁口，在修补过程中，诗人很自然地抛出了自己的观点：There where it is we do not need the wall（在我俩修墙的地方，其实并不需要墙）。这是诗中对修墙表示真正反对、不主张在邻里之间建墙的诗人的观点。自然灾害及猎人对墙的破坏都在为诗人的这一观点的出场起铺垫作用。诗人的这一观点亮相以后，在余下的诗行中，诗人详尽地表达出了自己对"好篱笆成就好邻居"这一格言的不认可，他在表达这一不认可态度的同时，语气中暗含着嘲讽、戏谑。由于有这两种对立的观点的交锋，故诗人以较多的节奏变格来适应这一思想内容。观点不同，相互争斗，一方坚守不弃，另一方颇为不解，并加以嘲讽，对于这样的内容，若配以从头到尾都十分规整和谐的节奏，无疑是不相称的。

该诗用近似素体诗写就，素体诗在英语诗歌中占有一个十分重要且特别的地位，它也类属于传统的格律诗，但它同人们所常见的、古代诗人所常写的普通的传统格律诗不同，它在节奏上统一用抑扬格五音步，不像其他格律诗可以根据需要随意选择节奏类型，可以是抑扬格、抑抑扬格，也可以是扬抑格或扬抑抑格，音步数则更为自由，可以是三音步、四音步、五音步、六音步不等。另一个重要的特征是它行末不用韵，这就摆脱了普通的格律诗注重韵式所带来的束缚，它在表达思想方面要比普通的格律诗来得自由、开放、直接。诗行中可以有简单的陈述、描写，也可以有诘问，还可以有人物之间的对话等。长诗中经常可见素体诗，弗罗斯特的这首诗也较长，共四十五行，含三部分的内容，故他采用了近似素体诗来创作。长诗或较长的诗之所以用素体诗来创作，主要原因还是在于素体诗不用脚韵，这给诗人构思丰富的内容、设计较为复杂的结构情节、表达较为充沛、有时具有变化性的情感提供了较为开阔、自由的空间。也因其不用韵式，故素体诗的语言与散文语言较为接近。如《补墙》这首诗的语言就十分的平易晓畅、朴素清新。诗人以散文中经常采用的非常规范的语句、简单明了的遣词用语将两种对立的观点、诗人对建墙补篱和"好篱笆成就好邻居"的不认同及不认同的缘由娓娓道来，语气轻缓，语速不紧不慢，全诗读后让人有一种一唱三叹的审美功效。

全诗不分节，如山涧溪流从头至尾奔涌而下，读之十分地流畅自如。造成诗歌流畅的主要原因除上文所说的遣词用语等因素外，还有就是跨行（enjambement）技巧的有效应用。上面分析诗歌节奏时，已将跨行的标记“↓”标在诗中。何谓跨行？有时候一些在意义上和语法上互相密切关联的词从一个诗行跨入下一个诗行，则这样的诗行叫“跨行的诗行”（run - on verse）。“这种现象叫‘跨行’（enjambement）”[10]。

跨行现象发生时，读者在朗读中是不能停顿的，因“跨行”使两个诗行紧密地联合在一起，使诗行像流水一样毫无阻碍地川流不息。这首近似素体诗中有多处都用了跨行，加强了诗的流畅性，及诗歌内容前后的连贯性和衔接的自然性。

上文说到该诗有一唱三叹的审美功效，诗句读来给人以娓娓道来，语速不紧不慢的审美特征，造成这些审美现象发生的有一个重要的原因，即行内停顿（caesura）的有效使用。“行内停顿”多见于素体诗，这首近似素体诗中，也使用了这种特点。一般诗行在读到末尾时，读者会停顿一下，这是诗中所普遍见到的“‘行末停顿’（end - pause）”[11]，但若停顿现象发生于某一句诗行之间，那么“这样的停顿叫‘行内停顿’（Caesura；从拉丁文借入英语，原意为cut）”[12]。上面分析诗歌节奏时，凡是打有“‖”符号的都属于行内停顿。行内停顿使语气变缓，不致急促而使有些词语难以完全发音，它还能使诗人在一种不紧不慢的节奏中将自己的观点缓缓地说出，通过行内停顿，诗人可以直接提出自己的见解，还可以提出质疑，或与他人对话、争辩。行内停顿使朗读者不致在抑扬格五音步诗行的最后一个音步末尾才停顿下来，它使朗读者在某些诗行的中间部分可以稍作停顿，从而放慢、减缓朗读的速度和节奏，使声带能得到短暂的休息。这种技巧对于长诗的朗读者来说是极其有益的，它有益于朗读者能从头至尾保持饱满的精神状态、昂扬的激情；它对于长诗的创作者来说也十分有利，因它为诗人以一种十分优雅自如的方式叙述自己作品的内容提供了方便。

该诗没有统一的韵式，但诗中用了一些辅助性的韵，如头韵、行内韵等，请看：1. 头韵，如：第一行的 Something、第二行的 sends - ground - swell 和第三行的 spills - sun；第一行的 there - that、第二行的 That - the 和第三行的 the - the；第二行的 ground - swell 和第四行的 gaps；第五行的 The、第六行的 them、第七行的 they、第八行的 they - the、第九行的 the - The 和第十行的 them - them；第五行的 hunters、第六行的 have、第七行的 have、第八行的 have 和第十行的 has - heard；第五行的 work、第七行的 Where - one、第八行的 would 和第十行的 one；第七行的 stone - stone；第十行的 made - made、第十一行的 mending - time、第十二行的 my 和第十三行的 meet；第十一行的 we、第十三行的 we - walk、第十四行的 wall 和第十五行的 We - wall - we；第十行的 seen 和第十一行的 spring；第十一行的 them - there、第十二行的 the、第十三行的 the、第十四行的 the 和第十五行的 the；第十二行的 neighbor – know；第十二行的 beyond、第十四行的 between 和第十五行的 between；第十二行的 let 和第十三行的 line；第十六行的 the – that、第十八行的 them 和第二十行的 them；第十七行的 some – some – so、第十八行的 spell 和第十九行的 stay；第十八行的 We、第十九行的 where 和第二十行的 We – wear – with；第二十一行的 kind、第二十二行的 comes；第二十二行的 One 和第二十三行的 where – we – wall 和第二十五行的 will；第二十三行的 need 和第二十五行的 never；第二十六行的 his – him 和第二十七行的 He；第二十七行的 Good – good 和第三十行的 good；第二十七行的 make、第二十八行的 mischief – me 和第三十行的 make；第二十九行的 his – head；第二十九行的 notion 和第三十行的 neighbors；第三十一行的 there – there；第三十一行的 cows – cows；第三十一行的 But 和第三十二行的 Before – built；第三十一行的 no 和第三十二行的 know；第三十一行的 Where、第三十二行的 wall、第三十三行的 What – was – walling – walling、第三十四行的 was、第三十五行的 wall 和第三十六行的 wants；第三十二行的 to、第三十四行的 to – to 和第三十六行的 to；第三十四行的 like 和第三十五行的 love；第三十五行的 there – that 和第三十六行的 That；第三十五行的 doesn' t 和第三十六行的 down；第三十五行的 Something 和第三十六行的 say；第三十八行的 He – himself – him；第三十八行的 said – see、第三十九行的 stone、第四十行的 old - stone – savage 和第四十一行的 seems；第四十行的 hand、第四十一行的 He、第四十三行的 He – his、第四十四行的 he – having 和第四十五行的 He；第四十一行的 moves – me；第四十二行的 woods、第四十三行的 will 和第四十四行的 well；第四十三行的 saying、第四十四行的 so 和第四十五行的 says；第四十三行的 father' s 和第四十五行的 fences；第四十五行的 Good – good。

2. 行内韵，如第七行的 stone – stone，第十行的 them – them，第十行的 made – made，第十二行的 I – my，第十五行的 We – we，第十六行的 To – to，第十六行的 each – each，第十七行的 And – and，第十七行的 some – some，第十八行的 to – to，第十九行的 are – are，第二十三行的 There – where，第二十七行的 Good – good，第三十一行的 where – there – there，第三十一行的 are – are，第三十一行的 cows – cows，第三十三行的 walling – walling，第三十四行的 to – to，第四十二行的 of – of，第四十五行的 Good – good。

诗中用了大量的头韵和行内韵，尤其是行内韵用了多达二十处之多，这在很多诗歌中是较为少见的。尤其值得注意的是，很多的行内韵系同一单词的重复，读起来颇有韵味和乐感。头韵用得也相当之多，有时，同一句诗行中竟用了四个头韵。如此之多的头韵和行内韵使这首不带韵式的近似素体诗增添了很强的乐感，也使诗人的情感和思想内容能在动听的乐调中缓缓地流出，就宛如一股清流在淙淙的水声中不断向前运行一样。

该诗在修辞技巧的应用上也很有特点，诗中用了一些“平行结构”（Parallelism）、“平行对照”（Antithesis）和“重复”（Repetition）技巧。请看：

1. 平行结构，如：

①No one has seen them made or heard them made，在该句中“seen them made”和“heard them made”为平行结构。

②And some are loaves and some so nearly balls，在该句中，第二个分句“some so nearly balls”中省略了动词 are，故该句属于一种特殊的平行结构，即“‘平衡句’（Balanced Sentence）”[13]。

③What I was walling in or walling out，在该句中，“walling in”和“walling out”为两个平行结构，中间用了并列连词来连接。

④Good fences make good neighbors，在该句中，主语和宾语为两个平行结构，这种平行结构较为特殊，因它们中间没有用连词连接，两个词语分别为一个简单的陈述句中的主语和宾语。这样的结构很稳定，前后对称，适用于一些格言、谚语当中。

2. 平行对照，如：He is all pine and I am apple－orchard，在这一例中，前后两句在结构上平衡对称，但在意义上互相对照，强调我家的田里种的是苹果，而他家的地里长的是松树，两家种的植物不同。

以上“平行结构”和“平行对照”的成功使用使语言的结构平衡、对称，增强了语言的流畅性、音乐性、简约性。尤其是“Good fences make good neighbors”的巧妙使用使诗的语言十分古雅，意境清丽淳美，该句无论在意义上还是在结构上都颇似格言警句。一首诗能诞生出一句或两句为人所称道、反复吟咏，或值得不同时代的读者详加探究玩索的格言警句，或一两句启人心智、生动有趣的成语谚语，实属不易，而弗罗斯特在这首诗中却为我们做到了。

3. 重复，如：“Good fences make good neighbors”重复了两遍。“Something there is that doesn't love a wall”重复了两遍。这两句反映了诗中对立的态度，一种主张建墙补篱而另一种则反对。这两句话在诗中的重复是为了突出这两种态度之间的对立，它们可以烘托诗的主题思想和诗人及邻居对墙的不同的情感态度。

四、结语

该诗发表于 1914 年，正是西方现代主义文学运动蓬勃发展的时期，诗人没有像其他诗人那样追随时代发展的新潮流，而是将自己的审美目光投向传统的诗歌形式，倾心沉浸于西方传统文化丰富的滋养之中。诗人以一首近似素体诗向我们讲述了自己对补墙的看法。素体诗在罗伯特·弗罗斯特之前是很少为美国诗人所触及的一种诗体，在罗伯特·弗罗斯特同代的诗人当中也更少有人创作过。弗罗斯特是继承了英国古代文学的传统而进行创作的。在英诗中，最早使用素体诗的是16世纪的萨雷伯爵（Henry Howard，Earl of Surrey, 1517—1547），但使用素体诗进行创作而获致成功并具有较大影响的最早诗人，一般人认为是马洛（Christopher Marlowe，1564—1593）。莎士比亚用素体诗创作戏剧，密尔顿用素体诗创作史诗《失乐园》（*Paradise Lost*）。弗罗斯特吸取了英国文学中的这一传统养料，创作了一首近似素体诗，在很大程度上弥补了美国文学在这方面的不足，为美国民族主义文学的发展作出了独特的、应有的贡献。

在这首近似素体诗中，诗人用了不少的“行内停顿”和“跨行”，这一特点颇有些密尔顿的诗风。密尔顿在素体诗中就会比较自由开放地使用“行内停顿”和“跨行”，弗罗斯特吸取了这一风格特点，我们看到这首诗的意义表达得十分自如流畅，不同的内容之间转换自然、衔接紧密，上下文前后连贯一致，读之如行云流水。这在很大程度上应归功于“跨行”的有效使用。而“行内停顿”则使诗行读起来沉稳平缓，不疾不徐，对诗人感情的充分发挥，诗意的完满表达起到了有力的促进作用。

继承也是一种创新。弗罗斯特继承了英国文学的古老传统，为美国民族主义文学的发展添上了精彩的一笔，这一笔似锦上添花，使美国民族主义文学的艺术阆苑里又增添了一朵灿烂的奇葩。1950年在他75岁生日时，美国政府在向他祝寿时尊称他为美国民族诗人，这足以可见弗罗斯特对美国民族主义文学发展所做的巨大贡献。

弗罗斯特在《补墙》一诗中提出了自己对补墙的看法，表达出了对邻人所说的“好篱笆成就好邻居”的不赞成态度。对弗罗斯特和其邻人对补墙这一问题所持的不同观点、态度加以引申，我发现，弗罗斯特的观点态度非常符合美国进步主义时代美国政府和美国人民在社会的各领域大力推进社会改革的主张和时代潮流。也可以说，弗罗斯特对“好篱笆成就好邻居”的不认同，对邻人热衷于补墙修篱的戏谑，在20世纪早期的美国进步主义时代是具有很强的现实意义的，对美国政府和人民在社会的各行各业推行大刀阔斧的改革是具有有力的推动作用的。人与人之间不应有墙，有了墙，会妨碍人与人之间的沟通交流，会有害于社会的和谐、团结、文明和发展。有了墙，政府和人民应想方设法将之拆除，这样才能促进社会的稳定、进步。

弗罗斯特的观点、态度在这一意义上对美国梦的发展也具有重要的意义。发展美国梦，将美国建设成为一个自由、民主、和谐的国家，需要和睦的人际关系，需要人与人之间的平等，需要社会整体的富裕而不是贫富之间的巨大悬殊，需要社会成员，不管是男性还是女性，都能竭其所能为国家发展贡献自己的智慧和力量。可以说，社会的发展就在于一座座竖立在人与人之间、人与集体之间、集体与集体之间的墙被一个个推翻、拆毁。

弗罗斯特在诗中的观点、态度在有些情境、形势下是不可取的，但在这不可取之中又包含着可取的因素，因为它能提醒人们墙也就是隔阂、不和谐、危机、危险等因素的存在，它还能提示人们应想方设法地去消除这些否定性、不利的因素。更进一步地说，它能引导人们去为一个更加理想的生存环境，一个更理想的社会制度去奋斗、去努力。其实，美国梦的实现就意味着生存环境的适宜和优美、人与人之间的平等、社会制度的优越、人民在这一制度下的安居乐业和自由舒畅，因此，弗罗斯特在诗中对建墙所持的观点、态度也是在启示人们去为美国梦的腾飞增添翱翔的羽翼。

注释

[1] 卡罗尔·帕金，克里斯托弗·米勒，等. 美国史（中册）[M]. 葛腾飞，张金兰，译. 上海：东方出版中心，2013：437

[2] 卡罗尔·帕金，克里斯托弗·米勒，等. 美国史（中册）[M]. 葛腾飞，张金兰，译. 上海：东方出版中心，2013：438

[3] 卡罗尔·帕金，克里斯托弗·米勒，等. 美国史（中册）[M]. 葛腾飞，张金兰，译. 上海：东方出版中心，2013：440

[4] 卡罗尔·帕金，克里斯托弗·米勒，等. 美国史（中册）[M]. 葛腾飞，张金兰，译. 上海：东方出版中心，2013：442

[5] 卡罗尔·帕金，克里斯托弗·米勒，等. 美国史（中册）[M]. 葛腾飞，张金兰，译. 上海：东方出版中心，2013：447

[6] 马克思. 1844 年经济学哲学手稿 [M]. 北京：人民出版社，2000：81

[7] 马克思. 1844 年经济学哲学手稿 [M]. 北京：人民出版社，2000：81

[8] 吴翔林. 英诗格律及自由诗 [M]. 北京：商务印书馆，1993：188

[9] 吴定柏. 美国文学欣赏（第二版）[M]. 上海：上海外语教育出版社，2009：138

[10] 吴翔林. 英诗格律及自由诗 [M]. 北京：商务印书馆，1993：54

[11] 吴翔林. 英诗格律及自由诗 [M]. 北京：商务印书馆，1993：49

[12] 吴翔林. 英诗格律及自由诗 [M]. 北京：商务印书馆，1993：49

[13] 黄任. 英语修辞与写作 [M]. 上海：上海外语教育出版社，1996：154

第三节　论罗伯特·弗罗斯特和他的《摘苹果之后》

Robert Frost

After Apple – Picking

My long two – pointed ladder’ s sticking through a tree
Toward heaven still,
And there’ s a barrel that I didn’ t fill
Beside it, and there may be two or three
Apples I didn’ t pick upon some bough.
But I am done with apple – picking now.
Essence of winter sleep is on the night,
The scent of apples: I am drowsing off.
I cannot rub the strangeness from my sight
I got from looking through a pane of glass
I skimmed this morning from the drinking trough
And held against the world of hoary grass.
It melted, and I let it fall and break.
But I was well
Upon my way to sleep before it fell,
And I could tell
What form my dreaming was about to take.
Magnified apples appear and disappear,
Stem end and blossom end,
And every fleck of russet showing clear.
My instep arch not only keeps the ache,
It keeps the pressure of a ladder – round.
I feel the ladder sway as the boughs bend
And I keep hearing from the cellar bin
The rumbling sound

Of load on load of apples coming in.
For I have had too much
Of apple - picking: I am overtired
Of the great harvest I myself desired.
There were ten thousand thousand fruit to touch,
Cherish in hand, lift down, and not let fall.
For all
That struck the earth,
No matter if not bruised or spiked with stubble,
Went surely to the cider - apple heap
As of no worth.
One can see what will trouble
This sleep of mine, whatever sleep it is.
Were he not gone,
The woodchuck could say whether it ’ s like his
Long sleep, as I describe its coming on,
Or just some human sleep.

罗伯特·弗罗斯特一直被誉为美国的田园诗人，他一生写作了大量的以田园风光、田园劳动为题材的诗歌，诗风洋溢着一股股浪漫而淳朴的乡村气息，读他的诗，似能看到美国新英格兰地区秀美的自然风光、朴实勤劳的农民和嗅到新英格兰美丽土地醉人的芬芳。他的诗中有欢鸟在林中愉快地歌唱，有雄鹰在高空展翅翱翔，有葱翠欲滴的草地，有覆盖山林的皑皑白雪，还有满坡遍野的紫茎山莓。读他的诗，我们还能领略到农民粗犷直率的性格、农民耕种田地的艰辛和农民收获劳动果实的幸福和甜蜜。下面就让我们通过上面的《摘苹果之后》来分享一下新英格兰农村的田园气息和诗人喜获丰收之后的那种愉悦心情吧！

一、大意解读

我将一条长梯子架在一棵树上，梯子的两个尖端从树枝间伸了出去，直插苍穹，梯子旁有一只桶，还没有装满，树枝上大概还有两三个苹果，我还没有摘。不一会儿活干完了，苹果已全部摘完。冬眠的气息已在夜晚的空中，这气息加上苹果的香味让我昏昏欲睡。我无法抹去眼前那幅奇怪的景象，这是我今天早上从饮水槽中刮起一层浮冰，并通过这浮冰观看物体时所获得的那种模糊的感觉印象。我今天早晨，从饮水槽中刮起一层浮冰，将之拿着对着一堆枯草，枯草有热量，浮冰融化了，我让它从手中滑落、粉碎。但是在它降落下来之前，我已渐渐进入梦乡。我能说得出我的梦会是什么样的状况。硕大的苹果一会儿出现，一会儿又消失了。苹果柄的末端、苹果的底端及赤褐色苹果身上的每一处斑点都清晰可见。我脚背弓起的部分不仅疼痛依旧，而且还得承受扶梯级棍的压力。当树枝弯曲时，我感到梯子在摇晃。我会连续不断地听到地窖箱子里传出的声响，那是一担担（一捆捆）的苹果滚进去而发出的隆隆声响。我已摘了太多的苹果，我对自己所期望已久的大丰收过于厌倦。有成千上万个苹果需要触碰，我要用手一个个轻柔地抚摸它们，摘下它们，不让其落到地下。对于所有那些掉落到地面的苹果来说，不论它们是擦伤抑或是被庄稼的残梗刺穿，都一样送到有待榨汁的那堆苹果中，这一类苹果从此被视为无甚价值的苹果。人们都能看得出来什么东西会来打搅我的这种睡眠。不管我睡得怎么样，只要土拨鼠在此的话，听到我描述这睡觉的经过，它就能说得出我的睡眠是像它的长眠还是像某些人的睡眠。

二、主题思想讨论

全诗较长，但只有一节。整节诗可分为四个部分。第一部分从第一行至第六行。这一部分告诉我们，诗人架梯摘苹果，不一会儿功夫，诗人将苹果全部摘完。第二部分从第七行至第十七行。在这一部分，苹果清醇甘甜的芳香让诗人陶醉。诗人于劳动中竟觉意识模糊，眼前出现一片混沌朦胧的景象，不久便昏昏然，沉入甜蜜的梦乡。第三部分从第十八行至第三十六行。在这一部分，诗人描绘了梦中摘苹果及听到苹果运入地窖箱里的情景。第四部分从第三十七行至诗的末尾。这一部分诗告诉我们，诗人的睡眠会很长很长，亦即诗人会倾其全部心志投入到摘苹果的劳动中，他会久久地沉湎于这幸福的劳动生活中。

该诗是罗伯特·弗罗斯特旅居于伦敦时所作，发表于 1914 年出版的《波士顿以北》。1914 年是第一次世界大战爆发的年代。该年的 6 月 28 日，一名塞尔维亚的恐怖分子杀害了奥匈帝国的王位继承人弗朗茨·费迪南大公和其爱妻索菲亚。作为对此暗杀的有力回应和报复，奥匈帝国在确证自己已得到德国的支持后，随即向塞尔维亚宣战。俄国在确证已获得法国的支持以后出兵支持塞尔维亚。德国在 1914 年 8 月 1 日向俄国宣战，随后又向法国宣战。如此，第一次世界大战正式爆发了。1914 年也是罗伯特·弗罗斯特在伦敦专心致志地从事诗歌创作的时期，他于书斋潜心创作之时也敏锐地感觉到了欧洲政治舞台的喧哗与骚动。战争一爆发，弗罗斯特就知道，伦敦乃至整个英国已放不下一张书桌了。对于从美国远涉重洋前来伦敦专事诗歌创作和出版的弗罗斯特来说，欧洲的局势无疑是令他十分失望和遗憾的。其时，在国内，他的同胞，许多美国人为很多欧洲国家卷入战争而“感到震惊、悲伤和反感”。[1] 因为在战争爆发的 1914 年 8 月之前，许多美国人曾认为，在被西奥多·罗斯福所称之为的世界“文明”国家之间发生战争“是不可思议的”。[2]世事的发生往往是不以人的意志而转移的，战争到底还是发生了。战争会使国与国之间处于混乱无序的状态，会使卷入战争中的人民处于恐惧、动荡、无尽的危险状态之中。当璀璨的流星突然从眼前消失，人们会仰视、回头观望，急切地期盼那耀眼的美丽的星星能再次划过天际，出现于人们的视野当中。当和平突然在人们安宁平静的生活中消失之时，人们会像期望能再次观赏到流星闪现那样，盼望和平能像美丽的天使那样降临人间，让人们再次沉湎于温暖如春、舒适怡人的环境当中。弗罗斯特写作这首《摘苹果之后》，根据诗人其时所处的时代历史背景，我认为应是对和平安宁生活的一种向往和憧憬。诗表面看去是追忆他在美国新英格兰农场参加劳动、摘苹果的情景，实际上其潜藏的深刻含义应是对战争的反感、厌恶，对和平美好生活的热烈期冀。

诗人在摘完了树上的苹果之后，因身心的劳累感觉到了困倦，此时苹果那令人陶醉的芳香沁入肺腑，他感到睡意沉沉。朦朦胧胧中，他想到了早上括冰一事。早起括去饮水槽中的浮冰，那时他所产生的那种模糊的感觉印象也让他颇为沉迷、昏昏欲睡。他不久就进入了甜美的梦乡。诗人进入的梦乡不是那闪耀着五光十色霓虹灯的都市街道，不是摩天大楼里豪华奢侈的办公室，不是那充溢着一群群狂歌热舞的青年男女、散发着浓郁的酒味和香水味的酒吧和夜总会，而还是那片果园，那片果园里一个个硕大诱人、醇美香甜的苹果，还有果园里辛勤的劳作，这些占满了他整个梦境。一般人们在劳动之后，会找一个适于休憩之处入睡，以消除全身心的疲劳，但诗人与常人不一样的是，他于劳动中，在劳动的场地就入睡了。而且伴随诗人入睡的不是很多人所追求的奢靡豪富的生活，而还是劳动。可见诗人在这里将休息也当作了一种劳动，而劳动也成了一种休息；同时诗人将梦境与现实也做了混淆。诗人于早晨括冰就朦朦胧胧地仿佛进入了一场梦境，而收获完苹果真正进入梦乡之后，他又站在摇摇摆摆的梯子上开始采摘苹果。诗人于现实的劳动生活中寻求、体味梦的神秘、梦的美好，他又于温馨醇香的梦境中体验劳动的快乐。当然劳动也有其艰苦、危险之处，在诗中，我们看到，诗人要忍受身上的一些伤痛，忍受扶梯级棍的压力及梯子晃动时所产生的一种危险感。但眼前那一个个挂满枝头硕大的苹果，它们一个个静静地待在树上等待他去温柔地亲抚、轻轻地摘下，再听到那一箱箱的苹果隆隆响地滚进地窖箱里，他身上的伤痛及心灵上所有的些微的担心、恐惧之感都会烟消云散。劳动会有其特有的艰辛之处，这是自然的，但劳动也有它特有的甜蜜和幸福感。有时，那种荡漾在心头的甜美和幸福会压过一切疼痛、恐惧之感，而这样的甜美和幸福就蕴藏于艰苦的劳动之中。幸福与艰苦共在，或幸福产生于艰苦的劳动之后、喜人的收获之中。诗人细腻地描写了梦中的劳动，从艰苦的劳动中，我们能体味到诗人心头所洋溢着的那种幸福感、满足感、愉悦感。对劳动，诗人甘之如饴。一年的汗水和心血、一年的勤奋耕耘在今日终于有了结果，有了收获，这种幸福是任何事情所带来的快乐之感所不能比拟的。这一部分的描写也是该首诗的主要部分，诗人如此不惜浓墨重彩地描写梦中的劳动，除了寻找、体味或沉迷于梦的美好之外，还有就是从梦中获取现实的力量。诗人所生活的现实社会、所处的时代历史环境是残酷的，因战争的炮火已打响。战争会让所有人整日生活在惴惴不安的状态当中，战争会让人的心灵脆弱不堪，此时，诗人需要心灵的能量来战胜现实的恐惧和危险。而这一能量只能来源于诗人在故乡所钟爱的劳动，来源于梦中艰苦而又幸福的田间劳作。

诗人在梦中劳动，在劳动中沉入梦乡，他将劳动与睡眠有机地交融在一起。他描写了梦境的美好，而这美好来自于劳动的艰辛和甜美。劳动如睡眠，睡眠如劳动，它们都能使诗人得到身心的休息、舒适和甘美。没有劳动的睡眠在诗人那里是不够甜美的，因它不会长久，有了劳动的睡眠会深而久之，就如土拨鼠的长眠一般。从这里，我们可以看出，诗人十分热爱劳动，喜爱田园生活，乐于陶醉在劳动的果实那醉人的芬芳之中、丰收的喜悦之中。诗人对田园生活、地间劳动的赞美也警示人们要预防战争、阻止战争，因劳动须在和平的环境里才能进行。没有和平、安宁、稳定的世界秩序，就没有劳动的愉悦和幸福，因此该诗也有提醒美国政府和人民不要盲目地卷入战争，欧洲所有参战国应该尽早结束战争的含义。

诗人以诗意的笔触描写了田园生活，梦中劳动的场景，这在其时应是倡导了一种回归自然的生活方式，张扬了人与自然交融一体的精神。社会生活是混乱、动荡、无序的，但自然是美丽的，远离都市的自然依然保持其固有的美质。越是在社会动乱、世界发生战争之时，人越要返璞归真。人应从自然中汲取美质，效法自然、崇尚自然、热爱自然。弗罗斯特在此时的观念与我国汉代今文经学大师董仲舒在《春秋繁露》中所阐述的主导思想有相近之处，也可以说他吸取了董仲舒在《春秋繁露》中的主要观点，即“天人合一”。董仲舒认为，天地有其特有的美质，因它能以其仁爱慈厚的胸怀滋润万物，助其生长，养育宇宙生灵。董仲舒指出：“仁之美者在于天，天仁也。天覆育万物，既化而生之，有养而成之，事功无已，终而复始，凡举归之以奉人。察于天之意无穷极之仁也。”（《春秋繁露·王道通三》）天地以其宽厚无私的道德力量、助万物生长发育的可贵品格给人以心灵的慰藉、精神境界的提高。弗罗斯特在一战爆发之初以抒情的笔触，描写田园生活，这是旨在让人们回归自然，从美好的田园生活中汲取力量，从芬芳的泥土、馥郁芳醇的苹果、青翠欲滴的树叶枝丫中吸取美质，培养仁慈、和善、亲切的精神品格，这样可与外界战争的残酷、野蛮形成强烈的对照。通过这样的对照，人们会以巨大的热情去珍爱和平、保卫和平、反对战争并尽快结束战争。

弗罗斯特所倡导的自然观是对美国浪漫主义诗人也是美国最早的自然主义诗人，被誉为“美国的华兹华斯”布莱恩特自然观的一种继承与发展。在布莱恩特《哦！乡村最美的姑娘》（O Fairest of the Rural Maids）一诗中，诗人通过乡村姑娘生于森林、长于森林并在森林中嬉戏游玩的事实，阐述了人与自然融为一体的理念。森林养育了人类，人类离不开森林、离不开阳光、离不开清澈湛蓝的湖水和森林中清新的空气。弗罗斯特通过自己亲自参加田园劳动也阐述了自然与人类共存同在的道理。劳动让人幸福，田园生活、田间劳作让人感觉人生的美好、惬意。诗人于劳动中沉入梦乡，而于梦乡中仍勤奋地劳作。诗人的这一自然观应是顺着布莱恩特自然观的血脉一路发展而来的。布莱恩特的自然观在 19 世纪有警示美国政府在发展物质文明的同时应注重生态文明建设的作用，而 20 世纪早期弗罗斯特的自然观则包含着让人类珍爱和平、反对战争的用意。

凡是热爱自然、亲近自然、热爱劳动、喜欢田园生活的人都有一颗善良的心灵。弗罗斯特深知这一点。他对美好的梦境、丰收的快乐、愉快的劳动场景的描写让人对自然产生一种无限爱恋之情。这样的情愫能抑制住人性中一切恶的因素，能助生人性中一切善的因子。在很多参战国如狼似虎般杀戮、相互算计、彼此陷害，很多平民百姓整日惶恐万分、胆战心惊之机，弗罗斯特的这首诗歌恰如一道清澈透亮、甘洌怡人的山间小溪流过人们的心田，它似能让战争的火焰减弱它的威力，让人们懂得和平的宝贵，让所有的百姓透过战争的硝烟看到黎明的曙光、生的希望。

三、艺术特征分析

该诗语言清新朴素，意境优美。劳动、收获场景的描写十分生动、细致、栩栩如生。遣词造句十分规范、得体。下面分析一下该诗的节奏。

After Apple – Picking

My lóng | two – póin | ted lád | der’ s stíck | ing thróugh | a trée ↓
Towárd | ∧ héa | ven stíll |,
And thére’ s | a bár | rel thát | I didn’ t fíll ↓
Besíde | it, ‖ ánd | there máy | be twó | or thrée ↓
∧ Áp | ples Í | didn’ t píck | upón | some bóugh.
But Í | am dóne | with áp | ple – píck | ing nów.
∧ És | sence of wín | ter sléep | is òn | the níght,
The scént | of áp | ples: ‖ Í | am drów | sing óff.
I cán | not rúb | the stránge | ness fròm | my síght ↓
I gót | from lóok | ing thróugh | a páne | of gláss ↓
I skím | med this mór | ning fròm | the drínk | ing tróugh ↓

And héld | agáinst | the wórld | of hóa | ry grάss.
It mél | ted, ‖ ánd | I lét | it fáll | and bréak.
But Í | was wéll ↓
Upón | my wáy | to sléep | befóre | it féll,
And Í | could téll ↓
What fórm | my dréa | ming wás | abóut | to táke.
∧Mág | nifi | ed áp | ples appéar | ∧ànd | disappéar,
Stem énd | and blós | som énd,
And éve | ry fléck | of rús | set shów | ing cléar.
My ín | step árch | not ón | ly kéeps | the áche,
It kéeps | the prés | sure òf | a lád | der-róund.
I féel | the lád | der swáy | as the bóughs (bend
And Í | keep héa | ring fròm | the cél | lar bín ↓
The rúm | bling sóund ↓
Of lóad | on lóad | of áp | ples cóm | ing ìn.
For Í | have hád | too múch ↓
Of áp | ple-píck | ing: ‖ I ám | overtír (ed ↓
Of the gréat | ∧ hár | vest Í | mysélf | desír (ed.
There wére | ten thóu | sand thóu | sand frúit | to tóuch,
∧Ché | rish ìn | hand, ‖ líft | down, ‖ ànd | not let fáll.
For áll
That strúck | the éarth,
No mát | ter ìf | not brúis | ed or spík | ed with stúbb (le,
Went súre | ly tò | the cíd | er-áp | ple héap
As òf | no wórth.
One cán | see whát | will tróub (le ↓
This sléep | of míne | , ‖ whatév | er sléep | it ís.
Were hé | not góne,
The wóod | chuck cóuld | say whéth | er ít' s | like hís ↓
Long sléep | , ‖ as Í | descríbe | its cóm | ing òn,
Or júst | some hú | man sléep.

该诗共一节，含四十二行。总起来看，诗行长短参差不齐，最长的诗行有九个单词，而最短的诗行仅有两个单词。由于诗行长短没有规律，故各行的音步数也有多有少。诗的基本节奏为抑扬格，全诗以抑扬格五音步做节奏的诗行占多数，共二十六行，其余诗行的音步数有的为六音步，有的为四音步，还有的为三音步、二音步，最少的音步数仅为一音步。从诗行的排列形式、各行的长短情况来看，该诗具有自由诗的一些特征，但各行的音步数具有可分辨性，虽然各行的音步数不够整齐。因此，从节奏的可析性、音步的可分辨性来看，该诗要是作为自由诗，其特征又要模糊、淡弱些。

该诗的节奏中出现了一些变格，共二十一处。全诗共四十二行，在诗歌的形式上采用了自由诗的一些特征，因此这二十一处变格在全诗的节奏中不算多。在这二十一处变格中，抑抑扬格替代的共九处，它们是第三行第四音步、第七行第二音步、第十一行第二音步、第二十三行第四音步、第二十八行第三音步、第二十九行第一音步、第三十一行第五音步、第三十四行第四音步、第三十四行第五音步；单音节替代的共七处，它们是第二行第二音步、第五行第一音步、第七行第一音步、第十八行第一音步、第十八行第五音步、第二十九行第二音步、第三十一行第一音步；超音步音节替代共五处，分别出现在第二十三行末尾、第二十八行末尾、第二十九行末尾、第三十四行末尾、第三十七行末尾。

节奏变格出现得较多的地方是诗的第三部分，即诗人在梦境中参加劳动这一部分。这一部分变格共有十三处，占变格总数的近三分之二。此处变格明显较多，同这一部分的思想内容是有密切联系的。在这一部分，诗人已沉沉入睡，夜晚空气中睡眠的气息，加上苹果特有的香味和诗人劳动后身心的疲劳将诗人带入甜美的梦乡，在那怡情悦神的美妙梦乡里，诗人又继续开始了他所喜爱的田间劳动——摘苹果。劳动是喜人的，劳动是幸福的，但劳动也是不易的、艰辛而带有一定的危险性的。在这一部分，诗人写到了那一个个丰润甘甜、硕大光圆的苹果，写到了那一箱箱喜人的苹果滚进地窖箱子里，同时还发出一阵阵隆隆的声响。看到、听到这样的场景，诗人无疑是高兴异常的，尤其是摘苹果时，触碰到树上那一个个可爱美丽的苹果，用手轻柔地抚摸，再满怀深情地采摘，这无疑是一个果农一生中最为幸福的事。但有幸福也有痛苦，幸福甜蜜当中也包含着伤痛、痛苦、担忧。在这一部分，我们了解到，诗人脚背弓起的部分疼痛照旧，而且他还得承受扶梯级棍的压力。站在梯子上，当树枝弯曲时，梯子摇晃，此时诗人会心怀担忧和几分惧怕。另外，摘苹果时，有一些苹果会不小心掉落地上而致擦伤或被刺破，这无疑是不幸之事，会让人倍感失望或遗憾，这是人之常情。所有这些带有否定性的情感因素同带有肯定性的情感因子如幸福、愉悦、甘美等是并存的，一般情况下，痛苦中包含着幸福，而幸福中也蕴藏着艰辛、苦痛。所以在这一部分，诗人以较多的节奏变格来适应这一思想内容，相较于其他几个部分，这一部分节奏变格较多，通过上文的分析，已属显而易见、不难理解了。

在诗的最后一部分，即从第三十七行至第四十二行，诗的节奏变格仅有一处。这一部分的内容是说明性的，诗人将自己在果园中的睡眠与土拨鼠的长眠做了比较，说明自己的睡眠是很香、很沉、很长的。他的睡眠不是那种普通人的睡眠，而是类似于土拨鼠的长眠，因他的睡眠产生于劳动，也是在劳动中的睡眠。他的睡眠是劳动中的睡眠，他的劳动也是在睡眠状态中的劳动。这一部分主要是说明事理，通过事理的说明，进一步阐述自己对劳动的热爱。故诗人在这里没有使用很多的节奏变格，因说明、阐述事理原由的语言在节奏上应属较为平和稳定的，不适宜使用较多的节奏变格。

下面本文研究一下该诗的音韵。

全诗未分节，用了很多的韵脚，每隔几行就换一种韵式。从诗的整体来看，没有统一规范整齐的韵式，这一点同传统的格律诗大为不同。从第一行至第四行，韵式为 abba；从第五行至第六行，韵式为 aa；从第七行至第九行韵式为 aba；从第十行至第十二行，韵式为 aba；从第十三行至第十七行，韵式为 abbba；从第十八行至第二十三行，韵式为 abacdb；从第二十四行至第二十六行，韵式为 aba；从第二十七行至第三十行，韵式为 abba；从第三十一行至第三十六行，韵式为 aabcdb；从第三十七行至第四十二行，韵式为 abcbcd。

以上各种韵式是根据韵脚所出现的诗行来确定的，为诗中各种不同的小韵式。这些小韵式有的属于两行诗节，有的属于三行诗节，还有的属于四行、五行和六行诗节。其中有两处四行诗节的韵式 abba 为传统格律诗中的抱韵（enclosing rhyme），还有一处两行诗节的韵式 aa 为传统格律诗中的“双行联韵体”（the couplet）。其余各处的小韵式在传统的格律诗中均属罕见，应视为诗人的创新。

全诗在音韵上吸取了传统格律诗的特点，即用脚韵，但脚韵用得很随意，变化较大，变换次数较多，整体的韵式没有统一性、规律性。从上述所分析的诗行排列特点、诗的节奏特点及各行音步的特点，再结合韵式、韵脚的特征来看，该诗应属一首现当代英语格律诗，也可以看作一首半自由半格律诗，这是因为诗的诗行排列与惠特曼的自由诗非常接近，有的很长，而有的则很短。若作为一首半自由半格律诗，全诗的格律诗成分占大多数，而自由诗的成分则较少，主要体现于诗行的排列上。弗罗斯特的很多诗都属传统的格律诗，但他偶尔也会创作一些与传统格律诗有较大距离的诗，这首《摘苹果之后》就属此类诗。这首诗在艺术形式上与20世纪诗歌的发展趋势是合拍相协的。20世纪，还有很多诗人在写格律诗，但在格律上已非常宽松了，很多诗人的格律诗应属现当代英语格律诗，即在传统的格律诗基础上进行了一些创新性改造的诗，这一类诗与19世纪浪漫主义高潮时期的诗人迪金森的很多诗应同属一家，一脉相承。但比较弗罗斯特的诗和与其同时代的现当代格律诗，我们发现很多现当代格律诗节奏变格甚多，诗行音步难以分辨，诗行不入韵的也很多，同时诗中还会有很多不完全韵的大量使用，而弗罗斯特的这首诗则没有这些特点，应该说，他的诗中传统格律诗的光辉依然是灿若可见的，有时甚至是光彩夺目的。

该诗除了用了不少的脚韵外，还用了以下一些韵：

1、头韵，如：第一行的 two - pointed 和第二行的 Toward，第一行的 sticking 和第二行的 still，第三行的 there's - that 和第四行的 there，第三行的 barrel 和第五行的 bough；第五行的 didn't 和第六行的 done，第五行的 pick 和第六行的 apple - picking，第五行的 some、第七行的 sleep、第八行的 scent 和第九行的 strangeness - sight，第六行的 now 和第七行的 night；第十行的 got - glass，第十行的 from、第十一行的 from、第十三行的 fall 和第十五行的 fell，第十一行的 this - the 和第十二行的 the，第十二行的 world、第十四行的 was - well 和第十五行的 way，第十一行的 morning、第十三行的 melted、第十五行的 my、第十七行的 my 和第十八行的 Magnified，第二十行的 clear、第二十一行的 keeps、第二十二行的 keeps 和第二十四行的 keep，第二十三行的 boughs - bend 和第二十四行的 bin，第二十三行的 sway、第二十四行的 cellar 和第二十五行的 sound；第二十六行的 load - load，第二十七行的 have - had 和第二十九行的 harvest，第二十七行的 much 和第二十九行的 myself，第三十行的 thousand - thousand，第三十行的 ten - to - touch，第三十一行的 lift - let，第三十三行的 That - the，第三十三行的 struck、第三十四行的 spiked - stubble 和第三十五行的 cider - apple，第三十四行的 with、第三十五行的 Went、第三十六行的 worth、第三十七行的 One - what - will、第三十八行的 whatever、第三十九行的 Were 和第四十行的 woodchuck - whether, 第三十七行的 see、第三十八行的 sleep - sleep、第四十行的 say、第四十一行的 sleep 和第四十二行的 some - sleep，第三十九行的 he、第四十行的 his 和第四十二行的 human。

2、行内韵，如：第八行的 of - off；第九行的 I - my；第十三行的 It - it；第十三行的 and - and；第十八行的 appear - disappear；第十九行的 end - end；第二十六行的 Of - of；第二十六行的 load - load；第三十行的 thousand - thousand；第三十八行的 sleep - sleep。

上述头韵、行内韵的大量使用与多种脚韵的交替使用增强了诗的韵味，使全诗虽不具传统格律诗那种整齐悦耳、规范一致的乐感，但在诗句的动听感和适宜读者富有感情性的朗读方面，则是毫不逊色的。头韵、行内韵的使用也加强了诗句的流畅性。

诗中“跨行”技巧的有效使用也促进了诗句的流畅性。上文分析诗歌节奏时打有“↓”符号的都为“跨行”技巧的标记。“跨行”使诗句之间不但在语法形式上联结在一起，而且使诗句在意义上很自然地连贯起来，也使上下句之间朗读起来显得润滑、流利。除了“跨行”，诗人还使用了“行内停顿”。上文分析诗歌节奏时，凡是打有“‖”符号的皆为“行内停顿”技巧的标志。这是一首较长的诗，共四十二行，总共只有一节，诗人有效地使用了“行内停顿”，这使读者在朗读该诗时，可以不致过于急促、疲劳，除了不少的“行末停顿”外，再增加一些“行内停顿”，这样可增强语气的平缓，同时，它既可增强朗读者对朗读内容的理解，也为读者理解诗的内容提供了便利。

四、结语

通过上文的分析，我们知道，这首诗为一首现当代的英语格律诗。弗罗斯特的大部分诗在艺术形式上都比较传统，他认为写诗要遵循格律传统，作诗没有格律如同打网球没有网栏。但是，这首《摘苹果之后》离传统的格律诗的要求则较远。它归入了现当代英语格律诗的范畴，从这首诗的艺术形式上，我们可以推知，弗罗斯特在20世纪早期，尤其是当他于20世纪早期旅居英国伦敦之时，是受到了西方现代主义文学运动的影响的。现代主义最早起源于19世纪90年代的德国，后来在20世纪意象主义文学运动领域展示了其强劲的势头。1908年，英国哲学家兼作家托马斯・厄内斯特・休姆（Thomas Ernest Hulme，1883—1917）于伦敦创办了诗人俱乐部，掀起了意象主义运动，在美国，意象主义运动于1912年在芝加哥发起。意象主义创作方法虽不见于弗罗斯特的诗《摘苹果之后》，但意象主义作为现代主义文学运动的一个重要的分支，却以其对维多尼亚诗歌及那时传统的创作技巧和方法的反叛而对弗罗斯特的创作，产生了一定的影响。当文学运动像汹涌的波涛滚滚而来的时候，弗罗斯特总的来说是能够坚守传统的，不为时代的风潮、习性所动，但身处当时的环境和特有的文学气候，他有时不免也会受到时代的审美趣味、审美观念的影响。这首《摘苹果之后》就带有20世纪早期现代主义文学运动影响之下诗歌艺术形式发生了较大变化的典型特征。但因弗罗斯特习惯于传统的格律诗的创作形式，故诗中格律诗的艺术成分仍占了不少。

前文已述及，该诗在艺术形式上有了不少的创新之处。尤其是在音韵的安排上，我们看到诗人没有以统一的韵式来安排全诗的音韵结构。这是因为全诗没有分节，四十二行诗句构成了整首诗，这样的诗歌结构，在英语诗歌中，是不可能有一个统一的韵式的。诗人通过不同的脚韵的使用将全诗的音韵结构分成了多个小韵式，其中有些小韵式属于英语传统格律诗的韵式，而有些则为诗人所独创。独创的小韵式同传统的格律诗的韵式一样都富有韵味、乐感。全诗在诗行长短方面带有惠特曼自由诗的特征，这样各行的音步数就不太齐整，有的为抑扬格六音步，而有的则为抑扬格一音步。从这里的分析，我们可以看出，诗人将传统格律诗的特点、经过自己创新的格律诗的特点和惠特曼自由诗的一些特点综合了起来，而诞生了《摘苹果之后》这首诗的艺术形式。诗人的这项创新应该说为美国民族主义文学的发展作出了巨大而重要的贡献，诗人在艺术形式上采取了继承、综合、创新的方法为 20 世纪早期美国诗歌的发展提供了一种崭新的创作趋向。1912 年，一本新颖的杂志以《诗：一本诗歌杂志》（Poetry: A Magazine of Verse）为名称在美国由哈里特 · 蒙罗（Harriet Monroe，1860—1936）出版发行了，哈里特 · 蒙罗通过这本杂志对其时美国诗歌创作状况的改善表达了自己的关切和兴趣，弗罗斯特的这首《摘苹果之后》在艺术形式上的创新应该说正好呼应了其时在诗歌创作方面审美趋向、审美趣味的改变。

弗罗斯特在一战爆发之初就创作了这首芳香四溢的田园诗，其目的，按前文所说，就是旨在让人们珍惜美好的和平环境。战争会带来流血和牺牲，战争会造成社会秩序的混乱，战争会对国民经济、人民的生产生活造成无穷的破坏。战争期间，一个国家要想实现自己的梦想，这是令人难以想象的。根据这首诗的创作背景和思想内容，我认为，弗罗斯特通过这首田园诗，是要号召人们要尽量避免战争、远离战争，也要反对战争；同时他还劝告人们要返璞归真，回归田园生活，接近、亲近美丽的大自然。人与自然的接触、亲近，人与自然的融洽相处会培养一个人亲切和善的品格，会锻造一个人勤奋劳作、砥砺前行的精神。另外，人在自然界中的劳动、工作、收获又是对国家经济发展的一项贡献。战争会破坏和平、破坏经济，但在自然界当中的劳动和劳动所带来的幸福和甜蜜则会营造出一种和平安宁的氛围，则会有利于人民生活水平的提高。因此，只有反对战争才会拥有和平，才会拥有和平的环境下人民物质生活的富裕、人民精神生活的自由、国家经济的快速发展，也才会拥有美国梦最终实现的那一天。另外，战争会对自然环境造成破坏，弗罗斯特着墨于自然的优美、田园生活的幸福，其对战争的谴责意图是不言自明的。

注释

[1] 卡罗尔 · 帕金，克里斯托弗 · 米勒，等. 美国史（中册）[M]. 葛腾飞，张金兰，译. 上海：东方出版中心，2013：502

[2] 卡罗尔 · 帕金，克里斯托弗 · 米勒，等. 美国史（中册）[M]. 葛腾飞，张金兰，译. 上海：东方出版中心，2013：502

第四节　论罗伯特·弗罗斯特和他的《雪夜林边停歇》

Robert Frost
Stopping by Woods on a Snowy Evening

Whose woods these are I think I know.
His house is in the village, though;
He will not see me stopping here
To watch his woods fill up with snow.

My little horse must think it queer
To stop without a farmhouse near
Between the woods and frozen lake
The darkest evening of the year.

He gives his harness bells a shake
To ask if there is some mistake.
The only other sound' s the sweep
Of easy wind and downy flake.

The woods are lovely, dark and deep,
But I have promises to keep,
And miles to go before I sleep,
And miles to go before I sleep.

在美国20世纪早期诗坛上，罗伯特·弗罗斯特是以他的自然主义诗歌而为世人所瞩目的。当很多诗人热衷于在都市挖掘创作题材时，弗罗斯特将自己的审美目光投向农村，在乡村的森林、湖泊、高山、田野及淳朴热忱的农民身上寻找创作的灵感、发现创作的素材、选取创作的题材。但弗罗斯特不仅仅将自己的审美兴趣聚焦于这些能反映原生态自然风貌的物及生活、劳动在自然界中的人身上，他还能努力从这些自然景物和人身上发掘出一定的人生启示、生活哲理。当然，很多自然主义诗人如布莱恩特和擅长写自然题材的一些诗人如惠特曼等，他们都能从所描写、赞美的自然的表面，深入人的生活层面，深入社会世界的纵深处去探求人生的意义、社会发展的一些规律性的东西，但弗罗斯特与这些诗人相比在这方面做得似乎要更深刻些、也更为直截了当些。读完弗罗斯特的诗，我们会一致认为，诗人的用笔是有着深刻的所指意义的，它绝不仅仅局限于对自然的简单描写和喜爱上。《雪夜林边停歇》只看其诗名，我们就能推知，这首诗是写自然的，但与他的其他有关自然的诗一样，这首诗也有着深刻的人生哲理和社会意义蕴含其中。下面，本文详细地研究一下该诗。

一、大意解读

第一节，诗人于雪夜停马于林边，他思忖了一下，觉得自己知道这片树林的主人是谁，虽然这位主人的住屋在村子里。树林的主人此时是不会看到他停马于林边的。诗人伫立林边，凝望着披上了皑皑白雪的森林，本来郁郁葱葱的森林现在是一片皆白，连林中的地面也铺上了一层厚厚的雪。

第二节，诗人的小马一定认为他的行为有点儿古怪：为什么主人会停在一个附近没有农舍的地方呢？以往主人会在农舍的地方驻足歇息，以让他饮水吃草，而现在则在一处雪林边停下，且此处正好位于树林和冰冻的湖泊之间，更何况此时正好是夜深天黑之时。

第三节，马摇了一下马铃，问是否出了什么差错：怎么会在此处停下来呢？但诗人没有给他什么回应。他所能听到的唯一的声响是风在轻轻柔柔地吹拂，雪花在一片一片地静静飘下。

第四节，森林是可爱的、暗黑的、深邃的。诗人多想长久地伫立林边，多想走进被大雪覆盖的森林啊！森林此时太美了，她披上了雪衣，她与白天未下雪时太不一样了！他欣赏大自然这一神圣、壮美的景色，并深深地陶醉其中。但诗人的理智告诉他，他有诺言要去兑现、履行。在他沉睡之前，他还有不少里程的路要走。

二、主题思想讨论

该诗写了诗人于一个雪花纷飞的夜晚停马于林边，之所以在这样一个寒冷的夜晚停步歇息，是因为眼前的森林出现了一种让诗人痴迷的奇观：雪花飞舞，森林罩上了一件洁白无瑕的外衣，以往在白天，森林给诗人的印象是葱翠欲滴的，在夜晚出现在诗人眼前的是墨绿一片的景象，但在这个雪夜，森林那雪白的外表让诗人感到惊奇。他行至林边，不由自主地停马观赏。在诗的第二节、第三节，诗人将小马人格化处理，通过小马的诧异、疑问来揭示自己停马驻足的真正缘由。以往，诗人在旅途中停马，是因为马要歇息、诗人也要歇息，而且马在歇息时需要补充食料和水分，而此时此地均不具备补食进水的条件，那么为什么要停马驻足呢？诗人这里通过马的困惑不解间接地告诉读者自己停步的真正原因，即他被眼前的自然风景吸引住了。从这里，我们可以看出，此诗一个重要的主题即是对大自然深厚无限的爱恋。这其实是弗罗斯特很多诗歌中所经常探讨的一个主题。诗中的雪花、森林，还有温顺的小马是那么地可爱，诗人迷恋眼前的一切，愿深深地、永久地沉浸在这一片自然的风景之中。森林以其可爱、暗黑和深邃的形象吸引着诗人，他喜爱森林的静谧、森林的葱绿、森林的深长、森林的幽雅。在这大雪飘飘、万籁俱寂的深夜，他真想走进眼前这片幽静、圣洁的林中，走进这片宛如仙境、美不胜收的世界里去，去真切地感受一下自然所特有的神圣、幽静、雅致的美。但诗人的理智提醒他，他须上马前行，因他有诺言要兑现，有任务要去完成。

诗人在最后一节探讨了本诗另外一个主题，即人不能只沉迷于眼前美丽的风景之中，除自己的兴趣爱好之外，还应有比之更为重要的事情去做。人是一个社会的人，每一个人都应承担着一份重要的社会责任。诗人在《摘苹果之后》中，针对欧洲多个国家卷入第一次世界大战的情形，以抒情浪漫的笔调描绘了自己在夜晚于果园中采摘苹果的情景，诗人在劳动中、在甘美芳香的果园中甜甜地睡去，同时他在美妙甜香的梦中又热情地投入到采摘苹果的劳动中去。根据我在上节的分析，我认为诗人在很多国家热衷于战争之际，写下了这首洋溢着丰收喜悦之情的诗，是旨在让人们回归自然、返璞归真。但据此，我们不能认为诗人是一个消极避世的人，他在《没有走的路》中，根据我的分析，隐含性地讴歌、赞美了那些响应祖国的召唤，应征入伍，奔赴欧洲战场，参加反侵略、保卫和平、保家卫国的战争的人，因为他的一位最亲密的朋友爱德华·托姆斯（Edward Thomas）便属于这样一种人，他应征参战了，并在战争中光荣地牺牲了。从这里，我们可以看出，弗罗斯特不是那种安享眼前的愉悦、幸福而忘掉一切社会责任、国家使命的人。《雪夜林边停歇》的最后一节再次让我们了解了弗罗斯特思想性格中对社会、国家、民族所担负的责任感，及对时代所赋予的使命勇于担当的精神。

该诗发表于1923年出版的诗集《新罕布什尔》（New Hampshire）上。1923年是第一次世界大战于几年前刚刚结束的年代。战后，美国的经济获得了前所未有、出人意料的增长。截止1920年时，美国的经济已彻底地实现了工业化，20世纪20年代，汽车工业惊人地崛起，且发展异常迅速，以致小汽车成为20世纪20年代以消费者为导向的国民经济的典型代表。它既说明美国人拥有获取物质产品的巨大能力，也象征科学技术的伟大进步。那时，美国人中，“几乎每五个人有一辆汽车”。[1]另外，建筑工程业、制造业、广播传媒业等都获致了巨大的发展。同时，国民生产总值也较战争时期获得了跳跃性增长，而失业率其时能保持在较低的水准上，一般“在2%到5%”[2]这个范围之内。那时，人民的收入普遍地增高，生活水平较以前有了大幅度的改善和提升。

总之，战后，美国国民经济的快速发展带来了美国人民生活水平总体的提高，但这一发展也促使很多美国人将自己的全部精力和时间投入到物质利益的疯狂追求上。人对物质的欲望往往是无边的，也是无法满足的。当一个社会在片面追求经济的高速发展而忽视精神文化生活的改善和提高之时，那么这个社会就会为很多人对物质利益、豪华奢侈生活的贪求大开了方便而宽敞的大门。20 世纪 20 年代一直被称为“爵士时代”、“喧嚣的 20 年代”或“美元十年时代。”弗朗兹·斯科特·菲茨杰拉德（Francis Scott Fitzgerald, 1896—1940）在《了不起的盖茨比》（The Great Gatsby）中所描绘的那些寻欢作乐、追逐声色犬马、无度地寻求享乐和刺激的富人们的生活状态是那个年代美国上流社会注重物质享受、追求金钱利益的真实写照。这样一个喧哗、骚动、追求物质利益的时代并没有给全体国民带来普遍的欢乐和幸福，相反它造成了美国一部分人的沉默无声、愤懑失望和忧戚担心。这一部分人主要是 20 世纪 20 年代的一些青年知识分子。他们对很多美国人的智识浅薄、从众随流感到不满，对盲目追求商业利润给传统的社会价值观所带来的巨大冲击，对整个社会将精神文化的发展与追求降低到极其次要的地位纷纷感到失望和悲哀。于是，这些知识分子中有很多人满怀失落和遗憾离开了这个被很多人认为是富得流油、到处都是美元金钞、到处都可一夜成名的故土，抱着对新生活的无限憧憬，对科学的理论和方法美好的向往来到欧洲定居。第一次世界大战给美国的知识分子带来了不小的精神伤痛，而战后美国国内传统的价值观的倾覆和人生理想的破灭更给美国的知识分子带来了无尽的迷惘、悲观。可以说，疯狂地追逐物质享受是战后美国社会的主旋律，而这一主旋律奏响的不是幸福、欢乐、昂扬向上的乐曲，而是一种失望、沉郁、悲戚的音调，这一音调应是 20 世纪 20 年代美国社会的主基调。

罗伯特·弗罗斯特作为比其时移居巴黎的海明威、菲茨杰拉德和庞德年长的知识分子其时没能漂洋过海，前往欧洲，他留在了国内。他虽然未能移居海外，但他与这些青年知识分子一样对国内的精神文化发展状况也甚为不满。要拯救文明的危机，改善一切向钱看的恶化了的社会状况，使美国民族文化、伦理道德观念能健康地发展，弗罗斯特知道，这一重担毫无疑问应落在美国的知识分子身上，弗罗斯特其时年方四十七岁，正是事业发展、文学创作的最佳年华，所以他觉得自己应在国家的文化、人民的思想道德状况处于 20 世纪 20 年代最危亡的时期，勇于承担起振兴祖国文化、扭转时代风潮，使美国在物质文明大力发展的同时，在精神文化领域能有创新性的、健康合理的发展。诗中说他有诺言要兑现，即是指他有使命要完成，这一使命即是一个知识分子在其时力图振兴美国文化、纯净并发展美国人精神生活的使命。从他一开始提笔从事诗歌创作时始，他就应许下了这样的诺言，他应为社会和时代而创作，为美国人民而歌唱，为美国人民物质和精神文化生活的健康和和谐发展而勤奋笔耕。现在正是他要加紧创作，瞄准社会的主要问题，聚焦主要的社会弊病，把握住时代的主旋律的时机，他应利用时代所赋予他的这一良机，为社会、国家和人民多创作些为民众所喜闻乐见，对社会的发展、时代的进步、扭转一切向钱看的社会风尚有益有利的作品来，这样，他才能完满地兑现他于创作初始所许下的庄严而神圣的诺言。

诗的最后两行重复说道：在我沉睡之前，我还有不少里程的路要走。这两行也可理解为：在我离开人世之前，我还有不少的任务要去完成，我还有不少重大的使命要履行，我还有重要而伟大的目标要努力去实现。在20世纪20年代，整个社会劲歌热舞、喧嚣吵嚷，大多数国民都将自己的人生目标定位在物质利益的疯狂追逐上，弗罗斯特同那些离开家园，远赴欧洲定居的青年知识分子一样，对国家的前途，对美国文化发展的前景，对美国人思想道德的发展趋势，对美国社会整体的气氛、精神风貌表现出了极大的忧虑。但与那些移居国外的知识分子不一样的是，弗罗斯特并未对美国的未来表示过度的失望，他留在了美国，留在了新英格兰那片黝黑而质朴的乡村土地上，他以睿智而聪敏的目光观察着周围所发生的一切，观察着外面社会的风云变幻。他不仅以其充满田园色彩的诗笔记录下自己所观察到、所体验到的一切，而且还能以自己身边所发生的一切来透视外部社会所发生的各种各样的变化，并能从自己平常的所见所闻中提炼总结出一些富含深刻的人生哲理性的东西，让人们去沉思，让人们去改变。诗中的最后两行除了启示人们要勇于承担社会的责任外，还有号召人们为美好的人生理想去努力奋斗、砥砺前行的意思。无论是那些已移居海外的人，还是那些留在国内的知识分子都应时刻关注美国的命运和前途，关心美国的精神文化建设、思想道德状况，应为社会文明的前进多做些有益的贡献。

三、艺术特征分析

诗的前两节，诗人以白描的艺术手法为我们描绘出一幅清淡的水墨画，意境清新而自然，从这幅画中，我们可以看出诗人心境的惬意和闲适、诗人对雪林的那份痴迷和沉醉。在这两节，诗人对自然的喜爱之情可以说是夺纸而出。

全诗语言简易、素朴，诗人以这样浅显易懂的语言为我们渲染出一幅冷寂清远的水墨图，笔致平淡，但含蕴深邃，富有思致，极具山水诗的风采和神韵。

诗人醉心于雪林那种神奇的美，其实他不止满足于站在林边欣赏雪夜林美，他最想深入林中去探访他心目中的自然之灵，寻求与自然的交流沟通，以获致心灵的慰藉。诗人想于美丽、质朴、纯净的自然界中开拓自己的人生空间，以最终达至人与自然的和谐。正因为诗人有这样一份心境，有这样一种生活的雅趣，他才会将这幅水墨画描绘得如此神韵毕现，精妙绝伦。

诗的意境除了具有清新自然的特质外，还洋溢着生动活泼的神韵美。这主要应得益于拟人手法的成功运用。诗人在诗中将马人格化，通过马的思维、马的疑间间接地写出诗人对自然的痴爱和神迷。诗人于深夜风雪之时，停马于林边，原因并不在马，而在雪林身上。这样的拟人手法运用得极为巧妙，可谓一举两得，既使行文活泼生动，又能道出诗的一个重要主题，即对自然的爱。

除拟人手法外，还有就是重复（repetition）手法的使用。诗人在最后两行重复使用“And miles to go before I sleep”，这样的重复既使诗在音韵上十分动听，又十分有效地突出了诗人以社会使命的完成、人生理想的实现为己任，能勇于抑制自己情感上的喜好，努力奋斗，争取事业成功的可贵品格。这样的重复意蕴丰厚，寄托遥深。

下面分析一下该诗的节奏。

Stopping by Woods on a Snowy Evening

Whose wóods | these áre | I thínk | I knów.
His hóuse | is ìn | the víl | lage, ‖ thóugh;
He wíll | not sée | me stóp | ping hére ↓
To wátch | his wóods | fill ùp | with snów.

My lítt | le hórse | must thínk | it quéer ↓
To stóp | withóut | a fárm | house néar ↓
Betwéen | the wóods | and fró | zen láke ↓
The dárk | est éve | ning òf | the yéar.

He gíves | his hár | ness bélls | a sháke ↓
To ásk | if thére | is sóme | mistáke.
The ón | ly óth | er sóund' s | the swéep ↓
Of éa | sy wínd | and dów | ny fláke.

The wóods | are lóve | ly, dárk | and déep,
But I | have pró | misès | to kéep,
And mí | les to gó | befóre | I sléep,
And mí | les to gó | befóre | I sléep.

该诗的基本节奏为抑扬格，全诗各行长短虽不太齐整，但差距不大，每一行的基本节奏都为抑扬格四音步。节奏变格极少，只是在诗的最后两行出现了抑抑扬格替代，它们分别在最后一节第三、四两行的第二音步上。诗的节奏变格少与诗的思想内容、意境风格是有着密切的联系的。诗的意境优美清丽、娴雅恬静。诗人于大雪纷飞之夜停马于林边，他深深地被雪林的美所吸引，雪静静地飘着，山林静静地伫立在诗人的眼前。美丽苍郁的森林在这风雪之夜披上了洁白神圣的外衣，她是那么地美、那么地白、那么地纯、那么地静谧和安详！一切都显得如梦似幻，美轮美奂。这样隽永温雅的自然风景紧紧地抓住了诗人那颗素爱自然风光的心灵，诗人觉得，自然的美此时已渗入他的血液和骨髓中了，他与自然是一体的，他是自然的一部分，而自然也已全然融入他的身心了。天人合一，人与自然交融一体。故此，这样的思想内容和风神意境规定了诗歌节奏的和谐、流畅和整齐。当诗人意欲脱离这让他沉醉、令他痴迷的可爱雪林，去履行他的人生使命之时，我们看到诗的节奏出现了变格，即上文所说的在最后一节的第三、四两行的第二音步出现了抑抑扬格替代，这两处变格能委婉曲折地告诉我们，诗人此时内心所经历的矛盾、些微的痛苦及诗人的恋恋不舍和他最后所下的决心。

我们再来看一看该诗的音韵。

全诗共四节，每节四行。前三节每节都押 aaba 韵，最后一节都押一个韵脚。我们再仔细地分析一下，发现，每个诗节之中，第三行的尾韵成了下一节押韵的韵脚，到最后一节，四行全押第三节第三行的韵脚。该诗通过这样一种押韵的方式将各节在声音形象方面有机地连接起来，使全诗读起来十分地和谐、流利、悦耳。

全诗的音韵形式大体上应是根据英语传统格律诗中三行套韵体（the terza rima）的形式改造创新而来的。三行套韵体起源于意大利，诗人但丁（Dante, 1265—1321）曾用这一体裁创作了《神曲》（Divina Commedia），另外，彼特拉克（Petrarchan）和薄伽丘（Boccaccio）也曾用过这一体裁。在英国，乔叟 (Geoffrey Chaucer) 首先使用了这一体裁，他的“A Complaint to His Lady”有一部分即是用这一体裁创作而成。在英诗中，这一体裁使用抑扬格五音步（iambic Pentametre）节奏，每节均为三行，每节第二行的尾韵成为下一节押韵的韵脚，即以 aba，bcb，cdc…这样的韵式依次类推，不断地延续下去。英国浪漫主义诗人雪莱（Percy Bysshe Shelley）的《西风颂》（Ode to the West Wind）就是使用三行套韵体最为成功的典范。《西风颂》共五个部分，每个部分含五节，各部分形式一致。前四节每节三行，每节第二行的尾韵为下一节押韵的韵脚，到第五节时，行数变为两行，该两行为双行联韵体，韵脚为第四节第二行的尾韵。因此，总的来看，《西风颂》的韵式为 aba bcb cdc ded ee，在四个三行套韵体之后接上一个双行联韵体。

严格地来说，弗罗斯特的这首《雪夜林边停歇》是根据雪莱的《西风颂》创造而来的。它是依《西风颂》中一个部分的形式结构改编的。《雪夜林边停歇》全诗共四节，取代了《西风颂》中每个部分所含的五个诗节形式。《西风颂》中前四个诗节，每节三行，而《雪夜林边停歇》每节则为四行。《西风颂》中以每节第二行的尾韵作下一节押韵的韵脚，而《雪夜林边停歇》则以每节第三行的尾韵作下一节押韵的韵脚。《西风颂》在最后一节为两行，押同一个韵脚，而《雪夜林边停歇》在最后一节则为四行，押同一个韵脚。《西风颂》用抑扬格五音步节奏，而《雪夜林边停歇》则用抑扬格四音步节奏。

三行套韵体的优点是极其明显的，即某一个音能连两节诗，全诗读起来音韵流畅自然，十分地动听顺口，宛如山谷间的溪水从山上流下，一直不停地向前奔涌不止。溪水潺潺、水声叮咚，在寂静的山林间回响不绝。节与节之间通过语音相连，达至节与节在艺术形式上的珠联璧合。节与节在语音上小环套大环，环环相生、环环相接，错落有致，排列整齐划一。全诗读起来在音响上可谓气韵万千，风神四射。弗罗斯特对这一体裁的借鉴和改革为我们奉献了与三行套韵体同样具有艺术魅力的诗歌，这首《雪夜林边停歇》虽只是根据《西风颂》中的一个部分改编而成，但其艺术效果却已很显著突出，若诗人依该首短诗的形式再写上几个部分，那么整首诗的艺术效应、美学效果与《西风颂》相比，则一定是不相上下的。

在音韵上，诗中还使用了头韵和行内韵。请看：

1. 头韵，如：在第一节，第一行的 Whose、第二行的 His - house、第三行的 He - here 和第四行的 his，第一行的 these 和第二行的 the - though，第一行的 woods、第三行的 will 和第四行的 watch - woods - with，第三行的 see - stopping 和第四行的 snow；在第二节，第一行的 My - must，第二行的 without 和第三行的 woods，第二行的 farmhouse 和第三行的 frozen，第三行的 the 和第四行的 The - the；在第三节，第一行的 He - his - harness，第二行的 some 和第三行的 sound’s - sweep；在第四节，第一行的 dark - deep，第三行的 miles 和第四行的 miles，第二行的 to、第三行的 to 和第四行的 to，第三行的 go 和第四行的 go，第三行的 before 和第四行的 before，第三行的 sleep 和第四行的 sleep。

2. 行内韵，如：在第一节，第一行的 I - I，第三行的 He - see - me。

上述头韵和行内韵的使用加强了诗的韵味，增添了诗声音形象上的美感。

诗中用了两处“行内停顿”，见分析诗歌节奏时打上“‖”标志的地方。“行内停顿”使语气和缓，使读诗人语调沉稳、文雅。诗中还运用了“跨行”技巧，见分析诗歌节奏时打上“↓”标记的地方。“跨行”不仅使诗句在语法形式、诗行意义上紧密地衔接、联结在一起，而且使诗行与诗行之间在声音上相互连接，给人以无中断之感。它使全诗如行云流水，挥洒自如、清圆婉转。

四、结语

该诗创作的时期正是西方现代主义文学运动蓬勃发展的年代。罗伯特·弗罗斯特没有受现代主义文学汹涌澎湃的浪潮所影响，而将自己沉浸在欧洲古典文学传统的音韵格律所奏响的雅致和谐、隽永流畅的音乐氛围里。弗罗斯特潜心研习英语传统的格律诗，但他在自己创作时，并不是对英语传统格律诗的艺术形式加以盲目照搬，而是在借鉴吸取传统格律诗的一些优点基础上加以创新性的改造、综合。读他的诗，我们发现其很多诗篇都可纳入英语格律诗的范畴，但其中很难找到一首与英语传统格律诗在艺术形式上完全一致的诗篇，大多数诗歌的格律都是诗人依传统格律诗的形式加以改造、创新的。像这首《雪夜林边停歇》就明显地借鉴吸取了雪莱《西风颂》的格律特点，并在此基础上创新而成。

弗罗斯特在现代主义文学运动如火如荼地开展之际，很少写些带有明显现代主义文学特征的诗，他的大多数诗歌都属于传统的格律诗，但这并不能说弗罗斯特对美国民族主义文学的发展没有什么贡献，这是因为他的格律诗在艺术形式上大都有别于传统的英语格律诗。他以其所创作的多首新颖、独特的格律诗为美国民族主义文学的茁壮成长贡献了自己的力量。

弗罗斯特在20世纪20年代美国社会重物质轻精神，重金钱轻温情的时期，力图要拯救国民，改善国民的思想道德状况，力争为社会风气的好转、人民精神境界的提高不知疲倦地、永不停息地工作。因为弗罗斯特深知，美国梦不仅仅表现在物质层面，20世纪20年代，很多美国人过上了富裕的物质生活，大多数人购买了汽车，很多人用上了收音机，拖拉机使家庭种植土地的数量成倍地增加，但美国梦除表现为物质层次的一面外，还有其很重要的精神层次的一面。因为物质的富裕，生活水平的显著提高，社会机械化文明的发展并不意味着人民群众能过上幸福美满的生活，20世纪20年代很多有志青年、富有理想的知识分子噙着失望落寞的泪水，怀着悲愤、遗憾的心情远离祖国、漂泊海外，便很能说明美国梦的构筑应注重精神层面的营造和建设这一客观真理。弗罗斯特作为其时的一名中年知识分子，留在国内，力图承担起时代赋予其的社会使命，力争为社会的思想道德文化建设贡献自己的艺术才华，为时代服务、为社会工作，这表明弗罗斯特是在为美国人期盼已久的美国梦在辛勤劳动、刻苦创作，他是在为梦想的腾飞修补、美化羽翼。待美国梦那光明远大的梦想真的展翅翱翔的那一天来到，所有美国人都会向梦想构筑者们——包括弗罗斯特，投去无比崇敬的一瞥。弗罗斯特以其伟大的精神劳动、数量惊人的精神产品为美国梦的华彩篇章书写了灿烂辉煌的一页。

注释

[1] 卡罗尔·帕金，克里斯托弗·米勒，等. 美国史（中册）[M]. 葛腾飞，张金兰，译. 上海：东方出版中心，2013：565

[2] 卡罗尔·帕金，克里斯托弗·米勒，等. 美国史（中册）[M]. 葛腾飞，张金兰，译. 上海：东方出版中心，2013：562

第二章　埃兹拉·庞德和他的经典诗歌

第一节　论埃兹拉·庞德和他的《在地铁站》

Ezra　Pound
In a Station of the Metro

The apparition of these faces in the crowd;
Petals on a wet, black bough.

在埃兹拉·庞德的眼中，罗伯特·弗罗斯特应是个大器晚成者。因为当年届中年的弗罗斯特在美国国内苦于无法发表他的多首诗作，而最终毅然地卖掉自己经营多年的农场，携妻子和子女凄然地来到英国伦敦去寻求诗歌创作的素材和出版途径的时候，埃兹拉·庞德其时尚处于朝气蓬勃、风华正茂的青年时期。庞德虽正值青春年华，但他在诗歌创作和诗歌刊物编辑领域却早就锋芒毕露，并已享有很高的威望了。庞德虽年轻，但他其时毫无年少气盛之特性，他能以一个文化界负有很深的道德文化修养的老前辈的胸怀和眼光勇于、敢于也很乐于发现诗歌创作方面的优秀人才。庞德不知疲倦地发掘这方面的精英，帮他们介绍发表诗歌的刊物，以扩大诗歌创作的队伍，繁荣发展英语文学艺术。罗伯特·弗罗斯特便是其时庞德发现并加以提携的众多的诗歌创作新秀中的一员。其他受到过庞德在这方面提供过无私帮助的还有威廉·卡洛斯·威廉姆斯(William Carlos Williams，1883—1963) 和托马斯·斯特尔那斯·艾略特（Thomas Stearns Eliot）等人。

埃兹拉·庞德不仅慷慨地向社会公众大力举荐诗歌人才，而且他自己亲躬实践、笔耕不辍。在诗歌创作方面，庞德不仅在实践方面有着丰硕的成果，而且在诗歌创作理论方面也有着新颖独到的建树。1909 年，他与爱尔兰大诗人叶芝（W·B·Yeas，1865—1939）、英国哲学家托马斯·厄内斯特·休姆（Thomas Ernest Hulme, 1883—1917）、英国诗人弗林特（F·S·Flint, 1885—1960）等人共同发起了意象主义运动并成为该运动的奠基人。庞德能将意象主义诗歌的创作理论成功地运用于创作实践。上面的这首《在地铁站》就是一首广为传颂和评价的意象主义诗歌，它被收入多部美国文学的教材和文学史中，让不同时代的人们去学习、赏析和研究。

一、大意解读

人群中出现的这些像幽灵似的面孔；
湿漉漉的、暗黑的树枝上的花瓣。

二、主题思想讨论

该诗描写了诗人在巴黎协和广场从地铁站走出时瞬间所看到的情景以及这情景在他的意识中所留下的短暂、奇特、美丽的印象。诗人曾谈过该诗的创作背景，他说他于 1913 年的某天在巴黎协和广场从拥挤不堪、充满灰尘和污浊空气的地铁车厢里走出，眼前车厢外，拥挤的人群中出现了一个又一个美丽清秀的女人的面庞，它们一个接一个地在他眼前闪现而过，最后一个美丽的儿童的面孔也突然跃入庞德的视线。这些妇女和儿童，他们那纯真清丽、美艳动人的面容，加之车厢外清新纯净、怡情悦神的空气让诗人顿觉耳目一新，精神为之一振。这一刹那的场景及一时情绪上的快速、瞬间反应让诗人觉得回味无穷，它们久久地停留于诗人的脑际让他涵咏不已。诗人后来用 130 行诗句记录下当时的观察和印象。但诗人对这样的长诗并不感兴趣，将之销毁后，对其大加浓缩，最后的诗稿即是我们现在读到的仅有两行的诗句。

诗中每行均出现了两个意象，这两个意象均形成一种对比关系，以其中的一个意象衬托出另一个意象的新奇、美丽。在第一行诗句中，诗人一出车厢，首先看到的是拥挤在地铁车厢外人山人海的乘客，这是一个意象，也是该诗中的大意象。在这些拥挤的人群中，突然出现了一些诗人认为像幽灵似的面孔，这是第二个意象。这些面孔是一些美丽的女人的面孔，它们在那些拥挤的普通的乘客之中显得尤为突出、显著，它们很快就吸引住了诗人的目光。美丽的女人之后，接着是一个活泼、生动、单纯、清秀的儿童的面孔，这面孔也像美女的面孔一样深深地吸引住了诗人的注意力。美女及儿童的面孔为小意象，它们在大意象背景的衬托之下显得十分突出，它们因大意象之普通平常而显得十分显眼。它们的显眼突出还表现于诗人在气氛压抑、人群拥挤的地铁车厢内的环境这一大背景的衬托。车厢内污浊的空气、乘客之间相互拥挤所形成的令人压抑难受的氛围让诗人倍觉痛苦，有分秒难熬、一日三秋之感。但一出地铁车厢，突然闪现于诗人视野之内的那些明亮、清秀、美艳的面孔立刻振奋了诗人那已被压抑很久的神经，就如同一个困闷在地窖中的人突然从沉闷的空气中走出，突然呼吸到新鲜甘洌的空气一样。

第二诗行也描绘了两个意象。大意象是湿漉漉、暗黑的树枝，在这一背景的衬托下，出现了树枝上的几朵花瓣，这是该行的小意象。花瓣在潮湿、黑魆魆的树枝上显得那么清秀、雅洁、美艳动人。在该诗中，诗人用的仍是一种对比手法，以大意象来衬托、突出小意象。背景是黑色的基调，而背景之上的物体则明艳鲜嫩、清新怡人，这样的对比太突出、太强烈了。

很多人认为这两句诗中的意象在第一、二行之间无甚关联，诗人只是扼要地陈述、简单地描绘一下这两句诗行中的意象。其实不然。我认为，诗人在诗中用了一种比喻的手法。通过比喻，诗人让读者了解、体会到他刚出地铁车厢时所见到的美丽女子及天真活泼的儿童时的那种心情、心境。下雨后，湿漉漉、黑幽幽的树枝上的花朵会显得分外耀眼醒目，片片花瓣之上闪耀着纯净透明的水珠，花瓣美艳飘逸，水珠珠圆玉润，宛如洒落在翠玉盘上的粒粒珍珠，又恰如水面上潋滟的波光，晶莹剔透。这些会很快吸引住人们的眼球。这在自然界中也是人们所习见的自然现象和经常体验到的一种感觉印象。这种自然现象只要人们稍稍留心就能体察到，它在观者的心中一般都会唤起一种两物对比，一物分外突出的感觉。黑黢黢的树枝，神采奕奕、娇艳欲滴的花朵，它们所激起的视觉上的对比是非常强烈的。用这样对比强烈的自然现象及它在人们心目中所唤起的两种不一样的感觉来映衬第一诗句所表达的内容是非常恰当的，也是能被一般人所能接受和理解的。

能被人们接受和理解说明诗人的比喻是成功的，而这成功应来源于联想，这里无论是从人联想到物，还是从物联想到人，诗人的联想都是合理的、自然的。第一诗行所呈现的意象与第二诗行所呈现的意象是对称的，它们之间有着内在的逻辑上的联系。两句诗行之间的意象不是彼此独立无依的，而是相辅相成、相得益彰的。它们是通过诗人的联想，通过文学上的比喻，准确地说，应是一种隐性的暗喻手法而建立起相互之间不可分割的美学关系的。

美丽的妇女和纯真孩童的面孔、妩媚清丽的花瓣这些意象在车厢内污浊的环境、大意象拥挤的人群和黑暗的树枝等意象的映衬之下显示出美的清雅、秀逸、超拔。诗人以这样显著的对比手法来表示对美的一种热爱和向往，对善良、纯洁品性的礼赞，对良好、和谐、稳定的社会秩序的期盼。

该诗发表于 1913 年，那是第一次世界大战爆发的前一年。其实，早在这之前，甚至可追溯至 19 世纪末，资本主义国家之间爆发一场大规模的战争就在酝酿之中。随着资本主义发展到垄断阶段，各资本主义国家因受经济政治发展不平衡规律的作用和影响，围绕着争夺世界霸权和掠夺殖民地而展开了激烈的斗争。这样，欧洲列强之间的矛盾变得日益尖锐和复杂起来。另外，也由于资本主义国家实施疯狂的对外扩张政策，及对国内人民粗暴压榨、巧取豪夺，各资本主义国家国内的无产阶级革命运动和民族解放运动也空前地高涨，在这时候，资本主义国家为削弱和摧毁国内革命斗争的力量，想通过与别国战争的方式将国内人民的视野转移到国外，由于这些原因，1914 年，第一次世界大战终于爆发了。在 1913 年庞德写作并发表《在地铁站》一诗时，欧洲大陆的上空应该说充满了紧张的氛围。战争可以说早就箭在弦上，一触即发。庞德作为一名旅居欧洲多年的知识分子对欧洲资本主义国家的经济政治形势，对欧洲各资本主义国家之间的矛盾不可能不了如指掌，他对一战的可能爆发在其时应该说会有非常合理、准确的预测的。庞德反对战争，他对第一次世界大战给成千上万的欧美青年带来的精神和心理上的创伤，对战争给文艺和传统的人文价值观所带来的破坏表示强烈的谴责，对战后欧美青年人对人生所表现出的迷惘和悲观厌世的态度也表示遗憾和痛心。战争毁坏了艺术，战争消灭了美，战争导致了社会秩序的混乱，因此庞德诅咒战争。

庞德在地铁车厢里所经受的污浊的空气及拥挤不堪的状况以及车厢外所看到的人群拥堵情形和潮湿暗黑的树枝都具有强烈的象征意义，它们象征着欧洲大陆即将遭遇不测之祸，欧洲大陆即将陷入战争的漩涡，也就是说，那污浊的空气及拥挤的状况和那既湿又黑的树枝象征着秩序在某种程度上的毁坏，而这秩序的失常和一定程度上的毁坏应是战争的前奏。既然良好的秩序消失了，庞德的内心便不能不渴求和谐，渴求公正规整的秩序的恢复，渴求美的降生和出现。因此，他在诗中，描写了美女及孩童那清秀纯真、端庄雅致的面孔，描写了娇艳欲滴的花瓣，并用一些其他意象加以衬托来突出自己对美的一种期冀，对美好和谐秩序的一种向往。

三、艺术特征分析

该诗是一首意象主义诗歌，是庞德的代表作，它自产生之日起就一直为人们所赞赏，评价。只要提起庞德，几乎所有人都会想到他的这首《在地铁站》。通过上文的分析，我们知道这首诗是以它的短、新、奇和美而吸引住了不同时代的读者的注意的。诗虽短得出奇，仅有两行，屈指可数的字数，但它却包含着异常丰富的内容，通过上文的分析、论述我们已可见出其丰富深刻的蕴含。诗人将如此深厚广博的内容，将自己如此深刻的审美观、人生观熔铸到只有两行的诗句中，这在诗歌创作中应是十分罕见的，也是非常新颖独特的。

像所有的意象主义诗歌一样，该诗也是一首自由诗，诗行长短不齐，全诗不押韵，在诗行节奏方面，第一行的节奏音步难以分辨，但第二行的节奏音步则容易分辨。第二句诗行用了扬抑格四音步，即：Pétals | òn a | wét Λ, | bláck bough |。该句共六个单词，其中五个为单音节词，单音节词读起来短促，语速快捷，这一特点与 wet、black、bough 所提供的意象在诗人的脑海中突然闪过相吻合。诗人在这句诗行中采用扬抑格节奏也符合意象突然地出现于脑海中，然后急速地闪过这一特点。看到美女及俊秀的儿童的脸庞，诗人的脑海中突然间闪现出湿漉漉黑枝上娇艳的花瓣，花瓣这一意象像响雷打入人的耳鼓一样，突然地打进诗人的脑际，故这里诗人以重拍起首，用扬抑格，这样可以将两句诗行中的意象、内容紧密地联系起来，以重拍起首还可显示出人思维的连续性，因在这里诗人的思维从人的意象跳跃到物的意象上，重拍能反映出思维的跳跃性、思维过程的不中断性。

诗人善于捕捉精确的一瞬间，并记录下那刹那间外在的客观物体在人的内心、主观世界上的反映。但在具体的创作中，诗人对人的情绪、心灵的反映、主观上的评价等则不作任何描述。他只是用极其简约的词语记录下那给他以深刻印象的客观物体。至于文本中的客观世界能给读者什么样的主观反应，文本中的意象具有什么样的情感、道德、伦理和社会意义，诗人则不作任何评述。他把不同的意象组合、排列在诗句当中，不作任何解析、评论，意象与意象之间的关系以及这一关系所具有的情感意义等则有待于读者去阐释、解读、评价。意象派诗歌具有后现代主义文本的一些特点，即文本意义的开放性、它所具有的供读者进行无限阐释的空间。但不论是现代主义文本，还是后现代主义文本，它们都会告诉读者一定的真理，即在无限之中包含着一定的有限性。这是所有文艺作品所应具有的本质特点。意象主义诗歌，作为现代主义文学当中的一种，也不能例外。意象再精简，语言再经济，意义再蕴藉，它们都是通过诗人的视野、笔墨呈现出来的，而诗人是特定的社会时代、历史环境中的人。我们分析他所处的社会历史时期的特点，分析他所处的文学流派的特征，一般都能读懂、理解他的诗歌文本的意义。上文讨论《在地铁站》的主题思想就是根据庞德所处的社会时代背景、庞德创作该诗时的背景介绍，及庞德本人的人生观、审美观等材料进行的。

该诗在选词上也很有特色。尤其是在第一诗句，诗人选用了 apparition 一词，该词选得十分恰当，用得十分生动形象。诗人用 apparition 来强调女子及儿童面孔之美丽动人。因人群拥挤涌动，吸引诗人目光的美女及儿童的面孔在人群中时隐时现，那些面孔像幽灵般在诗人的视野中闪来闪去，而越是闪来闪去的美越能紧紧地抓住诗人的注意力，越能给诗人以深刻的印象。另外，诗人所选的词皆十分精确、简单，他不用大词、复杂的短语，两句诗行中的词语几乎无一词为冷僻词语，所有的词语皆为人们所习见常用的词语。这些词语的意义又都非常明确。诗的语调具有会话性的特点。其实，全诗为两个短语所组成，第一行和第二行皆不是句子。这就像人们在会话中常常不用完整、正确、规范的语句来表达自己的意思一样，有时只是将一些关键性的词语说出，而这些关键性的词语并不出现于语法正确规范的语句中，但这些关键性词语在口头交际中却能表达说话人特定的情感和意义，听者在特定的语言交际情境中也能理解说者的意义、情感和态度。两行诗的意义表达得直接、明白，与口头会话语言表达的效果相一致。

像惠特曼在其自由诗中用了一些辅助性的音韵一样，该诗虽短，但也用了一些辅助性的韵，来弥补其不押韵在韵美方面所造成的缺憾。诗人用了头韵，如：第一行的 The - these - the，第二行的 black - bough。诗人还用了腹韵，如：crowd - bough。这些韵使这首极其短小的自由诗读起来带上了一定的乐感。

四、结语

该诗创作和发表的年代正是英美现代主义文学运动发展的时期。庞德其时是以意象主义运动的奠基人身份而闻名于英美诗坛的，而意象主义是现代主义的一个重要的分支。意象主义在美国被认为是诗史上的一次文艺复兴，它标志着不同于维多利亚诗歌的美国现代诗歌的正式诞生。意象主义强调诗歌意象的精准性、语言的简洁清晰性。意象主义不主张诗人在诗中表达、显露自己的情感，也不主张诗人故意使用什么诗歌创作技巧。因此它同浪漫主义诗歌有着很大的不同。浪漫主义诗歌注重情感的倾诉，也注重诗歌写作的一些技巧使用。意象主义诗歌的诞生标志着诗歌创作史上的一次重大的变革和创新。它以它在选词用语上的简约、经济、明晰和富有乐感，以它强调意象的具体可感性、瞬间性，意象所具有的思想和感情合为一体的生动性，以它强调节奏上的口语性打破了传统诗歌创作上注重使用较为复杂的韵律格式，注重大量词语的使用和一些词语的重复，注重情感的张扬和强调节奏音步的整齐规范性的做法，开创了一代新的诗歌创作风尚。尽管意象主义运动持续的时间不长，仅有五年的时间（1912—1917），但它为后来的诗人创作在词语选择、意象选用、句法构造、意义的表述等方面却起到了不小的有益影响，而庞德作为意象主义的奠基人和这场运动主要的倡导者，在这场革新旧传统、开创一代新诗风的运动中所发挥的积极作用也是有目共睹的，其功绩是彪炳史册的。应该说，他不仅为英语诗歌的发展作出了重要的贡献，他通过在意象主义运动中丰富的诗歌创作理论和实践推动了西方现代主义文学运动的蓬勃发展，而且，也是很重要的一点，他对美国民族主义文学的发展也作出了自己独特的、伟大的贡献，因为自他开始，美国诗歌告别了漫长的依循旧传统的时代，开始以现代主义诗歌那清新俊逸、生动活泼的形式在西方诗坛上闪亮登场了。

《在地铁站》是一首典型的意象主义诗歌，它无论在思想内容，还是在艺术风格上都符合意象主义的理论原则。可以说庞德以这首短短的，仅有两行的小诗完美、准确地贯彻了意象主义的创作理论。一开始，庞德是以 130 行的诗句来描述他在地铁站所观察到的情景，但作为意象主义运动的创始人，庞德对这么长的诗篇甚感不满，他经过反复的修改、浓缩，最后将一首长诗浓缩至仅有两行的短诗。从庞德创作、修改该诗的过程，我们可以清楚地看出意象主义诗歌的明确要求，以及庞德身体力行意象主义诗歌原理的那种精益求精、一丝不苟的精神。

该诗能从一个侧面反映庞德对战争的认识及庞德对纯洁、善良、天真、美丽的认识。庞德对战争的厌恶和反感有人道主义精神光辉闪耀的一面。因为战争破坏文明的发展，战争造成人心灵的巨大创伤，战争使很多青年人对人生、社会产生失望、迷惘之感。基于这样的认识，庞德对秩序投去了深深的挚爱的目光，而对混乱、拥堵等则表示深深的鄙薄和讨厌；也基于这样的认识，庞德对纯真、善良和秀美寄予了热切的希望和深厚的关爱。庞德人生观、审美观的这一面对美国梦的构筑是有着重要的借鉴、吸取的意义的。构筑美国梦，朝着美国梦梦想成真的那一天砥砺前行需要一个和平稳定的环境，战争、混乱只能折断美国梦的腾飞羽翼。美国梦也需要美国的所有公民都能有一个正确的审美观，应追求善良、纯洁、美丽的东西，应鄙弃丑恶、肮脏、污浊的东西，应将真善美的追求当作人生的终生的奋斗目标。只有这样，美国梦的辉煌梦想才会最终展翅翱翔于蓝天之上，美国人的民主、自由的理想才会绽放出鲜艳夺目的光芒。

第二节 论埃兹拉·庞德和他的《一份协约》

Ezra Pound

A Pact

I make a pact with you, Walt Whitman—
I have detested you long enough.
I come to you as a grown child
Who has had a pig - headed father;
I am old enough now to make friends.
It was you that broke the new wood,
Now is a time for carving.
We have one sap and one root—
Let there be commerce between us.

意象主义诗人推崇自由诗，而自由诗的创始人是19世纪美国浪漫主义诗人瓦尔特・惠特曼。惠特曼的自由诗在19世纪虽引起了美国诗坛不小的轰动，但其时用自由诗进行创作的诗人则非常少，到了20世纪初，当现代主义文学大潮汹涌澎湃之时，意象派诗人选取自由诗作为他们诗歌的创作形式。意象派的领袖是埃兹拉・庞德。这里，因涉及到美国文学史上两个极其著名的诗人惠特曼和庞德，且后者对前者的诗歌艺术形式存在着一种继承的倾向，故不能不谈到后者对前者的认识态度问题。其实，不只是我们读者、评论者会想到这方面的问题，就是在文学史上，庞德本人也的确在不同的作品、场合中谈到他对惠特曼的一些看法、认识。上面所引的《一份协约》就是一首关于对惠特曼的认识、评价的诗歌。

一、大意解读

瓦尔特・惠特曼，我与你现在来签订一份协约吧！我憎恨你已有很长很长的时间了，但我先前对你的憎恨是出于我的年幼无知，现在我已长大了，我以一个大孩子的身份来到你——一个固执的父亲的身旁。我已大到足以交朋友的时候了。是你在诗歌方面进行了革新，开创了新时代。现在是在诗歌方面作进一步发展的时候了。我们有着同样的精神品质和文化传统。让我们之间进行一次交易吧！

二、主题思想讨论

庞德青少年时代不喜欢瓦尔特・惠特曼。考察庞德那时所生活的社会历史背景、时代特点，我们能找到答案。首先，我们来看一下惠特曼。惠特曼是美国浪漫主义高潮时期的一名重要的诗人，他全身洋溢着一种浪漫主义激情，对美国的大好河山，美国的人民、美国的民族充溢着一股热烈的赞美之情，对美国的自由和民主也高唱赞美之歌。再来看一下埃兹拉・庞德。庞德生于1885年，自出生之日起，庞德就未能听到惠特曼热烈、奔放、洒脱的浪漫之声，因美国的浪漫主义在美国内战结束以后，就已走向衰落。浪漫主义那高亢激越的音调、浪漫主义那像火山般喷涌而出的激情对少年时代的庞德来说是陌生的，甚至是有些怪异、好笑的。因此，庞德在早年对惠特曼怀有深深的憎恶之感。庞德在早年所目睹的国内形势是资本家的囤积巨奇、挥霍无度及骄奢淫逸的生活和劳动人民的破产失业、流浪街头及穷困潦倒，这样的社会背景、时代特点让庞德再怎么也乐观不起来，它们与惠特曼的浪漫主义情调再怎么都是不合拍的。但随着年岁的增长，随着对美国的社会历史、文化传统的学习，庞德认识到了惠特曼的伟大，尤其是惠特曼在诗歌领域里的革新让庞德十分钦佩。惠特曼能向传统领域中达五百年之久的英诗格律传统挑战，创立了英语自由诗，并以自由诗的形式撰写了大量的诗歌，在诗歌的艺术形式上开创了一代新风。这在当时是十分不易的。这需要巨大的艺术创造勇气。庞德在《一份协约》中称惠特曼是一个“固执的父亲”（a pig - headed father），这里“固执的”实际上是指惠特曼坚忍不拔、“咬定青山不放松”、“千磨万击还坚劲，任尔东西南北风”的执着品格、坚毅的创新改革精神。在他的《草叶集》出版以后，很多人称它为“noxious weeds”即毒草，称他的诗为“poetry of barbarism”（粗鄙的诗）和“a mass of stupid filth”（一堆无聊乏味的污秽之物）。还出现了这么一种情形，即“One of the New England poets, John Greenleaf Whittier, threw his gift - copy into the fire.”[1]（意思为：一位新英格兰诗人，名叫约翰·格林利夫·惠蒂埃将惠特曼的《草叶集》赠书扔到了大火中）另外，很多人不追随惠特曼诗歌革新的脚步，不写自由诗体。但惠特曼并不为他人的不理解、不接受而动摇创作自由诗的决心和斗志。他在风雨交加或霜雪凛冽的文学创作道路上艰难跋涉、砥砺奋进，创作了 400 多首以自由诗体写就的诗歌，为英美诗歌艺术形式的创新，为美国民族主义文学的发展作出了可歌可泣的贡献。在庞德眼里，惠特曼是诗歌之父，尤其在诗的艺术形式方面，他应向惠特曼学习，继承惠特曼自由诗的优秀传统，学习惠特曼勇于打破常规、敢于创造、善于发展美国民族主义文学这一伟大精神。庞德不仅要继承惠特曼开创的伟大的文化传统，而且要在继承的基础上力争有所发展。

自由诗在惠特曼创立之后，从者甚少，在 19 世纪下半叶，仅有斯蒂芬·克莱恩（Stephen Crane，1871—1900）曾用自由诗的形式发表过一些诗歌，但在 20 世纪初现代主义文学运动的大潮中，自由诗因庞德对富有创造革新精神的惠特曼倍加赏识而在意象主义诗歌运动中被很多诗人加以采用。庞德不仅自己写自由诗而且在自由诗的艺术形式上还能做到有所创造、有所发展。惠特曼的自由诗一般不讲究节奏，但从上节对《在地铁站》一诗的分析，我们看到，庞德在诗的第二行根据传统格律诗的特点，用了扬抑格节奏。惠特曼自由诗的语意表达较为具体、丰实、细致，而庞德则追求语言表达的口语化、简洁性。自由诗在第一次世界大战和第二次世界大战期间获致了大发展，被人们广泛推行、使用，这在很大程度上应得益于庞德在意象主义诗歌的诞生和发展方面所作出的巨大努力。

庞德在该诗中提出要与惠特曼签订协议，他在年轻时，未能接受惠特曼，但现在他已长大成熟，他愿意接受惠特曼的条款，他愿意认可惠特曼在诗歌艺术形式上所做的革新。他不仅在主观上接受，而且还愿意将这一形式运用于他所开创、领导的意象派诗歌的创作中，并努力将之加以进一步的发展。时代发展了，文化也进一步地发展了，惠特曼的自由诗也要随着社会形势、文化氛围的变化而发展。自由诗的文化传统是辉煌的，但这一传统也要随着时代的变化而加以发展。上文谈到的庞德对惠特曼自由诗的艺术形式所做的一些改革便是例证。作为惠特曼的文化和诗歌传统之子，庞德坚信，他也有同样的创新精神，他和惠特曼的创新精神均植根于美国悠久的文化历史土壤，即美国的先民从欧洲大陆迁移至美洲大陆时就开创而成，并长久地被美国人民努力遵循的重实际、重创造、尚勤俭的美国清教主义（American Puritanism）传统。庞德的先民们在美洲大陆蛮荒之地上开创了人类历史的新纪元，以勤奋劳动、务实创新、踏实肯干、勇于发明、敢于同恶劣的自然环境作勇猛无畏斗争的勇气和精神建立了美利坚合众国，在20世纪初现代主义文学大潮的激流勇进之下，面对诗歌领域里的一些不适应于时代发展及人民新的审美趣味的问题，他还有什么理由不进行一些改革、创新和发展呢？

庞德这首诗看上去是一首谈论对惠特曼的认识的诗，但其实是一首倡导创新与发展的诗。他通过谈论美国文学史上这位诗歌巨人，号召人们要学习惠特曼的创新精神，应跟随现代主义文学运动的发展趋向，承担起诗歌改革的重任，将美国诗歌的改革、创新与发展推向一个崭新的历史高度。

庞德是意象派诗歌的创立者、领导者，他深知也深感自己的责任担当。他平常对诗歌创作的爱好者就多有深刻的教诲，托马斯·斯特尔那斯·艾略特就曾受到过庞德的谆谆教诲和教导。庞德的这首诗就是启发、教导人们要勇于创新。本书下一章将要研究到的艾略特应当说是不辱使命，没有辜负恩师庞德的悉心的教育，他在1948年以其极富创新特色的《四重奏四阙》（*Four Quartets* ）获得了诺贝尔文学奖。

三、艺术特征分析

意象主义诗歌一般都采用自由诗体，但这首《一份协约》不是一首意象主义诗歌，它在艺术形式上也不完全具备自由诗的形式特征。诗行长短不齐，但长行与短行之间的差距并不像一般的自由诗诗行长短之间的差距那么大，有不少诗行之间的长短基本一致。自由诗的诗行长短参差无序，有的长至11—12个单词，有的短至一个单词或一个单词中的某一部分。该诗与自由诗之间最大的不同是该诗各行都具有格律诗的节奏形式，其诗行的音步数具有可分辨性。下面本文分析一下该诗的节奏。

A Pact

I máke | a páct | with yóu | , Walt Whít (man—
I háve | detést | ed yóu | long enóugh.
I cóme | to you às | a grown chíld
Who has hád | a pig - héad | ed fáth (er;
I ám | old enóugh | now tò | make fríends.
It wás | you that bróke | the new wóod,
Now ís | a tíme | for cárv (ing.
We háve | one sáp | and one róot | —
Let thére | be cóm | merce betwéen (us.

该诗的基本节奏为抑扬格，抑扬格三音步的诗行共为六行，其余的诗行均为抑扬格四音步。诗歌节奏变格处较多，以抑抑扬格替代的共有十处，它们是第二行的第四音步、第三行的第二和第三音步、第四行的第一和第二音步、第五行的第二音步、第六行的第二和第三音步、第八行的第三音步及第九行的第三音步。除抑抑扬格替代外，还有四处超音步音节替代，它们分别出现在第一行的末尾、第四行的末尾、第七行的末尾和第九行的末尾。全诗共一节，九行，属于短诗，但节奏变格的地方多达十四处。该诗节奏变格多同诗的思想内容也是有着密切关联的，因为诗中谈到了对惠特曼的看法，这一看法在诗人一生当中不是统一的。青少年时代，诗人憎恨惠特曼，且憎之很久。因那时，诗人觉得惠特曼的诗风过于浪漫，与他所目睹的社会现实有着很大的距离。那样凄惨、不公道的社会现实不应该创造浪漫主义的诗情和风格。其实，终观惠特曼的一生，其极具浪漫主义高昂奔放情调的诗歌主要产生于美国内战前，至美国内战以后，其惨痛的现实使惠特曼已不能再像以前那么引吭高歌了。庞德因其不满于他眼中的美国社会现实而不喜浪漫主义诗风，进而对惠特曼怀有憎恶之感，这也是情有可原的。但待诗人年长，他逐渐改变了对惠特曼的认识，起初他以为惠特曼是个固执的父亲，即一个具有坚定执着的信仰、敢于同各种邪恶势力作斗争的父亲式的人物，后来他愿意与惠特曼交朋友，认为是惠特曼开辟了诗歌创新之路，惠特曼在诗歌创作上起到了开路先锋的作用，现在正是将惠特曼的创新之路拓宽加长的时机，他应努力发扬和光大惠特曼的精神。最后，诗人表示他与惠特曼是灵肉相契、同根同源的。诗人对惠特曼的认识经历了从憎恨到认为与他灵魂相通、心智一体的变化，这样在诗的节奏上，诗人以节奏上的多处变格来适应这一思想内容。

诗人在这首诗的节奏上吸取了格律诗的特点，这不同于惠特曼的自由诗。惠特曼自由诗的节奏是一种思想内容节奏，不是按格律来确定的节奏。在自由诗中，一句诗行可用来表达一个思想，一句诗行结束时，诗人需另起一行来表达另一个思想，诗从头至尾是根据思想内容、情感意义的变化发展来完成全诗的节奏的。庞德的这首诗既吸取了格律诗的特点，即根据轻重音节形式的音步律来确定节奏，又吸取了惠特曼自由诗的特点，即诗中每一句诗行都能表达一个完整独立的意思内容。

惠特曼的不少自由诗具有演讲词的特点。在惠特曼时代，很多诗人热衷于宣扬美国的民主体制，号召美国人发扬民主精神。演讲词有助于美国人实现这方面的目的。惠特曼在自由诗中吸取演讲词的一些特点，如重复每一行的起首单词。庞德在《一份协约》中也借鉴了惠特曼自由诗在这方面的特点，九句诗行中有四句诗行的起首均使用“I”。这些句子结构均较为整齐，读之铿锵有力。

在修辞手法上，诗中最明显的修辞技巧是暗喻的使用，如用“broke the new wood”(砍伐新的树木) 来比喻“开辟一条新的道路”或“在诗歌中进行更新”；用“carving”（雕刻；用雕刻来装饰）来比喻“对已经革新的东西进行发展；在诗歌领域进行进一步的发展”；用“have one sap and one root”（有同样的树液和树根）来比喻“拥有同样的精神和文化历史传统”。

像惠特曼的自由诗一样，全诗不用脚韵，但用了其他一些韵，如头韵、行内韵等。请看：

1. 头韵。如：第一行的 with - Walt - Whitman；第一行的 you、第二行的 you 和第三行的 you；第二行的 have、第四行的 Who - has - had 和第四行的 pig - headed；第四行的 father、第五行的 friends 和第七行的 for；第六行的 was 和第八行的 We - one - one；第六行的 that - the；第五行的 now、第六行的 new 和第七行的 Now；第七行的 carving 和第九行的 commerce；第六行的 broke 和第九行的 be - between。

2. 行内韵，如：第六行的 you - new，第八行的 one - one。

头韵和行内韵的使用使这首诗带上了不少的韵味，加上该诗具有演讲词的一些特点，全诗又具有格律诗的节奏感，故全诗读起来颇有乐感。

综合全诗在节奏、音韵、诗行排列上的一些特点，该诗应属于一首半格律半自由诗。

四、结语

该诗发表于 1913 年，也是西方现代主义文学运动蓬勃发展的时期。诗人作为现代主义文学运动的积极响应者、参加者，早于 1909 年就与叶芝等人一道发起了意象主义诗歌运动。该首诗虽不是意象主义诗歌，但在艺术形式上也受到了意象主义诗歌形式自由诗的影响，在有些方面吸取了自由诗的形式特征，成为一首半格律半自由诗。半格律半自由诗在现代主义文学大潮像洪水般席卷西方文坛之际是被很多诗人采纳的一种诗歌体裁。这种体裁既保留了古代格律诗中的一些形式特征，又吸取了惠特曼自由诗的一些艺术特点，也就是说，在格律诗中采用了一些自由诗的因素，或在自由诗中采用了一些格律诗的因素。“早在 20 世纪 20 年代，这类诗体就已为人们所‘完全接受’”。[2] 在 20 世纪 20 年代之前的时期，庞德除了用自由诗创作意象主义诗歌外，还创作一些半格律半自由诗。正由于庞德等人的努力，这种诗体在其时及随后的年代里出现了一批追随者，其中著名的有 W · H · Auden、Robert Graves、Dylan Thomas 等人，他们以一首首形式生动活泼、多姿多彩的半格律半自由诗丰富了英语诗歌的艺术宝藏，为英语诗歌的百花园里增添了一朵朵瑰丽的艺术奇葩。

从这个意义上来说，庞德为美国民族主义文学的发展作出了巨大的贡献，他以其诗歌形式上的创新和追逐时代的脚步将美国诗歌引入了世界英语诗坛，使美国诗歌能像大西洋彼岸的英国诗歌一样闪烁着耀眼炫目的艺术光彩。

庞德在《一份协约》中，描述了自己对惠特曼的认识过程，他在诗的后半部分，对惠特曼充满了敬仰和崇敬之情，在最后他指出他与惠特曼在精神气质、文化历史传统上是血脉贯通、同宗同源的。他不但认同了惠特曼在诗歌艺术形式上的创新，而且还能在实践上加以采用，他在意象主义诗歌的创作中，一律用自由诗作为意象主义诗歌的体裁。庞德深知，在现代主义文学运动时期，创新对于每一位诗人，对于文学的发展，对于一个民族文化文明的繁荣是必不可少的，没有创新就不能驱动，也不能引领发展。而说到创新就不能不联想到美国诗坛上的前辈诗人惠特曼。惠特曼在 1855 年传统格律诗仍为很多诗人所敬奉之际，就大胆地、破天荒地推出了全以自由诗体创作的《草叶集》。尽管《草叶集》及惠特曼所创造的自由诗在其时被很多人所鄙视，但惠特曼并没有丝毫的恐惧、退缩和懈怠，他一生都在孜孜以求自由诗的创作，到其晚年，《草叶集》共出版了九版。这是需要坚强、伟大的创新精神的，这是需要惊人的胆略的。庞德知道，在 20 世纪要想将现代主义文学不断地推向前进，要想让美国的民族主义文学跟上世界文学潮流的发展，就必须呼唤惠特曼的出现，就必须向惠特曼学习，没有惠特曼的创新精神，就不可能推动文化文明的发展。

其实，说到庞德所认为的他与惠特曼在精神气质、文化历史传统上的血脉相通、同根同源，我认为这不仅仅表现于诗歌艺术的革新创造上，它还应表现于其他的一些方面。惠特曼在精神思想方面最为显著的特色是他对民主精神的提倡和赞颂。惠特曼是民主自由的热情的鼓吹者，他的很多诗歌都大肆地提倡、赞美民主，主张人的自由。庞德说他在精神上与惠特曼相通，不能不包括他与惠特曼在民主自由方面所持的观点的契合一致。庞德主张诗歌艺术形式上的自由，应当说，他与惠特曼一样也主张社会的民主、人的自由和解放。因为没有人的自由就不会有艺术的自由。惠特曼反对战争，他在《从田地里回来呀, 爸爸》(*Come up from the Fields Father* ）一诗中通过母亲对其参加美国内战而牺牲了的儿子的追思谴责了战争，庞德对战争也持反对态度，这从上一节的论述，我们已可得知。反对战争，同情人民的不幸遭遇，在这一点上，庞德与惠特曼应是有着共同点的。

庞德对惠特曼的认同、礼赞和学习效仿对美国梦的构筑和实现无疑是具有极其重要意义的。庞德在诗歌艺术上推崇创新改革精神，不仅在诗歌理论上提出了意象主义的创作原则，而且在诗歌实践上不断地改革旧传统、创造新形式。他与惠特曼在世界观、创作思想等方面的一致对其时的美国在各方面的发展，尤其是在文化文明方面的进步繁荣都是极具重要性的。美国梦当然是富民强国之梦，但这里的富强不应仅仅是物质上的富裕强大，它还应包括精神文化上的富强、思想境界方面的高尚。庞德在诗艺上的砥砺奋进、不满现状、锐意改革、不断进取对美国文学文化随着西方现代主义文学大潮的涌进奔流无疑起到了推波助澜的作用。他在世界观方面与惠特曼的契合一致也会为美国人追求民主和自由的精神气质的锻造和形成起到有益的作用。尽管庞德后来由于种种原因在世界观方面改变了自己的立场，如同意大利法西斯分子沆瀣一气，但他在 1935 年出版《杰弗逊与墨索里尼》之前，尤其是在他年轻时代，他对战争的看法，他对美国民主自由的热烈拥护者、鼓吹者、宣传家惠特曼的敬重和效法对美国人构筑美国梦, 实现他们的先民和他们自己长久以来的灿烂梦想，是有着极大的促进作用的。

注释

［1］常耀信. 美国文学简史［M］. 天津：南开大学出版社，1990: 122
［2］吴翔林. 英诗格律及自由诗［M］. 北京：商务印书馆，1993：291

第三节　论埃兹拉·庞德和他的《长干行》译诗

Ezra　Pound

The River - Merchant's Wife:

A Letter

While my hair was still cut straight across my forehead
I played about the front gate, pulling flowers.
You came by on bamboo stilts, playing horse,
You walked about my seat, playing with blue plums.
And we went on living in the village of Chokan:
Two small people, without dislike or suspicion.

At fourteen I married My Lord you.
I never laughed, being bashful.
Lowering my head, I looked at the wall.
Called to, a thousand times, I never looked back.

At fifteen I stopped scowling,
I desired my dust to be mingled with yours
Forever and forever and forever.
Why should I climb the look out?

At sixteen you departed,
You went into far Ku - to - yen, by the river of swirling
　　eddies,
And you have been gone five months.
The monkeys make sorrowful noise overhead.

You dragged your feet when you went out.
By the gate now, the moss is grown, the different
　　mosses,
Too deep to clear them away!
The leaves fall early this autumn, in wind.
The paired butterflies are already yellow with August
Over the grass in the West garden;

They hurt me, I grow older.
If you are coming down through the narrows of the
river Kiang,
Please let me know beforehand,
And I will come out to met you
As far as Cho - fu - Sa.

从第一、第二节的论述中，我们知道，埃兹拉·庞德是一位非常崇尚创新精神、成果极其显著的现代主义诗人，他的成果不但在创作的主题思想、艺术风格上显著突出，而且在数量、种类上也非常惊人。他的诗作有《狂喜》（*Exultations*，1909）、《人物》（*Personae*，1910）、《向赛克特斯·普洛坡特斯致敬》（*Homage to Sextus Propertius*，1917）、《休·希尔文·毛伯莱》（*Hugh Selwyn Mauberley: Life and Contacts and Mauberley*，1920）、《诗章》（*The Cantos*，1917—1970）等。他的批评性杂文有《要革新》（*Make It New*，1934）、《阅读入门》（*The ABC of Reading*，1934）、《文化指南》（*Guide to Kulchur, 1938*）和《文学论文集》（*Literary Essays*，1954）等。除创作这些作品外，庞德还在翻译领域显示了其杰出的艺术才华。他很早就开始从事翻译工作，因其对多种语言的熟稔和精通，他翻译过很多国家的古典诗歌、歌谣、古典的戏剧，还有中国古代的儒家理论、西方的现代经济学著作等。他对唐朝诗人李白诗歌和儒家经典著作《四书》的翻译尤其引人关注。上文所列的李白《长干行》的译文曾为很多读者所欣赏、阅读，在西方文学界有着很好的学术反响，在我国学术界也为很多读者、专家学者所认可、称赞，在我国出版的美国文学作品集或美国文学教材中，有不少均将该首译诗列为庞德的一首代表性作品供读者学习、评论。

一、《长干行》原文、许渊冲译文及《长干行》大意解读

下面将李白的《长干行》抄录如下，以便于下文对庞德的译作作评论。另外，我国著名翻译家许渊冲先生也曾翻译过该首《长干行》，下面将许渊冲的译文也附录如下，以便评论时进行适当的比较。

长干行

李白

妾发初复额，折花门前剧。
郎骑竹马来，绕床弄青梅。

同居长干里，两小无嫌猜。
十四为君妇，羞颜未尝开。
低头向暗壁，千唤不一回。
十五始展眉，愿同尘与灰。
常存抱柱信，岂上望夫台。
十六君远行，瞿塘滟滪堆。
五月不可触，猿声天上哀。
门前迟行迹，一一生绿苔。
苔深不能扫，落叶秋风早。
八月蝴蝶黄，双飞西园草。
感此伤妾心，坐愁红颜老。
早晚下三巴，预将书报家。
相迎不道远，直至长风沙。

下面是许渊冲先生的译文：

Ballad of a Merchant' s Wife

My forehead covered by my hair cut straight,
I played with flowers pluck' d before the gate.
On a hobby - horse you came on the scene,
Around the well we played with mumes still green.
We lived, close neighbors on Riverside lane.
Carefree and innocent, we children twain.
I was fourteen when I became your young bride,
I' d often turn my bashful face aside,
Hanging my head, I' d look towards the wall,
A thousand times I' d not answer your call.
I was fifteen when I composed my brows,
To mix my dust with yours were my dear vows.
Rather than break faith, you declared you' d die.
Who knew I' d live alone in a tower high?
I was sixteen when you went far away,
Passing Three Canyons studded with rocks gray,
Where ships were wrecked when spring flood ran high,
Where gibbons' wails seemed coming from the sky.

Green moss now overgrows before our door,
Your footprints, hidden, can be seen no more.
Moss can’t be swept away: so thick it grows,
And leaves fall early when the west wind blows.
The yellow butterflies in autumn pass
Two by two o’er our western - garden grass.
This sight would break my heart, and I’m afraid,
Sitting alone, my rosy cheeks would fade.
Sooner or later, you’ll leave the Western land.
Do not forget to let me know beforchand.
I’ll walk to meet you and not call it far
To go to Long Wind Sands or where you are.

长干行是乐府《杂曲歌辞》调名。李白的这首《长干行》以一名商贾之妇独白叙述的手法，描写了古代商人的妻子对远出经商的丈夫的思念之情，上诗可分为两个部分，第一部分叙述了商妇自少年时与心中的恋人相识、相恋、相处的过程；第二部分描写了商妇与自己的丈夫甜蜜、恩爱的夫妻生活，不久丈夫外出经商，妻子在家里左思右盼、朝念暮想，盼望心中的恋人能早日平安回家。诗人通过一幅幅生动逼真的画面的呈现，十分形象地展现了我国古代商贾之妇对爱情的追求，对婚姻的无限忠贞。诗人通过对他们甜美温馨的爱情、婚姻生活的细腻描写，让我们了解了我国古代人民对美好生活的挚爱，对平安、宁静、充满浪漫情调的爱情婚恋生活的向往。全诗感情真切、缠绵幽深，夫妻生活的描绘十分感人肺腑。下面我们来看一下李白原诗的大概意思。

我的头发刚刚盖上额头的时候，我便与你一起在门前玩折花的游戏。你那时骑着竹马过来，我们俩绕着井栏，相互投掷青梅，开心地做着这样的游戏。我们都在长干里居住，很小就相识，彼此之间没有什么猜忌、怨恨，过着自由自在的生活。十四岁时，我嫁给你，做你的媳妇，那时因害羞，从未露过笑脸。我常常低着头，面向墙壁的暗处，别人再怎么叫唤我，我都羞得不敢回头答应或看一眼。十五岁时，我成熟了，对一切也熟悉了，开始展露眉头，愿意一辈子与你坚守在一起，即使化成了尘灰，也与你永在一起。我常常怀抱着坚定执着、海枯石烂、永不变心的信念，再怎么也没想到要走上望夫台去远望。十六岁时，你要外出做生意去了，要通过险象环生、风急浪高的瞿塘峡外的一块大礁石滟滪堆，五月份潮涨水高，滟滪堆是十分危险之地，一般人是不能通过的；另外，那里江两岸的山上猿声哀嚎，凄厉异常，我对你是多么地担心呀！你能平安地回来吗？我家门前，我们以前在一起游玩、驻足的踪迹，渐渐地都长满了绿苔。绿苔长得太深太密，已无法清扫。秋风萧萧，落叶飘零，萧索的秋天早早来到了。八月份，黄色的蝴蝶飞旋乱舞，它们一对对飞临西园的草地上。看到这样的场景，我感慨良多，心伤不已。坐在家里，红颜老去，孤寂独自愁。不管什么时候，你从三巴下来的时候，请预先把消息报送家里。这样我可出门相迎，不畏路途遥远，我会一直迎到长风沙。

二、庞德译文论析及其与许渊冲译文之比较

我们首先来看一看上文所列的庞德译文和许渊冲译文在形式上的差异。在比较之前，本文就李白的原文在艺术形式上的特征作粗浅分析。全文为五言诗句，即诗中的每一行均为五个字。诗的第一二句不押韵，从第三句开始，全诗在押韵的形式上可分为三组，即从总的押韵形式上来看，全诗换了三次韵。第一组押韵形式应从第三句“郎骑竹马来”至第二十句“一一生绿苔”。这一组韵式总的来看押的［i］韵脚，而且押的是平韵。在这一组诗句当中，有“十四为君妇”“常存抱柱信”“十六君远行”和“五月不可触”，它们最后一字的韵母分别为［u］、［in］、［ing］和［u］。这几个韵母杂在［i］韵脚当中，是起着声音上的抑扬顿挫、跌宕起伏的作用的，它可使十八句诗行读起来不单调、富有变化、具有参差性的美感。在这组诗句中，还有“同居长干里”、“低头向暗壁”和“门前迟行迹”，它们最后一字的韵母也是［i］，但押的是仄韵，仄韵杂在平韵中，也起到了使声音富有抑扬顿挫美感的作用。从第二十一句“苔深不能扫”至第二十六句“坐愁红颜老”，在这第二组诗句中，诗句押韵的韵脚为［ao］音，在这一组诗句中，有“八月蝴蝶黄”和“感此伤妾心”诗句，它们最后一字的韵母分别为［uang］和［in］。这两个韵母杂在［ao］韵脚之中，也同样起着让声音具有跌宕、参差式的美感作用。在第三组诗句，即引诗的最后四句诗中，押的韵为［a］，这四句诗中的“相迎不道远”的“远”的韵母为［uan］，它杂在［a］韵脚当中，无疑也起到了让声音具有变化、起伏、参差性的美感作用。总的来说，该诗是讲究押韵的，加之每行均为五个字，故全诗在形式上十分整齐规范，在声音上具有回环悦耳、抑扬顿挫的美学效应。

两种译文中，许渊冲照顾了原文音美的特点的。译文虽然在诗行长短方面并不太规整，但在声音上却非常悦耳。全诗每两行押一个韵，属于联韵体诗行，读起来音调起伏有致，回环动听。诗行普遍采用抑扬格节奏，多数为抑扬格五音步，少数为抑扬格四音步。在抑扬格五音步诗行中，因韵脚相同，故诗人采用了英雄联韵体。如：“I was fourteen when I became your young bride, I'd often turn my bashful face aside,”“I was fifteen when I composed my brows, To mix my dust with yours were my dear vows.”“Green moss now overgrows before our door, Your footprints, hidden, can be seen no more." "The yellow butterflies in autumn pass Two by two o′er our western - garden grass." 和 "I′ll walk to meet you and not call it far To go to Long Wind Sands or where you are." 这几组诗句的诗体均为传统格律诗中的英雄联韵体。将一首我国唐朝的古诗译成具有浓厚的英语格律诗神韵美的英诗，这在诗歌翻译中应属十分不易之事，但许渊冲先生以其对英汉两种语言的精通，及丰厚的中英文学素养十分完好地为我们奉献了一首在艺术形式，尤其是音美上逼似原诗的佳译。

我们再来看一下庞德的译诗。我们看到庞德在艺术形式上完全打破了李白原诗形式规整、照顾诗行音协韵美的特点。庞译诗行长短不齐，参差无序，有的诗行长至十个单词，而有的诗行仅有一个单词。诗行在节奏上有些可以分辨音步，而有的则很难分辨音步，整首译诗不用脚韵。总的说来，庞译在形式上属于一首较为典型的自由诗，与惠特曼的自由诗在艺术形式上十分相像。与惠特曼自由诗较为相似的还有就是大量头韵及行内韵的使用。就头韵而言，在同一句诗行中经常会出现一对头韵，有时甚至会出现三个头韵。如在第一诗节第二行中有 played - pulling、第一节第三诗行中有 by - bamboo、第一节第四诗行中有 playing - plums；第二诗节第二行中有 being - bashful、第二节第三行中有 Lowering - looked；第三诗节第二行中有 desired - dust、第三节第三行中 Forever - forever - forever 等等。它们都押头韵。除头韵外，诗中还有一些行内韵，如第三诗节第二行的 I - my、第三节第三行的 Forever - forever - forever、第三节第四行的 Why - I、最后一节最后一行的 As - as 和 far - Sa 等。头韵和行内韵的使用增添了该首译诗的音韵美，使这首自由诗似由荒芜旷远的原野上突然开出了几朵灿烂的小花一样，带上了几分音韵上的美感。

从上面的分析，可以得知，许渊冲在艺术形式上较为接近原诗，尤其是在音美上，译诗读起来与原诗一样优美、流畅、宛转悠扬，而庞德译文在艺术形式上与原诗相距过远。许渊冲之所以在艺术形式的传译方面取得了成功，这应归功于译者对英汉两种语言文化的精熟，那么庞德译文为什么会与原诗在艺术形式上有如此之大的差距呢？究其原因，笔者以为，应有以下两点值得我们注意。一、庞德不懂汉语。庞德认识一些汉字，在他的诗作中，出于主题思想及庞德个人审美思想、艺术风格的需要，庞德是会在英诗中夹杂一些汉字，但这并不能说明庞德懂汉语，庞德喜欢中国传统文化，热爱中国的儒家思想理论，喜爱唐诗宋词，但他对这些思想内容的了解是通过一些翻译介绍获得的。像上面他所译的《长干行》是他根据美国东方文化学者厄内斯特·凡诺洛萨（Ernest Fenellosa）有关李白《长干行》的研究手稿来翻译的。这样，其译诗在艺术形式上就不太可能完全忠实于原诗。二、庞德是西方现代主义文学的代表人之一，是意象主义运动的发起者和领导者，他在翻译时会将现代主义，尤其是意象主义文学的审美视野、审美观念等带入到自己的译文当中，这是可以理解的。在庞德从事诗歌创作的年代里，英语传统的格律诗似已退出了诗歌创作的舞台，传统格律诗的繁华已告落幕，这时若将一首中国古代的诗歌译成英语传统的格律诗，从诗歌翻译所遵循的忠实性标准而言，固然是可取的，但从大众对诗歌艺术形式的审美接受角度来说，则是不可取的。因为在现代主义文学以其锐不可当的浩荡气势席卷整个西方文坛之际，大众普遍的审美视野是聚焦于诗歌艺术形式的创新上，人们读到的诗应是那种在艺术形式上富有新鲜色彩的诗，若还是那种守旧的、传统的诗歌形式，人们从心理上是难以接受的。因此，庞德在 20 世纪初以自由诗来翻译具有中国古典诗歌神韵美的《长干行》，从接受美学的角度，从照顾到 20 世纪初读者大众的审美视野、审美趣味的角度来说，是一种可以接受、可以为人所理解的翻译方法。随着时代的发展，社会形势、文化潮流的变化，人们的审美观也会发生着变化。以前一直为人们奉为圭臬、津津乐道、大加赞赏的东西会随着时代、社会的变化发展而退出人们的审美视界。新时代、新社会呼唤着新生事物的出现。在这时翻译艺术也要与时俱进，紧跟时代的脚步、社会大众审美跳动的脉搏，在翻译的方法、翻译作品的艺术形式上进行一些变革，这是符合时代发展需要，符合创作、翻译为读者服务、为人民服务宗旨的一种做法。

以上谈的是两种译文在艺术形式上的一些特点，下面谈一下它们在内容方面的一些优长短缺。

1. 选词方面

原诗“郎骑竹马来”中的“竹马”，庞德译为“bamboo stilts”，即“高跷”之义。“竹马”是“儿童放在胯下当马骑的竹竿”，[1]而“高跷”是一种“民间舞蹈，表演者踩着有踏脚装置的木棍，边走边表演。”[2]显然，庞德有误。许渊冲先生将“竹马”译为“hobbyhorse”，“hobbyhorse”是“（儿童玩的）马头杆，竹马”[3]的意思。许译再现了原词的意义。原诗“绕床弄青梅”中的“床”，庞德译成“seat”，当否？原诗中的“床”在中国古代实为“庭院中的井床，即打水的辘轱架”[4]。因此庞译“seat”是不妥的，许译“well”是正确的。“青梅”，许渊冲译为“mumes still green”。“mume”一词较为冷僻，不常用，《世界图书辞典》提供了如下的释义：a small Japanese tree or shrub with fragrant, light - pink flowers and greenish inedible fruit, used in bonsai. It belongs to the rose family。[5]这句话的意思是：一种小巧玲珑的日本树或灌木，上面长有芳香四溢、浅淡的粉红色花朵和不可食用的绿色果子。它主要用于盆景当中，属于玫瑰科植物。汉语中的“青梅”其实就是“绿色的梅子”意思，许先生以一种日本产的树来译它，似有些不妥。庞德将它直接译为 blue plums 是对的，但最好译成 green plums。汉语中的“青”用来修饰植物时，一般译为 green 较多，也较恰当。原文“同居长干里”中的“长干里”，庞德译为“the village of Chokan”，译得不准确。长干，“其地在今南京市，本古金陵里巷，居民多从事商业”。[6]因此长干里不是一个位于农村里的村庄，而是城市里的一条里巷。许渊冲先生将之译为“Riverside lane”，是恰当的。南京市位于长江边，诗中的男主人公十六岁远行做生意时，要路过瞿塘峡，可见他是从南京沿着长江坐船向西进发的。诗中“十四为君妇”的“君”，庞德译文“My Lord”，这也不妥。“君”在我国古代可以指“君主”，但它也可以是妻对丈夫的一种尊称，我国古代，女子未嫁从父，既嫁从夫，一切要夫唱妇随，所以女子对丈夫会以一种表示尊敬的方式来称呼，但用的词语不是朝臣称呼君王的词语。一般女子称呼丈夫会用“君”或“夫君”。“My Lord”在英语中是对某些贵族或主教、法官等的直呼尊称，表示“大人、阁下”[7]之义，这不太适合女子称呼自己的丈夫。许渊冲先生将“君”直接译为“you”，没能再现出我国古代女子对丈夫的尊敬、崇拜之意。我认为，“十四为君妇”宜译为“At fourteen I married you my gentleman”，这样能充分、恰当地译出原义。原文“羞颜未尝开”是商妇刚结婚时，因害羞而不露笑脸之义，许渊冲先生将“未尝开”译为“turn…aside”，意思与原文有出入，这里庞德直接译为“never laughed”是贴切的。原文“瞿塘滟滪堆”中的“滟滪堆”是三峡之一“瞿塘峡口的一块巨大礁石。瞿塘峡口，冬水浅，屹然露百余尺，夏水涨，投数十丈，其状如马，舟人不敢进”。[8]农历五月份，江水涨潮时，来来往往的船只很容易触礁而沉没。庞德将之译为“Ku - to - yen, by the river of swirling eddies”突出了滟滪堆附近江水湍急、地势危险的特点，但对滟滪堆，译者只用了不很准确的汉语拼音译法，没能让读者明白它到底是个什么样的地方。许渊冲先生在“Three Canyons”之后用了一个过去分词短语“Studded with rocks gray”，揭示出“滟滪堆”的性质组成，让我们知道“滟滪堆”实为礁石所构成，但这里的“Three Canyons”最好应改为“One Canyon”或直接用“Qu Tang Canyon”为宜。原诗中“早晚下三巴”里的“三巴”是地名，指“巴郡、巴东、巴西”这三个地方。谯周《三巴记》中记载：“闻白水东南流，曲折三回如巴字”。《华阳国志》说：“献帝建安六年，改永陵为巴郡，以固陵为巴东，安汉为巴西，是为三巴。”《小学绀珠》上道：“三巴：巴郡，今重庆府；巴东，今爰州；巴西，今合州。”[9]许渊冲先生将之译为“the Western land”，这个译文涵盖的范围太广阔，不可取！庞德将之译为“the narrows of the river Kiang”即“长江峡谷”，译得比许译要好些，但最好应直译成“the land of three Bas”，然后在译文之后加上一个详细的注解。原诗中“相迎不道远”是“出门迎接夫君不怕道路遥远”之义，“不道远”，许渊冲先生译为“not call it far”，这是比较忠实、贴切的译文，但该词语在庞德译文中则漏译了。

综观词语翻译方面，我们看到许渊冲先生的失误较少，尽管他翻译时力求传译出原文的音美，译文中也有误译、译得不够准确之处，但许先生在词语的意义传达方面基本上还是做到了忠实、地道，因为他深知，只顾音美的传译而不注重意义内容传达的译文是算不上什么佳译的。翻译的标准最讲究的还是准确、忠实、贴切。庞德的译文失误较多，主要原因在于其对汉语语言文化的不熟悉、不了解，如像“竹马”、“绕床”中“床”、“长干里”、“君”的翻译都能显示出译者对汉语语言文化的生疏。

2. 语句传译方面

原文“常存抱柱信，岂上望夫台”，意思是“我常常抱着至死不渝、永远想你爱你的执着信念，我这样坚定地、永不言弃地爱你，怎么会想到要走上望夫台去呢?”庞德将这两句译为：“Forever and forever and forever. Why should I climb the look out?”意思是：永远，永远，永远。我为什么要爬上瞭望台去呢? 庞德在第一句中虽然用了三个“forever”，但并没有译出商妇对其夫君执着、坚定的爱恋。“抱柱信”是个典故，出自《庄子·盗跖》。该典云：“尾生与女子期（约会）于梁（桥）下，女子不来，水至不去，抱梁柱而死。”[10]商妇常常怀抱着“尾生抱柱，守信不离去”的信念，她是想不到要登上望夫台的。我们再来看一下许渊冲先生的译文：Rather than break faith, you declared you′d die, Who knew I′d live alone in a tower high? 许先生在这里采取的译法是意译法，应该说这样的意译还是较为准确、恰切地译出了原诗句的意义的，在语气、情调方面也较为接近原文。这样的译文无疑比庞德的译文要强多了，但许译也有欠缺之处，因为原文中的典故和女子思念在外太久却没能如期回家的丈夫而登望夫台这一我国古代的文化传统没能在译文中得以成功再现。原文中的典故在译文中没有了，原文中的“望夫台”变成“孤独地居住在高塔之上”。关于望夫台，苏辙《荣城知》说：“望夫台，在忠州南数十里。”[11]可见望夫台实有其地，但这一地名在实际生活、文学作品尤其是古典诗词中早就获得了很丰富的文化蕴涵。思妇想念出外谋事、经商、从政的丈夫，久盼未归，邃于极度的焦虑、苦闷当中登上望夫台瞭望，或就居住在望夫台上日日向远方的夫君寄去无限的爱恋关心，盼其能早日归还。这似已成为中国古代妇女思夫念夫的一个文化传统。许译牺牲了“望夫台”所具有的中国古代文化丰富而深刻的含义，英美读者读到“live alone in a tower high”是想像不出“望夫台”所独具的文化历史意蕴的。这里，最好的译法是“直译加注”的方法，即直译“抱柱信”和“望夫台”，然后，在译文后加上注解，这样可让英美读者在了解诗句的意义之外，又能了解诗句中所包含的中国古代的传统文化。这样的译法虽然烦琐了一些，但要传达原文，特别是中国古代诗词多方面的深邃而丰富的美学意义，还是值得采用的。

原文中“五月不可触”是说五月份水急浪高之时，滟滪堆是不可相触的，即江水涨潮时，船舶要经过滟滪堆，是要遭遇不测之险的。有谚语说："滟滪大如马，瞿塘不可下，滟滪大如襆，瞿塘不可触。"[12]庞德将这一诗句译为"And you have been gone five months"，即"你已离开有五个月的时间了。"庞德在这里将"五月不可触"理解为商妇"见不到、接触不到自己的丈夫已有五个月的时间"，这样的理解显然是不对的。这一句，许渊冲先生的译文是正确的。许先生译道：Where ships were wrecked when spring flood ran high，这样的译文十分完好地再现了原文的含义。

原文中"门前迟行迹，一一生绿苔"，意思是商妇与丈夫共同生活时在门前留下的足迹，一一都长满了青苔。庞德将这两句译为：You dragged your feet when you went out. By the gate now , the moss is grown , the different mosses. 这句译文的意思是：你出门时，拖着脚步走，现在在门口，青苔长出来了，那里有不同种类的青苔。这句译文无疑与原文有太大的出入。我们来看一下许渊冲先生的译文：Green moss now overgrows before our door, Your footprints, hidden, can be seen no more . 很显然，许先生的译文是非常准确、地道的。庞译失误的原因在于对原文的理解不正确，"迟行迹"是"以前留下的足迹"的意思，不是"拖着脚步走"的意思，"一一生绿苔"是说每一个足迹上都长满了青苔，这里不是强调门前有不同种类的青苔。原文中"坐愁红颜老"是"因忧愁而红颜衰退"的意思。庞德将这一句译为："I grow older"，意思是译出来了，但原诗中的文学意义则没能再现出来，译文显得单调、过于直白。人在青春年少时，满面红颜，灿若桃李，年老体弱时，红颜老去，容貌憔悴，白发苍苍。这里"红颜老"宜直译，直译的译文，英美读者也能完好地理解原文中的语义，以及它的文学意义。许渊冲先生在这里就采取了直译法，他译道：Sitting alone, my rosy cheeks would fade . 译文在意义、情感、色彩方面都与原文相配相谐。

语句翻译，庞译比许译要弱了许多，究其原因，还是庞德对中国语言文学的陌生，不熟悉，对中国的传统文化的不了解。当然，许译也有不当之处，但总的说来，许渊冲先生因其对两种语言文化的精熟，在语句的深层意义、文学的意象传达方面做得还是比较成功的。

从词语选择及语句传译方面，我们看到，庞德的译文虽逊于许渊冲先生的译文，但在某些个别的地方，它也有胜于许译的，而且总的来看，庞德错译、译得不妥之处并不多。全译文从语言的风格上来说，遣词用语简单明了、朴实无华，而且读起来也很流畅、较自然，这些特点都与原诗较为接近。全译文没有用脚韵和统一的节奏，这与原诗相比，是一大缺陷。但庞德是一名美国现代主义诗人，如前所述，他出于满足20世纪初美国读者的审美需要，选用了自由诗来翻译《长干行》，所以这一美学选择又抵消了诗歌不用格律诗传统音韵格律的不足。另外，我们知道，庞德并不懂中文，他颇有些像我国近代不懂外文的翻译家林纾，林纾是根据别人的口授进行文学翻译的，庞德是根据别人的研究手稿来进行翻译的。林纾克服了不懂外文的重重困难，翻译了大量的西方小说，向中国民众展示了丰富多彩的西方文化，最终成为中国翻译界的泰斗级翻译家，庞德同林纾一样，突破了不懂中文给他带来的层层障碍，以其超人的智慧和渊博的学识为西方读者奉献了大量的中华文化典籍。其《华夏集》（Cathay, 1915）首次将中国古典诗歌介绍给西方现代派文学爱好者，让许多现当代的美国作家和读者有机会阅读、欣赏和接受中国古典诗歌。庞德虽不懂中文，却以其大量的翻译作品，如《论语》《大学》《中庸》《孟子》译文及中国古典诗歌译文而当之无愧地跻身于现代美国杰出翻译家行列。仅就《长干行》的译文而言，无论从语言的意义传达上，还是从文学风格的传译方面，庞德的译文都应归为上乘译品，其现代优秀翻译家的地位和声名于《长干行》译文可见一斑。

三、庞德选译《长干行》原因探析

庞德不仅翻译了大量的中华文化典籍，而且他对中国的传统文化尤其是儒家思想表现出浓厚的兴趣和热爱。孔子的“修身治国平天下”主张，孔孟之道让他深深地着迷。对中国曾出现过的尧舜时代、周文王时代，庞德甚为推崇和赞赏，认为那是个繁荣昌盛、国富民强的太平盛世。庞德认为，其时的美国应效法古代的中国，应学习中国传统的文化。他曾影射罗斯福，认为他是个野蛮人，他说：“对唐史一无所知的傲慢的野蛮人用不着骗谁。”[13]

庞德之所以如此喜爱孔子，热爱中国传统文化跟他所处的 20 世纪初美国的社会形势有着很大的关系。收录《长干行》的《华夏集》（Cathay）出版于 1915 年。1915 年属于美国的进步主义时代（1900—1917）。这个时期，美国的全社会面临着改革这样重大的问题。许多进步主义者反映人民的意愿和呼声，向社会上的“利益集团”发起挑战。改革因要触动不少人的物质利益，故在全社会引起了不小的震动，也使社会形势变得异常的复杂。1912 年，有一位定居救助之家（the Settlement House）的前工作人员叫沃尔特·韦尔的曾这样说道：“我们处在一个喧闹、困惑、几乎是动荡不安的时期。我们仓促修改着我们所有的社会观念，我们匆匆试验着我们所有的政治理想。”[14] 由此我们可以看出，庞德所处的 20 世纪初是一个喧嚣、嘈杂、骚乱不宁，很多人感到困惑不解的年代。

另外，1914 年第一次世界大战爆发了，美国一开始虽表示中立、不参战，其时的威尔逊总统希望能扮演一个和平缔造者的角色，但很多美国人都担心，战争的烽火总有一日会蔓延到美国，因为那时“协约国的宣传家们努力在美国造成反德情绪，宣传甚至夸张德国的暴行，并把战争描绘成文明民族与野蛮匈奴之间的冲突。”[15] 再加上，德国对美国力图保持中立的做法肆意加以破坏，导致了大量的美国人员的伤亡，美国人于震惊和恐惧之余，坚信美国参战是箭在弦上、一触即发之事。

这样的社会局势不能不使社会秩序出现混乱无序的状况，不能不使传统的价值体系遭受严重的冲击和破坏。那时美国的经济虽获得了快速的发展，但商品经济又对旧的道德准则造成了严重的破坏，很多人一切向钱看，奢靡之风盛行，享乐主义大行其道。这样的社会形势和人民的思想状况也使很多人对传统的爱情、婚姻观持有一种玩世不恭的态度。很多人乐于追逐声色犬马、花天酒地的生活，夫妻之间对婚姻的坚守和忠贞、情人之间的海誓山盟都已化为乌有。

负有强烈社会责任感的庞德面对美国的现状，不能不表示由衷的担忧和不安。要解决美国的现实问题，他认为应从中国传统的文化思想中吸取营养，应以孔孟之道来衡量美国的一切。美国文化不能只吸取欧洲文化，太平洋彼岸宽广辽阔、拥有几千年文明发展史的中国那古老而辉煌的文化是值得美国去借鉴、吸取的。为此，他勤奋地研究中国的儒家思想，殚精竭虑地学习古老的中国哲学思想，儒家文化所推崇的以和为贵、中庸之道，中国人传统的家庭观念，如女子三从四德、对爱情和婚姻忠贞不二、既嫁从夫等理念都激起庞德无限的兴趣，他希望美国人学习中国传统文化，同时他自己又身体力行，其目的就是希望能以儒家思想来端正其时的社会风气，来稳定其时的社会秩序。从他选译《长干行》一诗，我们能很容易看出庞德其时的用意和思想实际。

《长干行》是一首以爱情、婚姻和伤离怀远为题材的诗。诗以凄婉动人的笔触描写了男女主人公炽热的爱情、美满忠诚的婚姻。全诗情致深婉、细腻。商妇与其丈夫从小就青梅竹马，结婚后恩爱无比。不久丈夫外出经商，商妇与丈夫虽共饮一江水，但一住长江东，一住长江西，日日思君不见君，每日每时无不在牵挂丈夫的一切。春去秋来，丈夫杳无音信，商妇见到门前苔、西园草可谓肝肠寸断，痛彻心扉。商妇与其丈夫之间的爱情，商妇的温柔体贴及对婚姻和爱情的忠贞在中国古代社会应是具有很强的代表性的。我国古代像这样的情深意笃、忠于婚姻的夫妇是不胜枚举、数不胜数的。商妇与其丈夫之间的情爱故事，及商妇的性格特征明显地打上了我国传统文化儒家思想的烙印。儒家文化对妇女的影响固然有其消极的一面，但其积极的一面也是显而易见的，如它强调妇女对丈夫、婚姻的忠贞，这对婚姻的稳定，对家庭关系的和睦都具有非常重要的作用。我国古代的家庭有不少都是大家庭，一家三代、四代及至五代同堂都是比比皆是，在这样大的家庭里，若没有对爱情婚姻的坚守和忠贞，要想维系家庭结构的和谐、稳定和存在，这是不可能的。家庭是社会不可分割的组成部分，家庭的稳定无疑会促进社会秩序的稳定、整个社会人际关系的和谐。庞德选译《长干行》无疑是让 20 世纪初的美国民众了解中国古代社会人们对爱情婚姻的态度，让那时的美国人民能吸取中国传统文化中积极的一面，这对美国人民培养正确的婚恋观，维系家庭乃至全社会的稳定和谐都具有极其重要的意义。

四、结语

庞德于西方现代主义文学运动蓬勃开展之际，翻译了李白的《长干行》，所用的诗体为惠特曼开创的自由诗，这一诗体虽与传统的格律诗大为不同，也不能再现李白原诗在形式上的艺术特征，但它却能颇受 20 世纪初美国读者的欢迎，这反映出庞德在文学翻译中坚持译品为读者服务的思想，也反映出庞德在翻译中的艺术创新精神。

自由诗在艺术创作中是对美国民族主义文学的一大发展。它首先发轫于惠特曼，但惠特曼时代及其以后的数十年间，写作自由诗的诗人甚少，第一次世界大战至第二次世界大战期间，有很多人开始自由诗的创作，这对美国民族主义文学的发展，又是一次巨大的推动。庞德不仅在意象主义诗歌创作中采用自由诗诗体，在文学翻译实践中也适时地采用自由诗，很显然，庞德在诗歌艺术形式上为美国民族主义文学的发展作出了应有的贡献。

庞德在 20 世纪初美国国内社会局势骚乱、动荡，传统的社会价值观遭到严重冲击，传统的婚恋观念遭受巨大破坏，商品经济、一切向钱看、拜金主义取代传统的道德伦理观，清教主义操控美国人的精神文化生活以致很多青年人感到压抑、迷惘、失落之际，翻译了以爱情纯洁忠诚、婚姻忠贞不渝为主题的李白的《长干行》，期冀美国人能改变自己的人生观、道德观、爱情婚姻观，在情爱、婚姻生活中，应以忠贞无私、矢志不渝的爱为基础，这样的爱才是真正的爱，这样的爱才能使婚姻变得坚固、牢不可破。《长干行》中的思妇在丈夫外出之际，苦苦地思念着他，一心一意期盼他能早日平安地返回。她日日留连于丈夫在家时与她一起游玩共处之地，回忆着她们在一起时所共度过的美妙时光，担心、挂念着丈夫在外的冷热饱暖、祸福忧乐。思妇与其丈夫之所以会有如此忠贞美满的婚姻，正因为她们的婚姻是建立在坚实、纯真的爱情基础上的。20 世纪初的美国社会缺少的正是这样的爱情与婚姻，而没有这样的爱情婚姻，美国的社会也就没有一个稳定的家庭环境。整个的社会秩序也因此而更加地动荡不安。庞德翻译这首诗的用意是积极的，该译诗应是针对美国其时散漫、骚动、追求金钱物质利益的社会风气开出的一方极为有效的药剂，它定能让很多迷惘、沉沦、潦倒不堪的青年人清醒、振作起来，定能让美国社会里的很多人转变自己的人生价值观，去追求更加高尚、更加纯洁的精神生活。对于美国梦来说，只有物质生活丰裕的梦是远远不够的，物质生活的丰裕必须与高尚的精神生活相结合，才能造就美国梦的圆满，才能让美国人真正拥有幸福美好的人生。

注释

[1] 现代汉语词典［M］. 中国社会科学院语言研究所词典编辑室编. 北京：商务印书馆，1978: 1640

[2] 现代汉语词典［M］. 中国社会科学院语言研究所词典编辑室编. 北京：商务印书馆，1978：417

[3] 新英汉词典（世纪版）［M］. 上海译文出版社编。上海：上海译文出版社，2000：609

[4] 卢晋, 傅德岷. 唐诗宋词鉴赏词典［M］. 武汉：崇文书局，2005: 76

[5] Clarence L . Barnhart , Robert K . Barnhart . The World Book Dictionary (Volume Two L - Z)［M］. Chicago: Doubleday& Company . Inc.，1981：1367

[6] 萧涤非, 程千帆, 马茂元, 等. 唐诗鉴赏辞典［M］. 上海：上海辞书出版社，1983: 240

[7] 新英汉词典（世纪版）［M］. 上海译文出版社编. 上海：上海译文出版社，2000：768

[8] 卢晋, 傅德岷. 唐诗宋词鉴赏词典［M］. 武汉：崇文书局，2005: 76

[9] 卢晋, 傅德岷. 唐诗宋词鉴赏词典［M］. 武汉：崇文书局，2005: 76

[10] 萧涤非, 程千帆, 马茂元, 等. 唐诗鉴赏辞典［M］. 上海：上海辞书出版社，1983: 239

[11] 卢晋, 傅德岷. 唐诗宋词鉴赏词典［M］. 武汉：崇文书局，2005: 76

[12] 卢晋 傅德岷. 唐诗宋词鉴赏词典［M］. 武汉：崇文书局，2005: 76

[13] 杨仁敬. 20 世纪美国文学史［M］. 青岛：青岛出版社，2000: 380

[14] 卡罗尔·帕金，克里斯托弗·米勒，等. 美国史（中册）［M］. 葛腾飞，张金兰，译. 上海：东方出版中心，2013：430－431

[15] 卡罗尔·帕金，克里斯托弗·米勒，等. 美国史（中册）［M］. 葛腾飞，张金兰，译. 上海：东方出版中心，2013：512

第四节　论埃兹拉·庞德和他的《为择墓地而作的颂诗》

Ezra Pound
Hugh Selwyn Mauberley
(LIFE AND CONTACTS)
I
E. P. ODE POUR L’ELECTION DE SON SEPULCHRE

For three years, out of key with his time,
He strove to resuscitate the dead art
Of poetry; to maintain "the sublime"
In the old sense. Wrong from the start —

No , hardly, but seeing he had been born
In a half savage country, out of date;
Bent resolutely on wringing lilies from the acorn;
Capaneus; trout for factitious bait;

'Ιδμεν γάρ τοι πάνθ' ὅσ' ἐνί Τροίῃ
Caught in the unstopped ear;
Giving the rocks small lee - way
The chopped seas held him, therefore, that year.

His true Penelope was Flaubert,
He fished by obstinate isles;
Observed the elegance of Circe's hair
Rather than the mottoes on sun - dials.

Unaffected by "the march of events,"
He passed from men's memory in *l'an trentiesme*
De son eage ; the case presents
No adjunct to the Muses' diadem.

1915 年，在庞德旅居英国伦敦之际，他开始了巨著《诗章》（Cantos）的创作，这是一部现代史诗，他孜孜于该部史诗的创作长达 50 多年之久。在创作《诗章》之余，庞德又完成了两首重要诗歌的创作，一首是《休·赛尔温·莫伯利：生活与接触》（Hugh Selwyn Mauberley：Life and Contacts, 1920），另一首是《莫柏利》（Mauberley, 1920）。在这两首长诗中，庞德通过自己在伦敦的生活和与一些文化界人士的接触对西方文明的衰落进行了描述，同时也真切地描绘了艺术家为振兴文化、恢复文明的辉煌所付出的努力而最后归于失败这一事实。上面的五节诗是《休·赛尔温·莫伯利：生活与接触》中的第一部分。下面对这五节诗作详细论述。

一、大意解读

第一节，整整三年的时间，他与他的时代不合拍，他努力恢复那已死去了的诗的艺术，去维持传统意义上的“崇高”，但一开始他就错了。

第二节，不，不是！但是要明白，他是生长在一个半野蛮的国度里，在这个国家，他落后于时代，总是十分坚毅地要从橡实上拧出百合花来，但结果，他会成为坎普尼厄斯那样的攻城英雄，用作人工鱼饵的鲑鱼。

第三节，“我们了解特洛伊城中的一切”。奥德修斯和战士们了解特洛伊城中的一切事情，他们已结束了在特洛伊城里的战斗，他们因没有堵塞自己的耳朵而听到了塞壬的歌声，并受到了诱惑。因此，那一年，海洋仅给礁石留下少许的余地，却用汹涌的浪涛将他们紧紧地困住。

第四节，他真正的彭妮洛佩（Penlope），即爱妻是福楼拜，他坚持不懈地在岛屿旁垂钓。他宁可欣赏女妖塞西秀丽的头发，也不愿遵守日晷上的箴言。

第五节，他不受“世事进展”的影响，他已从人们的记忆中消失了。才三十多岁的年纪，他就已离开了人们的视野，这个事件并没有给缪斯的冠冕增添任何光彩。

二、主题思想讨论

在该诗中，庞德在对第一次世界大战后西方文明的衰落进行描述的同时，也对自己在一战前及一战后文明衰落过程中的所作所为进行了痛苦、深切的反思和谴责。诗的一开始，庞德就说，有整整三年的时间，他与他所生活的这个时代不合拍。第一次世界大战爆发于 1914 年，结束于 1918 年，应该说从 1918 年到该诗写作、发表的 1920 年，这整整三年的时间，西方人在整体的精神状态上显现出一种失望、迷惘、沉沦的特点，社会腐败，传统的价值观遭到了巨大的冲击，文学文化艺术的发展不但停步不前，而且出现了前所未有的大倒退。庞德痛感于文明的堕落，他说他脱节于这个时代，但却想努力振兴、复活文学艺术，让诗歌那已死去了的艺术再生。他力图维持艺术传统意义上的崇高。但他不无悲戚地说道，从一开始他就错了。从这一节，我们可以看到，诗人对从 20 世纪初艺术开始走下坡路，第一次世界大战又给文学艺术造成了巨大的破坏感到十分痛心，他深刻地感到艺术正一步一步地趋向衰微，人们的物质功利主义心理正一天天地膨胀发展，而艺术文化的发展则日益滞后，有时停止不前，甚至远不如从前。因此，诗人竭尽全力从事艺术创作、艺术研究和艺术教育，在文学艺术的园地里勤奋耕耘，想竭力恢复艺术昔日的辉煌。但诗人在沉痛的反思之后，又犹豫了起来，他怀疑他的努力是否一开始就错了。

但到第二节，诗人断然地否决了自己的这一想法。他说，不！这几乎不可能是错的，他的努力不可能是错的！你看他生长在一个几近野蛮落后的国家里，这个国家在各个方面尤其是在文化方面都与其他国家尤其是与有着悠久历史、灿烂文化的欧洲国家有着很大距离，在这样的国家，面对这样的文化状况，他坚定执着地努力从橡实上掰下百合花，即在文化贫瘠的土壤上培植、发展美国民族主义文化之花，他所做的这些努力是完全合乎情理的。他是一个美国人，一个生长在美国的知识分子，发展美国的民族主义文化，让美国拥有自己独特的、富有美国民族特色的自己的文化，这无论如何都不会有什么错谬之处。他是坎普尼厄斯，他也是供作人工鱼饵的鲑鱼。坎普尼厄斯是希腊神话中攻打底比斯国的七英雄之一，后来因反抗主神宙斯被雷电击死，诗人这里把自己比作这位攻城英雄，是说自己为美国民族主义文学的发展是作出了巨大的贡献的。他在文化创新与发展方面继承了他的前辈弗瑞诺、朗费罗、爱默生、惠特曼等人的精神，为美国的诗歌革新在理论、实践方面都创造了显著辉煌的业绩，但他也预感到，他的努力恐怕会付之东流，不会在美国的社会文化环境里开花结果。诗人还把自己比作鲑鱼，其实是做人工鱼饵用的。他在文化的海洋里畅游，尽情洒脱地突破旧文化的樊篱，力图革新文化上的陈规陋习，改革诗的艺术形式，创新诗的艺术内容和诗题材的选择。但他知道，他的这些努力只能落得做鱼饵的下场，成为鱼的腹中之物，即会被当时污浊的社会风习，腐败的社会体制所扼杀。诗人对美国的文化持一种悲观的看法，他的诗歌标题说此诗为择墓地而作，其实他不仅认为自己会成为一个失败者，而且还认为美国的文化会成为坟墓中的尸首。

在第三节，诗人引用了荷马史诗《奥德赛》第 12 章第 189 行的一句诗，英文意为：For we know everything that is in Troy，即: 我们了解特洛伊城中的一切。奥德修斯和战士们了解特洛伊城中的一切事情，因他们在特洛伊参战，对城中的人、事、物即城中的街道、房屋、商店等一切都谙熟于心。诗人在这里引用这句话，实际是指奥德修斯和战士们已经结束了在特洛伊城中的战争，因为只有在某地活动过，如参加了数年的战争，才会对那个地方十分了解，如熟悉那里的地理位置、城市的文化风貌、历史故事及风俗民情等。奥德修斯在战争结束后返回祖国的途中遇到了一群海妖——塞壬（the sirens）。这群海妖有着美妙的歌喉，能吟唱动人的，富有诱惑力的歌曲。以往海上航海者有不少曾受到她们歌声的吸引而命丧大海。奥德修斯听从了他在归途中所遇到的一名女巫塞西（Circe）的劝告，事前指使他的士兵将他绑到船杆上，同时又命人把水手的耳朵用蜡堵住，这样他虽能听到塞壬的歌声但却能驾船平安地驶离险滩。诗人用“the unstopped ear”一语，是反此处的希腊典故而用之，即他以及与他同时代的很多美国人没有堵住自己的耳朵，他们听到了海妖的歌声，并受此诱惑而招致失败，也就是说，他们顺应了当时的社会风尚，趋炎附势、随波逐流而导致了失败。一战使美国的文化价值体系遭到了毁坏，战后人们的价值观、道德观、理论观都遭到了彻底的颠覆。人们将自己的全部注意力、兴趣都聚焦于物质利益上，整个社会充溢着一股浓厚的商业气息，铜臭味熏染、玷污了几乎所有人的人格。社会上的一切事情都要用金钱、物质来计价、衡量。商品经济对旧的道德准则的破坏，人们对物质利益的疯狂追求使美国的文化降到极其低贱的地位。从这个意义上来说，美国的知识分子从菲利普·弗瑞诺开始就群策群力、身体力行的美国民族主义文化应该说遭到了很大的破坏。因此，诗人认为，他们失败了，美国梦破灭了，美国的文化也彻底贬值了。美国的知识分子及美国的文化被汹涌而来的海水所围困，那滚滚波涛、险风恶浪只给礁石留下了些许余地，而对他们知识分子及美国已发展、延续了多年的文化传统则加以紧紧地钳固，肆意地冲击、撞打、毁损。

在第四节，诗人说，他真正的彭妮洛佩是福楼拜，彭妮洛佩是奥德修斯的妻子，这里诗人用彭妮洛佩来隐喻他自己的妻子。诗人说，他的爱妻是福楼拜。福楼拜是法国著名的小说家。诗人以此诗句来隐喻他热爱伟大悠久、灿烂辉煌的欧洲文化。他要同福楼拜结婚，他离不开古老的欧洲文化传统，他在岛屿旁坚定执着、不畏疾风骤雨地垂钓，勤勉地工作。这里诗人是说美国的文化依然要向欧洲文化学习，依然要与欧洲文化交融一体，诗人已为当时的知识分子们树立了榜样。他每日辛勤笔耕，贪婪地吸吮欧洲文化丰富的营养。他不仅勤奋地学习欧洲文化，而且还刻苦地研究、深入地探讨欧洲文化。美国的文化一开始就模仿欧洲文化，因美国人在殖民地时期大多为欧洲的移民。美国的先民们刚至美洲大陆时所面临的是处于原始社会时期的落后的印第安人文化。所以模仿他们的故乡欧洲文化，以欧洲文化来描述、记载、介绍、歌唱美洲大陆上的人、物、事，这是顺理成章之事。但模仿过甚则招致了欧洲人的反感，这样，美国的知识分子出于民族的自尊心便极力提倡发展美国民族主义文学。经过很多美国知识分子的努力，美国的文化即至 19 世纪末的确已获致了很大的发展，但未曾想，一战的爆发使得这颗灿烂的民族主义文化之花遭到了摧残，很多知识分子们为此而感到迷惘，他们对美国的社会现实感到厌恶和仇恨。很多人在一战后都有深深的失根之感，他们要寻根，要寻找文化之乡的温暖，以排遣心头的失落、绝望。因此，庞德在其时提出要学习历史悠久的欧洲文化，并从欧洲丰富绵长、精深广博的文化传统中吸取养分以充实美国的文化，校正美国文化的发展方向，这在当时是切合人们的实际心理需求的。

出于对欧洲文化的眷恋、热爱和兴趣，很多美国人一战后都去了欧洲，尤其是在一战期间远赴欧洲参战的美国人，因受欧洲风土人情、社会风尚、生活习惯、社会制度等的吸引和影响，纷纷去了欧洲。在欧洲，法国是最吸引美国人的一个国家。法国小说家福楼拜卓越的文学水平，他对法国文化的谙熟于心深深地吸引住了庞德，而法国人引以为傲的美女、美酒及悠久的历史对美国人也具有巨大的魔力。法国人那自如潇洒、浪漫奔放的情调、法国人温文尔雅的谈吐和举止对其时的美国人包括庞德在内产生了很大的影响。出于对法国人的欣赏，他们模仿法国人的动作举止、法国人的生活习性，如穿浣熊皮夹克、烫头发、穿超短裙、随意尽兴喝酒等。庞德在该诗第四节第三、四两行说他宁可欣赏女巫塞西头发的秀美，而不愿遵从日晷上的箴言，说的就是一战后很多美国人深受欧洲社会风尚的影响这件事情。庞德尽管怀抱着学习、研究法国文化的远大理想，但在法国他也深受当时社会风潮的影响和吸引，追逐时尚、忘却文化的学习、研究和传播，没能时时刻刻牢记美国民族主义文化需要复兴、发展这一历史使命。其时，庞德等人对欧洲所谓时髦的社会风尚的欣赏和模仿其实也加剧了美国国内对物质的追求。尽管庞德在多部作品中谴责一战后美国社会甚嚣尘上的物质主义、拜金主义、金钱万能的现象和风气，但他在欧洲其时对虚浮的、所谓时髦的社会风尚的模仿还是起到了美国人对物质主义疯狂追逐的促发作用的。美国人在 1920 年后大量地饮酒、大规模地开鸡尾酒会，这又导致很多人非法走私卖酒，继而引起了社会治安的严重恶化，社会上暴力事件频发多发，青少年犯罪问题也日趋尖锐。

第一次世界大战严重地摧毁了美国的社会秩序，深深地打击了美国人的心理世界，粉碎了美国人心存已久，并努力为之而奋斗的美国梦。美国的民族主义文化遭到了前所未有的破坏。庞德在某种程度上虽然也是这一次大破坏的弄潮儿，但他自知，自己同时也是一名牺牲者。在这次大破坏之初，他虽然努力振兴民族文化，但时势的变化、社会潮流的驱动使他的理想彻底破产。他跟着潮流的推进，没能为祖国民族主义文化的发展起到任何积极作用，他在诗中发出了悲观主义的哀叹，要为自己选择墓地。

庞德的“悲”其实是一种严重的自责，是潮流退却之后一番冷静的思考。他自觉罪孽深重，没能像其他人那样一直随波逐流、安适坦然，适应并接受美国及欧洲社会上的一切。他未受“世事进展”的影响，从人们的记忆中消失了。其时他虽只有三十多岁的年纪，但却觉得自己已不应再继续存活人间了。他没能给掌管文化和科学的女神缪斯的王冠带来任何荣耀和光彩，没能在时代的恶潮中力挽狂澜，为美国民族主义文化的振兴、繁荣做过一点有价值的贡献，他觉得现在是他选择墓地的时候了，现在该他离开这个给他带来无穷刺激和不尽痛苦的世界的时候了。

庞德的“悲”代表了其时很多美国知识分子的一种普遍的心态。悲剧性事件过后，如果人们一直与世浮沉、随遇而安，对所发生的一切麻木不仁，那么这将是一种“大悲”。如果社会上这样的人很多，那将是一个民族、一个国家的悲。但悲剧过后，若人们能进行深刻的反思，并在反思过后振作起来，努力改变所面临的状况，那这种“悲”会转化为一种动力。我们看到，在美国 20 世纪 20 年代，这种动力在很多作家身上已演变为旺盛强大的创作热情。20 世纪 20 年代成为美国文学最富有独创性的时期，这一时期诞生了许多文学大师，像辛克莱·刘易斯（Sinclair Lewis，1885—1951）在 1930 年还成为了第一个荣获诺贝尔文学奖的美国作家，美国的文学呈现出一种罕见的繁荣发展的景观。这一切，深究起来，应得益于庞德的“悲”，得益于美国现代主义文学旗手庞德的反思。

三、艺术特征分析

该诗为四行诗节，每节均押 abab 韵，这种韵式在英语传统格律诗中叫做套韵体（alternate or interlaced rhyme）。那么该诗的节奏如何呢？下文分析之。

Hugh Selwyn Mauberley
(LIFE AND CONTACTS)
I
E. P. ODE POUR L’ELECTION DE SON SEPULCHRE

For three yéars | , out of kéy | with his tíme,
He stróve | to resú | scitàte | the dead árt
Of pó | etrỳ | ; to maintáin | “the sublíme”
In the óld | sense. Wróng | from the stárt —

No , hárd | ly, but sée | ing hé | had been bórn
In a hálf | ∧ sá | vage cóun | try, òut | of dáte;
Bent ré | solutelỳ | on wríng | ing lí | lies fròm | the acórn;
Capá | neus; tróut | for factí | tious báit;

“For wé | know éve | rything thát | is in Tróy”
‘Ιδμεν γάρ τοι πάνθ’ ὅσ’ ἐνί Τροίῃ
Caught ìn | the unstóp | ped éar;
∧ Gív | ing the rócks | small lee - wáy

The chóp | ped séas | held hím |, therefóre |, that yéar.
His trúe | Pené | lope wás | Flaubért,
He físh | ed by ób | stinate ís (les;
Obsér | ved the é | legànce | of Cír | ce' s háir
∧Ráth | er thàn | the mót | toes on sún | - diàls.

Unaffëc | ted by̌ | "the márch | of evénts,"
He páss | ed fròm | men' s mé | morỳ | in *l' à n* | *trentì es (me*
De son é age | ; the cáse | presénts
No ád | junct tò | the Mú | ses' dí | adèm.

该诗的基本节奏为抑扬格，各行的音步数不太规整，有的为抑扬格六音步，还有的为抑扬格五音步、四音步、三音步变化不等。音步数的不整齐跟诗行的长短直接关联，该诗诗行长短不齐。该诗中用抑抑扬格替代的特别多，共有 28 处，它们分别出现在如下诗节诗行当中：第一节第一行第一、二、三音步，该节第二行第二、四音步，该节第三行第二、三音步，该节第四行第一、三音步；第二节第一行第二、四音步，该节第二行第一音步，该节第三行第二、六音步，该节第四行第三音步；第三节第一行第三、四音步，该节第二行第二音步，该节第三行第二、三音步；第四节第一行第三音步，该节第二行第二、三音步，该节第三行第二音步，该节第四行第四音步；第五节第一行第一、四音步，该节第三行第一音步。除抑抑扬格替代外，还有三处单音节替代，它们分别出现于第二节第二行第二音步、第三节第三行第一音步和第四节第四行第一音步。最后，还有两处超音步音节替代，它们分别出现于第四节第二行和第五节第二行末尾。

庞德在诗中用了这么多的变格，这是由这首诗的思想内容、情调风格所决定的。该诗探讨了美国一战后文化、文明状况。诗歌艺术已告死亡，诗人竭力挽救衰亡了的民族文化，维持并尽可能恢复美国文化昔日的崇高、辉煌，但诗人感觉自己的辛勤努力没能换来艺术的鲜花绽放，他像攻打底比斯国的英雄坎普尼厄斯一样遭到失败的结局，他像人工鱼饵鲑鱼一样最后葬身大鱼之腹，沦为社会腐败、邪恶市风衰颓败落的牺牲品。美国其时很多人受到金钱、物质利益的诱惑，忘却文化的学习、研究，忘却民族文化的振兴，庞德及其他一些美国知识分子旅欧洲期间也喜欢追逐其时所谓时髦的社会风尚，而那些风尚其实是一战后很多欧洲的青年人思想颓废、道德沦丧、价值观和人生观迷失了正确的方向的象征。庞德从某种程度上来说也成了美国一战后社会上流行的拜金主义思潮的作俑者。但与其他一些对颓靡、衰落了的美国民族主义文化麻木不仁的人不同的是，庞德自感自己愧对时代，愧对祖国的文化，他没有在祖国的文化急需他出面挽救之时，伸出温暖的手，拿起挑战社会腐恶、警醒世人的笔，他没能为祖国的文化复兴和振兴做出一点有益的贡献。庞德认为他已死去，这里死去的应是庞德“旧我”，一个新的庞德已诞生，庞德的自责正反映了他的自醒、自觉。诗的最后一节，节奏变格明显变少，少于诗中其余各节，因这里诗人已觉醒，他会告别旧的时代，告别“旧我”，他会以一个崭新的形象出现于民族文化的园圃里，像辛勤的园丁那样悉心培育民族文化之花。而在诗中其余各节，节奏变格均很多，因为在这些诗节中，诗人的情调是感伤的、压抑低沉的，同时也包含着对自我的深刻的谴责，对时代的社会风习和文化潮流的批评。

全诗除有固定的韵式外，还押头韵、行内韵等。请看：

1. 头韵，如在第一节，第一行的 his 和第二行的 He，第二行的 strove、第三行的 sublime 和第四行的 sense－start，第一行的 time、第二行的 to 和第三行的 to，第二行的 resuscitate 和第四行的 Wrong，第二行的 the、第三行的 the 和第四行的 the－the；在第二节，第一行的 hardly－had 和第二行的 half，第一行的 but－been－born、第三行的 Bent 和第四行的 bait，第一行的 seeing 和第二行的 savage，第二行的 country 和第四行的 Capaneus，第三行的 from 和第四行的 for－factitious；在第三节，第二行的 the、第三行的 the 和第四行的 The－therefore－that，第四行的 held－him；在第四节，第一行的 His、第二行的 He 和第三行的 hair，第三行的 Circe’s 和第四行的 sun-dials，第三行的 the 和第四行的 than－the；在第五节，第一行的 march、第二行的 men’s－memory 和第四行的 Muses’，第三行的 De 和第四行的 diadem。

2. 行内韵，如第一节第一行的 three－Key，第一节第四行的 the－the。

头韵和行内韵的使用给该诗增添了韵味，使这首诗在流畅、充满乐感的韵律中如溪水一样潺潺流淌，溪水悠悠，庞德的感伤之情及忏悔之意也随着那流水汩汩而出，给读者以心灵上的震撼。

该诗在艺术特征上还有以下一些特点，值得我们注意。如：

1. 采用多种语言的混合。除英语外，诗中还用了法语、意大利语。这是庞德作诗时常用的一种方法，在有些诗作中，庞德甚至还会使用不少的汉字，他试图通过不同语言的使用，反映不同文化所具有的特定的内涵。不同语言的混用除了能显示诗人学识渊博外，更重要的是它能服务于诗歌的主题内容、思想意义的表达和揭示。庞德在这首诗中通过一系列的文学手法的使用指出要学习欧洲文化，对美国文化的衰退和贬值怀有深深的不满和怨恨，故意大利语及法语的使用能提示人们对欧洲语言文化的学习和研究，这同庞德在有些作品中混杂使用很多汉字，其目的是旨在让人们学习中国古典文化一样。通过对欧洲文化的学习和钻研能促使美国人反思过去，冷静地观察、深入地思考，并着力改造他们所面对的社会现实、文化状况。

2. 有效地使用修辞技巧。

⑴反论、逆论（Paradox），如诗题“Ode pour I’Election de son sepulchre”中使用了反论或叫作逆论。Ode 本为颂词，而颂词是称赞某人的功德和祝贺他人幸福愉快、家庭美满、身体健康时所讲的话和所写的文章，而诗题中诗人说是为择墓地而写颂词，这听起来十分荒唐，但实际上又是很有道理的。因为诗人在一战中也在精神上沉沦了，他没有为其时的美国的民族主义文学作出过一点贡献，他在某种意义上也成了一战后美国社会市风败坏、文明堕落时代的弄潮儿，但他最后从麻木不仁、昏沉迷醉状态中清醒了，他认为他的“旧我”应该死去，旧的时代应该结束，而旧的死去也就意味着新的诞生，因此庞德是在为他的“旧我”选择墓地，这是值得赞颂、庆贺之事。

⑵隐喻（Metaphor）如:

a. wringing lilies from the acorn 从橡实上拧下百合花。橡实是落叶乔木栎树上的果实，而百合花为另外一种多年生草木植物，这里是隐喻，要在美国本就贫瘠，又遭受一战践踏过的文化土壤上培育出民族主义文化之花，在一战后美国污浊的文化环境里发展民族主义文化，这是不可能之事。

b. Trout for factitious bait 用作人工鱼饵的鲑鱼。这个词语隐喻诗人自己能像鲑鱼一样在美国的社会、文化环境里畅游，但最后会葬身鱼腹，即最后会被腐败邪恶的社会现实、污秽败落的文化环境所扼杀。

⑶ 引喻（Metonymy），如：

a. Capaneus 坎普尼厄斯。坎普尼厄斯是希腊神话中攻打底比斯国的一位英雄，后因反抗主神宙斯（Zeus）而被天雷击死。该词语实是影射诗人自己，他努力发展美国民族主义文化，力图维持它的崇高和辉煌，但最后他感到自己失败了，一战后美国的文化实际上让诗人失望了。

b. Penelope 彭妮洛佩，是古希腊英雄奥德修斯的妻子，诗人在诗中是以她来指自己的妻子。

c. Flaubert 福楼拜，法国著名小说家，生于 1821 年，卒于 1880 年，诗人在诗中是以他来喻指辉煌灿烂，且具有悠久历史的欧洲文化。

d. His true Penelope was Flaubert 他真正的彭妮洛佩是福楼拜。诗人在这里影射美国人要学习欧洲文化，美国文化要与欧洲文化交融一体，水乳不分。

e. The Muses 缪斯，希腊神话中掌管文艺和科学等的九位女神，这里是指美国民族主义文化。

f. The elegance of Circe’s hair 塞西头发的秀美。锡西是奥德修斯回国途中遇到的女巫，“塞西头发的秀美”引喻社会时尚、物质利益、虚浮颓废的社会风气对人的诱惑。

⑷ 移就（Transferred Epithet），如：Obstinate isles 在岛上坚定执着地做……

诗人在诗中将用来修饰人的品质、情感的形容词转移到客观物体 isles 上，借以达到借物抒情的目的。岛屿位于海中，十分坚固，经过数以百年的海浪、海啸、狂风暴雨的侵蚀仍屹立于海中。诗人将岛的坚固转移过来用来形容自己在岛上垂钓时的坚持不懈、永不言弃的精神，这样的修辞手法用得十分巧妙而生动。

3. 大量地用典。这是庞德很多诗歌的艺术风格。不少典故出自希腊神话，显示出他杰出的艺术才能和渊博的学识，也反映了诗人对欧洲文化的热爱和大量的吸收。诗人的用典同爱伦·坡在《致海伦》（*To Helen* ）中用典一样，都是在引领美国人学习、吸取、借鉴欧洲文化。

4. 诗的语言简易素朴，畅达隽永。诗人不用大词、复杂的短语及句法结构，多用一些小词、人们平常非常熟悉的词语及简单明了的句法结构。诗人用这些朴素无华的语言将一个个含蕴丰富深厚的文学典故串合在一起，使语言十分优美、雅致、动人。

从以上的分析，我们足以见出庞德诗歌艺术的精湛和恢宏，也可看出庞德在诗歌艺术方面的创新和不懈追求。

四、结语

这首诗以英国传统格律诗的诗体创作而成，这样的诗在庞德诗作中并不多见，因为庞德是意象主义诗歌的创始人，又是现代主义文学运动的一名重要的奠基者和领袖。现代主义文学运动开展时期，很多诗人已不再写作传统的格律诗，那么庞德为什么在 1920 年时突然写作格律诗呢？我想这同一次大战后美国的社会状况、文化现实有很大关系。一战后，美国的社会秩序较为混乱，传统的价值观、道德伦理观均遭到很大的冲击，人们都把目光聚焦于商业利益的追逐上。庞德对美国社会里的物质主义、功利主义、拜金主义可谓深恶痛绝，他在这首《为择墓地而作的颂诗》中以隐含性的方式提出要学习欧洲文化、要与欧洲文化交融在一起，因此他在创作这首诗时，采用传统的格律，而没有采用惠特曼所开创的自由诗或其他较为时新的诗体，这就是旨在让美国的民众不要忘记欧洲文化那古老悠久的传统，要吸收欧洲文化中一些有价值的养料，并以此来复兴、振兴、丰富和发展美国民族主义文化。

庞德的这一做法是对美国文化的一种挽救，是在文化面临一战后的危机情势下所伸出的热情关爱之手。庞德在诗中又以引用文学典故、文学隐喻、引喻等手法来呼唤人们关心美国的民族主义文化，发展民族主义文化。他最后的自责也是在警醒人们不要趋炎附势，不要做那些对文化发展不利的事情，所有这些都反映出庞德对美国民族主义文化的振兴和发展所怀有的责任担当。庞德的这份担当是自觉的、是产生于他作为一个美国知识分子对民族文化所具有的热忱和喜爱。

美国梦的腾飞和最终实现离不开美国民族主义文化的蓬勃发展。没有文化的民族是愚昧野蛮的民族，没有文化内涵的民族梦想是丑陋，没有光彩的梦想。只有民族主义文化百花齐放，民族的梦想才能光芒四射、鲜艳伟大，并具有旺盛强健的生命力。庞德的努力为美国梦的展翅翱翔增添了强劲、灿烂、美丽的羽翼。

第三章　论托马斯·斯特尔那斯·艾略特和他的《杰·阿尔弗雷德·普鲁弗洛克的情歌》

Thomas Stearns Eliot

The Lovc Song of J. Alfred Prufrocck

S'io credessi che mia risposta fosse
a persona che mai tornasse al mondo,
questa fiamma staria senza piu scosse.
Ma per cio che giammai di questo fondo
non torno vivo alcun, s'i'odo il vero,
senza tema d' infamia ti rispondo.

Let us go then, you and I,
When the evening is spread out against the sky
Like a patient etherised upon a table;
Let us go, through certain half - deserted streets,
The muttering retreats
Of restless nights in one - night cheap hotels
And sawdust restaurants with oyster - shells:
Streets that follow like a tedious argument
Of insidious intent
To lead you to an overwhelming question…
Oh, do not ask, "What is it?"
Let us go and make our visit.

In the room the women come and go
Talking of Michelangelo.

The yellow fog that rubs its back upon the window - panes,

The yellow smoke that rubs its muzzle on the window - panes
Licked its tongue into the corners of the evening,
Lingered upon the pools that stand in drains,
Let fall upon its back the soot that falls from chimneys,
Slipped by the terrace, made a sudden leap,
And seeing that it was a soft October night,
Curled one about the house, and fell asleep.

And indeed there will be time
For the yellow smoke that slides along the street,
Rubbing its back upon the window - panes;
There will be time, there will be time
To prepare a face to meet the faces that you meet;
There will be time to murder and create,
And time for all the works and days of hands
That lift and drop a question on your plate;
Time for you and time for me.
And time yet for a hundred indecisions,
And for a hundred visions and revisions,
Before the taking of a toast and tea.

In the room the women come and go
Talking of Michelangelo.

And indeed there will be time
To wonder, "Do I dare?" and, "Do I dare?"
Time to turn back and descend the stair,
With a bald spot in the middle of my hair —
(They will say: "How his hair is growing thin!")
My morning coat, my collar mounting firmly to the chin,
My necktie rich and modest, but asserted by a simple pin —
(They will say: "But how his arms and legs are thin!")
Do I dare
disturb the universe?
In a minute there is time

For decisions and revisions which a minute will reverse.

For I have known them all already, known them all: —
Have known the evenings, mornings, afternoons,
I have measured out my life with coffee spoons;
I know the voices dying with a dying fall
Beneath the music from a farther room.
        So how should I presume?

And I have known the eyes already, known them all —
The eyes that fix you in a formulated phrase,
And when I am formulated, sprawling on a pin,
When I am pinned and wriggling on the wall,
Then how should I begin
To spit out all the butt - ends of my days and ways?
        And how should I presume?

And I have known the arms already, known them all —
Arms that are braceleted and white and bare
(But in the lamplight, downed with light brown hair!)
Is it perfume from a dress
That makes me so digress?
Arms that lie along a table, or wrap about a shawl.
        And should I then presume?
        And how should I begin?

Shall I say, I have gone at dusk through narrow streets
And watched the smoke that rises from the pipes
Of lonely men in shirt - sleeves, leaning out of windows?...
        …

I should have been a pair of ragged claws
Scuttling across the floors of silent seas.
        …
And the afternoon, the evening, sleeps so peacefully!

Smoothed by long fingers,
Asleep … tired … or it malingers,
Stretched on the floor, here beside you and me.
Should I, after tea and cakes and ices,
Have the strength to force the moment to its crisis?
But though I have wept and fasted, wept and prayed,
Though I have seen my head (grown slightly bald) brought in
upon a platter,
I am no prophet — and here' s no great matter;
I have seen the moment of my greatness flicker,
And I have seen the eternal Footman hold my coat, and
snicker,
And in short, I was afraid.

And would it have been worth it, after all,
After the cups, the marmalade, the tea,
Among the porcelain, among some talk of you and me,
Would it have been worth while,
To have bitten off the matter with a smile,
To have squeezed the universe into a ball
To roll it toward some overwhelming question,
To say: "I am Lazarus, come from the dead,
Come back to tell you all, I shall tell you all" —
If one, settling a pillow by her head,
Should say: " That is not what I meant at all;
That is not it, at all."

And would it have been worth it, after all,
Would it have been worth while,
After the sunsets and the dooryards and the sprinkled
streets,
After the novels, after the teacups, after the skirts that
trail along the floor —
And this, and so much more? —
It is impossible to say just what I mean!

But as if a magic lantern threw the nerves in patterns on
　　a screen;
Would it have been worth while
If one, settling a pillow or throwing off a shawl,
And turning toward the window, should say:
　　"That is not it at all,
　　That is not what I meant at all."

No! I am not Prince Hamlet, nor was meant to be;
Am an attendant lord, one that will do
To swell a progress, start a scene or two,
Advise the prince; no doubt, an easy tool,
Deferential, glad to be of use,
Politic, cautious, and meticulous;
Full of high sentence, but a bit obtuse;
At times, indeed, almost ridiculous —
Almost, at times, the Fool.

I grow old … I grow old …
I shall wear the bottoms of my trousers rolled.
Shall I part my hair behind? Do I dare to eat a peach?
I shall wear white flannel trousers, and walk upon the beach.
I have heard the mermaids singing, each to each.

I do not think that they will sing to me.

I have seen them riding seaward on the waves
Combing the white hair of the waves blown back
When the wind blows the water white and black.

We have lingered in the chambers, of the sea
By sea - girls wreathed with seaweed red and brown
Till human voices wake us, and we drown.

在英美现代主义的诗坛上，庞德作为一名组织者和鼓吹者，发挥了一名杰出的领袖和带头人的作用，他不仅以其卓越的诗歌创作成就影响了与其同时代的人，而且他还能以其诲人不倦、胸怀坦荡、善于发掘和提携诗坛新秀精英的品格赢得了很多人的赞誉。受到过庞德的无私帮助和热忱勉励，而最终登上英美诗坛的诗人在 20 世纪初有很多，其中一位最为杰出的、于 1948 年以《四重奏四阙》（*Four Quartets* ，1935—1943）而荣获诺贝尔文学奖的诗人便是本章所要研究的托马斯·斯特尔那斯·艾略特。艾略特于 1914 年赴欧洲旅行时，在伦敦结识了庞德。庞德认真研读了其时只有 26 岁的青年诗人艾略特的诗稿《杰·阿尔弗雷德·普鲁弗洛克的情歌》。在庞德的热情鼓励和帮助下，艾略特于 1915 年在芝加哥的《诗刊》上发表了该诗，诗发表后，迅速赢得了人们的欢迎，这也成了他不朽的成名之作。下面本文详细地研究一下该诗。

一、大意解读

第一节，这一节为全诗的题铭，它引自但丁的《神曲·地狱篇》27 歌的第 61—66 行。但丁（Dante Alighieri，1265—1321）是意大利的民族诗人，是从中古到欧洲文艺复兴过渡时期最具有代表性的作家。1265 年，但丁出生于佛罗伦萨的一个富有的贵族之家，年轻时他兴趣广泛、勤奋好学，对美学、音乐、政治学等都有广泛涉猎和深入研习。他还积极参加佛罗伦萨的政治斗争。1300 年，但丁以医药工会代表的身份参加了佛罗伦萨的最高行政会议，并被选为六大行政文官之一。但不久，他所在的贵而夫党分裂为两派，一派是反对教皇，由新兴商人组成的白党，另一派是支持教皇，由一些思想保守的封建贵族组成的黑党。但丁不但是支持佛罗伦萨共和国成立的白党中的成员，而且还担任了白党的领袖。在 1302 年黑白两党争夺领导权的斗争中，白党招致惨败，黑党赢得了斗争的胜利，并掌握了共和国的政权，白党因之遭到残酷镇压，但丁被终生流放。因回国无望，但丁选择定居拉韦纳，并用余生大部分的时间和精力创作《神曲》。《神曲》以意大利方言写成，它很像中国古代著名的爱国主义诗人屈原于颠沛流离状态下完成的《离骚》，在意大利或世界文明史上，它永远是一座闪耀着夺目光辉的艺术丰碑。在《神曲》中，诗人以第一人称的叙事方式讲述了自己在幽深暗黑的森林中幻游，当遇到豺、狮、狼三头凶猛异常的野兽之后，他于恐惧惊吓的状态中被其素来崇敬景仰的古罗马诗人维吉尔挽救。在维吉尔的帮助之下，他游历了地狱和炼狱。地狱是生前干过各种坏事的人，不论是教皇，还是普通人，所居住的地方，这些人在此应受到严重的惩罚。炼狱是人们通过天堂的必由之路，而天堂则是人们朝思暮想的理想国度。《神曲》描写的虽是诗人的梦幻景象，但它对诗人所处的现实环境却有着强烈的指向性、影射性。诗中的地狱其实就是指那些打着宗教的幌子，实质干着欺压盘剥勾当的教皇、教士所统治的社会，他们以高压的方式蹂躏、践踏着人民的尊严，剥夺人民追求自由美好的生活权利，人民在这样的社会中过着朝不保夕、漂泊无依的生活。

艾略特《杰·阿尔弗雷德·普鲁弗洛克的情歌》一诗第一节的题名就引自《神曲》的地狱篇。诗中，“但丁”于地狱中遇见了归多，于是向其询问他是谁。归多因喜饶舌，向教区牧师提出恶意劝告而被罚至地狱，在地狱中他遭火刑而消耗了体力。他向“但丁”坦白了自己的耻辱而不惧被告发，这是因为他坚信但丁回不到人间。艾略特在这里引用了《神曲·地狱篇》中的这几句话，目的是要说明，诗中的主人公普鲁弗洛克同《神曲》中的归多一样袒露了自己的心迹，他之所以做了坦白，是因为他坚信，他的听众、读者是逃离不了他所身处的现实世界的，这现实世界其实与《神曲》中的地狱一样，人生于此要遭受各种各样的折磨、打击、欺凌、蹂践。诗人这里是影射一战期间西方资本主义世界阴暗、萧条、冷落、颓废的社会风气，这个世界充满着欺骗、诡诈、虚假，如人间地狱一般，人们生活在这个世界里感到压抑、痛苦、愁闷。

第二节，诗人以普鲁弗洛克作为全诗的主人公，并从他的角度以第一人称讲述自己与心目中的另一个自我一起去参加一个学术沙龙的经过。全诗是普鲁弗洛克戏剧性内心独白。普鲁弗洛克邀请心中的另一个“自我”，即诗中的“你”一起去访问沙龙，沙龙在伦敦，因此他们首先要通过伦敦市区。黄昏时分，天空灰蒙蒙的，整个城市似睡非睡，似醒非醒，像一个打了麻醉剂的病人躺在手术台上一样。伦敦人昏迷不醒、麻木不仁。诗人这里写了都市的环境。都市不是人们所向往的那种干净整洁、灯火明亮、车水马龙的地方，这里的街道人迹罕至、旅馆廉价简易，仅能供人临时过个夜，不宜长待；这里的饭店非常肮脏，满地都是锯屑和牡蛎壳；这里的街巷不是井然有序的，它们一个连着一个，但规划没有条理。进入城市的街巷就像参加一场充满诡诈、阴险歹毒意图的辩论一样，辩论同都市的巷道一样既冗长，又令人乏味，不小心陷入一条巷，就出不去，也回不来。城市道路的布局设计显得无序、无计划。到了这样的都市，你会很自然地问：“这是什么?”但普鲁弗洛克会说：不要问，且让我们作一次访问。

第三节，他们来到了一个沙龙，这里，女士们来来去去。沙龙里的人一个个在谈论米开朗琪罗，他是一位文艺复兴时期意大利的雕塑家、画家、诗人。

第四节，这一节描写了伦敦的烟、雾和烟囱里冒出的煤灰。伦敦是个雾都，它的雾弥漫于都市的每一个角落。雾和烟笼罩在每家每户的窗玻璃上。雾加上工厂里冒出的烟、灰，同黄昏时的暮色一道使都市变得异常的灰暗，它们使人在十月之夜变得昏昏欲睡。这节的描写衬托、反映了沙龙里人们的心境、情绪。他们的情调是低沉的，心境像外面的烟雾、煤灰一样的灰暗。他们在谈论名人，只不过是附庸风雅。这节的环境描写也含有对工业文明的谴责。

第五节，确实会有时间让黄色的烟雾沿着大街滑行，在每家每户的窗玻璃上游动。确定会有时间让人准备好一副面孔去会见你想要会见的人。会有时间去谋杀、去创造。会有时间让农夫干活和庆祝节日，农夫会在你的盘子里拿起或放上一个问题。有给你的时间，也有给我的时间，还有时间让你一百次地犹豫不决，一百次地作出各种奇思幻想，然后再行修正更改。最后你再吃上一片烤面包，喝上一杯茶。这一节描写了都市里不同种类的人，这里有虚伪做作的人，他们在接见面晤他人时，总喜欢装扮一副新面孔，刻意地化装。这里有谋杀者、凶手，有一些在做日常琐事之前耽于幻想的人，还有一些在处理事务之前会犹豫不决、拿不定主意的人。这里也有创造新事物的人，还有农夫出于对某些问题的无知会在盘子里拿起或放上一个疑问，期待他人解答。他们干自己的工作，过自己的节日。还有一些人会对一些不切实际的幻想作出修正。伦敦这个都市有不少阴暗的东西，这些东西是一些心理阴暗、不正常的人产生的。他们心理的状况如同伦敦的雾、烟、灰一样让人压抑。这里固然也有光明，如有会创新的人，有辛勤工作、淳朴善良、多思好问的农夫，他们可能在维系都市的生存，但他们的品质在都市人中并不占主流。

第六节，在学术沙龙那里，女士们在进进出出，他们在谈论着米开朗琪罗。

第七节，确实会有时间让你怀疑，“我敢吗?”“我敢吗?”也有时间让你转过身走下楼，普鲁弗洛克的头发中部已显现出秃斑，女士们会说：“他的头发怎么会这么稀疏呀!”普鲁弗洛克穿着晨燕尾服，他的高高的衣领紧紧地顶着下巴，他的领带既昂贵又朴素，它用一根简单的别针别着以表明领带的存在。女士们看了他的衣着打扮后，又会说：“他的胳膊怎么会这么细啊!”普鲁弗洛克听了别人的议论，气愤地想：我敢扰动这个宇宙吗？一分钟以内可以作出决定，又在一分钟之内可以修正。沙龙里的人乐于虚伪矫饰，他们可能夸夸其谈、自命不凡，他们也可能做出十分高雅的姿态。他们所说的话，所做的事都与现实相偏离，带有欺骗性。有足够的时间让普鲁弗洛克怀疑。普鲁弗洛克又想：我敢揭穿他们的真实面目吗？我敢撕下他们的伪装吗？诗人对普鲁弗洛克外表长相、穿着打扮的描绘显示了普鲁弗洛克也像沙龙里那些人一样具有自命不凡的个性，喜欢附庸风雅，但普鲁弗洛克在本性上与她们有距离，因此，他遭到了女士们的嘲笑、戏谑，而这带有人身侮辱性的嘲弄激起了普鲁弗洛克的愤慨，他很想扰乱整个宇宙的秩序，很想改变目前的社会风尚，如虚伪做作、撒谎欺骗、附庸风雅。但他在一分钟之内作出这样的决定，又会在一分钟内将之推翻，加以修正，因为他没有胆量那么做，他没有勇气去改变目前的社会现实。

第八节，普鲁弗洛克认为，他对沙龙里所有的人都很熟悉，他熟知他们会早早晚晚地聚在一起，海阔天空地高谈阔论，一边谈话，一边欣赏音乐。当音乐节奏下沉时，他们谈话的声音也下降。这里，诗人是说，他们附庸风雅、故作姿态，竟把自己的闲聊当作音乐、艺术品。普鲁弗洛克在思量该怎样相信他们呢?

普鲁弗洛克虽然也竭力加入他们的圈子，成为他们中的一员，不仅在举止打扮方面尽量接近他们，而且还会以咖啡匙一勺一勺地测量自己的生命，这既显示出他姿态的雅致高洁，又显示出他作为一个中年知识分子所特有的多思，但当他真正地置身于这个圈子中时，圈中人对他的嘲笑、他本人的敏感多思又使他对他们的言行举止颇觉不适应、颇为不满。

第九节，普鲁弗洛克说，他已经十分了解沙龙人士的眼神，了解他们所有人的眼神。他们向你说上一句客套话，然后就用那样的眼神盯着你。他们那样的眼神其实是把你固定在某一种类别上。如果他被套上了这样的形式、类别，就会像在钢针头上笨拙艰难地爬行一样；他被别针钉住，在墙上挣扎蠕动，十分痛苦，他该怎样愤怒地表达深藏在自己内心的想法呢？而这样的想法又恰恰能反映出他的生活和生活方式。普鲁弗洛克挤进了上流社会，但上流社会的社交方式、上流人士待人处事的态度、他们的情感观念、他们看问题的方式等让他相当难以适应和接受。身处他们中间，他感到非常地痛苦和难受。他觉得自己是在忍受着极大的折磨，心里痛苦，但嘴里又无法说出。普鲁弗洛克对上流社会产生极度的不认同感。虽然他仰慕上流人士的风雅、富裕的物质生活，但内心对上流人士的秉性、生活及社交方式都感到难以接受和认同。

第十节，普鲁弗洛克说，他已经熟悉沙龙女士的臂膀，熟悉那些戴着手镯、白皙发亮而赤裸着的手臂，那些手臂在灯光下可见一层浅棕色的软毛。他还能闻到她们衣服上散发出的香水味。这节，诗人写了上流社会美女对他的吸引，尤其是美女那富有性感的胳膊，那放在桌上或裹着围巾的臂膀对他有着很强的诱惑力，她们的美让他分神，讲话离题，那么他该相信她们吗？他该如何与她们接触、交谈呢？此处，普鲁弗洛克其实暗指他不能与她们融洽相处，不可能与她们有什么共同之处。因为他所熟悉的这些女人是典型的上流社会人士。他喜爱这些女士美丽姣好、颇为性感的容貌，她们那雪白的肌肤、华丽的服饰、珠光宝气的打扮会让他神不守舍，他很想与她们结为亲密的朋友，或有可能的话与她们一起堕入爱河。但他深知，他与她们在精神气质上是不相容的，在思想观念上是无法沟通的。

第十一节，普鲁弗洛克说，他于黄昏时分走过伦敦市区狭窄的街道，会看到一些寂寞的伦敦市民穿着衬衫，探身窗外，嘴里衔着烟斗，不住地在吞云吐雾。这里，诗人写出了伦敦市民的寂寞无聊。他们整日百无聊赖，毫无生气。他们在精神状态上与那些沙龙人士其实是一样的，所不同的是这些伦敦市民不像那些上流人士那样擅长伪装、掩饰。诗人在这里为读者呈现出一幅一战期间西方资本主义社会里人民大众总的精神面貌图画。很多人身心寂寥、精神冷落。不少人整日无所事事、无所依靠，每日里抽烟、闲聊，向着窗外呆望。

第十二节，普鲁弗洛克说他真应该是一只螃蟹，从静寂的海底急速地撤退。

普鲁弗洛克觉得他早就应该像螃蟹一样，对世事无所关心，对一切不加思考，这样他就可以从沉寂的生活、了无生气的社会现实中匆忙退却，不再与现实有什么联系，他因之可以整日生活在自我封闭的、不与外界相干的小天地里。

第十三节，普鲁弗洛克说他于午后和夜晚可以平静地安眠，用修长的手指抚摸自己的身体，也抚慰自己那受伤的心灵。沉沉地睡下，他感到身心困倦疲惫，要么他可以假装生病，伸直躯体躺在地板上，睡在你我旁边。不管怎样，反正他不再与外界有任何接触，不再过问现实政治，他要过自己惬意的生活。但在喝过茶水、品尝过糕点、吃过冰淇淋后，他又会对目前的闲适自在、散淡清闲突然产生不满之感，他要把这安闲的瞬间挤向充满危机的时刻。他要打破目前的平静和安逸状态，让自己处于紧张、充满危机的状态。他不能总是生活在那安逸状态中，那样他会一辈子无所事事、无所作为。他要打破目前的平静，扰乱目前的秩序，做一个英雄、壮士，力图改变自己所面临的世道、现实处境。然而他生性怯懦、生怕遭到处死，又怕遭到周围人的讥笑。他哭过，斋戒过；哭过，祈祷过，他还看见他那微带秃顶的头颅放在一只盘子中被人带了过来。他说他不是个预言家，这里实际上也并未发生他所想象的大事——扰乱宇宙秩序，但他一旦真的那么做了，那么他就会被处死，他的头颅就会被呈现给国家的最高统治者。想到这，他似看到那伟大的时刻——颠覆现存的社会秩序、改变不合理的社会现实已像灯火在闪烁，他就要成为一名英雄了，他就要实施他的壮士之举了，但他知道，他会为此而付出惨痛的代价，他会被他人，如脚夫所讥笑。想到这里，他害怕了。

这节，诗人描写了普鲁弗洛克内心的心理变化过程。承接着上节，他想躲避现实，生于安逸闲适状态中，但又突生不满之感，因他在本质上不是那种惯于安逸、乐于散淡生活的人，他要打破目前的平静，改变目前沉闷、死寂的社会现实，但他知道若是那么做，他要为之付出血的代价，因他生性懦弱。他怕被处死，怕受别人的讥讽。

第十四节，普鲁弗洛克说他虽不是个预言家，但他能预料到他的行动即打破现存秩序、改变目前不合理世道的行动会遭到追究，他会因之而被处死，但他说他是个拉撒路，死后第四天又复活了。复活后，在吃完了酒、喝完了茶、品尝过果酱之后，在饭桌的杯盘之间，在大家谈论你和我之时，他会对自己以往的行为提出质疑，进行反思。打破了旧的生活方式，扰乱了旧的生活秩序，说出了、做出了不同寻常的话和事，这是否值得呢？普鲁弗洛克做出了惊人之举，将宇宙捏成一只小球（这里隐喻他勇于革新除弊，不满世道的腐败，不满世人的慵懒懈怠，敢于进行改革创造），让小球滚动，继而提出了一个让人困窘的问题：如打破了现存的生活、工作秩序，而遭到了处罚，这是值得的吗？普鲁弗洛克还会这样说："我是拉撒路，我从死者那儿来，我回到人世间告诉你们一切，我会把我所知道的一切告诉你们!”普鲁弗洛克认为自己是从阴间而来，能有睿智答疑解惑。这里反映出普鲁弗洛克对现世社会的悲观、绝望。他将希望寄托于来世、阴间。对现实不信任、不认同，现实让他迷惘、困惑，现实不能给他提供答案，但当他到了阴间，阴间则能赋予他以聪明才智、勇气胆量来解答人世间的一切难题、破解人世间一切让人困惑的问题。

第十五节，普鲁弗洛克说，他那样子做，那样子去改变现存秩序，以创建一个让人满意的新世道，这到底值不值呢？这到底值不值他费那么大的功夫去努力为之呢？在看过那么多次的日落，走过那么多的庭院及布满雨水的街道，在谈论过那么多小说，喝过那么多的茶，在那么多女士拖曳着裙裾走过那个地板，凡此种种，诸如此类的事情，已见证、领略、经受了很多很多，他会明确地表示：要说出自己的意思，这是不可能的！他已变得非常成熟，因他已有很丰富复杂的人生阅历，要他像一盏幻灯把神经变成图案投射在屏幕上一样完完整整地告诉你他内心的想法，这是不可能的！他不会那么幼稚，要他说出自己为什么要那样子去改变原有秩序，这是不可能的！即使他说了什么，假如有个人放上一只枕头或甩下一条头巾，转身面向窗子，不同意他所说的话，认为他说的不是他期望得到的答复。那么，他说的话到底还值不值呢？这里，诗人是批评社会上人与人之间没有信任感，相互说假话、骗人的话。即使有人说的是真话，也不会得到他人的相信。一个人做了什么事，要想让他说出做事的动机、原因，是不可能的。即使他说了，也是不值当的。

第十六节，普鲁弗洛克说他不是哈姆雷特那样的英雄，也没想过要成为那样的英雄。哈姆雷特敢爱敢恨，他非常敬重他的父亲，真诚地爱恋着他的情人奥菲利亚（Ophenia），十分憎恶篡取王位，谋害其父，并娶了其母的叔叔克劳狄斯(Claudius)。他沉着冷静、坚定勇敢，在了解了事情的真相后，坚决果断地为自己的父王向叔叔复仇。普鲁弗洛克说他只配做一个侍从大臣，一个出演了一两场戏，在剧中扮演过小角色的演员。他只配给王子提点儿忠告，毫无疑问，做一个易被人使用的工具。他满脑子智慧，对人恭敬有加，但为人小心翼翼、谨小慎微，常为自己能被王子或国王所使用而整日喜上眉梢。他的确能提出点儿有价值的想法，但会有些愚慧可笑，有时确实有点儿荒谬之极。他有时几乎就是个傻瓜、丑角。

第十七节，普鲁弗洛克认为自己老了，他不能像哈姆雷特那样有着旺盛的激情、非凡的智慧、过人的胆识。他不能像哈姆雷特那样为了替父报仇，惩处杀死他父亲、卑鄙无耻的克劳狄斯，不能像他那样勇敢无畏，不能像他那样向社会的腐恶邪毒挑战、开火。他做不了那样的英雄，他只能像个浪荡公子那样，继续追逐时尚，裤腿底端向上翻边，头发在后脑分开，吃水果、穿白法兰绒长裤、在海边散步闲逛。他听到了美人鱼的歌唱，海里的美人鱼一个接一个地唱着动听的歌谣。都市里的声色犬马，灯红酒绿、奢侈豪华的生活享受是他的最爱。他做不了英雄，不可能成为一个社会改革家。

第十八节，但是，普鲁弗洛克想，美人鱼是不会愿意对他歌唱的，他只是碰巧听到了她们那美妙的歌声。美人鱼是不愿意唱给他听的！这里反映出普鲁弗洛克的自卑和自知之明。他以为自己是个无所事事的浪荡子，一个有着雄心壮志，但没有勇气、毅力实施自己人生理想的懦夫。美人鱼的歌声他是不配听到的。

第十九节，美人鱼有着优美的歌喉，他们行动矫捷、体态潇洒。普鲁弗洛克曾看到她们乘着波浪向大海深处驶去。当海风吹拂，海水分成黑白两色的时候，美人鱼在海水里畅游，她们将银白色的波浪勇敢地推向后方，不顾一切地向前方游去，而他普鲁弗洛克则没有美人鱼的勇气，没有美人鱼的胆识和朝气。他做事胆小，为人懦弱，常瞻前顾后、犹豫不决。

第二十节，诗人将 I 换成了 we，意即：像普鲁弗洛克这样的人并非只一人，他代表了当时社会上具有与他类似思想性格、道德观念和同样生活命运的很多人。这一类人逗留在大海的宫室内，大海的宫室被大海的姑娘们用红色和棕色的海草做成的花环所装饰。这一宫室里面鲜花环绕、五彩缤纷、花香四溢，具有无穷的魅力。他们呆在里面，沉湎于温柔舒适、优裕美好的生活环境中。实际上，这里诗人是写这一类人被社会上所存在的具有刺激性、诱惑性的东西所吸引，犹如吸食了鸦片一样整日迷醉于一种醉生梦死、花天酒地的生活环境里，但当他们被人类的声音所唤醒，他们便溺水而亡，即当他们接触到现实，他们的心理便无法承受现实的残酷，立刻会被现实所粉碎。他们原先所生活、陶醉其中的环境不是人的环境，不是现实中人所赖以生存的环境，而是一种虚拟的心理世界，或是社会上一小撮资产阶级贵族所生活的富裕安逸的小世界，不是现实中大多数人所赖以生存的物质世界。

二、主题思想讨论

这是一首意识流诗，诗中没有连续发生的事件，也看不到时间的流逝。诗的情节很简单，它讲述了杰·阿尔弗雷德·普鲁弗洛克，一位头发稀疏、略有些秃顶、腿和胳膊都很纤细的艺术爱好者，于黄昏时分同自己心目中的另一个自我一起去艺术沙龙，参加沙龙人士举办的沙龙活动。在赶赴沙龙途中，诗人通过普鲁弗洛克的视角描写了伦敦都市的市景，到达沙龙后，诗人又完整地描写出普鲁弗洛克的意识活动。其实普鲁弗洛克所见到的伦敦市景这一部分也是普鲁弗洛克的一种意识活动，是普鲁弗洛克的一种想象。通过伦敦都市破败的市容市景、伦敦城中弥漫于市区每一个角落的雾、烟、煤灰的细致描写，诗人揭示出第一次世界大战期间西方资本主义社会阴沉晦暗、腐朽落后的景象。抵达沙龙后，通过普鲁弗洛克与沙龙人士的接触，通过其对他们的印象、态度和沙龙人士对他的看法和态度，还通过伦敦市民懒散、无聊、孤独神态的描写（虽只有寥寥数笔），诗人揭示了一战期间，西方资本主义社会里上至上流阶层的高级知识分子、达官贵妇，下至普通民众附庸风雅、追逐金钱物质享受、情绪散漫、心理空虚、不思社会改革的整体的精神面貌。

普鲁弗洛克是一位向往上流社会高雅富裕生活的知识分子。他竭尽全力去接近上流人士，但当他真的置身于上流社会的交际圈中时，凭着他对上流人士的熟悉和了解，他对这些人的虚伪品性，对这些人企图强加于他头上的一些框框，对这些人爱慕虚荣、贪图物质享受的心理动态和所作所为等感到极其不适应。他在与他们接触时，甚至会产生一种要扰乱整个宇宙秩序，推翻这个令人诅咒，让他感到难以容忍的丑恶社会的想法。在诗中，他曾数次产生过这样的念头，这足以见出普鲁弗洛克与当时的社会风气，当时的潮流趋向是何等的不融洽、不和谐！

很多研究者会将普鲁弗洛克归为他所置身于其中的上流社会的圈中人，认为他与他们一样有着相同的道德品性，相同的审美观、人生观和世界观。其实，仔细研读该诗，我们会看出普鲁弗洛克与他所接触的人士之间存在着很大区别，普鲁弗洛克向往上流社会的生活，喜欢置身于上流人士的文化氛围当中，但普鲁弗洛克与上流人士在人生观、世界观等方面存有很大的，也可以说本质的不同。这在前文多处已有论及。应该说，普鲁弗洛克在思想上具有英雄的特质，他能看出社会的弊病在哪，他对这些社会弊病既厌恶、痛恨，又难以忍受。他很想登高一呼，揭竿而起，砸烂这个令他鄙弃仇视的可憎世界，建立一个崭新的世界秩序。但普鲁弗洛克在行动上却不是英雄，他有自知之明，他知道自己不配做一个英雄，他只配做一个任人摆布的小丑似的人物，他只能归为他所置身其中的社会浪荡子行列——这里或许有普鲁弗洛克自谦的成分在内。但即使普鲁弗洛克在与浪荡子，沙龙风雅人士相处、相交的时候，他的头脑还是异常清醒的，他知道，他与他们在一起所说的、所做的、所热衷的、所孜孜以求和热切向往的不是那种积极的、文明的、能代表社会前进和发展方向的东西，而是一种腐败透顶、颓废没落的西方文化的垃圾。他与他们其时的言行、思想等都不是一个正常的、理智的人所应具有的。当英雄出现，当真正的人出现之时，世道即会迅速改变，他与他们会迅速地退出历史的舞台。那时明媚的春天就会来到宇宙大地。

在诗的一开头，诗人引用了但丁《神曲·地狱篇》第 27 歌第 61—66 行的诗句作为全诗的题名。引文中，归多认为“但丁”同他一样不可能从地狱返回到人间，故向“但丁”坦白了自己的耻辱，此处引文暗指诗中的主人公普鲁弗洛克认为该首长诗的听众、读者们也不可能脱身离开他于 20 世纪 20 年代所身处的社会环境——人间地狱。艾略特在该诗的一开首就为我们形象地指明了诗中主人公所生活的时代、环境的特点，让我们对一战期间的西方资本主义社会的文化文明状况、人民的精神面貌、总体的社会经济、政治形势有一个具象性的了解。应该说，诗人在这里用的是一种暗喻，即以地狱来比喻一战期间西方资本主义社会，这一比喻无疑具有很强的悲剧色彩，但这一悲剧色彩浓厚的比喻在诗的最后一节被打破了。在最后一节，诗人说道，当人的声音响起的时候，他们这些社会寄生虫就会死去，即旧时代将会结束，一个新的时代就会到来。在最后一节，诗人也同样用了暗喻，他以“人的声音”暗喻“新时代、新文明、新社会的声音”，当这一声音唱响的时候，“我们”——代指社会的寄生虫就会沉入大海，溺水而亡。在这两个运用暗喻的事例中，喻体都未出现，但读完全诗，我感到，它们都十分深刻地蕴含在诗的文意之中，对诗的主题意义的烘托起着十分重要的作用。由诗末尾的这一暗喻，我们会想到诗开头引文的作者但丁。恩格斯曾这样评价过但丁：“封建的中世纪的终结和现代资本主义纪元的开端，是以一位大人物为标志的，这位人物就是意大利人但丁，他是中世纪的最后一位诗人，同时又是新时代的最初一位诗人。”《杰·阿尔弗雷德·普鲁弗洛克的情歌》中的主人公普鲁弗洛克当然不是但丁，但他身上也有不少但丁的特点，如他对丑恶的世道不满，心存强烈的社会改革的愿望，胸怀砸烂旧世界，建立一个崭新的社会文化秩序的理想，诗人还通过遣词用语，有时是以一种否定自我的方式指出，社会大众不应该那么慵懒懈怠，麻木不仁，不应像他普鲁弗洛克那样做一个小丑似的人物，而应像哈姆雷特、美人鱼那样做一个英雄、一个时代的栋梁。这些同《神曲》中的“但丁”努力克服迷惘、摆脱迷途，勇敢地纠正错误，坚持信仰，追逐理性和自由意志，同时通过自己的努力奋斗竭力召唤人类积极参与现实斗争，揭露社会的腐败和堕落，以历史上的英雄人物为榜样，学习他们的思想、品格、勇气和胆略，磨砺出坚强的意志，不怕各种苦难和考验，抱着正义必将战胜邪恶的伟大信念、争取最终臻于辉煌真理和至美至善境地的精神品质、情操风骨是有很多相似之处的。

艾略特吸取了惠特曼诗歌创作的一个重要特点，即塑造和刻画人物形象。惠特曼在《从田地里回来呀！爸爸》（Come up from the Fields Father）中成功地塑造了一名参战战士母亲的形象，这在诗歌创作中可谓起到了勇开先河的作用。艾略特在这首长诗中也着笔于人物形象的塑造和刻画，与惠特曼不同的是他在意识流诗歌中运用了这一艺术技巧。惠特曼在上述诗歌中注重母亲心理活动的变化，将母亲接到儿子家信（其实是他的战友代写的家信）前前后后心理活动的细微变化，非常逼真生动地描写了出来，这是惠特曼在诗歌创作中刻画人物形象时所采用的一个具有很强原创性的创作方法，应该说艾略特在诗歌人物形象心理活动的描写方面要比惠特曼深邃、细致、透彻得多了，因为该首长诗毕竟是一首意识流诗歌，整首诗就是主人公普鲁弗洛克的意识变化、运动、进展过程的详细记录。通过细致地描写普鲁弗洛克丰富、复杂的心理活动，我们读者了解了普鲁弗洛克这个人，了解了与普鲁弗洛克打交道、普鲁弗洛克视野中的社会各阶层人士，还了解了普鲁弗洛克视野里伦敦的市容、市景。心理描写有助于加深读者对人物形象的了解，因它着眼于再现主人公内心的心理活动，它可使人物形象刻画更为丰满、具体和立体化。意识流着眼于再现主人公意识领域里一切细微活动，有时甚至还包括主人公潜意识层次的一些琐碎思绪。因此，比之普通的心理描写，意识流则更能让读者了解这个人物形象的多个方面，包括他的外表形象、性格特征、人生观、世界观、审美观、爱情观及各种喜怒哀乐等等。由此我们可以说，艾略特将惠特曼在诗歌创作中所运用的心理描写推向了较高的发展阶段，他以其意识流技巧的成功运用发展、创新了惠特曼的心理描写手法。

三、艺术特征分析

《杰·阿尔弗雷德·普鲁弗洛克的情歌》作为一首现代派诗歌，它与传统诗歌在艺术技巧的运用，艺术特征的表现上已有了很大区别，就是同庞德的很多诗歌相比，它也显示出不少的差异。可以说，艾略特的这首长达 131 行的长诗，集中了现代派艺术的各种艺术技巧，其艺术特征也可谓囊括了现代派艺术的所有特点。下面特选择其中一些重要的艺术特征作详细的分析。

1. 意识流（Stream of Consciousness）

《杰·阿尔弗雷德·普鲁弗洛克的情歌》最重要的艺术特征便是意识流技巧的成功运用。意识流技巧在文艺创作中的运用得益于法国现代非理性主义哲学家亨利·柏格森（Henri Bergson, 1859—1941）的直觉主义和心理时间学说的诞生，以及奥地利心理学家、精神病学家西格蒙德·弗洛伊德（Sigmund Freud, 1856—1939）的精神分析学的创生。柏格森和弗洛伊德都将研究的视角聚焦于人的心理层面、精神世界上，认为研究人的主观世界能揭示出一个人内在的真实想法，能揭示出生活的本质特征。柏格森在《创造性的进化》（I’Evolution creatrice, 1907）一书中认为，内心生活中的“绵延”和“生命冲动”是唯一的存在。他指出：

我们感到最有把握的、了解得最多的存在显然是我们自己的存在，因为我们对任何其他事物的看法都可以被认为是外在的和表面的，而我们对自身的认识则是来自内部的，并且是深刻的……各种感觉、情绪、意志和思想——我的存在就分成诸如此类的各种变化，它们不断以自身的色彩来影响我的存在。于是，我不断变化……我的精神状态沿着时间的道路向前发展，在这个进程中，它随着绵延的积累而不断增长，如同雪球一样越滚越大。[1]

弗洛伊德以其对人的性格结构“本我”（id）、“自我”（ego）和“超我”

（superego）三个部分的作用及它们之间关系的深刻分析和他对梦的详细解释让我们了解了人在潜意识状态下精神世界里所进行的各种丰富复杂的活动。

按柏格森、弗洛伊德的理论，一个人内在的、尤其是处于潜意识层次的情感、思想和意愿会如同流水一样连绵、运动，它们无休止地延绵下去，这些主观世界里的意识有时会缓缓流淌，有时会奔腾急进；有时会显得飘忽不定，有时又会平稳前行；有时会从一个山谷陡然跌入一个浅滩，当进入浅滩后，它们又会聚集众多支流，继而跃入滚滚的大江大河。随着这些理论、观点的问世，意识流便随之产生了，而且意识流很快为很多作家在写人状物时所广泛应用。

初看起来，意识流似乎是非理性的，因为人的内心世界，尤其是潜意识层次的精神活动有时会显得杂乱无序，但假如我们对一个人包括自己的主观世界在某一特定时刻、某个特定阶段的各种情感反应、各种心绪和意志详细分析、梳理一下，我们不难发现，这些精神、心理层面的东西，会于非理性的状态中呈现出一定的理性特质，这些主观世界里的感觉、情绪、意愿、欲求等，它们的变化、发展会具有一定的逻辑性、合理性。它们的产生、变化、发展也是由物质世界里所发生的事件，所出现的人、物及其作为和表现等而引起的。它们并非是空穴来风，并非是从天外突然漂浮而来，它们的产生及一切变化都是来自于物质世界的，是物质、社会存在决定了它们的产生和发展。

意识流技巧一般为小说家们在创作小说时运用，因为小说无限宽广的活动空间为意识流无休止的流动提供了极其便利的领域。但托马斯·斯特尔那斯·艾略特在创作这首《杰·阿尔弗雷德·普鲁弗洛克的情歌》长诗时也成功地运用了意识流技巧。这在诗歌创作中是十分罕见的。可以说，整首诗就是诗歌主人公普鲁弗洛克意识的一种蔓延、流动。

诗从开头部分，这里指诗的第二节（第一节为诗人引自但丁的《神曲·地域篇》第 27 歌的题铭），诗的主人公普鲁弗洛克以自我的身份邀请他的另一个自我共同拜访一个沙龙，诗人从他们的视角来描绘伦敦的环境，都市伦敦肮脏、狭窄、破败、沉闷的环境为整首诗的意境铺垫了基调。诗人对这一环境的描写是具有典型性的，它使人们领略到了第一次世界大战期间整个西方社会的社会氛围，这一描写也具有一定的象征色彩，它象征了一次大战给整个西方社会的人民大众在心理、精神上所产生的消极、颓废的影响，也象征了一次大战给整个西方资本主义世界的物质文明和精神文明所造成的严重破坏。普鲁弗洛克和他的另一个自我目睹了都市里的一切，他们对自己的耳闻目睹感到颇为陌生，心里不免发问：这是什么？这是涌现于他们心头的第一个想法，第一个意识。循着这一想法，他们的意识开始流动，他们想到了此行的目的，于是便继续上路，向沙龙走去，来到了沙龙，他们看到了沙龙里，有不少女士在来来回回走动，她们在谈论名人。接着诗人从第三节开始写伦敦的雾、烟、煤灰。表面上诗人好像承接第二节继续写伦敦的环境，实质上诗人是以伦敦雾蒙蒙、烟灰弥漫的环境来影射沙龙里那些人士的心理、精神状态。他们高谈阔论、附庸风雅，但实质上，他们精神萎靡不振，内心一片阴暗，正如伦敦街头的烟雾一样。这里诗人从普鲁弗洛克的第一个意识“这是什么”开始流动到他的第二个意识：领略到沙龙人士的精神状态。

在第五节，诗人从上节普鲁弗洛克观察、领略了沙龙里人的精神状态开始，将目光慢慢移转到伦敦的不同种类的人身上，即意识慢慢从小河小溪渐渐汇入大江大河。普鲁弗洛克的意识屏幕上呈现出虚伪做作的人、杀手、幻想家、优柔寡断者等，还出现了一些象征光明的人，如创造者、农夫等。

在第六节，普鲁弗洛克的意识流又从大江大河的宽阔河道折回至原先的小河小溪，普鲁弗洛克的视线又一次回到他所身处的沙龙，那里有来回走动的女士，她们在热议着名人。

在第七节，普鲁弗洛克对沙龙里人的观察使他产生意欲撕下他们的伪装的念头，但是他怯懦的个性使他不敢这么做。

在第八节，普鲁弗洛克的意识继续停留在沙龙里这些人的身上，他注意到这些人的附庸风雅，对这些人的性格有了进一步的了解。

在第九节，普鲁弗洛克的意识开始流向沙龙人士对他注视的目光上，那样的目光将他框定在某一特定的类别内，他感到愤慨。意识的这次流动使普鲁弗洛克感觉到自己与这些人士的不同，这种不同不是表现于人的外表打扮上，而是体现于人的内在个性、思想观念上。沙龙人士意识到他们的社交圈子里已进入了一个与他们不一样的人，而普鲁弗洛克在上几节通过对他们的观察和了解也意识到自己与他们的格格不入。他想方设法所进入的这个圈子其实并不属于他，他所钦慕已久，并努力在外表上保持与之趋同的这些人士其实与已并无共同的语言。

在第十节，诗人使普鲁弗洛克的意识流向沙龙里那些美女身上。普鲁弗洛克的意识之所以会发生这样的流向有两方面的原因。一是因为，当普鲁弗洛克的意识停留于沙龙人士对他注视的目光上时，他感到十分地难受，他与他们之间本质上的区别让他感到十分痛苦，为了缓解一下心头的痛苦，他开始注意那些上流社会的美女。二是因为普鲁弗洛克力图进入上流社会，有一个用意，即是结交上流社会的美女，这些美女在容貌、身材、服饰打扮上都会给他以无限的性爱刺激。但从普鲁弗洛克在该诗节末尾的两句疑问上，我们可以看出，他与这些美女是成不了朋友，更不可能成为情人的。

在第十一节，普鲁弗洛克的意识开始从沙龙向别处流动，它又一次地流到对伦敦市民的观察上，这在诗的第五节，意识曾流经此处。这一次他的意识之所以会再次返回，是因为前几节对沙龙里那些人士的细致观察和了解使他知道，这些人虽貌似文雅，大发滔滔宏论，实质心理空虚、无聊至极，于是他的意识开始从这些人身上向与他们具有类似性格的人身上流动。他的意识指向了那些每日无所事事、抽着烟，向窗外呆望的伦敦市民身上。

在第十二节，普鲁弗洛克的意识实际上流向了他自身。他对沙龙人士及伦敦市民精神面貌、心理状态的了解使他感到难受。因为从本质上来说，他不属于这种类型的人，意识到自己与他们的不同并不是给他带来愉悦，而是一种痛苦，因为当时社会主导性的倾向是热衷虚伪做作，过一种慵懒颓废、百无聊赖的生活，而他则与他们无实质上的共同之处。他此时多想变成一只螃蟹，从沉寂的海底急速地撤离啊！他多想从这种死寂沉闷、了无生趣的生活中撤走啊！他多想远离社会的丑恶啊！

在第十三节，普鲁弗洛克的意识由上节想从令他痛苦的生活状态中退出，进而想到若如此，他就可以摆脱目前的一切烦扰，安稳地入睡，睡眠中用狭长的手指轻抚自己，还可以假装生病等，也就是说，他可以享受难得的闲适、宁静、心灵的自在，因他自觉已远离了社会的腐恶、世道的虚伪。但若果真如此，普鲁弗洛克又不会感到满意，因他毕竟不是沙龙人士那样的人。普鲁弗洛克接着想到自己会做出打破目前平静状态，进而破坏社会秩序的英雄壮举，但若这样他又会遭遇惩罚，他因而倍感恐惧。

在第十四节，普鲁弗洛克的意识顺着打破社会秩序，进而遭遇惩罚这一条路线继续向前流动。普鲁弗洛克知道，若如此，他会被处死，而死后他就是 Lazarus，即第四天就复活了，而复活后，他会告诉人们一切事情。他会告诉他们他做出那样的英雄壮举是否值得。普鲁弗洛克认为自己是从阴间而来，从阴间带来的聪慧能让他了解一切事情的真相，能让他告诉人们自己行事的缘由。但有位女士则不同意普鲁弗洛克所说的话。

在第十五节，普鲁弗洛克的意识顺着探讨行英雄壮举是否值当这条线继续向意识的纵深处奔涌。自己那样子做值得吗？值得自己费那么大的功夫去努力吗？因有位女士不同意他的话，他在经历了人世的沧桑，社会阅历变得丰富之后，性格变得坚韧起来，他说他会说出事情的来龙去脉。即使他说了什么，也同样会有人不相信。说出自己的观念和想法、行事的根由是不值当的。

在第十六节，普鲁弗洛克的意识沿着探究自己行了英雄壮举，而又坚决地不告诉别人自己行事的原因这道流程继续向前运行，向更深、更广的水域奔进。普鲁弗洛克说他不是哈姆雷特王子那样的英雄人物，他只配做一个给王子提点儿忠告的侍从大臣，他不能一以贯之地行壮士之举，他是个丑角，而不是哈姆雷特那样光芒耀眼的英雄。

在第十七节，普鲁弗洛克的意识继续向前流动，他已年老，做不了哈姆雷特那样朝气蓬勃的青年英才，那么他该成为什么样的人呢？他认为自己应归属那些喜爱追逐时尚、乐于享受奢侈生活的浪荡公子一类的人。成不了英雄，即做浪荡子，当时似乎只有这两种人可供选择。意识流至两个河道的交汇处，它只能流向象征浪荡子那道河流。

第十八节，只有一句，在该节，诗人承续着普鲁弗洛克喜听美人鱼唱歌，说出了普鲁弗洛克的内心话。美人鱼不会唱给他听！意识流顺着浪荡子这条线向前运行，当行至美人鱼这一节点时，普鲁弗洛克的思维出现了短暂的冷静。而这一冷静也说明普鲁弗洛克对自己是有着明智的认识的。他追逐浪荡子的足迹，但他并不像浪荡子那样自负、自大、自视才高。他能认清自己在美人鱼心目中的地位，他能清楚别人对自己的态度。

第十九节，普鲁弗洛克的意识顺着美人鱼这条线索继续向前流动，普鲁弗洛克想象出美人鱼在大海里畅游，潇洒地迎着海浪奋勇向前的情景，这一情景也为上节美人鱼不会唱歌给他听提供了原因。美人鱼勇敢洒脱、不惧风浪的性格特征与他对浪荡子的言行亦步亦趋、模拟仿效的特性无疑是极不一致的。

第二十节，诗人顺着普鲁弗洛克想到了美人鱼在大海里畅游这一意识进入到大海的宫室这一节点。通过宫室华美环境的描绘隐喻了普鲁弗洛克乐于沉湎于温暖舒适的生活环境这一特性。而这一特性，虽然很多人都具有（诗人将上文的“I”改为“we”），但经过诗人冷静、严肃的思考，是属于醉生梦死、麻木不仁的动物才具有的特性。当人的声音响起，当人唤醒他们沉睡的心灵，他们会迅速摆脱自己身上的动物特性。诗人最后用“We drown”，其实这里暗含着“再生”的意思，即普鲁弗洛克这些人会摆脱“旧我”，去除自己头脑中原先的思想观念，洗尽自己身上所沾染的腐恶污秽，重新做人，以一个“新我”的形象出现于公众的视野里。“We drown”看上去让人悲凉、忧戚，实质寄托了诗人的一种希望，这希望会如明灯般穿越一战后欧洲阴沉、枯寂、烟雾弥漫的大地，给人们带来社会变革的美好憧憬。旧的终究会灭亡，新的一定会到来。阴霾总有一天会散去，鲜红的太阳总有一日会照亮欧洲大陆，照亮人们的心灵。

全诗共二十节，忠实地描写了普鲁弗洛克的意识自然流动的漫长旅程。普鲁弗洛克的意识从一个节点流至另一个节点，每一次新的流动，每一段新的流程，都有其合理的缘由。我们看到，这样的意识流动看上去似乎漂移不定，场景随意切换，镜头不断更迭，但实质上是按照逻辑顺序在流转运行的。也就是说，意识流看上去似乎是非理性的，有时好像是莫名其妙的，其中充满了无数细碎的意识片段和大量漂浮的印象，但实际上是理性的，具有逻辑性的，它的每一次变化、流动都是按照自然合理的逻辑顺序来进行的。意识的每一次变动、流转都不是什么天外来客、空穴来风，都有其产生的特定根由、原因。

意识流研究的是人的意识层次的东西，它在一定程度上确实能揭示、再现一个人真实的内心世界，为人的思想性格的刻画、为一个艺术形象的丰满和立体化起到十分有益的作用。刻画人，描写人的思想性格一般是小说家的使命，诗人因诗作篇幅的短小一般不注重这方面的创作。浪漫主义诗人惠特曼在《从田地里回来呀！爸爸！》(Come up from the Fields Father) 中对母亲的心理进行了细腻而成功的刻画，惠特曼这首诗的成功在很大程度上应归功于人物心理描写的成功。在《杰·阿尔弗雷德·普鲁弗洛克的情歌》这首诗里，艾略特又成功地刻画了普鲁弗洛克的思想性格，艾略特所采用的方法是意识流，这在诗歌创作中可以说是前无古人的，在20世纪20年代的世界文坛上，艾略特不仅为诗人们树立了成功的典范，开创了诗歌创作的新形式，而且也为小说家们打破旧的创作形式，开辟出一条新的创作路线提供了很有价值的指南。

通过普鲁弗洛克的意识流动，通过大量琐碎的、表面看上去奇异古怪的，有时又是倏忽即逝的意识片段的呈现，我们不仅看到了一战后伦敦都市破败阴郁的市景，熟悉了伦敦上流社会一些男男女女的特性、精神状态，伦敦市民的心理世界，还了解了诗中主人公普鲁弗洛克的思想性格，他的追求、他的苦闷、他的犹豫、他的反省及他的醒悟。若采用传统的现实主义创作方法，通过设计人物的对话，设置一些普鲁弗洛克参观沙龙及与一些沙龙人士接触的故事情节等等，也能将上面的内容较好地再现出来，但与意识流技巧相比，我们觉得，意识流对上述内容的反映、再现似乎更真实、更彻底，也更丰满些。因为作者毕竟深入到一个人的心灵世界、意识层次去细致地描写，这种方法既新颖别致，又有传统方法所达不到的完满效果。

2. 内心独白 (Interior Monologue)

普鲁弗洛克的意识流动是通过他的内心独白来实现的。该首长诗采用第一人称叙事，这便于内心独白的有效使用。无论是对伦敦市景的观察，对伦敦烟、雾、灰的描述，对沙龙人士外表形象的描写，还是对自己容貌举止、性格特征的描绘，诗人都采用普鲁弗洛克的内心独白来完成。内心独白中有叙述性文字描写，也有不少提问。叙述性的文字描写主要集中在上文所说的如伦敦市景等的描写上。这些内心独白随着意识镜头的切换一段一段地呈现在读者面前。最典型的内心独白莫过于提问。这些提问都是普鲁弗洛克自己向自己发问，如在一开头的第二节，普鲁弗洛克在观察了伦敦破败的市景后，问：这是什么？在第七节，普鲁弗洛克在沙龙里看到人们那么喜欢伪装，觉得很不适应，产生了想撕去他们伪装的欲望，于是他问自己：我敢吗？我敢吗？他知道，伪装、做假、虚伪做作是当时社会上非常盛行的风气，要想揭穿它们，会扰动社会正常运行的机制，于是他又问自己：我敢扰乱这个宇宙吗？在接下来的第八、九、十节的末尾，普鲁弗洛克不断地问自己：我该怎么相信呢？这是因为普鲁弗洛克在沙龙里所见、所闻、所接触到的一切均让他非常地难以容忍，于是他不住地问自己该如何相信他们。普鲁弗洛克的这些自问能鲜明地反映出他的一部分个性特征，即他对社会现实并非盲目接受，随意认同。他虽竭尽全力挤入上流社会，但上流社会里的一切都让他感到失望、迷惘，也让他感到愤懑，他甚至有要揭竿而起，打破既存的社会秩序的念头。

在接下来的若干节内，普鲁弗洛克真的想象出自己勇敢地站了出来，打破了生活的平静，做出了惊人的壮举，变闲适为危机，将大宇宙捏为小球，他在为此而受到惩罚，从阴间回来后，说他会告诉人们他做上述一切事情的原因。但接着普鲁弗洛克又再三地问自己，做这一切是值得的吗？说出自己做上述一切的缘由是值得的吗？接着普鲁弗洛克进行了坚决的否定：这是不可能的！

普鲁弗洛克的否定也引发了他接下来的内心独白，即他不是英雄，他不是哈姆雷特，另外他的追逐时髦也得不到美人鱼的喜爱。

普鲁弗洛克的这些提问式内心独白伴随着意识的有序流动自然地产生，大部分提问都属于设问，即无需作答，从上下文的文意中，读者便能知晓答案。这些提问式内心独白能十分显明地突出普鲁弗洛克的意识中带有叛逆社会的性格特征。尽管不少设问的答案都是否定的，但它们一方面能显示出社会腐败势力之强大、根基之牢固；另一方面，也能显示出普鲁弗洛克性格中胆怯的成份，但更重要的是它们能揭示出普鲁弗洛克与一战期间整个欧洲社会风气、时代潮流在实体上迥不相侔，并意欲反叛的因素。

提问式内心独白具有引导意识流动的作用，它们将普鲁弗洛克的意识不断地引向深入，让读者通过这些提问能更深入、更准确地把握普鲁弗洛克的性格特征。

3. 自由联想（Free Association）

前面在谈到意识流时，我们注意到人物的意识从一个节点向另一个节点游动，人物意识的这种无休止的流动靠的是人物思维层次的自由联想活动。另外，人物的内心独白的基础其实也是自由联想，因为只有当人物的思维在联想活动中进行到某一人，某一物，某一事时，其思维才会开始独白。意识流作品中的自由联想具有无拘束性、突发性和自然性这样的特征。因为当一个人在展开意识的流程时，其思维会处于非常活跃的状态，它会受外界客观对应物的刺激而迅速进入联想，在联想的运行过程中，思维还会受内心客观对应物的刺激而展开想象，所谓受内心客观对应物的刺激即思维会受前一个内心所联想到的某一人、某一场景、某一特殊的情感或想法的触动、引发和影响。这些触发、影响会既突如其来、出人意料，又自然合理。由它们所引发的思绪、念头、想法、印象、感慨等会接二连三、一连串子地延伸、发展下去。

在这首长诗中，艾略特让普鲁弗洛克的思维从伦敦都市的市容、环境联想到伦敦的烟、雾、灰，又从伦敦的烟、雾、灰联想到都市里各种各样的人，然后又从都市里的人联想到沙龙里的人，接着又联想到沙龙里的人对自己的态度和看法等等，这一连串的联想，在主人公的内心独白下，使意识从一个节点向另一个节点自然地流动，丰富、生动、有趣的联想使人物的意识流动形成了一条川流不息的河水，这河流有时低徊缓慢，有时奔腾不息，它顺着人物活跃的联想、奔放的想象展露出一战后伦敦都市的衰朽、都市人的慵懒无聊、上流社会人士的虚伪做作以及普鲁弗洛克的自卑、叛逆，他对上流社会的钦慕、不适、不满和抗争。

4. 解释（Paraphrases）

上文在谈到意识流的特征时，我说意识流作品中的意识似乎都是一些随意的浮想、记忆或想象的片段，初读这些散漫于作品中的漂移流动的意识，觉得它们的产生、发展似乎毫无理性，没有任何逻辑性，但实际上，通过我在上文的分析，我们知道，这些零零碎碎的意识片段，它们的产生和发展都是有其客观的物质基础的，有的即使没有自然界的物质基础，但也有人物内心的客观对应物。它们的发展是具有一定的逻辑性、合理性的。在这首长诗里艾略特在不少地方用了解释（Paraphrases）的手法。

如在诗的后半部分，普鲁弗洛克在酝酿自己是否该说出行英雄壮举的缘由及告诉他人自己行事的真正动机和他内心真实的想法是否值当时，他经过反复的思量，觉得这是不可为之事。要他说出自己内心的意图、打算这是不可能的。在做出了这样的决定之后，他对自己的这一决定提供了解释。他说他不是哈姆雷特那样的英雄。哈姆雷特敢想、敢说、敢做、敢于承担挽救社会的重任。他心系国家和人民，敢于同卑鄙龌龊的行径做勇敢的斗争。而他普鲁弗洛克则不是这样的人。即使他出于对社会腐恶的愤懑真的行了壮士之举，但要他说出那样做的缘由，或其内心的想法，如理想、抱负、志趣爱好，或行英雄之举的原因等等，那他是不敢的，更谈不上把他的英雄壮举即反叛社会的斗争进行到底或为之而献出自己的生命了。

普鲁弗洛克进一步解释道，他已年老，他不可能像哈姆雷特那样意气风发，激情昂扬，他只配做一个易于被人使唤摆布的工具，只配做一个丑角。他只能混迹于浪荡子行列，追逐时尚。他愿跻身于，也只能跻身于那些追逐奢侈豪华生活的浪荡子队伍中，他不愿也不可能成为一个像哈姆雷特那样能担负起民族的重任、朝气蓬勃、为众人爱戴的英雄。

另外，普鲁弗洛克在谈到他认为美人鱼不会唱歌给他听时，也提供了解释。普鲁弗洛克看到了美人鱼在蓝色的大海里畅游，那潇洒的姿态，那有力而矫健的击水动作，会使人们联想到普鲁弗洛克在前文提到的哈姆雷特，美人鱼是海里面的英雄，他们敢于同大海里的狂风恶浪作斗争，他们决不是那些热衷于温暖舒适、安逸享受生活的浪荡子，美人鱼的人格、理想、志趣和精神情操同普鲁弗洛克是格格不入的。因此美人鱼会将美妙的歌声献给那些英雄，那些投身于社会改革、救国家、民族于危难之中的英雄。他们是不会唱给像他普鲁弗洛克这样的人听的。

正因为诗人在诗里十分巧妙而且非常成功地应用了“解释”手法，才使全诗从头至尾连贯起来，全诗的各个意识片段看似十分零碎，但它们之间存在着因果性的逻辑关系。以上所举仅为诗中十分典型的两个事例，在其余各处尚有不少“解释”手法巧妙应用的事例。如普鲁弗洛克说：“我是 Lazarus（拉撒路），我从死者那儿来，我回来告诉你们一切，我会将一切告诉你们。”这里也包含了因果关系，它隐约地告诉人们，很多人对所发生的事情不理解，对现实感到迷茫、困惑，是因为他们没有像他这样从死者那儿回来，这里诗人隐含性地告诉人们，活着的世界不如死去的世界，一战期间欧洲的现实状况、社会局势不如死去的鬼域、阴曹地府，一个人从阴间走过，能变得聪慧起来，能解释人们的一切疑惑。“解释”的应用使支离破碎的意识片段有机、合理地相连，使意识的流转、变动、发展趋于合理、富于逻辑性。

5. 半引语（Half Quotation）

诗人在诗中多处引用一些古代艺术作品中的语句、词语，有的是直接引用，如诗的一开头，引用了但丁《神曲》的“地狱篇”第 27 章第 61—66 行的诗句，有的是间接引用，也可称之为“半引用”。如在第五节提到的“works and days”是一个典故，它是公元前 8 世纪希腊诗人赫希厄德（Hesiod）创作的一首有关农事的说教诗的标题，诗人引用此标题，是要说明伦敦都市里有一些普通的劳动者，他们辛勤劳动，节日来临时，他们会热烈地庆祝，这是都市阳光的一面。在第八节提到的“a dying fall”也是一个文学典故，它取自于莎士比亚的《第十二夜》第一幕第四场的一句话：“If music be the food of love, play on... That strain again! It had a dying fall.”这是对奥西诺（Orsino）公爵沉迷于祈祷音乐的一句回应性的话语。诗人提到“a dying fall”，是让人联想起奥西诺公爵对音乐的沉迷，进而暗指沙龙人士附庸风雅，谈话闲聊时播放音乐，甚至于把自己的闲聊也当作一种音乐似的艺术，这就像奥西诺公爵把音乐视为爱的食粮一样。在第十三节，诗人用了“upon a platter”词语。该词语取自于《新约·马可福音》6: 17—29，《新约·马太福音》14: 3—11 以及奥斯卡·王尔德的剧本《莎乐美》。施洗者约翰被妖妇莎乐美斩首，莎乐美将其人头放于盘中捧入王宫，献给遭人唾弃的希罗底（Herodias）女王。这里是说普鲁弗洛克如果想改变目前的社会状况，改革社会的弊端，打破和平的社会氛围，反叛政府，那么他会被处以极刑。诗人在这里隐约地抨击了一战期间英国乃至整个欧洲政府统治、管理上的黑暗无序、残暴阴毒，也暗指在其时黑暗的统治下，有胸怀社会改革理想的人士意欲反抗、斗争，以改革社会。

在第十四节，诗人用了“To have squeezed …question”，这里的意义与Andrew Marvell的诗“To His Coy Mistress”（致他腼腆的夫人）中的一句意义相类似。该诗句为：“Let us roll our strength and all/Our Sweetness up into one ball”（让我们收起我们的力量和一切，收起我们的甜蜜，将它们凝结在一起，形成一只小球）。诗句的隐含意义是，诗中的爱人希望他的生活中能发生一件重要的事情。艾略特参照了该诗句的意义，并参用了类似的结构“roll…into”。诗人意欲告诉读者，普鲁弗洛克想改变现状，改革社会弊病，意欲做出英雄之举，使英国乃至整个欧洲于战后消沉颓废的状态中振作起来，发生翻天覆地的变化。

在第十四节，诗人用了Lazarus，此处典故见于New Testament（John 11. 1 - 14《新约·约翰福音》11：1 - 44），Lazarus（拉撒路），基督让他死后，在第四天又复活了。诗人用此典故的用意在上文已有详细阐述，此处不赘。

在第十六节，诗人用了“Full of high sentence”这一短语，该语出自乔叟的《坎特伯雷故事集》总序部分第306行（Chaucer’s“The Canterbury Tales”“the General Prologue”, line 306）。《坎特伯雷故事集》是一部汇集了来自社会各阶层人士，如骑士、僧侣、学者、律师、商人、手工业者、自耕农、磨坊主等所讲的故事的总集。在这部集中，一群去坎特伯雷朝圣，并投宿在泰巴旅店的香客，在店主的提议下，每人在去往坎特伯雷的途中须讲两个故事，回来时再讲两个。被大家公认为最佳的讲故事的人在回来时可以免费地享用一顿丰盛精美的晚餐。很多故事幽默诙谐、发人深省、启人心智，给人以深刻的哲理方面的启迪。“Full of high sentence”是表达有价值的观点及情感之意，这里诗人是将普鲁弗洛克比作《坎特伯雷故事集》中那些擅长讲故事的人，能通过自己有趣的故事讲述，向王子表达自己有价值的观点、意见，或表露自己特定的情感。自己虽不是王子之才，不配做一个英雄，但能为王子提供一些有价值的意见，能为王子的决断、领导建言献策。

在第十六节，诗人用了the Fool，该典故出自伊丽莎白戏剧，伊丽莎白戏剧中会有些傻瓜类的人物，他们不但充当丑角，而且还会与其上司吹毛求疵。普鲁弗洛克在这里把自己比作这一类傻瓜。他认为自己会提出高明之见，但有时也会显得有些迂腐、迟钝。在正常人看来，自己的一些想法、见解可能会相当荒谬，自己在王子面前会像小丑一样，有时确乎能提出一些有用的主张，献上良计，但有时也会与王子或他人意见相左，与其争执，或对其吹毛求疵。诗人在此让读者领略了普鲁弗洛克性格的另一面，即他不是那种能驾驭全局，统领八方的领导型的人物。这里诗人是影射在当时的社会情境下，国家缺少像哈姆雷特这样的英雄人物，多数人像普鲁弗洛克那样惯于在领导面前名义上是建言献策、提供良谋，而实际上是阿谀奉承、讨好拍马，他们企图通过自己一点点的聪明才智获得上司的赏识，进而获取更大的物质利益。

在第十七节，诗人用了 mermaids singing 一语，该语出自约翰·冬（John Donne）的诗《去抓住一颗降落的星星》（“Go and Catch a Falling Star”）。诗中有语：Teach me to hear mermaids singing（教我听美人鱼唱歌）。诗人用此语是为了引出下一节美人鱼不会愿意给我歌唱这一意思。普鲁弗洛克曾听到过一个接一个的美人鱼在唱歌，但在下文他说道，美人鱼其实是不会给他唱歌的。

诗人用了这么多的半引语，这些半引语大多取自于《圣经》、欧洲文化典籍当中，它们的有效使用增强了语言表达的文学性、生动性、形象性，同时它们丰富深邃的文化意蕴又能在诗中起到很强的讽喻、比拟、影射、讥刺功能。当然，半引语也在一定程度上增强了语言意义表达的晦涩性，但语意蕴籍深奥是现代派文学的一大艺术特征。它们既能显示出艾略特等现代派诗人广博深厚的文化知识，又能对读者的学习和研究提出较高的要求。要读懂现代主义文学，读者也要具有渊博的知识，深厚的文化修养。

6. 多种修辞技巧的成功使用

(1) 反语（Irony）

该首长诗的标题叫《杰·阿尔弗雷德·普鲁弗洛克的情歌》，看题目，诗好像是一首关于爱情的诗，但通过上文的论述、分析，我们知道，该诗与爱情并无什么关系。诗中涉及性爱内容的是诗的第十节，通过普鲁弗洛克的观察，诗人描写了沙龙女士白皙、赤裸、戴手镯的胳膊，她们浅棕色的头发，以及衣裙上的香水味，这一切均吸引了普鲁弗洛克的注意和兴趣，并使他在思维时有分神的倾向。从这些描写中，可以看出普鲁弗洛克想接近这些上流社会的女士，并与她们能建立恋爱关系，但真正吸引普鲁弗洛克的是这些女士的外表，而不是她们的性格和内在的品质，因为她们属于沙龙人士，而在该节的前文，普鲁弗洛克对沙龙人士甚为鄙薄，他们的言行举止让他感到非常不适，他们对他的态度也让他非常痛苦难受，他从他们的言谈举止中甚至会产生出一种想扰乱整个宇宙秩序的想法，可见与他们的接触让他感到非常气愤，有时是怒火中烧。所以普鲁弗洛克在观赏了沙龙女士迷人的外表后，自问：我该相信她们吗？我该如何相信她们呢？可见，普鲁弗洛克虽然与她们相处、相交，但他清楚，他是无法，也不可能与她们相爱的。

在诗的其余部分，内容均与爱情无甚关系。因此全诗并非是探讨爱情的。诗人在题目中用 love song，这是一种反语，它只能说明主人公普鲁弗洛克想进入上流社会，与上流社会的美女恋爱，但现实与其主观愿望相冲突，因其性格、观念等与上流社会人士并不相侔，因此他虽有那样的想法，但在现实生活中是无法实现的。他虽能挤入上流社会，结识一些漂亮风流、看上去高雅迷人的女士，但要与她们进入恋爱关系则是不可能的。

(2) 明喻（Simile）

诗中用了一些明喻修辞格，如：

a. When the evening is spread out against the sky
Like a patient etherized upon a table;

b. Streets that follow like a tedious argument

c. But as if a magic lantern threw the nerves in patterns on
a screen;

(3) 象征 (Symbol)

a. "the chambers of the sea" 象征 "温柔舒适、优裕美好的生活环境"。

b. "mermaids" 象征 "英雄人物"。

(4) 借代（Antonomasia）

"Prince Hamlet" 指 "敢想、敢说、敢做，敢于担当重任的英雄"。

(5) 夸张（Exaggeration）

a. Do I dare disturb the universe?

b. To have squeezed the universe into ball

这些都是夸张手法的应用，意指普鲁弗洛克想打破现实生活的平静，创造一种崭新的生活，建立一种新秩序，因在现实生活的平静下面，潜藏着社会的腐败、世道的没落和颓废。

(6) 暗喻（Metaphor）

I should have been a pair of ragged claws
Scuttling across the floors of silent seas.

普鲁弗洛克将自己比做一只螃蟹，突出自己身份的低微、渺小。

(7) 重复（Repetition）

a. 在第二节开头，诗人用 "Let us go"，后来在该节，此句重复了两次。这里的重复是提示人们普鲁弗洛克与其心灵的另一个自我一起去参加一个沙龙。诗中其余部分的意识活动是在他去往沙龙途中和抵达沙龙后所发生的。该句的重复也增强了诗的乐感。

b. "how should I presume?" 在诗中重复了两次，与此类似的语句 "And should I then presume? And how should I begin?" 也出现了一次。它们的重复突出了普鲁弗洛克对沙龙人士的不相信、不认可以及他与他们之间的不和谐、不融洽的关系。

c. "Do I dare" 重复了三次，该句的重复突出了普鲁弗洛克有一种意欲撕下沙龙人士虚伪脸皮，改变目前社会状况的强烈愿望。

d. "there will be time" 重复了数次，该句的重复主要出于音韵上的需要，它有助于增强诗的乐感。

e.“I grow old”重复了两次，该句是普鲁弗洛克内心的嘟哝，突出了普鲁弗洛克对韶华易逝、青春不再的遗憾和无奈，这也成了他不能像哈姆雷特那样勇敢地站出来同腐败丑恶现象作斗争，力图拯救国家和民族命运的借口。

f. 在第八节，“known them all”重复了两次，该短语在第九节又重复了一次。在第八节，“them”指的是人，在第九节指的是“eyes”。该短语在第十节又重复了一次，这时“them”指的是“the arms”。这里诗人用重复，一方面是出于韵律方面的需要；另一方面是强调普鲁弗洛克对沙龙人士的了解，对他们眼睛的了解也是对他们人的了解，因眼睛是心灵的窗户。对胳膊的了解就是对沙龙女士的了解，因她们戴了手镯，白皙赤裸的胳膊颇能反映她们身份的高贵、容貌的美丽。这些了解为上节他意欲撕下他们的伪装提供了解释。

g. 在第十四节的“Would it have been worth it, after all”在第十五节又重复了一次；在第十四节的“Would it have been worth while”在第十五节重复了两次。这两句话意思较为接近，重复它们是为了揭示该两节的题旨，诗人让普鲁弗洛克思考他行英雄之举的行为到底值不值，告诉人们他意欲打破平静的生活，扰乱社会秩序的动机、原因到底可能不可能、值不值当。

h. 在第十四节，有“If one, settling a pillow by her head, …,”与此类似的语句在第十五节又重复了一遍。此处的重复在于突出与普鲁弗洛克意见相左或与之对立的人的存在。也正由于他们的存在才使普鲁弗洛克在很大程度上不敢说出自己内心的真实想法。

i. 在该诗中，有一个最为显著的重复句例，那就是诗第三节两句的重复，该两句诗在第六节又重复了一遍。在第六节的重复说明普鲁弗洛克仍在沙龙里，并预示着在余下几节，普鲁弗洛克的意识流程将运行到沙龙人士，包括沙龙女士身上，普鲁弗洛克想到他会如何看他们，而他们又会以什么样的态度来待他。该两句的重复也加强了诗的音乐性，因它们是联韵体，读之回环感强。

(8) 对偶（Antithesis）

a. The yellow fog that rubs its back upon the window - panes,
The yellow smoke that rubs its muzzle on the window - panes,

b. To have bitten off the matter with a smile,
To have squeezed the universe into a ball,

对偶增加了语言结构的对称美，使整首诗于诗行长短不齐的状态中显现出一点整齐感。

(9) 平行结构（Parallelism）

诗中除对偶外，还运用了其他一些平行结构，如在第五节、第七节，“there will be time to do…”这样的句型结构重复了数次，在第五节，有“there will be time To prepare a face to meet…”和“There will be time to murder…”；在第六

节，有“And indeed there will be time To wonder…”和“(there will be) Time to turn back”。在第五节，“there will be time for…”也重复了数次。这里平行结构的使用加强了诗句结构的平衡性、诗句的音乐性。在第十三节，诗人重复使用了“I have seen…”这一结构，该结构在诗的倒数第二节又重复了一次。这一结构的使用增强了诗语言表达的生动性、形象性，因全诗的内容是普鲁弗洛克的意识活动，用“I have seen…”会突显普鲁弗洛克意识的栩栩如生性，普鲁弗洛克想象活动的具象性，总之，平行结构的使用增强了诗语言的表达力，增强了诗语言的可读性、节奏感和音乐感。另外，因该诗为意识流诗，平行结构的使用会增强普鲁弗洛克意识活动、思维发展的可信性，使人感觉他的意识活动并非是一团意识丝线纠缠在一起的乱麻。

7. 音韵节奏

该首长诗吸取了以往各种诗歌艺术的一些特点，如在诗行长短、每节的诗行数方面，它吸取了自由诗的一些重要的特点，每节诗行数多少不一，各诗行之间长短参差无序。尤其是第十三、第十五节，自由诗的特点较为明显，这两节最短的诗行仅有一个单词，最长的诗行多达十二个单词。在诗的节奏与韵脚方面，它又吸取了传统格律诗的一些特点，如各行均采用一致的节奏，即抑扬格节奏，但在这一点上，它与传统的格律诗又有不同的是，它各行的音步数参差不齐，有的音步数很多，有的则很少，这是因为各诗行长短不齐，故音步数难以做到相同或参差有序。在韵脚方面，各诗行（除一行诗节而外）大都有一定的韵式，但韵式在各诗节之间变化不一。除第一节意大利语的引文外，有两节（第十一、十二节）诗行不入韵，第十八节只有一行，无韵式。全诗无统一的韵式。就韵式而言，总的来看，它又吸取了由爱米莉·迪金森（Emily Dickinson）开创的现代格律诗的一些特点。下面我们来看一看有关诗节的韵式：

第二节为十二行诗节，押 aabccddeefgg；第三节为两行诗节，属双行联韵体（the couplet）；第四节为八行诗节，押 aabacded；第五节为十二行诗节，押 abcabdedfggf；第六节为两行诗节，属双行联韵体；第七节为十二行诗节，押 abbbccccbdad；第八节为六行诗节，押 abbacc；第九节为七行诗节，押 abcacbd；第十节为八行诗节，押 abbccade；第十一节为三行诗节，不入韵；第十二节为两行诗节，不入韵；第十三节为十四行诗节，押 abbcddefgghihe；第十四节为十二行诗节，押 abbccadeaeaa；第十五节为十五行诗节，押 abcdeaaffbagaa；第十六节为九行诗节，押 abbcdedec；第十七节为五行诗节，押 aabbb；第十八节为一行诗节，没有韵式；第十九节为三行诗节，押 abb；第二十节为三行诗节，押 abb。

在传统的格律诗中，诗行在十二行以上的诗节极为少见，一般这样的诗节也无固定的韵式。在该诗中，第二、五、七、十三、十四、十五节，皆属诗行在十二行以上的诗节，它们各自都有一定的韵式，但彼此不一。第四、十节均为八行诗节，但韵式也不一样，它们都不属传统的八行诗节常见的韵式。第九节为七行诗节，韵式也非七行诗节常见的传统韵式。第十六节为九行诗节，韵式非传统的九行诗节常见的韵式。第十七节为五行诗节，其韵式为传统的五行诗节常见韵式。第十九节、二十节均为三行诗节，但它们的韵式在传统的三行诗节中极为少见。第三、六节均为两行诗节，它们是两行诗句的重复，在这里，诗人用了联韵体，联韵体是传统的两行诗节的韵式，这一联韵体形式在诗的最后两节，即三行诗节中，又重复使用了两次。

根据上面的分析，我们看到，在这首长诗中，有不少诗节的诗行长度均在十二行以上，且每节所使用的韵式又各有千秋，这在传统的格律诗中几乎是没有的现象。诗人善写长诗行诗节，但创作时仍然心念传统格律诗的韵，想使诗仍带有传统的格律诗的韵味、乐感，但因传统的十二行以上的格律诗一般无固定的韵式，故诗人自己进行了创新，应该说这是艾略特对英诗发展的一大贡献。时代的发展虽已进入 20 世纪 20 年代，英诗的艺术形式也经历了数度更迭和革新，但艾略特仍不忘初心，对传统的格律仍有执着的坚持，他不仅在十二行以上的这样诗节中用韵，而且还十分精巧地使用了传统格律诗中的“双行联韵体”（见诗的第三节）。按传统的格律诗形式创作五行诗节，这些韵式的使用都十分自然，这在 20 世纪 20 年代现代主义艺术已深入多种学科、多种文化领域的时期，他依然对传统持有这份执着、这份坚守，实在是十分难能可贵的！

该诗除了在大部分诗节用脚韵外，还用了一些行内韵和不少的头韵，请看：

（1）行内韵，如在第二节，第十行的 To – to，第十一行的 not – what；在第五节，第四行的 There – there，will – will，be – be，time – time，第五行的 To – to，第五行的 meet – meet，第九行的 Time – time，for – for，第十一行的 visions – revisions；在第七节，第二行的 Do – Do，第二行的 I – I，第二行的 dare – dare，第五行的 They – say，第六行的 My – my，第七行的 My – by，第八行的 They – say，第十二行的 decisions – revisions；在第八节，第一行的 For – all – all，第一行的 known – known，第一行的 them – them，第三行的 I – my，第四行的 dying – dying；在第九节，第一行的 known – known，第六行的 days – ways；在第十节，第一行的 known – known；在第十一节，第一行的 I – I，第三行的 Of – of；在第十三节，第五行的 and – and，第六行的 to – to，第七行的 wept – wept，第七行的 and – and，第八行的 I – my，第十行的 no – no，第十一行的 I – my，第十二行的 I – my，第十二行的 And – and；在第十四节，第一行的 it – it，第三行的 Among – among，第九行的 tell – tell，第九行的 you – you，第九行的 all – all；在第十五节，第一行的 it – it，第三行的 and – and，第五行的 After – after – after，第

十五行的 not - what；在第十六节，第三行的 To - two；在第十七节，第一行的 I - I，第一行的 grow - grow；第一行的 old - old，第二行的 I - my，第三行的 I - my - I，第三行的 Do - to，第五行的 each - each；在第十八节，do - to。

（2）头韵，如：在第二节，第二行的 spread - sky 和第四行的 certain - streets，第五行的 retreats、第六行的 restless 和第七行的 restaurants，第七行的 sawdust 和第八行的 streets，第八行的 tedious 和第十行的 To - to，第八行的 like、第十行的 lead 和第十二行的 Let，第三行的 Like 和第四行的 Let，第四行的 half - deserted 和第六行的 hotels；在第三节，第一行的 the - the；在第四节，第一行的 The - that - the 和第二行的 The - that - the，第一行的 yellow 和第二行的 yellow，第一行的 rubs 第二行的 rubs，第一行的 window - panes 和第二行的 window - panes，第三行的 Licked、第四行的 Lingered、第五行的 Let 和第六行的 leap，第四行的 stand、第五行的 soot、第六行的 slipped - sudden 和第七行的 seeing - soft，第五行的 fall - falls - from，第三行的 the - the、第四行的 the - that 和第五行的 the - that，第六行的 the、第七行的 that 和第八行的 the，第七行的 was 和第八行的 one；在第五节，第一行的 there、第二行的 the - that - the、第三行的 the 和第四行的 There - there，第五行的 the - that、第六行的 There、第七行的 the 和第八行的 That，第二行的 smoke - slides - street，第三行的 window - panes 和第四行的 will - will，第一行的 be、第三行的 back 和第四行的 be - be，第五行的 To - to 和第六行的 time - to，第五行的 face - faces，第五行的 meet - meet 和第六行的 murder，第六行的 will 和第七行的 works，第九行的 Time - time 和第十行的 time，第九行的 for - for、第十行的 for 和第十一行的 for，第十行的 hundred 和第十一行的 hundred，第十二行的 taking - toast - tea；在第六节，第一行的 the - the；在第七节，第一行的 will 和第二行的 wonder，第四行的 with 和第五行的 will，第一行的 time、第二行的 To 和第三行的 Time - to - turn，第二行的 Do - dare - Do - dare 和第三行的 descend，第一行的 be、第三行的 back 和第四行的 bald，第三行的 stair、第四行的 spot 和第五行的 say，第四行的 hair 和第五行的 How - hair，第四行的 middle、第六行的 My - morning - mounting - my 和第七行的 My - modest，第六行的 coat - collar，第七行的 but - by 和第八行的 But，第九行的 Do - dare、第十行的 disturb 和第十二行的 decisions，第十一行的 minute 和第十二行 minute，第十二行的 revisions - reverse；在第八节，第一行的 have、第二行的 Have 和第三行的 have，第一行的 known - known 和第二行的 known，第一行的 them - them，第二行的 mornings 和第三行的 measured - my，第四行的 dying - dying，第四行的 fall 和第五行的 from - farther；在第九节，第一行的 known - known，第一行的 the - them 和第二行的 The - that，第二行的 fix - formulated - phrase 和第三行的 formulated，第三行的 when、第四行的 When - wall 和第六行的

ways，第五行的 begin 和第六行的 butt - ends，第五行的 should 和第七行的 should，第五行的 how 和第七行的 how；在第十节，第一行的 known - known，第一行的 the - them、第二行的 that 和第三行的 the，第二行的 white 和第三行的 with，第二行的 bare - braceleted 和第三行的 brown，第三行的 downed 和第五行的 digress，第三行的 lamplight - light，第五行的 makes - me，第五行的 That、第六行的 that 和第七行的 then，第六行的 shawl、第七行的 should 和第八行的 should。

以上是该诗第二节至第十节的头韵。在余下的十节诗中还有大量的头韵。诗人在诗中用了这么多的头韵无疑为该诗的韵味增添了不少的佐料。很多美国诗人，可以说从弗瑞诺、朗费罗等人开始就特别喜欢用大量的头韵，艾略特在这里继承了美国浪漫主义诗人的这一传统，也在诗中用了很多的头韵。总的看来，美国诗人对头韵的使用频率要明显地高于英国诗人，在比较英美诗歌在艺术特征方面的差异、强调美国诗人对美国民族主义文学发展的贡献时，头韵的使用似应作为一个比较突出的方面值得研究者们加以注意和关注。头韵虽不像脚韵那样重要，但它能吸引美国诗人的兴趣，并为他们大量、多次的使用，就连自由诗创始人惠特曼在多首诗中也加以大量使用，这就不能不说，它虽属于一个小韵，一个辅助性的音韵，但它在多种音韵中是有着它极其重要的地位的。很多人会注重一个单词尾部的韵，但其实该单词的首部是否能与别的单词的首部构成和谐悦耳的韵，这也很重要。同样的元音或同样的元音与同样的辅音的结合在各自诗行的末尾出现，构成押韵从而与一节诗中其余诗行末尾的音韵形成一定的韵式，但一个词首部的辅音与别的单词的首部辅音相同，也同样能构成押韵，它们在一个短语，一行诗句或一节诗中，读起来也同样能带上特有的乐感，这乐感在一首诗整体的乐感形成中是不容忽视的。其实在英语传统格律诗中，头韵是先于脚韵而存在的，是到了 14 世纪后半期，乔叟开始使用脚韵。自此，脚韵始成为格律诗中主要的音韵，但头韵在格律诗中依然存在，但已不再是格律诗中主要的音韵了。美国诗人对头韵似表现出十分浓厚的兴趣，无论是在格律诗，还是在自由诗中，都会使用大量的头韵。这种做法也是十分有意义的，因它对诗歌乐感的增强无疑是非常有益的。

该诗是具有较强的节奏感的，除了上文所探讨的一些修辞技巧如对偶、平行结构、重复等有助于形成诗的节奏外，该诗本身也具有其特有的节奏。下面本文分析一下。

The Love Song of J. Alfred Prufrocck
S'io credessi che mia risposta fosse
a persona che mai tornasse al mondo,

questa fiamma staria senza piu scosse.
Ma per cio che giammai di questo fondo
non torno vivo alvo alcun, s' i' odo il vero,
senza tema d' infamia ti rispondo.

Let ús | go thén | , ∧ yóu | and Í,
When the é | **vening is spréad** | out á | **gainst the ský**
Like a pá | tient é | therìsed | upón | a táble;
Let us gó | , through cér | tain hálf | – desér | ted stréets,
The mút | terìng | retréats
Of rést | less níghts | **in one – níght** | **cheap hotéls**
And sáw | dust rés | taurànts | with óy | ster – shélls:
Streets that fól | low líke | a té | dious ár | gumént
Of insí | **dious intént**
To lead yóu | to àn | **overwhél** | ming qués (tion…
Oh, dó | not ásk | , "**What is ít**?"
Let us gó | and máke | our vís (it.

In the róom | the wó | men cóme | and gó
∧ Tál | **king of Mì** | chelángl | eló.
The yél | low fóg | that rúbs | its báck | upón | the wín | dow – pánes,
The yél | low smóke | that rúbs | its múz | zle òn | the wín | dow – pánes
∧ Líc | **ked its tóngue** | ∧ ín | **to the cór** | ners òf | the éve (ning,
∧ Lín | geréd | upón | the póols | that stánd | in dráins,
Let fáll | upón | its báck | the sóot | that fálls | from chím (neys,
∧ Slíp | ped bý | the tér | race, máde | a súd | den léap,
And sée | ing thát | it wás | a sóft | Octó | ber níght,
∧ Cúr | led óne | abóut | the hóuse | , and féll | asléep.

And indéed | there wíll | be tíme
For the yél | low smóke | that slídes | alóng | the stréet,
∧ Rúb | bing íts | **back upón** | the wín | dow – pánes;
There wíll | be tíme | , there wíll | be tíme
To prepáre | a fáce | to méet | the fá | ces thát | you méet;
There wíll | be tíme | to múr | der ànd | creáte,

And tíme | for áll | the wórks | and dáys | of hánds
That líft | and dróp | a qués | tion òn | your pláte;
Time for yóu | and tíme | for mé.
And tíme | yet fór | a hún | dred ìn | decí (sions,
And fòr | a hún | **dred visíons** | **and reví** (sions,
Befóre | the ták | ing òf | a tóast | and téa.

In the róom | the wó | men cóme | and gó
∧Tál | **king of Mì** | chelángo | eló.

And indéed | there wíll | be tíme
To wón | der, "Dó | I dáre | ?" and, "Dó | I dáre?"
Time to túrn | back ànd | descénd | the stáir,
With a báld | ∧ spót | **in the míd** | **dle of mý** | ∧háir —
(They wíll | say: "Hów | his háir | is grów | ing thín!")
My mór | ning cóat | , my cól | lar móunt | ing fírm | ly tò | the chín,
My néck | tie rích | and mó | dest, bút | assér | ted lỳ | a símp | le pín —
(They wíll | say: "Bút | **how his árms** | and légs | are thín!")
∧Dó | I dáre
distúrb | the ú | nivèrse?
In a mí | nute thére | is tíme
For decí | sions ànd | reví | sions whích | a mí | nute wíll | revérse.

For Í | have knówn | them áll | alréa | dy, knówn | them áll: —
Have knówn | the éve | nings, mór | nings, áf | ternòons,
I have méa | sured óut | my lífe | with cóf | fee spóons;
I knów | the vói | ces dý | ing wìth | a dý | ing fáll
Benéath | the mú | sic fròm | a fár | ther róom.
So hów | should Í | presúme?

And Í | have knówn | the éyes | alréa | dy, knówn | them áll —
The eyes thát | fix yóu | **in a fór** | mulá | ted phráse,
And when Í | am fór | mulà | ted, spráw | ling òn | a pín,
When Í | am pín | **ned and wríg** | gling òn | the wáll,
Then hów | should Í | begín

To spít | out áll | **the butt - énds** | **of my dáys** | and wáys?
And hów | should Í | presúme?

And Í | have knówn | the árms | alréa | dy, knówn | them áll —
Arms thát | are bráce | letéd | and whíte | and báre
(But ìn | the lámp | light, dów | **ned with líght** | brown háir!)
Is it pér | fume fròm | a dréss
That mákes | me só | digréss?
Arms that líe | alóng | a táble, | or wráp | abóut | a sháwl.
And shóuld | I thén | presúme?
And hów | should Í | begín?

Shall Í | say, Í | have góne | at dúsk | through nár | row stréets
And wát | **ched the smóke** | that rí | ses fròm | the pípes
Of lóne | ly mén | in shírt | - sleeves, léa | ning òut | of wínd (ows?. . .
……

I shóuld | have béen | a páir | of rág | ged cláws
∧Scútt | **ling acróss** | the flóors | of sí | lent séas.

And the áf | ternòon | , the év | ening, sléeps | so péace | fulỳ!
∧Smóo | thed lỳ | long fíng (ers,
Asléep | … ∧tír | ed … or ít | malíng (ers,
∧Strétch | ed òn | the flóor | , **here besíde** | **you and mé**.
Should I, áf | ter téa | and cákes | and íc (es,
∧Háve | the stréngth | to fórce | the mó | ment tò | its crís (is?
But though Í | have wépt | and fás | ted, wépt | and práy (ed,
Though Í | have séen | my héad | (grown slíght | ly báld |) brought ìn upón | a plátt (er,
I ám | no pró | **phet — and hére's** | **no great mátt** (er;
I have séen | the mó | ment òf | my gréat | ness flíck (er,
And Í | have séen | the etér | nal Fóot | man hóld | my cóat, (and ∧sníck (er,
And in shórt | , I wás | afraíd.

And wóuld | it háve | been wórth | it, áf | ter áll,
∧Áf | **ter the cúps** | , the már | malàde | , the téa,
Amóng | the pór | celàin | , amóng | some tálk | of yóu | and mé,
Would ít | have béen | worth whíle,
To have bít | ten òff | the mát | ter wíth | a smíle,
To have squéez | **ed the ún** | ivèrse | into a báll
To róll | it tó | ward sóme | **overwhél** | ming qués (tion,
To sáy: | "I ám | Lazá | rus, cóme | **from the déad**,
Come báck | to téll | you áll, | **I shall téll** | you áll" —
If one, **sét** | **tling a pí** | llow bỳ | her héad,
Should sáy | : " That ís | not whát | I méant | at áll;
That ís | not ít | , at áll. "

And would ít | have béen | worth ít, | ∧ áf | ter áll,
Would ít | have béen | worth whíle,
∧Áf | **ter the sún** | sets ànd | the dóor | yards ànd | the sprínkl (ed
∧stréets,
∧Áf | **ter the nó** | vels, áf | **ter the téa** | cups, áf | **ter the skírts** | ∧thát
trail alóng | the flóor —
And thís | , and só | much móre? —
It ís | impós | sible | to sáy | just whát | I méan!
But as íf | a má | gic lán | tern thréw | the nérves | in pát | terns òn
a scréen;
Would ít | have béen | worth whíle
If one, **sétt** | **ling a píl** | **low or thrów** | ing òff | a sháwl,
And túr | ning tó | **ward the wín** | **dow**, **should sáy**:
"That ís | not ít | at áll,
That ís | not whát | I méant | at áll. "

No! Í | am nòt | Prince Hám | let, nòr | was méant | to bé;
∧Ám | an attén | dant lórd | , one thát | will dó
To swéll | a pró | gress, stárt | a scéne | or twó,
Advíse | the prínce | ; no dóubt | , an éa | sy tóol,
Defé | rentìal | , **glad to bé** | of úse,
∧Pó | **litic**, **cáu** | tious, ànd | metí | culòus;

Full òf | high sén | tence, bút | a bít | obtúse;
At tímes | , indéed | , ∧ ál | **most ridí** | culòus —
∧ Ál | **most, at tímes** | , the Fóol.

I grów | old … Í | grow óld …
I shall wéar | the bót | toms òf | my tróu | sers róll (ed.
Shall Í | part mý | **hair behínd** | ? **Do I dáre** | to éat | a péach?
I shall wéar | white flánnel | nel tróu | **sers, and wálk** | upón | the béach.
I have héard | the mér | maids síng | ing, éach | to éach.

I dó | not thínk | that théy | will síng | to mé.

I have séen | them ríd | ing séa | ward òn | the wáves
∧ Cómb | **ing the white** | ∧ háir | **of the wáves** | blown báck
When the wínd | ∧ blóws | the wá | ter whíte | and bláck.

We have lín | gerèd | **in the chám** | bers, òf | the séa
By séa | – girls wréa | **thed with séa** | weed réd | and brówn
Till hú | man vói | ces wáke | us, ànd | we drówn.

全诗总的节奏为抑扬格，因各行长短不齐，故各行间的音步数也不完全一致，总的来看，各行音步数参差不齐，但并不排除在某些诗节或诗的某些局部地方，音步数有较为整齐的参差排列或音步数完全一致。音步数最多的为抑扬格八音步，最少的仅为抑扬格一音步。诗的节奏中有不少变格，用了抑抑扬格替代的共94处，见上文的黑体字所在的音步，上文打有脱音符“∧”的为单音节替代，共31处，有些诗行末尾打有“<”所在的音节为超音步音节替代，共20处。总的看来，全诗的基本节奏应为抑扬格五音步，因有这样的节奏音步的诗行在全诗的总行数中占了53行，比抑扬格六音步所占的诗行（共24行）、抑扬格三音步所占的诗行（共27行）、抑扬格四音步所占的诗行（共17行）、抑扬格二音步所占的诗行（共4行）、抑扬格七音步所占的诗行（共7行）、抑扬格八音步所占的诗行（共1行）、抑扬格一音步所占的诗行（共3行）要多得多。抑扬格五音步在传统的英语格律诗中是诗人最常用的一种节奏，它多见于“素体诗”（the blank verse）、“英雄联韵体”（the heroic couplet）、“英雄四行间韵体”（the heroic quatrain）、“十四行诗”（the sonnet）等诗体中。在英诗的各种诗行中，往往都是以抑扬格五音步最受诗人的青睐，故它最占优势。时至20世纪20年代，离

19世纪50年代冲击英语格律诗的惠特曼自由诗的诞生已有70年的历史了，美国现代主义诗人艾略特在该首意识流长诗中仍主要采用了抑扬格五音步这样的节奏，从这里，我们足以看出传统的抑扬格五音步诗所具有的巨大的艺术魅力。

抑扬格五音步这样的传统节奏的成功使用也在一定程度上破除了意识流非理性的思维传统。虽然该首长诗记录了普鲁弗洛克从表面上看去非常零乱散漫的意识片段，但从艺术特征来看，组成这些意识片段的语句在节奏格律上却并不散乱，它主要还是以传统的抑扬格五音步为主。意识流诗是诗人在冷静清醒的状态下完成的，该首长诗又是以第一人称来写作，诗人将自己比作主人公普鲁弗洛克，忠实、生动地记录下普鲁弗洛克不断流淌的意识活动。因此全诗在节奏、格律上总的看来还是具有一定的规整性的。下面我们来具体地看一下有关重要诗节的节奏格律排列分布情况。

第二节，诗人主要着眼于描写伦敦都市的市景、市容。写景时，诗人笔触细腻缓慢，基调较为平稳，故这里在前四句，第一、二句节奏为抑扬格四音步，第三、四句节奏为抑扬格五音步，第七、八句节奏皆为抑扬格五音步，而第十一、十二句节奏都是抑扬格三音步。相同的节奏在每两句的一组诗句中排列，读起来显得十分整齐规范、抑扬顿挫、参差有致。在第四节，诗人继续写景，诗人从第二节描写伦敦的旅馆、街道等转向描写伦敦的雾、烟、灰。这一节对这些景色的描写十分细致、逼真，基调平稳，用语生动、形象，故这一节的节奏较第二节更为规整。前两行全部采用抑扬格七音步，后六行全部采用抑扬格六音步，整节读起来朗朗上口，节奏和谐流畅，如一泓清泉缓缓流淌，平稳自如。

在第五节，诗人在开头继续写景，并从写景转向描写伦敦都市里的人，以景衬情，都市里人的情绪、心理状态等正如伦敦的雾、烟那样让人压抑。在写人当中，诗人突出了都市里有一些代表积极正面力量的人的存在，这里有富有创新精神的人，还有从事农活的朴实、好学的农夫等。故这节的节奏，诗人以全诗的主节奏抑扬格五音步为主，第二、三、六、七行均为抑扬格五音步，从第八行开始，间行用抑扬格五音步。因此，该节，总的看来，节奏也较为流畅、规整。

综观第二、四、五节，节奏的变格也较少。抑抑扬格替代仅在第二节较多，共十四处，第四节仅两处，第五节共有七处。除抑抑扬格替代外，其他类型的替代则很少。第二节第一行出现了一个单音节替代，第二节第十、十二行各出现了一个超音步音节替代；第四节第三、四、六、八行共出现五个单音节替代，第四节第三、五行各有一处超音步音节替代。就抑抑扬格替代而言，因它与抑扬格同属上升的节奏，在性质上是相同的，发音都是先轻后重，故“它们可以自由地互相替代而保持和谐”。[2]因此，以抑抑扬格替代抑扬格，在诗歌节奏的变格方面应属常事，它们在节奏变化的幅度、程度方面都是较为轻微的，何况目前本文所研究的这首诗是一首现代主义诗歌，该诗的格律总的来看应属现当代英语格律诗，故会在诗行中出现一些抑抑扬格替代抑扬格节奏的现象，这是不足为奇的。排除抑抑扬格替代而外，其他方面的变格，按上文所列，应是非常稀少的。

在第七节，诗行之间的节奏呈现出极其不规则的现象。诗行内的节奏变格除抑抑扬格替代而外，还有一些单音节替代。就诗行的节奏而言，有从抑扬格二音步、三音步、四音步、五音步、七音步到抑扬格八音步这样的多种节奏。节奏的变化程度与诗行的长短也相适应。该节诗行不齐，长短变化幅度也很大。该诗节节奏变化之大实则与该诗节的思想内容也是紧密相关的。因为在该节，诗人触及了沙龙人士对普鲁弗洛克颇为鄙夷的态度，也隐含地写出了普鲁弗洛克对他们的厌恶，普鲁弗洛克从厌恶转为憎恨，以致他还产生了一种想扰乱整个宇宙秩序的想法，当然他在产生这样的想法之后，又颇为犹豫，难做最后决断。诗节触及了他内心的这些种种意识活动。与这些较为复杂的意识活动相适应的诗行节奏不可能是规整和谐的，也不可能是跌宕有致的，故诗人以一种诗行间大不一致、排列较为无序的节奏来吟唱出普鲁弗洛克曲折变化的意识流程，这是极其恰当合理的。

在第八节，普鲁弗洛克混杂纷乱、躁动不安的思绪略为平静了些，他观察那些沙龙人士，认为自己对他们应是相当了解的，对他们附庸风雅的个性也是相当熟悉的。普鲁弗洛克还能十分优雅地用咖啡匙量出人生的历程、阶段。在该节，诗的基调较平稳、沉静，故该节诗的节奏用了三处抑扬格五音步，第二、三、五行均用诗的主节奏抑扬格五音步；第一、四行节奏均为抑扬格六音步。在该诗节只有一处用了抑抑扬格替代，无其他节奏变格现象。该节诗的节奏总的来看要比第七节规整得多，这也同诗的思想内容是相适应的。

在第九节，诗人继续写到了普鲁弗洛克对沙龙人士的了解，同时他也写到了沙龙人士对普鲁弗洛克的了解。沙龙人士对普鲁弗洛克极其憎恶，将他归为某一特定类型的人，他在他们所划定的类别中，倍觉痛苦，痛不欲生，大有欲死之状。普鲁弗洛克是个“反英雄”角色，他想方设法、朝思暮想进入上流社会，但当他真正进入上流社会，接触社会名流时，他对上流社会里的一些风气、思潮、人们的谈吐举止和其思想动态等既看不懂，又不能适应，他很想改变目前的社会现状，改变上流社会里的一些虚伪风气，做出一些对社会、对人民、对时代有益的事情，但他又有自知之明，他深知他绝非那种能拯救衰微世道，使日趋衰落的西方文明能恢复新生的英雄人物，在诗的后半部分，他说他不是哈姆雷特，他只配做一个侍从大臣，一个任人摆布的工具，一个小丑似的人物。他还说，他知道美人鱼不会唱歌给他听。这些都说明，普鲁弗洛克虽然置身于上流社会，置身于腐朽没落的资产阶级贵族阶层，但他并非意识糊涂人士，他清醒地认识到，他所努力跻身于，或他所代表的那个社会阶级是注定要进行脱胎换骨的，社会是要进行彻底变革的，否则一战后的西方文明、美国经营多年的文化价值观念便会在现有瘫痪状态中逐渐走向死亡。因此对于那些让他经受痛苦的磨难，必欲置其于死地，必欲摧毁他所体现和代表的那种颓废没落的思想观念的人，他会报以认同，予以赞美，这一点在该诗的末尾有非常形象、生动的描写和体现。其实这一点在该节的节奏上也有所反映。

在该节，第一、三行用抑扬格六音步，第二、四行用抑扬格五音步，第五、七行分别用抑扬格三音步，第六行又以抑扬格五音步与上面的抑扬格五音步呈间行采用态势，这样该节的节奏显得跌宕有致，因除了用了几处抑抑扬格替代外，别无其他节奏变格现象，故整节读起来显得较为流畅自如。该节的节奏与上文所分析的人物形象、思想内容等是适应的。

在接下来的第十、十一节，当诗人的笔触转向描写普鲁弗洛克视野中沙龙女士美丽的臂膀、香气四溢的衣裙，伦敦街上从管道中飘然而升的夕烟，及探窗观望的寂寞市民时，诗的笔调变得平稳，节奏在诗行之间的变化幅度变小，诗人在第十节的第二、三行均采用抑扬格五音步，在第四、五行和第七、八行这两组诗句中，每句均用抑扬格三音步，这显得十分整齐、规范，在这两组诗句中的第六行又采用抑扬格六音步，这一节奏与该节的第一行的抑扬格六音步相照应。在第十一节，间行又采用抑扬格六音步。该节的第二行采用诗的主节奏抑扬格五音步。这两节的节奏总起来较为规整、和谐，起伏也很有序。节奏的这一特点关联着这两节的艺术特点，因这两节与诗开首的第二、四、五节一样都属于对人、物、事的一种描写。诗的笔调决定了其节奏不会有大幅度的变化。

在第十二节，诗人在两句中均采用抑扬格五音步，显得对称和谐，这同该节的内容密切相关。在这一节，普鲁弗洛克想变成一只螃蟹，从寂静的海底急速地爬行而过。其实这是一则隐喻，它隐喻普鲁弗洛克想像螃蟹那样躲避复杂、虚伪、衰朽的现实生活，逃往一个理想的栖居地，故这里诗人用和谐的节奏来适应普鲁弗洛克的这一心理特点。

在第十、十一、十二节，除了仅有的五处抑抑扬格替代外，还有一处超音步音节替代和一处单音节替代。节奏变格处相当少，这三节较为流畅的节奏与它们所表达的思想内容、所描写的对象是紧密联系的。

从第十三至第十五节，诗行之间的节奏显得异常地繁复多变，起伏无序，参差不齐，诗的节奏在这一部分从抑扬格一音步到抑扬格七音步变化不等。这里，抑抑扬格替代的也比诗的其余部分来得多，除此，还有多处超音步音节替代，数处单音节替代。节奏在行与行之间及行内的变化不规则现象，关联着诗在这部分的思想内容。

在这一部分，普鲁弗洛克不满于安静闲适的生活环境，因他知道，平静的生活下面，掩藏着的是社会的腐败、文明的堕落、文化价值观的衰败、人民的懒惰和消极无为，因此他想打破这种代表着社会倒退的虚假平静，力图让平静的海面风生水起，突卷狂风巨浪，使社会生活出现某种紧张、凶险的危机。这与前文他想扰乱整个宇宙秩序的想法也是一致的。但普鲁弗洛克知道，他若这么做是要付出代价的，他会牺牲自己的生命，他的行为会遭致别人的讥嘲。他在反复思虑，大胆地说出一些能触及时弊，有助于惊醒国人，有益于社会发生巨变的话语，或做出一些英雄业绩、一些有利于社会改革和文明进步的事情，这是否值当。他还想到，若自己果真行了英雄壮举，自己或被处死，而处死之后，他又会以复活了的自我身份向人们讲述自己所知道的一切，自己所有的一切想法。但他知道，他所说的一切话都不会让人理解。他还想到，若在他经历了人世沧桑，有了丰富的人生阅历，有了丰厚的文化教养之后，再把自己说话、做事的动机、原因等告诉别人，再把自己对社会、人生的各种看法告诉他人，这是否值得呢？他经过思量，认为这是不可能的，即使他告诉了他人自己的观念、想法等，别人也不会相信。普鲁弗洛克生活在一个人与人之间缺乏信任、理解的时代。

普鲁弗洛克在这一部分的思想是异常复杂的，各种思绪、想法纷然涌至他的脑海。其中有些思想十分大胆，反映出普鲁弗洛克对上流社会文化环境的严重不适应。他很想挣脱这一环境对他的囚禁和束缚，打破现存的社会文化秩序，建立一个崭新的社会文化秩序，但他实际上没有勇气这么做，即使他这么做了，他也不能将这一行为贯彻始终，他连告诉人们他行事说话的勇气都没有。

上述的思想内容决定了这一部分的节奏会出现繁复多变的现象。这一部分若配以起伏有致、流畅悦耳、谐和有序的节奏无疑会与它的思想内容大不相称，也会难以完美地表达这一部分的内容。

从第十六节开始，诗的节奏开始逐渐变得规整起来，第十六、十七、十八节，诗行间的节奏变化幅度较第十三至十五节的节奏要小了很多，大部分诗行的节奏为全诗的主节奏，即抑扬格五音步。第十六节第二、三、四行的节奏与第六、七、八行的节奏相同，都是抑扬格五音步。该节第一行的抑扬格六音步、第五行的抑扬格四音步和第九行的抑扬格三音步与抑扬格五音步这一节奏也相接近。第十七节第二行的节奏与第五行的节奏均为抑扬格五音步，第十七节第三行与该节第四行的节奏同为抑扬格六音步，它们与该节第一行的抑扬格三音步都与抑扬格五音步相接近。从第十八节开始直至该诗的最末一行，所有诗行的节奏都为抑扬格五音步。综观从第十六节直至第二十节这部分诗行的节奏，总的来看，它们变化幅度很小，很多诗行，有不少是整节，或某节中大部分，都采用了全诗的主节奏，抑扬格五音步。其中，第十九节最后两行和第二十节最后两行还都是“英雄联韵体”（the heroic couplet）。读起来，这部分诗显得节奏整齐、流畅。而且，在这一部分，诗行内节奏变格现象也不多，除了一些在以抑扬格为主的节奏内常见的抑扬格替代外，仅有七处单音节替代和一处超音步音节替代。总的节奏如溪水在地势较为平坦的河道内流淌，水流平稳自如。

这一部分节奏的特点也与这一部分诗的思想内容紧密相关。在第十六节，正如笔者在前文所阐述的那样，普鲁弗洛克以其聪慧的自知之明承认自己绝非哈姆雷特那样的英雄人物，他以其严谨的自律精神对自我的特性进行了毫不留情的解剖，他认为自己做不了英雄。紧承上文，他即使做了英雄壮举，也不能将自己的英雄主义精神贯彻下去，他没有胆量说出自己的想法，没有勇气告诉别人行事的动机、原因，没有勇气将自己内心里的一切，自己头脑中所思考的一切向他人和盘托出，即使他说了，他也不可能像那些能受人拥戴的英雄那样被人理解、被人接受。他认为自己只配做一个小丑似的人物。这里，诗人让普鲁弗洛克对他自己所代表的那个阶级进行解剖，进行否定。在第十七、十八节，诗人对自己所属的社会阶层的特性进行了细致的描绘，他应属上流社会的浪荡子一类的人，他和他们不是那种能致力于社会改革的改革家、英雄。他还认为象征那些在社会改革的惊涛骇浪中勇猛搏击、顽强斗争、一往无前的美人鱼是不会愿意唱歌给他们听的。他们乐于沉湎于温暖舒适、鲜花环绕、香气四溢的生活环境里，过着一种奢侈豪华，但在其时却是非人般的生活。但普鲁弗洛克并不失望，他预料到，当某一天真正的英雄出现，当英雄振臂一呼，他们这些代表着西方腐朽落后文明的寄生虫就会死去，新的一代，那些能代表时代变革、文明进步、社会文化发展的新生力量就会诞生。

在这一部分，诗人通过普鲁弗洛克对西方落后颓废、文明污染、道德沦丧的社会文化状况进行了解剖、批判，对社会改革家、英雄进行了赞美，他既唱响了他所属的那个阶级的时代的悲歌，又弹奏出新生事物必将战胜旧事物，新的时代必将取旧时代而代之的希望之曲。因此，与这些内容相适应的是，如溪水般淙淙流淌、平稳流畅的诗的节奏。这一节奏表达了诗人对第一次世界大战期间西方整整一代人迷惘、消沉、颓废，耽于追逐时尚的精神状态的批判，也表达了诗人对这一代人必将走出迷雾，迎来一个新时代的期盼。节奏作为诗重要的艺术形式，是服务于诗的思想内容的，这一真理于该首长诗的最后一部分得到了很好的明证。

这首长诗在不同的部分采用了不同类型、不同性质的节奏，节奏的不同既反映了不同部分的思想内容，又奠定了诗在这些部分的基调。这些节奏同诗的音韵一道，为全诗提供了较强的音乐性。我们设想，若给这首长诗配上乐曲，上述的节奏和音韵以及所运用的各种修辞技巧一定会为它所创造的乐感增色不少。

这里，还有一点需强调的是，我在上文将该诗的诗体归为现代英语格律诗，这是因为该诗除第十一和第十二节不入韵，第一节为但丁《神曲·地狱篇》中的引文、第十八节为一行诗节，没有韵式外，其余各节均入韵，另外，该诗总的节奏为抑扬格，但各行的音步数参差不齐，因各诗行长短无序，故该诗有格律诗的一些特征，但又与传统的格律诗有着很大的不同。还有一点需要指出的是，该诗第十三节、第十五节诗行长短间隔很大，这两节中，最长的诗行多达十二个单词，最短的诗行仅有一个单词，从形式上来看，该两节很像是自由诗的诗节，对这两节每行的音步，我作了分析划分，有的仅有一个单词的诗行，音步分辨较难，也稍有些牵强，但其余诗行的音步则能进行分辨。总的来看，若将该诗归为半格律半自由诗也是可以的，因 20 世纪 20 年代是自由诗大发展的时期，艾略特在创作这首带格律的长诗时，会受到自由诗风格的影响，这是可以理解的。但诗中格律诗的成分总的说来要比自由诗的成分多，一般地来说，还是归为现代英语格律诗更为适宜些。

四、结语

这首长诗是艾略特的成名作，它也是一首典型的现代主义诗歌。长诗从主题思想及艺术特征方面都反映了现代主义文学的一些重要特征。长诗描述了主人公普鲁弗洛克的意识片段，片段与片段之间从表面上看去存在着不连贯性，好像风中的柳絮一会儿飘向这里，一会儿又飘向那里。因此叙述在外表上看去是碎片状的，但叙述的情节、思维的发展在本质上是连贯的，富有逻辑性的；长诗在外表上节与节之间大部分都是断裂的，但思想内容却如山间的小溪一样，川流不息，十分流畅。外表与本质的矛盾形成了该首现代主义长诗典型的艺术特色。这样的艺术特色在现代主义文学诞生之前的现实主义文学和浪漫主义文学或更早的古典主义文学作品中是不易见到的。

诗看上去与传统、过去相分裂，但诗人在诗中引用了大量的古代文学作品中的意象、典故、人物形象，还援引了《圣经》中的一些重要的典故——其中有些是直接引用，有不少则属于间接引用，来阐述所要说明的理念、哲理，或影射 20 世纪 20 年代的西方社会在文化、政治上所存在的弊病。他在这样做的时候，十分巧妙地将古代的这些东西囊括到现代主义诗歌的艺术形式之中，这种将古代的思想内容、文学意象纳入现代主义的艺术形式之中，并以这种古代与现代有机融合的方式来阐述现当代生活中所发生的种种事件、影射当代人在精神文化生活方面的各种生存状态，这看上去似乎有些不伦不类，但实体上却别出机杼、匠心独运、别具一格。

诗表面上支离破碎的叙述形式其实也反映出了第一次世界大战期间西方人所具有的一种幻灭感。第一次世界大战摧毁了西方社会经营多年的传统价值体系，人们在战中经历了信仰丧失、前途渺茫、对现实生活普遍感到难以把握这样的苦痛。很多人心理脆弱，趋炎附势，在道德操守、行为规范方面感觉无所归依、无所适从。很多人追逐时尚、追求金钱物质享受，因商品经济破坏了传统的道德伦理准则。社会、文化生活呈现出一派散乱、纷扰、混乱无序的局面。该首长诗不仅在其艺术形式上反映了一战期间后西方社会文化生活的这些特点，而且在内容上也直接地触及到了这些弊病。而对这些社会弊病进行影射、讥讽，甚至进行批判和揭露正是现代主义文学在艺术内容方面所要努力为之的。

综上所述，这首长诗是一首典型的现代主义诗歌。

作为一首现代主义诗歌，该首长诗在内容和基调上有一些悲观主义的因素。诗探讨的是一战期间西方文明的崩溃，西方人文化价值观的幻灭，西方人与人之间的不信任、不理解。诗中的主人公有强烈的颠覆现存社会秩序的想法，但却没有勇气将这样的想法付诸实践。即使他做了这样的英雄行为，也不敢、不愿将自己行事的动机原因，将自己的想法等向他人和盘托出，所有这一切都包含着一种令人悲哀、凄楚的成分，这其实就是很多或者说所有现代主义作家在20世纪初或20世纪20、30年代，所常有的一种现代主义的苦痛，哈代有这样的苦痛，艾略特也有。在诗中，艾略特以第一人称的叙述方法将这种苦痛通过其主人公普鲁弗洛克十分生动、具体地表达了出来。但读完该诗，我们觉得该诗并不是完全的悲观主义作品，因普鲁弗洛克在本质上应是一个正面人物，在思想上应是一个英雄，尽管其在外表上，在实际行动上是一个“反英雄”角色。在诗的最后，诗人让他们在真正的人出现的时候，也就是在英雄出现的时候，溺水死去，这便给读者在黑暗的长夜点亮了一盏明灯，他让读者透过这盏明灯能看到前途的光明，文明复兴的希望。

艾略特在诗末尾所点燃的这盏明灯其实是为美国梦照亮了飞行的航程。应该说，惠特曼在19世纪50、60年代所大力讴歌的美国梦，所大肆赞美的美国文化，到20世纪经历一次世界大战的打击，已破烂不堪了。在许多美国人心目中，美国梦只是一场虚无缥缈的海市蜃楼般的幻想和幻觉，还有的人认为美国梦只能是一场遥不可及、始终难以企及的虚幻，因为现实的境况离美国梦的实际要求实在是太远了。但艾略特通过诗末尾的这盏明灯启示我们，美国梦有破镜重圆的时候，美国梦终有重新启航乃至最后圆满实现的那一天，而这一天是并不遥远的。

艾略特以这首享誉全球、史无前例的意识流长诗为美国民族主义文学的发展作出了自己独特的、卓越的贡献，他同小说创作领域里辛克莱·刘易斯（Sinclair Lewis，1885—1951），一个于1930年12月12日荣获诺贝尔文学奖的美国作家一样，在20世纪20年代同为美国民族主义文学的园地栽种、培育了灿烂夺目的艺术奇葩。

注释

［1］李维屏．英美意识流小说［M］．上海：上海外语教育出版社，1996：8

［2］吴翔林．英诗格律及自由诗［M］．北京：商务印书馆，1993：30

第四章　加里·斯奈德和他的经典诗歌

第一节　论加里·斯奈德和他的《乱石扶墙》

Gary Snyder
Riprap

Lay down these words
Before your mind like rocks.
　　placed solid, by hands
In choice of place, set
Before the body of the mind
　　in space and time:
Solidity of bark, leaf, or wall
　　riprap of things:
Cobble of milky way,
　　straying planets,
These poems, people,
　　lost ponies with
Dragging saddles —
　　and rocky sure – foot trails.
The worlds like an endless
　　four – dimensional
Game of Go.
　　ants and pebbles
In the thin loam, each rock a word
　　a creek – washed stone
Granite: ingrained

With torment of fire and weight
Crystal and sediment linked hot
all change, in thoughts,
As well as things.

第一次世界大战在美国社会里诞生了“迷惘的一代”（the Lost Generation），这一代的代言人有本书在前面所论述过的庞德、艾略特等。第二次世界大战在美国社会里又诞生了一代有着鲜明时代特征的年轻人，这一代人在历史上被称为“垮掉的一代”（the Beat Generation）。“迷惘的一代”与“垮掉的一代”虽诞生于不同的时代，但他们有着一个显著的共同点，即都是对社会现实表示了强烈的不满，对传统的文化价值观持有强烈的反叛心理。在西方文学领域里，“迷惘的一代”一般被认为是现代主义文学的一个重要分支，而“垮掉的一代”一般被视为后现代主义文学的一个重要分支，它们在美国文学史上都是极其重要的文学流派。在这两代人中，产生了很多享誉全球的伟大作家和诗人，还诞生了不少具有划时代意义的重要杰作，这些作家、诗人及他们辉煌的艺术成就为美国民族主义文学的发展插上了腾飞的羽翼，也为世界文学艺术的发展起到了有力的推动作用。

当历史的车轮进入到第二次世界大战后的年代，美国的经济获得了少见的繁荣景观，物质生活的富裕在美国人民心中产生了一种惠特曼式的乐观情绪，很多人都于战后找到了理想的工作，他们搬到了郊区，拥有了一个幸福的家庭，享受着发达的社会给他们提供的各种便利的社会服务，陶醉在“美国梦”的甜美梦境中。提起20世纪50年代，人们就不会不想到赤袜舞会（Sock hops）、呼啦圈（hula hoops）、烤肉野餐，以及美国郊区那成片成片的住满富裕家庭的快乐住宅。但不久，这一乐观的精神状态就为大国间的冷战形势所粉碎。人民普遍感受到了一种危机感，混乱无序开始弥漫于美国社会的各级组织机构当中。人生是荒诞的，这一意识开始削弱人们传统的生存观念。50年代，反共产主义思潮的麦卡锡主义又开始疯狂地毒害着美国人的心灵。其时，除共和党参议员约瑟夫·麦卡锡（Joseph McCarthy）外，还有众议院非美活动委员会（House Un - American Activities Committee，HUAC），他们都对共产主义进行了强烈的抵制，他们都宣称，在美国的机构中，充溢着不少不忠诚的美国人，这些美国人的价值观念受共产主义世界观的熏染、影响，这对美国的生存及灵魂的纯洁造成了很大的威胁。其时，社会上的一些保守派及商人则加大力度限制工会力量的发展，他们还尽力清理工会中的共产党人。所有这一切都加剧了美国社会生活的紧张感，很多人整日生活在恐惧、不安、紧迫的状态中。另外，60年代民权运动和反文化思潮也开始纷纷出现于美国的政治、社会、文化生活中，越南战争像一块巨石一样重重地压在美国人民的心头，成为很多人精神上一项极其沉重的负担。科学技术在战后获致了巨大的发展，美国国会于 1958 年成立了美国宇航局（NASA），宇航局“将载人飞行作为其首要任务，推出了将一名宇航员送入太空的水星计划（Project Mercury）”。[1] 20 世纪 50 年代，美国的电子业发展快速，新的科学与军事技术也应运而生，同时在市场上颇有销路的一些消费品如半导体收音机和计算机也相继问世。但科技的推广和应用使人们失去了对生活的浪漫神秘感，也使人的生活方式因过于机械化而失去其应有的乐趣。人似乎被机器异化了。战后所出现的这种种现象使人们对现存的社会秩序产生了深深的怀疑，很多人由怀疑走向了否定，又由否定走向了彻底的叛逆。由怀疑到否定再到叛逆这一心理的发展过程在很多知识分子，尤其是一些年轻的作家和诗人身上表现得尤为明显和突出。

“垮掉的一代”就是由这样一些年轻的知识分子所组成的。他们对事情如何发生的官方解释普遍感到厌倦，对人的行为所具有的现成的解释表示否定。他们对那些为所有的科学所遗忘，被社会所谴责的人类经验的各个方面普遍感到很有兴趣。他们乐于追求自己所能认可的生活方式，因为他们认为这样的生活方式能给他们带来乐趣和自由的感觉。这些“垮掉的一代”他们拒斥中产阶级的价值观，反对商业主义和对传统观念的遵从。很多人乐于过一种被中产阶级所认为的不体面的生活方式，有时甚至是一种穷人的生活来表示对中产阶级的鄙视。他们留长发，蓄长胡须，沉迷于欣赏爵士乐、吸毒和体验各种形式的性行为。他们远离政治，拒绝学术、文化传统对他们各种形式的熏陶和教诲，这些人普遍认为，现代的美国生活是残酷的、自私的、非人性的。

20 世纪 40、50 年代，垮掉派衍生出他们的一个分支，即“旧金山文艺复兴”派（the San Francisco Renaissance）。集聚于旧金山地区的青年诗人掀起了“旧金山诗歌复兴运动”[2]，他们强调诗歌应以朗诵为主，这一派的代表人物有罗伯特·邓肯（Robert Duncan）、加里·斯奈德（Gary Snyder）、劳伦斯·弗林盖蒂（Lawrence Ferlinghetti）。他们常常于各种公共娱乐场所如咖啡馆、夜总会、俱乐部或在书店、餐厅等公开地朗诵他们所创作的诗歌。这些诗在朗诵时还常有音乐伴奏，内容大都是对现实的不满，对社会形势的愤懑，很多诗都有着强烈的社会、政治意义。

本章所要研究的加里·斯奈德也属这一派里的重要诗人。加里·斯奈德就出生于旧金山，在西雅图（Seattle）北面的一个农场长大。他所创作的很多诗歌也都属于“旧金山派”诗歌，带有这一派诗歌的一些主要特征。下面本节就来研究一下他的一首非常有名的诗《乱石扶墙》(*Riprap*)

一、大意解读

前三句以散文语言来解释，应为：Lay down these words before your mind is

like rocks that are placed solidly by hands. 这里的意思即：在你的大脑对某些词语的意义有坚实的印象之前，你要记下这些词语。第四、五、六句以散文语言来解释，应为：In choice of place，you can set it before the body of the mind is in space and time；或者：In choic of place，you can set before the mind has a very clear and fixed idea about space and time。意思是说，在选择地点的时候，你要在思维有了明确的、固定的时空概念之前再确定所选择的地点。

这六句的意思是说在砌乱石扶墙前，对砖头或其他建筑材料的安放位置不要作过多的思考，选择乱石扶墙的位置时，也不要作太多的考虑。这里诗人把砌乱石扶墙与作诗写文相比拟。文学创作，如作诗时，要选择合适的词语来表达作家或诗人的思想感情，但就像砌乱石扶墙时对砖的安放位置不要作太多的思量一样，选词择句也不能作太多的考查、研究、思索；作诗写文也牵涉到地点的问题，如一首诗或一篇散文，其中的情节应设置于什么样的地点才能更好地表现诗或散文所要阐述的主题内容，才能为诗或散文的背景提供最佳的地理场所，但也正如砌乱石扶墙一样，建筑师不应在其所处的位置上作太多的考量，诗人或作家也不应在诗或散文所要描写的地点上作太多的斟酌、思考。

第七、八行是说，不同的东西组成的乱石扶墙会像树皮、树叶或墙体一样坚固。对于文学创作来说，一首诗或一篇散文抑或一部小说会由各种各样的词语——其中有大词，有小词，或许还有些外来词组成；就用典而言，诗、散文或小说里面会有东方传统文化典故，也会有西方文化典故，所有这些不同的典故组合在一起，构成这部书内容的一部分。不同的词语，丰富多彩的文学典故使这部作品的内容非常充实、完整、坚牢。

第九、十行的意思是说，银河路上的圆石是漫游的行星。原文两行实为主补关系，即：Cobble of milky way is straying planets。散布在文学作品中的词语或意象如一条耀眼的银河路上的圆石，它们不是固定不动的，而是可以漫游的。这里是说这些词语的意义不是固定不变的。这些词语如乱石扶墙上的一块块圆石一样闪烁着晶莹的光辉。

第十一至第十七行的意思是，诗如人一样，人又如迷路的、拖着马鞍行走的马驹一样。马驹虽然迷途了，但它能在布满岩石的小道上坚定稳步地前行。人迷了路也应像这马驹一般，不能到处漫无目的地东游西荡，心中应有明确的目标，这样才能走得稳，走得坚定。整个世界就像无尽的棋盘戏一般，四方棋盘，如我们所身处的大世界，其中会演绎出无尽的棋盘戏，无尽的人生悲喜剧。在棋盘戏中，每动一步，都会有无数的线路，无尽的方向，但要致胜，须找对方向，就像马驹迷路后，会有无数的方向，不尽的可能在他的面前一样。要找对方向，下棋的人和马驹一样都要头脑冷静、沉着应对，方能实现自己的目的。对文学创作而言，也是如此，组成诗的词语或意象虽是任意的，或许是诗人或作家兴之所来，意之所至，但它如下棋一样，要致胜，要写得成功，为读者所点赞，需遵循一定的游戏规则，需能找寻到最终的表达途径才行。下棋需按游戏规则，写诗作文也离不开一定的创作规律、创作原理和方法。

第十八至第二十五行的意思是在建造乱石扶墙时，在壤土中会有蚂蚁和卵石，每一块石头都是作诗或写文时的一个词语。作诗或写文时需用洗尽了的泥土，没有蚂蚁在其上爬行的石头，作诗或写文也需用干净整洁的词语。建墙时的花岗石经过了烈火的烧烤和压力的锻打。水晶石和沉积物在烈火中紧紧地连接在一起。诗、散文或小说中的词语经过人们精心的锤炼、仔细的推敲，它们就如那些组成墙基的石头一样坚强。但所有东西都是会变化的，乱石扶墙会发生变化，诗也会发生变化，诗义在人们的阅读欣赏中会发生改变。不同的人，不同时代的人对诗义会有自己不同的理解，从而使诗义变成会流动生成，而非静止不动的了。诗义在某些人那里一开始显得确定、坚固，但在另外一些人那里，可能就并非确定的了，如随时间的推移，在不同的时代，其词义更不可能是确定不变的了。

二、主题思想讨论

加里·斯奈德，也是一位“垮掉的一代”的代表人物，准确的说，他是“旧金山文艺复兴派”的一位重要诗人，但与其他旧金山文艺复兴派诗人不同的是，加里·斯奈德从早年开始就对自然、生态文明表现出浓厚的兴趣。在他年轻时，太平洋西北部的森林曾遭到过大面积的、疯狂的毁坏，这让诗人倍感忧伤和痛苦。与很多白人诗人不同的是，他对印第安文化也展示出少有的兴趣和尊重，之所以如此，是因为他觉得，印第安文化更接近自然，印第安文化与自然有着和谐的关系。在他日渐成熟时，粗犷的原生态的自然环境吸引着他，他成为一名专业的爬山者，并学会了野外生存术。除了在个人的兴趣，日常的活动方面亲近自然、接触自然外，他还努力将自己的这一特兴融入到自己的诗歌创作中，努力探讨自然和文化之间内在的关系，追索这种关系所可能具有的内在的涵义。斯奈德认为，人就应生活在自然之中，生活在旷野之中，自然会给人以启迪，自然会教给人类以知识、文化和必需的技能。

在这首《乱石扶墙》中，斯奈德一开始就将诗人创作时选词同砌墙时用砖进行了比拟。建筑工人在选定并放置一块石头之前，不要作太多的考虑，这就如同诗人选定一个词语前也无需作太多的思量和研究一样。这里，斯奈德吸取了意象派诗歌的一些重要理论。意象主义强调意象出现的瞬间性，主张意象要同闪电一样刹那间出现在读者或诗人的面前，意象既是具体可感的，又是可视的，它极其简约精炼。意象是瞬间出现的心智和情感的情结，它是具有活力的、各种观念交融在一起的簇群和中心。诗人创作时的选词必须遵循意象主义对意象的规定。诗歌中，每一个词语都是一个重要的意象，诗人在选择意象时，应注重把握那些突然间出现于脑际的意象，这样的意象是生动活泼的，真实有效的，它们能完好地、精确形象地表达出诗人的思想感情。假如在选择意象时踟蹰再三，反复斟酌，那么这样的意象便不能达情表意了。

选词如此，选择诗中背景里的地点也是如此，都要在大脑对某些意象形成固定的概念之前就将意象确定下来。选择地点时，诗人不能在大脑已对意象形成稳固的时空观时再确定意象。

加里·斯奈德吸取了意象派诗人创作诗歌时的一些重要特点。意象派诗歌对意象的选择的确有其新颖、独到之处，即注重意象的新鲜、活泼、生动。以往人们在作诗时，出于对遣词造句、诗句文法、诗歌格律节奏等因素的考虑，往往在意象的选择上会作很长时间的研究，有时会数易其稿、反复修改，最后才会敲定一个诗人自认为的合适的意象，但这样的意象在生动性、新鲜性等方面有时会差强人意，有的会被很多诗人在诗作中使用过，使用的场合、使用的意义、所具有的情感特征等往往与诗人现在所选定的会有诸多相同或相似之处，这样的意象在创新性方面往往也嫌不足。故意象派诗歌理论及诸多意象主义诗歌一出现，便大受读者的欢迎，人们从意象派诗歌中获取了很多崭新的诗歌创作理念。读意象派诗歌，沉醉于诗人所创造的一个个新鲜的文学意象、一幅幅生动的、栩栩如生的文学意境之中，读者如沐清新的春风，如饮甘甜的泉水。但对意象主义强调意象闪现的瞬时性、即刻性也不能过于追捧以至于抹杀传统的对意象须作反复推敲的创作方法。过于强调其优长，抹杀传统的价值，这对词语选择，意象创造也是不利的。因为传统的对意象选择的慎重、谨慎、认真的态度毕竟是诗人创作时值得提倡的。如我国有一位诗人在创作“春风又绿江南岸”时，在“绿”字的使用上便进行过反复的斟酌，原先他曾考虑使用“到”“过”“入”“满”等字，前前后后改了有十几遍，换了十几个字，最后才确定“绿”字。“绿”字一出，立刻赢得人们的广泛赞同，读者普遍有耳目一新的感觉。可见，反复考虑、仔细推敲，也能创造出新奇的意象来。

斯奈德吸取意象派诗歌注重意象的即刻性、瞬间性是有其合理之处的，因为它在某种程度上能保证意象的新鲜生动。但是在这一点上也不能做得过分。其实，就是那些意象派诗人能依他们的意象主义诗歌理论在创作中创造出成功的意象，但那些意象，也是诗人在长期的创作实践中，在日常生活的反复观察、艰苦训练中，通过多次的选词、熔炼，最后培养出高超的意象创造本领所产生的。没有反复的实践，是不可能凭着自己的小聪明、自己一时的兴之所至而创造出为人们所普遍接受、成功的意象来的。

在意象派诗歌的创始人庞德的诗作中，我们经常会看到一些外来词，庞德能将多种外语词汇融入同一首英语诗歌中，这些外语词汇都会包含所属语种的特定的文化意义，并各有其特定的外语文化的典故意蕴。它们在诗中能起到英语词汇所起不到的特有的作用，这在前文研究庞德诗歌时已有论及。加里·斯奈德主张一首诗应由多种成分所组成，就像一堵乱石扶墙应由不同的建筑材料，大小、形状、规格不等的砖头所组成的一样。这里不同的成分就包括不同的外来词汇，当然就词的大小而言，又有大词、小词之分，这是自然的。加里·斯奈德此处的观点也还是在某种程度上吸取了庞德意象派诗歌的一些创作特点。这一吸取是有其积极意义的。

加里·斯奈德在诗中不仅吸取了意象主义诗歌的一些创作特点，而且还吸取了后现代主义的一些创作特征。诗中所说的银河路上的圆石其实象征着诗中的词语，而圆石所发散出的银白色的光芒就如天空游移的行星在闪耀一样。漫游的行星其实是指圆石所发出的光，那光闪烁不定，炫目游移，这象征着词语所指的意义。诗歌文本中语词的意义不是恒定不变的。它是流动的、生成的，它会像天上的星星一样发射出耀眼的，但却不是静止不动的光芒。这里，诗人用生动形象的比喻说明了后现代主义理论中的一个重要的观点，即文学文本语言的不确定性。

诗歌语言的意义既然是不确定的，那么要理解一首诗，确定一首诗准确的文学意义就会有无限多的可能。这就像一个人或一匹马驹迷了路一样，会有无数条线路，无限多的可能性展现在他或它的面前，这也像一个人在下一盘棋盘戏一样，每走一步棋也会有无数条路线可供其选择，这里诗人隐喻文学文本的意义具有开放性的特征，每个语词都是一个所指，但它同时也是一个能指。但诗人在诗里又隐含地告诉我们，诗歌文本的意义并不是完全开放的，其意义也并非完全不确定。诗人用“rocky sure - foot trails”（充满岩石的，但却可以稳步前行的小道），这就启示我们，理解诗歌文本的意义虽很难，有无限多的可能性，理解之途充满艰辛曲折、坎坷不平，但只要你稳步前行、沉着应对，你就能找寻到正确的方向。走棋时，虽有无数的路径可走，但要致胜，你是不可随意任性、乱择方向的，你须按下棋时的游戏规则，冷静应付，沉着决策，这样才能走对每一步棋，以获致最后的胜利。

建筑工人用砖时，一般会对砖头进行预先的清洗处理，如剔除附于砖身上的泥土，刮走上面的虫子，如蚂蚁等，然后才可以将砖头置于墙体特定的位置上。这与诗人创作也有相似之处。诗人作诗选词时，要选择那些相当干净利落、简洁适宜、词义确切得当的词语，不能贪图长词、大词、或那些含有其他成分的短语词汇，词要精、简、切，这样的词才能包含特定的、准确的、精到的文学意象，这样的词才能为诗营造出动人的文学意境来。诗人在此处的观点也与意象派诗歌理论有相似之处，意象派诗歌也强调意象的简约、明确性。如庞德在《地铁车站》一诗中，一连用了数个单音节词来作为诗的意象，全诗意境清新、明朗，读之朗朗上口。

诗人在最后提到了建筑工人建造乱石扶墙时需用经过大火烧烤、重力锻压的花岗岩，经过大火的熊熊燃烧，水晶石和沉积物会紧密地黏合在一起，这里的描写隐喻诗歌文本中的语词不是独立无依的，它们在诗歌文本中，通过上下文关系、语法关系、语用关系、情感关系、意义关系等紧密地联系在一起。词语虽然是以瞬间性、即刻性的方式闪现于诗人的脑际，然后又快速地进入诗歌的文本世界，但它们一进入这个世界，就会获得其应有的位置、地位、发挥其应有的功能，它们之间具有相互依存、相辅相成、相得益彰的关系。

但正如万事万物都会发生变化一样，诗歌中的词语意义也会发生着变化。这里，诗人又一次吸取了后现代主义的文本理论，语言的意义不是一成不变的，它会随着时间的推移、社会的更迭、形势的变化、时代的变迁而发生着变化。因为不同时代的人，有时就是在同一时代的人，他们都会有不同的思维方式，不同的理解，因此他们理解同一首诗会有不同的理解方式，会产生不同的意义。诗歌文本中的语词尽管像通过大火焚烧的水晶石和沉积物一样紧密地黏合在一起，彼此须臾不可分离、相互时时刻刻地连接在一起，但它们的文学意义却并不是固定不变的，意义是流动生成、不确定的。

三、艺术特征分析

加里·斯奈德一直被认为是一个环保主义者，一个极其注重生态环境的诗人，他的诗大多涉及自然界中的一山一水，一草一木，一虫一石，他通过描写自然界中的物质，及人们的物质生产劳动，探讨自然与人的关系，代表物质的自然和代表精神的文学创作之间的关系。他虽是一名“垮掉派”的代表诗人，但同艾伦·金斯堡（Allen Ginsberg，1926—1997）等人创作时不注重逻辑性，有时甚至会带有强烈的非理性特征相比，加里·斯奈德的诗显得较有理性，诗风较为朴实，质地也较为敦厚，没有很多“垮掉派”诗歌那种浮华、耽于幻想的特点。诗中有时会散发出一股股浓浓的泥土味，有时又会充溢着一股清泉石上流那样清新淡雅气息。

人是生活在自然之中的，人首先是自然的人。人离不开自然。诗人不厌其烦地在其作品中探讨自然与人的关系，这无疑会使其作品的风格带上一种沉稳感，人与自然之间的平衡关系会使诗风显得稳重、质朴。该首《乱石扶墙》诗也具有上述风格特征。这样的风格特征与二战后美国社会的失衡、紊乱形成强烈对比。诗人通过人与自然关系主题的探讨，散发着自然本真气息的风格描摹将读者拉向远古，拉向山林草泽，有种返璞归真的意味，让人们在混乱无序中找到一片宁静的处所，静静地思考生命的本真意义。诗人力图打通物质世界与精神之间的隔阂，将建造乱石扶墙与创作诗歌进行了比拟，这一比拟是恰当的。创作诗歌是精神领域里的事情，属于意识形态范畴，但诗歌创作并不是什么虚幻的行为，它与诗人所赖以生存的物质环境，诗歌所不得不触及、不能不探讨的自然界有着不可分割的联系。马克思认为，精神是物质的反映，正因为有了人类所赖以生存的自然界，有了人类的物质生产劳动，才会有人类丰富的精神世界，有人类对自然、社会的认识，有劳动的喜悦，有收获劳动成果的幸福。而人们的这种认识、喜悦、幸福等精神活动都会反映到文艺作品中来。诗人以建造乱石扶墙这样的物质生产劳动来影射诗歌创作，这样的比拟是适切的，它能揭示出诗歌创作中的一些方法，而这样的方法在人们建墙、选石、挑址时也会采用到。

诗人在诗中用了一些隐喻，有的隐喻带有多重性、蕴藉性，需要人们发挥艺术想像力才能理解。如诗人将银河中的圆石比拟成诗歌中的语词，而银河中的圆石所发散出的闪烁不定的光芒又像是天空中漫游的行星在闪耀一样。天空中漫游的行星所发出的光辉又隐喻着诗中语词所具有的不确定性的意义。这样的隐喻具有多重性，它颇能激发读者的想象力。诗人在最后还将诗歌中语词所组成的文本比拟成经过大火燃烧、压力锻打的花岗岩、紧密地黏合在一起的水晶石和沉积物结合体，这样的隐喻十分形象生动，它强调了一首成功的诗歌中各个组成成分的重要性，及它们之间紧密的、不可分割的关系。

诗人在通过建造乱石扶墙来说明诗歌创作时，能注重吸取现代主义和后现代主义文艺理论上的一些重要观点，如上文所探讨的意象主义意象的瞬时性、即刻性和意象的简洁性，后现代主义文本意义的不确定性、流动性等。这些都是现代主义和后现代主义文艺理论中非常关键性的观点，诗人通过人们日常生活中非常熟悉的行为如建墙时选材选址、锻造加工石料等来说明西方文艺理论中一些较为抽象的专业性概念，道理阐述得非常形象、生动，既诗意化，又十分地明白通达。

诗歌语言十分精炼，用词很是简约，如诗人在描写马驹迷路了，但却拖着马鞍在布满岩石的小道上寻找方向时，用了一个“sure - foot”词语。该词语的使用让我们明白马的寻找并不是随意的，东奔西跑、乱钻乱撞的，它脚步坚定、稳健，意志明确，一定要找到正确的前进方向。这一词语的使用还告诉我们读者，理解文本不能任意而为，随心所欲，而应努力寻找到最佳的、最适切的线索，目标要明确、意向要坚定，这也启示读者文艺作品的意义并非是完全的不确定，它有其定向性。当诗人想强调选词要注重其干净利落性时，用了“a creek - washed stone”一语，这既是一个非常贴切、形象的隐喻，又是一个意义十分简练明晰的词语。诗人选词用语不能盲目图大、求详细，而应选择那些干净、简洁、清楚的词语。

诗歌用语的简洁与中国古典诗歌选词用语的特征十分类似，不仅如此，诗歌诗行的短小精悍也与中国古典诗歌的诗行特征十分相像。这与诗人熟悉并研习过中国传统文化有着很大的关系。诗人曾在加利福尼亚大学攻读过东方语言文学，还曾于1956年远涉重洋，前往日本，研习禅宗佛教，直至1969年才回到美国。1984年，诗人与“垮掉派”的代表人艾伦·金斯堡一起作为美国作家代表团的成员来到中国访问。他曾说过中国的文化、文学对他影响甚深。加里·斯奈德对中国古典诗歌中的五言、七言诗非常感兴趣，应该说，《乱石扶墙》这首诗吸取了五言、七言诗的一些特点，即注重诗行的短小。中国的语言一般地来说注重意合，它不像西方语言，如英语和法语等注重形合，但加里·斯奈德在该诗的创作中明显地吸取了中国语言的特点，即注重意合的特征。中国古典诗词往往注重意象的应用，有些诗词中通篇将一些意象叠加在一起，通过这些意象所表达的意义和情感来营造诗歌的意境、构成诗的主题意义。这一特点明显地体现了汉语重意合的显著特征。如元朝马致远的“天净沙·秋思”中前三句“枯藤老树昏鸦，小桥流水人家，古道西风瘦马”就通过九个意象的接连使用，九种景物的并置来烘托出一种凄凉的气氛，抒发出一种哀伤的情调，营造出一种深远、凄苦、苍凉的意境。在这九个意象之间，诗人并没有使用什么动词谓语或其他的语法成分来联结，诗人只是将它们罗列并置在一起，但却起到了十分独到的艺术效果，这是中国语言所独具的艺术特征和艺术魅力。笔者认为，加里·斯奈德在这首诗中也在一定程度上吸取了中国古典诗歌的上述特征。在一些诗行之间故意地省略一些动词或一些连接性词语（有些在“大意解读”部分进行了增添），或将一些意象罗列并置，其中也不使用动词或一些连接性词语。如：“Cobble of milky way, straying planets”，其实应为“Cobble of milky way is like straying planets”. “These poems, people, lost ponies with Dragging saddles –” 其实应为“These poems are like people, and the people are like lost ponies with Dragging saddles –”. “each rock a word a creek – washed stone” 其实应为“each rock is a word, and a word is a creek – washed stone”。加里·斯奈德在这方面对中国古典诗歌的有效、有限度的吸取使整首诗语言简洁、意象精炼、诗行简短、诗意清新。

世界上每一种语言都有其独有的特点，这些特点根植于使用该语言的民族的传统文化中。一般地来说，这些特点是不能互相替代的，否则会不伦不类。但这也不应是绝对的，因为随着文化之间的交流，人们在思维方式、话语习得，语言交际等方面会相互吸取对自己有利的方面，互相取长补短、彼此促进、互惠互利，这样，语言的一些特性就不再是什么不可逾越的鸿沟，不可攻破的堡垒了。英语是注重形合的语言，但加里·斯奈德却在英诗创作中创造性地，却十分成功地吸取了汉语重意合的一些特点，这不能不说语言之间的相互吸取，文化之间的相互交流是何等的重要！

如前文所述，垮掉派诗人的很多诗歌是可以在公共场所朗诵的，因此，这些诗歌虽然大多创作于 20 世纪 50、60 年代，但它们仍保留了传统格律诗在音韵、节奏上的一些特征。传统格律诗的音韵、节奏会给诗歌带来一定的音乐性，而垮掉派诗人的不少诗作在朗诵时会用爵士音乐伴奏，因此对传统的格律在诗歌创作中进行一定程度的保留，或在保留的基础上作些变格，这会有利于诗歌音乐性的发挥，有利于诗歌的音乐与伴奏乐之间的谐和。下面本文分析一下该诗的节奏。

Riprap

∧Láy | down these wórds
Befóre | your mínd | like rócks.
∧plá | ced só | lid, by hánds
In chóice | of place, sét
Befóre | the bó | dy òf | the mínd
in spáce | and tíme:
Solí | dity òf | bark, léaf | , or wáll
∧ríp | rap of thíngs:
∧Cób | ble of míl | ky wáy,
∧stráy | ing plá (nets,
These pó | ems, péop (le,
lost pó | nies wìth
∧Drág | ging sádd (les —
and róc | ky súre | – foot tráils.
The wórlds | like an énd (less
four – dimén | sionàl
∧Gáme | of Gó.
∧ánts | and pébb (les
In the thín | loam, each róck | a wórd
a creek – wá | shed stóne
∧Grá | nite: ingráin (ed
With tór | ment of fíre | and wéight
∧Crýs | tal and sé | diment línk | ed hót
all chánge | , in thóughts,
As wéll | as thíngs.

诗的基本节奏为抑扬格，但变格较多。因诗创作于 1959 年，在文学发展史上，这一时期应属于后现代主义时期，它离传统的格律诗诞生的时间已有近六百多年的历史了。在这六百多年的发展过程中，格律诗作为一种艺术形式受到了19世纪50年代诞生的惠特曼的自由诗的冲击，后来又受到迪金森等人现代格律诗的影响，再后来又有半格律半自由诗对之进行的变革，经过这一次又一次的革新和变化，传统的格律诗那严谨规整的格律形式，那洋溢着典雅的古典艺术形式所散发出的艺术气息已被磨损、削弱了很多很多。在后现代主义时期，仍然能有诗人在创作中牢记着格律诗的一些形式要求，在创作实践中能进行一定程度的遵循，这已属十分稀罕之事了。作为后现代主义时期的一首短诗，在节奏上，在基本按传统的节奏要求的基础上会出现较多的变格，这是十分自然的事。诗中抑抑扬格替代共十五处，它们分别出现在第一行第二音步，第三行第三音步，第四行第二音步，第七行第二音步，第八行第二音步，第九行第二音步，第十五行第二音步，第十六行第一音步，第十九行第一、二音步，第二十行第一音步，第二十一行第二音步，第二十二行第二音步，第二十三行第二、三音步。此外，还有十处单音节替代，上诗中打有脱音符“∧”都为单音节替代。最后，还有六处超音步音节替代，上述打有“（”符号的都为超音步音节替代。总的节奏变格处共为三十一处。

该诗由于诗行长短参差，故各行间的音步数也不尽相同，最长的音步数为抑扬格四音步，最短的为抑扬格二音步。从全诗来看，抑扬格二音步的诗行最多，故全诗的基本节奏应为抑扬格二音步，这一节奏较短，诗适合朗诵者朗读，另外这一节奏也类似中国古典诗歌中的五言诗，或中国古词中以四字为一句所形成的节奏。

诗的节奏是服务于诗的思想内容的，这一原理，我在探讨美国浪漫主义诗歌时，以每一首诗为例进行了反复的论证（见拙著《美国浪漫主义诗人及其经典诗歌研究》，中国言实出版社，2017．6），在探讨罗伯特·弗罗斯特、埃兹拉·庞德等人的诗歌时，作了详细的分析，在研究现代主义诗歌杰作——艾略特的长诗《杰·阿尔弗雷德·普鲁弗洛克的情歌》时，也进行了详细的论析。对于这首后现代主义时期的短诗，这一原理也同样是适用的。如从第十一至第十七行，在这一部分的诗句中，出现的节奏变格明显地要多于其他部分。在这一部分，超音步音节替代共三处，单音节替代共两处。此外，还有两处抑抑扬格替代。为什么这一部分的节奏变格会较多呢？这是因为诗人在此处描写了马驹迷途，它拖着马鞍在布满岩石、坎坷不平的小道上到处寻找正确的方向。而马如人，人同诗歌创作也一样，他们有时都要在困苦曲折中艰难前行，需要东奔西突，寻找突破口以抵达最后的目标或臻于最佳境界。世界又如同有着无数方向、路途的棋盘，棋手要走棋，要致胜，都需要在众多的可选择的路线口徘徊、反复地思量以作出最佳的选择。这一过程同马驹觅路一样都伴随着焦虑、痛苦、困惑、冒险等，不是一件轻松愉快，瞬间即可做成的事情。写到这里，诗人用较多的变格来适应这一内容，这是十分恰切合理的。

从第十九行至第二十五行，在这一部分，我们看到，诗的节奏变格明显地偏少。在这里仅有两处单音节替代，一处超音步音节替代。此外还有七处抑抑扬格替代。抑抑扬格替代虽较多，但因它与抑扬格同为上升的节奏，属性质相同的同类节奏，本来就可以自由地互相替代。在研究浪漫主义诗歌时，我会对抑扬格节奏中的抑抑扬格替代稍加关注，因美国浪漫主义时期的格律诗跟传统的格律诗在形式上较为接近，但因现在研究的是后现代主义时期的诗，抑扬格节奏中所出现的抑抑扬格替代从对节奏变格的角度来说就显得不那么重要了，一般来说，抑扬格节奏中所出现的抑抑扬格替代同抑扬格节奏本身也就几乎没有什么差别了。研究美国浪漫主义时期的诗歌，对抑抑扬格替代稍加关注，是因为那时的诗歌形式变革毕竟还是在形式严谨的传统的格律诗基础上进行的。从传统的格律诗的角度来看美国浪漫主义诗歌，眼光显得严厉敏锐些，这是正常的。从第十九行至第二十五行，诗人以经过大火燃烧、压力锻打的花岗岩和紧密地黏合在一起的水晶石和沉积物所结合而成的结合体来隐喻文艺作品中各个成分通过语法关系、语境关系、语用关系，语义关系、情感关系等紧密连接在一起所形成的文本整体。结合体随着人们的使用会发生变化，而文艺作品这一整体也会随着人们思维方式、理解角度、思想情感等的变化而发生着变化。这一部分的阐述很有逻辑性，叙述笔调平稳，没有诗人或诗中人所携带的任何负面的思想情绪，故此处的节奏变格偏少是正常的、自然的。

因是后现代主义时期的诗，诗中没有用脚韵，但诗人用了一些腹韵来替代脚韵，如：第五行末尾的 mind – 第六行末尾的 time；第二行末尾的 rocks – 第二十三行末尾的 hot；第七行末尾的 wall – 第二十四行末尾的 thoughts；第三行末尾的 hands – 第十行末尾的 planets – 第十三行末尾的 saddles；第四行末尾的 set – 第十六行末尾的 dimensional – 第十八行末尾 pebbles；第八行末尾的 things – 第十二行末尾的 with。以上用腹韵的诗行，有的相距较远，但即便如此，所用的韵也能为全诗增添不少的乐感。

除了腹韵，诗中还用了不少的头韵，如：第二行的 Before 和第三行的 by；第三行的 placed 和第四行的 place；第三行的 solid 与第四行的 set；第五行的 Before – body，第五行的 the – the；第六行的 space 与第七行的 solidity；第七行的 wall 与第九行的 way；第十行的 planets、第十一行的 poems – people 与第十二行的 ponies；第十七行的 Game – Go；第十九行的 word 和第二十行的 creek – washed（广义上的）；第二十一行的 Granite – ingrained（广义上的）；第二十二行的 with – weight；第二十四行的 thoughts 和第二十五行的 things。

诗中还有两处使用了行内韵，如：第五行的 the – the；第二十五行的 As – as。

上述腹韵、头韵和行内韵的使用为整首诗增添了不少的韵味和乐感。尤其是腹韵，诗人用了不少，这在一般现当代的英美诗歌中，就是在传统的格律诗中也是很少见的。因为最早出现于早期法语及西班牙语诗歌中的腹韵，其功能后来为韵脚所取代，但加里・斯奈德在这里却反其道而用之，不用脚韵，但用了不少的腹韵，这其实可以视为斯奈德的一项创新。传统的东西，随着时代的发展，虽已消失于人们日常的文化生活、社会生活，但这并不说明，它们已没有什么价值，在特定的情形下，当文化的发展要打破新的常规、新的传统——相对于过去的习俗和旧传统，以往已销声匿迹的有些旧传统还会再一次进入人们的文化视野，再一次起到它们应有的作用，当它们出现之时，依然会给人们以一种耳目一新之感。加里・斯奈德在这首短诗中用了不少的腹韵就给人以一种颇为新颖别致的感觉。其实，美国浪漫主义诗人惠特曼创作自由诗时也使用了这种方法，当格律诗以其严谨规整的脚韵鸣响于英美诗坛达五百年之久后，惠特曼似已听腻了这样的声音，他大胆地以不用脚韵的自由诗开辟了美国诗坛上诗歌创作的新局面，但惠特曼也深知，诗是要有一定的韵味的，否则与小说、散文等也就无甚区别了——有些抒情性散文中也会用一些富有韵律美的语句，因此惠特曼为了不使诗不像诗，为了让听众在心理上能接受他的创新，他在自由诗中除用了大量的头韵、行内韵等之外，有时还会使用一些腹韵。在《我听见美国在歌唱》(*I Hear America Singing*）一诗中，我们就可以见到数例腹韵的使用。斯奈德在此处的创新其实是继承了惠特曼的传统，这也符合不少垮掉派诗人喜欢效法惠特曼的艺术创新精神这一特点。

有些传统的习惯、行为和思想在历史的发展过程中会为一些新生事物、新生的观念所取代，而消失于人们的生活和视野，但这种消失，对于有些传统来说，会是相对的。当时的消失是迫于形势发展的需要，一旦当其时的新生事物和新生的观念经过多年的发展也成为旧传统时，以往被其所取代的旧传统还会以各种方式适时地破土出芽，为人们所注意、所应用。从这里，我们可以得知，新与旧之间的代替会有一个循环往复的过程，对于已被替代了的“旧”，我们不能看死说绝，在条件适宜的情况下，“旧”的还有可能成为“新”的，而我们一向推崇为“新”的东西也有可能成为旧的。对于“新”与“旧”，我们要持一个相对的眼光，不能以一种绝对的、武断的眼光来看待它们。相对的眼光是一种开放的眼光、发展的眼光，而不是封闭的、静止不变的眼光。

上述不同种类韵的使用也增加了诗的可读性、可诵性，若配以乐谱，自然也会增加诗的可唱性，诗的乐感无疑大大地增强了。该诗不用脚韵，因此没有什么韵式可言，但该诗用了不少辅助性的音韵，如头韵、腹韵、行内韵等。诗行长短不齐，但各行的音步具有可分辨性，因此每行均有一定的节奏格式，全诗的基本节奏为抑扬格二音步。综合这些因素，我认为，该诗的诗体应为半格律半自由诗，其中自由诗所占的成分较多，格律诗所占的成分相对较少，主要是因为全诗不押尾韵，没有统一的韵式。

四、结语

从艺术风格言之，该诗用了一些隐喻，有些隐喻具有多重性，这在上文已有详细论及。也正由于它的多重性，我们可以看出，诗的意义显得十分蕴藉、含蓄，带有一定的模糊性。我们知道，现代主义文本的文学意义具有蕴藉多义、含蕴深厚这样的特点。该诗属于后现代主义文本，其文学意义的蕴藉、含蓄明显地较前文论述过的庞德和艾略特的诗歌意义要大得多了。诗歌意义带有一定的模糊性，但读完该诗，笔者觉得，其模糊性并非严重到让人难以理解、难以把握的地步。造成文学意义的这种特征，我想，应同诗人对东方传统文化的研习和吸取有关。

东方传统文化注重物质，注重“天人合一”的思想，强调人与自然的和谐相处。中国现当代传统文化还注重物质对意识的决定性。这些思想和观念应当说影响了诗人的创作。诗人以建造乱石扶墙来讨论诗歌创作，看上去显得有些牵强、不伦不类，但深而究之，我们发现，还是颇有道理的。诗人的这一隐喻表面看去，的确有些隐晦，但其义还是能够吃透的。因为建墙选料、确定墙址等毕竟是人们日常生活中较为熟悉的事情，以熟悉的、人们所习见常为的来说明较为深奥的，以具体明确地来说明抽象难懂的，这种阐述问题的方式是理性的、合理的，其所阐述的东西会最终被人所理解，就不是什么稀罕之事了。

天人合一，自然界与人类是个和谐的整体。建造乱石扶墙是物质生产行为，创作诗歌是人的一种精神生产行为。这两种行为具有相似性、一致性。诗人通过该诗深刻地阐述了这一道理。

诗人在艺术形式上进行了创新。如前所述，它吸取了中国五言、七言诗的一些重要特点，诗显得短小精悍，诗句简洁，多用比喻等，这些都是加里·斯奈德对美国民族主义文学发展所作出的贡献。它虽是一首后现代主义诗歌，带有后现代主义的一些基本特征，但因诗人对东方文化的吸取，而使其诗义并非那么让人难以捉摸和把握，这也是斯奈德对美国民族主义文学发展所作出的一项重要贡献。

对异民族、异域文化进行合理的、有意义的吸取，这有利于本民族、本国文化健康顺利的发展。文化发展中，应力避保守主义、夜郎自大，应以开放的眼光去看待别国文化。那种“东方主义”观念，以一种西方人所特有的居高临下的眼光，来看待东方文化，将愚昧、落后、蛮荒、肮脏、破败等视为东方文化的本质，这是西方人对东方一种荒谬的误读，是西方人对东方文化的一种不合理的偏见。加里·斯奈德没有一点"东方主义"思想，他不仅不歧视、不讨厌东方文化，反而对东方文化能进行吸取、应用，这是斯奈德积极地发展美国民族主义文学的重要表现。加里·斯奈德的这一表现能为美国梦的建设者们培养出一种开放、包容的精神，使他们能力排东方主义者对美国文化发展的干扰和毒害，以最终使美国梦沿着正确的航线平稳顺利地起航、腾飞。

注释

[1] 卡罗尔·帕金，克里斯托弗·米勒，等. 美国史（下册）[M]. 葛腾飞，张金兰，译. 上海：东方出版中心，2013：131

[2] 董衡巽，朱虹，施咸荣，等. 美国文学简史（下册）[M]. 北京：人民文学出版社，1987：478

第二节　论加里·斯奈德和他的《皮尤特小溪》

Gary Snyder
Piute Creek

One granite ridge
A tree, would be enough
Or even a rock, a small creek,
A bark shred in a pool.
Hill beyond hill, folded and twisted
Tough trees crammed
In thin stone fractures
A huge moon on it all, is too much.

The mind wanders. A million
Summers, night air still and the rocks
Warm. Sky over endless mountains.
All the junk that goes with being human
Drops away, hard rock wavers

Even the heavy present seems to fail
This bubble of a heart.
Words and books
Like a small creek off a high ledge
Gone in the dry air.

A clear, attentive mind
Has no meaning but that
Which sees is truly seen.
No one loves rock, yet we are here.
Night chills. A flick
In the moonlight
Slips into Juniper shadow:
Back there unseen
Cold proud eyes
Of Cougar or Coyote
Watch me rise and go.

1959 年出版的诗集《乱石扶墙》其中的诗篇大多是探讨人与自然关系的诗。上文的《皮尤特小溪》也属于此类诗。皮尤特小溪是北加利福尼亚塞拉·内华达地区一座山脚下的小溪。诗人以其对自然环境敏锐细致的观察描写了小溪地区优美的自然风光。下面，本文将详细地研究一下该诗。

一、大意解读

第一节，这里有花岗岩山脊，还有一棵树，这风光就已足够我们欣赏的了。如果不是这样的风光，而是：有一块岩石，一条小溪，还有一块漂浮在池中的树皮碎片；再么，山外有山，峰外有峰，层峦叠嶂；或者，坚实的树木拥挤在狭窄的石缝之中。如果是这样的风景，那也足够我们欣赏了。假如这时天空又有一轮明月照耀世间万物，那将是风光无限、令人目不暇接的美妙景观了。

第二节，思绪纷飞，神游情移。许多个夏日，夜晚的空气宁静，岩石温暖。连绵不尽的群山之上是天空。所有冠以人类名义的渣滓都已逐渐消散，坚硬的岩石摇摆移动。即使是沉重的现实也难以平息心灵的狂想，而词语和书籍要想记录下心灵的这分狂想更是不可能之事，它们会像高耸的礁石边上的小溪一样在干燥的空气中潺潺流去。

第三节，当一个人思维清晰、注意力集中，不会为其他个人或其他什么的原因而分神之时，那么这个人就能理解和掌握真理了。没有人会喜欢岩石，但我们在这里都喜欢。夜晚，人觉寒冷。有一只小动物在月光下“啪”地一下溜进杜松树阴影中。杜松树后，有一双冰冷骄傲的眼睛，那是美洲狮或丛林狼的眼睛，它们注视着我起身离开。

二、主题思想讨论

该诗描写了诗人对自然的一种精细的观察，以及他对自然的一种感悟。该诗与我国古代的五言山水诗颇为类似。加里·斯奈德曾多年研习东方文化，对中国古代的五言诗甚为喜爱，从上述这首诗中，我们已可看出他对中国古代文化的学习和吸取了。我国古代文化中有创作山水作品的传统，山水作品不仅在绘画中可以看到，而且在诗词歌赋中也可见到很多描写山水风光的优秀佳作。山水画形成于魏晋南北朝时期，及至五代、北宋时达至成熟。它主要以青山绿水为主要的描写对象，以独特的意境构造，特有的气韵、色调给人以哲理的启迪，情感的陶冶。山水诗主要是以自然界的花鸟虫鱼、山川树石等为题材和审美对象，它的内容就是吟咏美丽、清秀、纯净的自然山水风光。诗人从自然界的山山水水中领悟到人生的真谛，社会和自己的生活命运发生沧桑巨变的原因。诗人一般会根据自然景观有感而发，写作时情景交融。

山水诗与山水画不是独立的，一般来说，我们所见到的作品都是诗中有画，画中有诗。读山水诗时，在我们的脑海中能迅即呈现出一幅逼真的画面，人如在观赏一幅栩栩如生的山水画一样，诗中的山、溪、石、花、草等就如同在自己的面前，可亲眼看见，亲手触碰一般。观赏一幅山水画时，我们的感觉也与此类似。画中的山川河流、森林旷野、鲜花芳草等无不一一激起我们的诗兴雅趣，赏画时，一般都会根据画面上所呈现的风景吟诵出优美的诗句来。

我国山水诗的鼻祖当首推唐朝诗人王维，王维不仅是一位诗人，而且还是一位画家。他最有名的一首山水诗是《山居秋暝》：

空山新雨后，天气晚来秋。
明月松间照，清泉石上流。
竹喧归浣女，莲动下渔舟。
随意春芳歇，王孙自可留。

该首诗最能反映我国古代山水诗的民族特色。诗人描写了初秋雨后，空气清新，月光迷人的山中景色。空荡荡、明朗朗的山中，清澈的泉水从石上淙淙流过，皎洁的月光透过松隙洒向地面，松林里，光线朦胧，地上树影婆娑。这时，竹叶发出一阵沙沙声响，浣女们笑语阵阵，正准备回家。河上的莲叶突然掀动了起来，从上游处摇来了一叶轻舟。诗人在这里给我们描摹了一幅清晰的图画，画中的明月、青松、山泉、浣女、竹林、莲叶、渔舟等艺术意象是那么生动逼真地呈现在我们的面前，景物、人物经过诗人的工笔勾勒构成了一幅色彩鲜明、清新雅丽、令人流连忘返的风景图画。这首诗堪称诗中有画，画中有声，诗画完美结合的艺术典范。

唐朝还有一位重要的山水诗人，叫常建，他也以五言山水诗见长。他最著名的一首五言诗《题破山寺后禅院》为人们广为传诵。该诗如下：

清晨入古寺，初日照高林。
曲径通幽处，禅房花木深。
山光悦鸟性，潭影空人心。
万籁此俱寂，惟闻钟磬音。

诗人于清晨走进一座古老的寺院，此时，初升的太阳，照在高高的山林上。弯弯曲曲的竹林小径通向幽静的远处，禅房前后的花草、树木繁茂富丽。明净美丽的山光让鸟儿喜悦欢快，清澈明亮的潭水让人心神明朗，无半点尘世的俗念怪想。各种声音都在这里化为沉寂，只有佛寺众僧的打击乐器发出动听的声音。这首诗写了诗人清晨登破山，入寺院的所见所闻。诗人于院内的所见所闻营造出一种幽静美妙的环境，这环境让诗人陶醉、沉迷。他最后感觉自己似已领悟了佛门禅宗之道，一切天籁之音均已归为无有，而只有这诱人的、能给他以深刻启迪的佛音了。

该诗也是一幅绝妙的山水画，画中的寺院、旭日、树林、小径、禅房、花木、飞鸟、潭水等艺术形象也非常地鲜明，通过这些艺术形象的巧妙构思和组合，诗人让我们观赏了一幅清晨游古寺，寺内看飞鸟、照潭水、听佛音的美妙图画。

我国古代的山水诗大多推崇诗画一体的理念，让读者于诗中那简洁明净的语言、清新优美的意境中观赏一幅清晰、逼真的山水图画。加里·斯奈德在该首《皮尤特小溪》中也明显地吸取了中国古代山水诗这方面的特点。诗人在诗的第一节就给我们描绘了一幅优美的山水画。通过他的工笔描绘，我们似乎能看到一道花岗岩石脊旁挺立着的一参天大树；还能看到一颗巨石，石上或石旁流淌着清澈的小溪，以及池塘里漂浮着的一小片树皮。放眼远望，山连山，山外有山，重峦叠嶂，延绵起伏、波澜壮阔。近距离看，粗壮的树干挤在狭窄的石缝之中。天上，明月高照，月光融融，天地万物沐浴其中。在这幅图画之中，我们能看到山脊、树木、岩石、小溪、山脉、明月。这些文学意象，诗人像我国古代的诗人那样，将它们罗列在一起，以诗的形式呈现于诗句之中，营造出一种清新优美的文学意境。这样的文学意境与上文所分析的王维的《山居秋暝》前四句的文学意境有颇多相似之处。所存在的不同之处是，《皮尤特小溪》较《山居秋暝》于清新淡雅之中多了一些朴茂、劲健的风格，因《皮尤特小溪》从画面的近处至远处呈现出一幅群山环抱、延绵起伏的图景，诗人笔力苍劲，景色刻画得气势雄伟。两首诗所使用的文学意象基本相同，所描摹的图画也有不少相似之处。两首诗的画面都富有立体感，抬头仰望都有皎皎明月；低头俯视皆有清泉石上流，《皮尤特小溪》中还有石缝中坚挺着的巨树。从立体感来讲，《皮尤特小溪》要比《山居秋暝》强，因为《皮尤特小溪》除了高低视角的立体之外，还有远近视角所产生的立体感。远望，群山连绵，近看，泉水潺潺、岩石耸立，树木幽苍。从远近立体感言之，它又很有点柳宗元《江雪》的意境美。“千山鸟飞尽，万径人踪灭。孤舟蓑笠翁，独钓寒江雪。”在《江雪》这首诗所描摹的图画里，远望是皑皑的雪山，近看是一老渔翁，披着蓑笠在冰冷的江上独自垂钓。因此，我们可以说，《皮尤特小溪》和《山居秋暝》、《江雪》一样都有很强的画面感，加里·斯奈德、王维和柳宗元除了是杰出的山水诗人外，他们都应是技艺高超的绘画大师，他们通过形象、生动、鲜明的诗的语言为读者描绘出栩栩如生的画卷，使读者在阅读欣赏优美诗句时能对诗的内容产生明确、具体、可感、可触的印象。

第一节是写景，到第二节诗人开始写情、写感受。由景生情，情景交融，这是很多中国古代诗人在诗歌创作时所遵循的一条基本方法。诗人写景不光只是描画、陶醉于山水之美，他是有其特定的用意的。他是以景来抒发自己特定的思想感情，表达对世事人情、社会现实、政治形势特定的认识，因景能触发人的情绪、感受，引发人的想像和感情。加里·斯奈德在这里也吸取了中国古代诗人的这种创作方法。在第二节一开首，诗人就写道，思绪万千，各种想法、感受从自己的大脑中倏忽而过。时光荏苒，岁月如梭，自然的美依存，连绵不尽的群山之上依然是浩瀚无垠的长空。这里诗人隐约地透露出自己对韶华易逝的怅惘之感。红颜易逝，物是人非，人的生命短暂，与浩渺的宇宙自然相比，人只不过如一粒沙尘；在奔流不息的历史长河中，人只不过是这江河中的一朵小小的浪花。浪花飞溅，转瞬即逝，而历史长河却永远浩浩荡荡，奔涌向前。在人类历史的发展过程中，沧海桑田，兔走乌飞，物换星移。时序的变迁，朝代的兴衰更迭，有多少冠以人类名义的时代渣滓均已消散殆尽。自然界中，有时地动山摇。自盘古开天地时始发生过多少次自然灾害，有时就是坚硬的岩石都会发生摇晃摆动，庞大强硬的大陆都会发生位移。除此，在现实生活中，人们有时需生活在沉重的压力下，为物质生活的保障和精神文化生活的愉悦自由而奔波劳碌。诗人这里用“the heavy present”来影射他所生活的20世纪50年代末美国人民所面对的沉重的社会现实。

20世纪50年代末美国进入了新的国际危机时代。1956年11月，苏联军队开始入侵匈牙利以镇压那里的反苏运动。很多美国人对匈牙利的自由战士表示同情和热情支持，他们很想向这些为自由而战的战士们伸出援助之手，而同时又不会酿成全面战争的风险局面，但他们苦于找不到合适的方法，又因那时面临苏伊士运河的危机形势，故美国政府只好坐视苏联军队挺进匈牙利平息反苏风波。由此，“苏美关系变冷了”。[1]1958年伊拉克爆发了反西方的革命运动，英美立刻派兵至约旦和黎巴嫩，因西方经济、军事的发展在一定程度上仰仗着伊拉克的石油供给。1954年6月，艾森豪威尔总统因不满危地马拉改良主义总统哈科沃·阿本兹（Jacobo Arbenz）在国内实施的有损美国利益的土地改革，竟指使中央情报局组织了一支由卡洛斯·卡斯蒂略·阿马斯（Carlos Castillo Armas）上校领导的叛军入侵危地马拉，数周后在危地马拉建立了一个亲美政权。在危地马拉，美国政府的“这项努力未能减少社会与经济的不平等、减弱改革的喊声，或者促进对美国的友好。”[2] 1959年，在古巴，由菲德尔·卡斯特罗所领导的武装起义推翻了腐朽专制的巴蒂斯塔政府，并控制了整个古巴。很多美国人认为卡斯特罗可能是一个亲美的改良主义领袖，但“卡斯特罗的许多经济及社会改革正危及着美国的投资和利益”。[3]艾森豪威尔为此而十分恼火。另外，二战结束后，美国政府针对国内文化发展、人民的思想状态比较混乱的情形试图建立一个新的稳固的文化秩序，用来规范国民的思想认识。美国政府加强了正统的文化价值思想、道德伦理观念的宣传和教育，但美国政府所做的这一切引起了“垮掉的一代”的作家和年轻诗人们的反感，因为他们觉得传统的意识形态、价值观压抑了人的个性的健康发展，阻碍了人们对自由、平等的追求，干扰了他们追求自发性的艺术创作，削弱了他们所怀有的惠特曼式的浪漫主义精神。“垮掉派”对官方文化秩序的抵制和反抗形成了一股强大的力量，很多青年男女以纵欲、吸毒、沉沦等寻求新刺激的方式向一切习俗成规，向一切自诩为体面的传统价值标准挑战。“垮掉派”对美国实施的对外侵略和种族隔离政策也甚为反感，他们对美国屡屡派兵海外，干涉别国内政进行了有力的抵制。作为“垮掉派”的一员，加里·斯奈德对被很多白人称为野蛮落后的印第安人有着天然的青睐，因印第安人原始的、接近自然的生活方式对加里·斯奈德有着强大的吸引力。美国政府对印第安人的歧视、隔绝无疑也加剧了加里·斯奈德对政府的不满。

美国于20世纪50年代末的社会现实、政治状况无疑对“垮掉派”诗人形成了强劲的压力，但当诗人处于青山绿水间，沐浴在夜晚柔和的月光中，听溪水潺潺，看古木参天，望着远处绵延不尽的群峰时，他的心中会荡漾起浪漫的狂想，他会激情澎湃，情绪沸腾，心中这份喜悦、兴奋的情感，大脑中奔腾不息的思绪是现实生活中的任何事件都难以平息的。此时，若有作家、历史学家试图记录下他的感情、感知也会发现是无能的。任何词语、任何书籍都会像岸边礁石旁的溪水一样，静静地流入干燥的空气中，消失得无影无踪。

诗人在这里写出了自己徜徉于山水间的欣悦，这份欣悦具有强大无比的力量，它来自于自然所特有的美质，来自于诗人对这美质所独有的艺术感知。这份欣悦让诗人发思古之幽情，超越现实的藩篱。这份欣悦能让诗人睥睨古往今来的一切社会渣滓，对他们蝇营狗苟、追名逐利，不顾一切地遵从所谓的体面的社会规范表示特有的鄙薄和不屑。这份欣悦所具有的力量比坚硬的岩石还要坚强有力，岩石能动摇，但欣悦却不会变化，现实的压力会变大加重，但欣悦之火却依然熊熊燃烧。这份欣悦发自肺腑，激荡于诗人的心胸，沸腾在诗人的脑海中，它是任何记录者——词语和书本都无法实现其使命的。

当一个人专注于某物、某事，心无旁骛，对身外之物丝毫无暇念及之时，这个人就能抵达真理的彼岸。这里诗人仍然是在承接上文，并且做了进一步的引申。当人沉迷于山水之乐，陶醉于自然赋予、传达给他的无限兴奋、愉悦之感时，他就能悟到人生的真谛。诗人曾研习佛教禅宗多年，诗中“that which sees is truly seen”（真正地看到所看到的东西，亦即领悟到所要理解的真理）同禅宗上的“顿悟”是大同小异的。僧人在颂禅敬佛，诗人在赏山品水之时，心无尘世杂念，他们都如同遁入空门，专心致志于禅理佛意、自然界的奥妙至真，其内心与自己所钦慕、景仰、尊崇的至高无上的东西不断地进行反复的对话，最后都能臻于“顿悟”阶段，而获取真理。诗人与尘世中人不一样，他热爱岩石，热爱美好的大自然。自然赋予人的生命，自然赋予人以道德境界的提升，自然赋予人以快乐。

自然能给人以无上的快乐，但自然界中也并非一切都是美好的，其中也存在着对立、斗争、恐怖、纷扰等。诗人在最后一节写到了夜晚的凄清，写到了小动物对美洲狮和丛林狼的恐惧，写到了美洲狮和丛林狼对他的傲慢和敌视。诗人此处的着笔影射了现实社会中所存在着的悲苦、人与人之间的矛盾和冲突、人与人之间关系的冷漠，也影射了国与国之间所可能发生的战争、东西方具有不同社会制度的国家所存在着的冷战格局。现实生活是不美好的，作为“垮掉派”一员，他和他的朋友们对美国的现实社会进行了大胆的嘲讽，对美国的政治、军事、文化、社会习俗、意识形态等进行了有力的抵制和反抗，他们之所以如此，是因为现实生活中的一切让他们失望、困惑、愤怒，他们要成为自由的人，拥有自由的大脑，呼吸自由的空气，过自由的生活方式，不愿接受美国主流文化的领导和制约。“垮掉派”中的很多人在公共娱乐场所朗诵诗歌，发表演讲，他们唱歌奏乐，吟诗颂文，都是要唤醒民众抵制主流文化对人民思想上的嵌固、约束。加里·斯奈德其实与他们也一样，其目的、主张与他们并无二致，所不同的是，加里·斯奈德主张回归自然，亦即我国传统文化中所宣扬的“返璞归真”，人只有在自然中才能获得无限的快乐、身心的彻底自由，也才能悟到生活的真理。因此，加里·斯奈德对抗美国现实社会秩序、主流的文化价值观的方式是回归自然。自然能解放人的思想，自然能让人“顿悟”。

由描写风景，进而产生丰富充沛的思想情感，最后对现实、社会、人生进行深刻、审慎的思考，并最终获得真知灼见，这在中国古典诗歌创作中是极其常见的一种方法。前文所详细论及的两首诗用的都是这种方法。如，在王维的《山居秋暝》中，诗人在前三联摹景写人之后，发出了这样的感慨：随意春芳歇，王孙自可留。意思是，春天的芳草花丛间，达官权贵们自可随意歇息，驻足留宿。这里，诗人写出了山林水泽要好于朝堂官场之道。田园有雅趣，仕途有险患。言下之意，山林水泽、花鸟虫鱼能怡情悦性，陶冶人的精神情操，而官场倾轧、宦海险恶，名利场中的尔虞我诈、明争暗斗却能败坏人的性灵。诗人也在奉劝人们要回归自然，藐视名利，纵情山水，不与世道的邪恶腐臭同流合污。

另一首常建的《题破山寺后禅院》，一开始也是写景，诗人在用明净雅致的语言描写了古寺、初日、高林、曲径、禅房、花木、山光、鸟儿之后，发出了下述的感慨：潭影空人心。万籁此俱寂，惟闻钟磬音。意思即：诗人走到清澈的水潭边，只见清明的天空和自己的身影一起倒映在潭水中，一切显得空明洁净，这时，诗人觉得自己万念俱空，内心杂念顿然消失，心与潭水一样清新明澈。此时，自然界的各种声响在此都归于沉寂，耳畔只有钟磬之音，那悠扬深远的佛音在鸣响，在引导人们进入超尘绝俗、纯洁怡人的佛的境界。这一境界对立于社会的腐败、政治的黑暗，它是人的精神所能达至的最高的境界。诗人在这里也是规劝人们要回归自然，回归到竹林掩映的古寺，进入晨曦照耀的山林，来到繁茂的花木所环绕的静静的禅房，沐浴在明媚的山光之中，耳听鸟儿美妙的歌声，这样人才能忘却尘世的烦恼、官场的争斗，寄情于山水，舒展胸怀，领悟佛理禅旨。

从以上的分析，我们可以看出，加里·斯奈德与王维、常建一样，都主张返璞归真，从美好清明的自然中吸取道德、精神上的教益，并以此来对抗他们所面对的丑恶的社会现实。在中国，其实不独王维、常建有这样的情操、胸怀，还有很多诗人都像他们一样纵情山水，放浪形骸，从山水间寻找内心的自由，从山水间获得灵魂的安适。如有一位诗人曾写下这样一首诗：

人好金银贵，我慕桃花仙。
仙人种桃树，摘花换酒钱。
酒醒花前坐，醉卧花中眠。
愿为酒花死，不鞠车马前。

这首诗以十分明朗、直率的语言道出了诗人鄙弃王权富贵，宁可长久地陶醉于自然界的鲜花丛中，也不愿躬迎达官权贵的情操。加里·斯奈德深谙中华文化，明理中国古代文人的情操风骨、道德追求和生活理想，当然也十分了解中国古代诗歌的创作特点。在这首诗的创作中，明显地借鉴吸取了中国古诗在主题思想、艺术意境方面的特点。这是加里·斯奈德在文化交流互通方面所作出的一项卓越的贡献。

那么，为什么中国古代的山水诗能这么吸引一位来自美国的后现代主义诗人呢？山水诗涉及到自然界中的山山水水。山由岩石组成，岩石的坚硬能给人以刚硬、坚强、有力的品格和性情。后现代主义诗人大多不满国内的政治、社会、文化、军事、外交等方方面面的状况，他们对美国政府，美国的主流文化试图让他们服从新的文化秩序，接受所谓的正统的、体面的文化价值思想、意识形态的熏陶纷纷感到愤懑，内心潜藏着一股强烈的抵制情绪。但他们毕竟代表不了主流文化思想，没有主流文化所拥有的话语权，因此他们的内心会时不时地表现出一定程度的怯懦，他们急需从山、岩石中吸取坚硬的品格素养，以强壮自我，对抗现存的秩序。其实，中国古代的诗人常常漫游于山水间，吟咏出许多歌山咏水的不朽诗篇，也与他们对其所生活的时代，所面对的社会现实感到失望、厌恶、憎恨有着直接的关系，他们需要从山坚硬的品格中汲取无穷的精神力量以对抗时代的渣滓、社会的蠹虫。

山能给人以刚硬的品格，水亦能。熊熊燃烧的大火，只有水能灭之。世上很少有东西能抵抗得住火的威猛，但在水面前，火会甘拜下风，兵败如山倒。水除了具有刚的品性之外，它还有柔、清、静的品格。《老子》说："上善若水，水善利万物而不争"。一个人最高尚的善行就是如同水的品性一样，恩泽于天下万事万物而不争虚名浮利。静水流深，平静的水流向深远的地方。一个人于喧嚣热闹之处，能静下心来，冷静地思考，在失败时，能不浮躁、不气馁、不失望，从容沉着地面对自己的遭遇，审慎地研究对策，"不以物喜，不以己悲"，执着地追求自己的人生理想、社会抱负，这样他就能在思想境界、事业追求上达到至高的境界。面对事业上的失败和挫折，一个人应像水一样表现出柔的品性，不被目前的障碍、坎坷所吓倒，而依然保持一种善以待人的温和态度，还要表现出清和静的品性，不受矛盾的阻隔，不受欲望的驱使，以清白做人的品格、宁静以致远的道德涵养来对待自己所遭遇的一切，来处理自己所面对的问题，这样，他就能获得无上的欣悦，拥有真正的自由。加里·斯奈德吸取了中国古代诗人喜山乐水，歌咏山水品性的特点，也是想让自己能既有山那样刚硬的品性，又有水那种至善、至柔、至刚、至清、至静的特质。有了山水品性，任凭风云变幻、天外云卷云舒，他都能以坚毅的品格、博大的胸襟和气度去沉着地面对生活、事业上的一切困难险阻，去冷静地解决自己所面临的一切问题。而一个人一旦达至上善的境界，他就能以己之言行，己之道德品性来影响他人、影响整个社会。整个社会群体都会从个体如水般的上善品性中获益无穷。

三、艺术特征分析

该诗选自于《乱石扶墙》诗歌集，《乱石扶墙》创作于1959年，在文学史上这属于后现代主义时期。加里·斯奈德，如前所述，是一名后现代主义诗人。

那么，该诗的后现代主义特征主要表现在哪呢?

读完全诗，我觉得，该诗的后现代主义特征主要表现在语言的风格上。在研究上首《乱石扶墙》和该首诗时，我曾于前文和上文说道，加里·斯奈德研习并吸取了中国古代五言、七言诗的一些特点。从诗句的长短来看，该首《皮尤特小溪》还是借鉴了五言、七言诗的一些特点的。总的来看，诗行偏短的较多，长的诗句在诗中嫌少。最短的诗行仅有三个单词，最长的诗行为八个单词，诗行长短不一。就诗行长短的形式特点而言，准确地说，该诗很像唐朝诗人李白的一首《秋风词》。请看：

秋风清，秋月明，
落叶聚还散，寒鸦栖复惊。
相思相见知何日？此时此夜难为情！
入我相思门，知我相思苦，
长相思兮长相忆，短相思兮无穷极，
早知如此绊人心，何如当初莫相识。

李白的这首《秋风词》在诗体上属于三五七言诗，即最短的诗句为三个字，稍长的诗句为五个字，最长的诗句为七个字。《皮尤特小溪》的诗体与《秋风词》的诗体非常接近。诗人在诗句的创作中，还是像在上首《乱石扶墙》中一样，吸取了汉语，尤其是汉语古诗词重意合的特点。如在第一节，诗人在第三、四、五行罗列并置了五个文学意象，如“rock”（岩石)、“creek”（小溪)、“bark shred”（树皮碎片)、两个“Hill”（山）等。这五个意象放在一起，它们之间并未使用任何关联词语或其他能说明其语法关系的词语。但它们在相同诗行中的罗列并置也能像在汉语诗歌中那样起到表情达意的作用。再如在第二节，诗人在第三行用了“Sky over endless mountains”一语。该成分应属一短语，而非一诗句。这颇像中国宋词中的语言结构，在一首词中，插入一个或更多的短语，从语法结构上来看，该短语与其前前后后的词句均无甚关联，但该短语在整首词中的意义却是必不可少的，即它的意义与其前后词句的意义有着密切的逻辑或情感上的关联，它的意义也是整首词意义中的一个有机的组成部分。在《皮尤特小溪》第二节中，短语“Sky over endless mountains”与其前面的“night air still and the rocks Warm”和后面的“All the junk that goes with being human Drops away”在语法上没有任何关联，它是诗人插入诗行中的，但这种插入不是任意的，它在意义上是与上下文有着密切关联的。在上文，诗人说道，季节更迭，时序转换，千万个夏日过后，夜晚的空气依然是那么寂静，岩石依旧是那么地温暖，这里隐喻着“时光流逝，岁月如梭，但大自然依然保持着它的美质”之义。接着诗人用了“Sky over endless mountains”一语。“Sky over endless mountains”意为“绵延不尽的群山之上的天空”。该短语从语法形式上看，在上下文之间确乎显得突兀，但其意义却是对上文“自然保持其美质”的进一步说明，意为，绵延不尽的青山依旧在，而青山上的苍穹也依然是原先的那样，青山在，苍穹在，大自然中的一切依然未改其本来的风貌。此处的短语极能引发人们对天地万物、人与宇宙关系、人的生命等的思考。人与自然界中的一切生物有生有灭，荣枯盛衰，一切都依循着自然的规律，若干年之后，人与其他生物都会走到生命的尽头，回归自然，但青山依旧在，苍穹依旧在。在该短语的下文，诗人写道，一切冠以人类名义的社会渣滓都会渐渐消失，引申一下，意思为：一切冠以人类名义的社会渣滓也都会随着时代的变化、社会的进步而渐渐消失于人们的视野，退出历史的舞台，但青山依旧在，苍穹依旧在。从这里，我们可以看出，该短语的意义有一种让人回归自然，从亘古不变、青春永驻、生命永存的自然界中吸取生命的力量之义。人的生命短暂，但青山、苍穹的生命无限，青春无涯，人要想使其生命延长、使其生命过得有意义，富有青春的力量，就应回归山林，从苍翠的群山、茫茫的苍穹那里吸取营养。人们常说，青山在，人未老，其实青山在，人会老，但人们常常期冀自己的生命能像青山那样坚强、永恒，将青山与人放在一起比拟，这虽是不现实的，但却能给人以一种精神上的力量，让人从青山身上吸取力量。回归自然，从自然界中获取人生的启迪、信念的力量，这与该诗的主题思想是相通的。

汉语古诗词中使用词语主要是根据词语的意义、词语所能引起的想像或各种情感意义，以及词语对诗词主题思想的阐发所具有的作用来确定的。如，在南唐李璟《摊破浣溪沙》中有这么两句：细雨梦回鸡塞远，小楼吹彻玉笙寒。若按句中各成分所处的位置，及英语中这些成分所组成的语法关系，这两句的意思似乎应为：细雨做了梦，在梦中它回到了遥远的鸡塞，小楼吹响了笙箫之声，让人感觉凄凉。但实际上这种理解是错误的，因为这样的理解不符合汉语，尤其是汉语古诗词的句法特点。这里，我们应根据汉语重意合的特点，将其理解为：窗外，细雨绵绵，主人公于夜晚的梦中，回到遥远的边塞，风雨飘摇的小楼里，玉笙整整吹奏完一曲，乐音让人凄清、寒冷。再如，在冯延巳的《谒金门》一诗里，有这么两句：斗鸭阑干独倚，碧玉搔头斜坠。这两句中，第二句不难理解，因它既符合汉语中简单句，也符合英语中简单句的句法特点，意为：碧玉簪斜斜地从头上垂落下来。但第一句对很多西方人来说则不易理解，他们会弄不清、搞不懂句中各成分之间的关系，因为三个成分“斗鸭”“阑干”“独倚”，是以什么样的语法关系组合在一起，这会让他们倍感困惑。“斗鸭”和“阑干”都是名词短语，而“独倚”则是一个“状语 + 动词”结构，在句中应作谓语用。按通常的名词短语作主语，后面再接一个动词谓语来理解，其句义又不伦不类，让人不知所云。其实这样的理解也不符合汉语重意合的特性。该句的意思应为：主人公独自倚靠在栏杆上观赏鸭与鸭相斗，这时，碧玉簪从头上斜斜地垂落下来。在汉语诗词中，诗人词人一般会把一些重要的文学意象陈列在诗句词句中，要理解诗句词句的意义，读者需根据语感、依从汉语的语言特点来进行，不能按西语重形合、重语句中各成分间的语法关系来进行。

在上文讨论《乱石扶墙》一诗时，笔者曾就汉语和英语的语言特性进行了一定的比较阐述，并说明它们之间的不同是相对的，不是绝对的。加里·斯奈德深刻而聪慧地认识到了这一点，他在该诗的创作中，又一次地体现其所意识到的两种语言特性相对性的特征，在诗中将汉语重意合这一特点进行了适当的移用，把不同的文学意象放在同一诗行或不同诗行进行并置，使用时不使用任何能显示相互间语法关系的词语，使很多人颇感意外的是，加里·斯奈德的这种对汉语语言特性的借鉴吸取在英语中也同样产生了很好的文学效应。这些文学意象所产生的审美效果也丝毫不逊于汉语诗词中使用这种方法所产生的效果。

但从艺术形式上来看，加里·斯奈德在诗中将不同的文学意象加以罗列并置，而又不显示其语法关系，这似乎显得突兀、不规范，也有些不伦不类，这种语言特点是很多后现代主义文学文本的语言所具有的特点，它们同传统的文学文本语言特点有着很大的距离，尤其表现在语法结构、遣词用语上。但通过考察加里·斯奈德的教育、文化背景以及他的诗歌的语言特点，我们发现，加里·斯奈德诗歌中的后现代主义文学文本的语言特点应是他吸取汉语的语言特性所致。是汉语独特的语言特性使加里·斯奈德产生灵感，从而创造出其文本的后现代主义文学特征；是不同语言间的交流、互鉴、吸取和沟通产生了加里·斯奈德杰出的后现代主义诗作。

在语言风格上，该诗还有一个最显著的方面，那就是象征手法的应用。这是一首山水诗。在汉语的山水诗中，诗人一般都多用象征，诗中的山水林田、花鸟虫兽、蓝天白云、雨雪雷雹等都具有一定的象征意义，诗人通过描写自然界中这些常见的东西、现象来寄托自己的理想抱负、思想感情以及对人生、社会的认知，这在前文已有论及。在英语山水诗中，诗人也会运用大量的象征。如英国浪漫主义诗人华兹华斯（William Wordsworth，1771—1850），美国浪漫主义诗人布莱恩特（William Cullen Bryant，1794—1878）等都曾在他们的山水诗歌中运用过不少的象征。其实，一提到山水诗，人们就应该想到它是运用象征手法的诗，因为诗人写山水、描山水、歌山水都是有其特定的情感、认识所指的。

在《皮尤特小溪》中，有两处象征手法用得非常显著，也很特别。如：在第一节，诗人写到粗壮的树干挤在狭窄的石缝中。这里，“粗壮的树干”象征着诗人及其他“垮掉派”的诗人和青年作家。他们反对、抵制现存的社会体制、文化价值观、现存的正统的文化秩序，但他们毕竟没有掌握官方正统的文化话语权，因此他们感到自己如同挤在狭窄石缝中的树木一样，处于压力沉重、生活艰难、道路坎坷、前途曲折、命运多舛的境地。他们常常呐喊、吼叫，在公共场合集会演讲，在娱乐场所朗诵诗歌、弹奏爵士乐等，但他们深知，要想让美国政府、文化机构改变他们的做法，不给青年知识分子们施加建立新的统一的文化秩序的压力，是要作出不小的牺牲的。但尽管会有牺牲、流血，他们并不畏惧，并不退缩，他们依然会像生长在石缝中的树木一样茁壮、坚毅、顽强地生长、发展。诗人在这里所选用、描绘的文学意境很像我国清代著名画家郑燮在一首《竹石》题画诗中所描写的文学意境。郑燮在诗中说，竹子“咬定青山不放松，立根原在破岩中。千磨万击还坚劲，任尔东西南北风”。竹子紧紧地、毫不放松地抓住青山，它的根深深地扎在岩石的缝中。尽管经过千万次的磨损打压，如风霜雷雨、严寒酷暑的侵害，竹子依然坚毅挺拔、强壮有力，风摧不垮，雨压不倒。斯奈德所描写的夹在石缝中的古树同郑燮所描写的竹子一样都是象征着不惧邪恶势力，不畏艰难困苦，能敢于同社会的不合理、不公正现象作勇猛斗争，宁折不弯，永不屈服的人。故诗中“Tough trees crammed　In thin stone fractures ”（粗壮的树干挤在狭窄的石缝中）十分逼真地写出了加里·斯奈德等一批“垮掉派”成员的生存境况。

在诗的最后三行，出现了两个重要的文学意象，即 Cougar（美洲狮）和 Coyote（丛林狼）。这两种动物在自然界中，可谓“百兽之王”，它们是以捕食其他动物为其基本的生存手段的，掌握着对其他一切动物的生杀予夺的大权。就是人，若进入它们的领地，一不小心都可能成为它们的口中食粮。这两种动物其实象征美国社会中一股邪恶的势力，他们对待不同政见者进行疯狂、肆意的打压、杀戮，对人民追求自由生活的美好理想进行残酷的扼杀，对有色人种实施种族歧视和迫害。这些黑暗邪恶的势力如美洲狮和丛林狼一样狠毒阴险、蛮横狡诈、飞扬跋扈。

诗中还用了一些非常成功的修辞手法，如在第二节，诗人在“All the junk that goes with being human　Drops away”中，用了转喻（metonymy）修辞技巧，以“junk”（垃圾）来代指“社会的渣滓”。在第三节第四行“No one loves rock, yet we are here. ”诗人用了提喻（synecdoche）修辞技巧，以“rock”（岩石）来代指“自然”。在第三节第五、六、七行“Night chills. A flick　In the moonlight Slips into Juniper shadow:”中，诗人再一次使用了转喻（metonymy）修辞手法，他以“a flick”（啪的一声），即动物弹跳时所发出的声响来代指动物本身，这动物或许是一只青蛙或一只小兔，它们动作敏捷迅速，往往以弹跳性能非常好而著称。

在诗的第三节，有三个名词词语，它们虽不处于所在诗行的起首处，但首字母却用了大写。一是 Juniper（杜松）。诗中描写了夜晚天气寒凉，有一只小动物在月光下很快地跳进杜松植物的阴影里。从上下文的意思来看，Juniper 首字母用了大写，是突出杜松对小动物的保护作用，但它也有一定的文学引申意义，它应指人类社会中对弱小、弱势群体和普通大众提供保护作用的人物、机构、组织等。这里可以隐喻“垮掉派”“旧金山派”成员在美国社会中不是孤立的，他们是会得到一部分人、一些组织机构的支持和帮助的。第二、三个词语是 Cougar（美洲狮）和 Coyote（丛林狼）。这两个词语是指自然界中凶悍威猛的动物，它们都是肉食者，嗜血成性。在它们面前，人和其他动物都会畏惧三分。将这两个词语的首字母均用了大写，是突出自然界中有压迫、剥削这样不合理的现象，有掠杀他者生命、侵吞他者财产的野蛮行径。除突出这些方面外，当然它也有文学引申意义，即它们隐喻人类社会中所存在着的邪恶势力、恐怖主义集团和分子，它们像美洲狮和丛林狼一样会对人民的生命、财产造成巨大的伤害、损失，对社会的安全、人民的自由和幸福带来巨大的威胁。

在音韵方面，与《乱石扶墙》一样，该诗未用脚韵，但诗人十分精巧地使用了一些腹韵来代替传统格律诗中所经常使用的脚韵，请看：在第一节，第一行末尾的 ridge 与第五行末尾的 twisted，第六行末尾的 crammed 与第七行末尾的 fractures；在第二节，第五行末尾的 wavers 和第六行末尾的 fail；在第三节，第二行末尾的 that 与第七行末尾的 shadow。

除了腹韵外，诗人还使用了一些行内韵，请看：在第一节，第二行的 tree - be，第五行的 Hill - hill，第七行的 In - thin。

像很多美国诗人一样，诗人在诗中会使用不少头韵，这一首也并不例外，请看：在第一节，第一行的 ridge 和第三行的 rock，第二行的 be、第四行的 bark 和第五行的 beyond，第五行的 Hill - hill，第五行的 twisted、第六行的 Tough 和第八行的 too；在第二节，第一行的 mind - million 和第三行的 mountains，第二行的 Summers - still 和第三行的 Sky，第三行的 Warm、第四行的 with 和第五行的 wavers，第四行的 human、第五行的 hard、第六行的 heavy、第七行的 heart 和第九行的 high，第四行的 that、第六行的 the 和第七行的 This，第七行的 bubble 和第八行的 books，第九行的 Like - ledge；在第三节，第一行的 mind 和第二行的 meaning，第三行的 sees - seen，第三行的 Which 和第四行的 one - we，第二行的 no、第四行的 No 和第五行的 Night，第六行的 the 和第八行的 there，第九行的 cold 和第十行的 Cougar - Coyote。

以上头韵、腹韵、行内韵的使用为该首诗增添了不少的诗味，虽然从音韵角度言之，该诗与传统的格律诗相差甚远，但诗人以上述在传统格律诗中被视为辅助性的音韵的恰当使用，使该诗仍能带有一定的韵律美、音乐美，这是美国诗人，自惠特曼创建自由诗时起，对英语诗歌形式作出的一份重要的贡献。

该诗不仅具有一定的韵美，而且它还具有一定的节奏感。下面请看一下该诗的节奏：

Piute Creek

One grá | nite rídge
A trée | , would bé | enóugh
Or é | ven a róck | , a small créek,
A bark shréd | in a póol.
Hill beyónd | hill, fól | ded and twíst (ed
Tough trées | ∧crámmed
In thín | stone fráct (ures
A huge móon | on ít | all, ís | too múch.

The mind wán | ders. A míll (ion
∧Súm | mers, níght | air stíll | and the rócks
Warm. Skẏ | ∧ ó | ver énd | less móunt (ains.
All the júnk | that góes | with bé | ing húm (an
∧Dróps | awáy | , hard rock wáv (ers
∧É | ven the héa | vy pré | sent séems | to fáil
This búb | ble òf | a héart.
∧Wórds | and bóoks
Like a smáll | creek òff | a high lédge
Gone ìn | the dry áir.

A cléar | , attén | tive mínd
Has no méan | ing but thát
Which sées | is trú | ly séen.
No óne | loves róck | , yet wé | are hére.
Night chílls | . A flíck
In the móonl (ight
Slips ìn | to Jú | niper shád (ow:
Back thére | unséen
∧Cóld | proud éyes
Of Cóu | gar or Cóy (ote
Watch me ríse | and gó.

全诗的基本节奏应为抑扬格，但用抑抑扬格替代的也很多，共有十九处。如前所述，抑抑扬格节奏与抑扬格节奏同为上升的节奏，对于不注重诗行长短一致或参差有序的后现代主义诗歌来说，在以抑扬格节奏为主的诗作中，抑抑扬格对节奏的变化幅度是极其微小的，基本上是可以忽略不计的。因此，讨论该诗的节奏，在涉及节奏变格问题上，我们只考虑单音节替代、超音步音节替代。节奏变格较多的有两处，一是该诗的第二节。这节的变格同诗的思想内容是有密切关系的。在这节，诗人抚今追昔，思绪万千，各种各样的想法、情感在脑海和心海里翻滚、沸腾，他想到世事变迁，时代更替，但大自然的美质却永远不会变。这里涉及到了两种力量的较量、抗衡，一种是时光，而另一种是自然。时光催人老，但时光却不让自然老去。时光的力量是强大的，它以一种客观的、不以任何人意志为转移的步调稳步地向前迈进，在时光的面前，人只会一天天地慢慢老去，走向死亡，但时光却改变不了自然的风貌、自然的生命、自然所固有的美质。故读完第二节的前三行，我们感觉到了两种力量之间的较量，诗人在此处的节奏运用上，为了适应这一思想内容，共用了四处变格：第一行用了超音步音节替代，第二行第一音步用了单音节替代，第三行第二音步用了单音节替代，第三行末尾又用了一次超音步音节替代。在第二节的其余各行，诗人依旧探讨两种力量之间的对抗、较量和比拼。一种力量应为诗人因观察自然、陶醉于自然的山水林木、自然界融融的月光而由衷生发出的一种欣悦之情，这种情感所具有的力量使他藐视自古及今一切冠以人类名义的社会渣滓，使他鄙视沉重的社会现实施加给他的一切压力。这种力量还能与坚硬的岩石相抗衡，岩石能发生动摇，但这力量却不会，这种力量还能使词语、书本顿显无能，使它们无法履行其记录下这情感的任务。从这里，我们看到，与这个情感相对的有自然界的物体，有社会世界里的人类败类，有沉重的社会现实，还有用于记录的词语和书本。应该说，这里所探讨的两种因素之间的斗争对抗是激烈的，尽管情感的力量能最终赢得胜利，但斗争的道路不会是一帆风顺的，故诗人在这里也用了不少的变格来适应这一内容，如在第四行末尾用了超音步音节替代，在第五行第一音步用了单音节替代，在第五行末尾用了超音步音节替代，在第六行第一音步用了单音节替代，而在第八行第一音步又用了单音节替代。

第二处节奏变格用得较多的是诗的最后七行，在这部分，诗人依然给我们描述了两种力量之间的对立。诗人首先写出了小动物对冷气逼人的夜晚的惊惧，它“啪”地一下跳入杜松植物的阴影里，寻求庇护。诗人在“In the moonlight”的末尾用了一个超音步音节替代；在“Slips into Juniper shadow:”中的末尾又用了一个超音步音节替代。在这一部分的最后四行中，诗人写出了诗中的“我”与两头凶猛的动物之间的对立。这两头动物均号称百兽之王，它们是自然界的霸主，即便是徒手空拳的人类，也不是它们的对手。诗人在这里写出了美洲狮和丛林狼对“我”的敌视、冷漠、傲慢，这样的态度无疑包含着威胁、挑战乃至攻击的意向，在它们的威逼之下，我只好起身离开。在全诗中，只有在这里，诗人所探讨的两种因素之间的对立、抗衡才可谓臻于极致，这里也隐喻着在人类社会中，两种力量、两种因素之间的矛盾、斗争有时会达到十分尖锐的地步，处于弱势的，代表正义的一方有时为了保护自己可以采取暂时避让的措施以免给自己、他人和社会集体造成牺牲和巨大损失。这里，诗人也隐含地告诉读者，“垮掉派”“芝加哥派”要想完满地实现自己的政治主张、贯彻他们的文化思想，是会遇到很大阻力的，前途难卜，命运难测。对立面势力强大，他们是不易梦想成真的。诗人为了适应这一部分的思想内容，在“Cold proud eyes”的开头用了一个单音节替代；在“Of Cougar or Coyote”的末尾用了一个超音步音节。

以上是两处典型的节奏变格用得较多的地方。除此，诗中还有一处也用了较多的变格，即第一节第六、七行。在这两行诗句中，诗人描写了粗壮的树干挤长在狭窄的石缝之中，这里其实也非常明显地涉及了两种因素之间的对立、争斗、挤压。石缝细窄，但树干粗壮，树时时刻刻、年年月月地在生长，变粗、变大，但石缝的空间有限，树挤石，石压树，两种力量无时无刻、经年累月地在争斗、抗衡，诗人为了适应这一内容，在两行诗句中共用了三处节奏变格：一处是在“Tough trees crammed”的“crammed”前用了单音节替代；一处是在该诗行的末尾用了一个超音步音节替代；最后一处是在“In thin stone fractures”的末尾又用了一个超音步音节替代。

全诗节奏变格较多，但用得十分精到、巧妙，而且也很自然合理，每一处节奏变格的使用都是紧紧围绕该处的思想内容、情感意蕴来进行。诗人对节奏的处理完好地诠释了“节奏，作为艺术形式，服务于诗的艺术内容”这一真理。

该诗诗行参差不齐，各节诗行末尾均不用脚韵。但该诗每一句诗行的音步具有可分辨性，每行均有一定的节奏格式，全诗的基本节奏为抑扬格。诗没有统一的韵式，但诗中用了不少辅助性的音韵，如头韵、行内韵、腹韵等。综合这些因素，我认为，该诗应属半格律半自由诗，其中自由诗成分较多，而格律诗成分则较少。

四、结语

该诗创作于后现代主义时期，如前所述，它在语言风格上带有后现代主义文本的一些特点。加里·斯奈德以其对中国古代三五七言诗语体、语言风格、诗歌意境的借鉴和吸取，为西方后现代主义的文学艺苑增添了一朵灿烂的奇葩。

在20世纪50、60年代中西方在意识形态、政治、经济、军事等领域仍存在着严重的冷战局面的情势下，加里·斯奈德以其对东方语言文化的热爱、学习、钻研和吸取，突破以美国为首的西方资本主义阵营与包括中国在内的社会主义阵营之间不接触、不对话、不来往的隔绝局面，曾远涉重洋，来到中国访问，还曾于日本逗留期间，认真研习佛教禅宗，并在英诗创作中对中国古代山水诗的艺术形式进行了有效的借鉴，对中国古代山水诗的意境构造、情感抒发等艺术特征进行吸取，对禅宗上的“顿悟”思想进行文学改造和艺术创新。这些都是加里·斯奈德对美国民族主义文学发展所作出的重要贡献。在后现代主义时期，加里·斯奈德可以说是美国文坛上注重中西方文化交流、借鉴吸取中华传统文化，并在实践上大力传播中国传统文化的第一人。他以他优秀的诗作证明了这一点。中西方在语言、文化上存在着很大的差异。从语言而言，英语和汉语分属两种不同的语系；从文化言之，中国文化传统上深受儒家思想的影响，近现代以来，中国文化又吸取了马列主义思想的营养，并确立了马列主义思想在文化价值体系中的领导地位，而美国文化传统上深受美国清教主义思想的影响，注重实用性、冒险性、浪漫化，还接受了杰斐逊民主的理性自由主义、汉密尔顿的保守主义、南方种族主义、19 世纪新英格兰超验主义和边界个人主义的影响和灌输。加里·斯奈德作为一个早年曾于俄勒冈州（Oregon）的里德（Read）学院、印第安纳大学（Indiana University）、加利福尼亚大学（the University of California）学习深造过的知识分子，对美国的思想文化是不可谓不精的，但他通过对东方语言文化的学习和研究，知道这两种语言文化之间虽存有很大的差异，但并不意味着它们之间不可沟通、不可交流。通过诗歌创作，他有力而机智地证明了这一点。

加里·斯奈德在《皮尤特小溪》中注重自然风景的细腻描写，并由景生情，诗歌情景交融。诗人从情景交融的艺术氛围的细致描摹中，生发出对现实、社会、人生的思考和感悟。诗对诗人所处的社会现实有着很强的影射性，这在前文已有论及。作为“垮掉派”一员，诗人与其他成员一道，怀着强烈的社会担当意识，着力推动美国社会能沿着自由民主的轨道，即“垮掉派”成员们非常敬重的惠特曼先生所大力宣扬赞美的自由民主精神的方向前进发展。但美国的社会现实却令他们非常失望和愤懑。

二战结束后，美国的经济经过短时间的恢复与改造很快进入持续发展阶段，到 20 世纪 50、60 年代，美国的经济发展进入了“黄金时代”，从 20 世纪 50 年代至 60 年代末，美国再未发生过 1929—1933 年那样巨大的经济危机，这期间虽曾发生过五次经济衰退，但由于美国联邦政府基于多年来处理经济危机的经验和教训，采取了一系列有效的措施，进行了合理的干预，使这几次经济衰退对美国经济未产生重大影响，美国的经济总体上保持了稳定增长、繁荣发展的势头，美国人民的生活依然保持着较高的水平。

二战后美国经济的繁荣在很大程度上得益于美国联邦政府对重大科研项目的投入。科学技术是生产力，科技的发展直接地促进了经济的繁荣。“战后科技特别是电子技术的迅猛发展带来了所谓‘丰裕社会’或‘超工业社会’”。[4] 在这样的社会中，人人都能过上富裕奢华的物质生活。

但物质生活的富裕不代表人在精神生活上的富足和充实。美国联邦政府通过对经济和科技的干预和重视而促进了经济的快速发展和人民物质生活的改善和提高，他们在国民的思想认识、文化价值观方面也试图进行权力干预。如前所述，他们想设定新的文化秩序让普通大众去遵守，但美国的人民经过第二次世界大战的打击，尤其是二战期间所发生的震撼全球的两件大事——纳粹集中营里犹太人所遭受的大规模屠杀以及美国在日本广岛和长崎所抛投的原子弹对美国人的思想所带来的巨大震动，他们对自己所信奉的传统观念和文化价值思想产生了深深的怀疑，对由美国官方所设定的一些道德准则，建立的所谓的新的牢靠的文化秩序有着本能的抵触和反对，对力图塑造中产阶级价值观，动员广大民众追逐高消费的物质生活的美国社会有着深深的不满，在这样的背景下，一批性格奔放、举止洒脱、思想自由的青年作家结合在一起，形成了蔑视社会法纪秩序、反对一切道德准则、讨厌科技文明的“垮掉的一代”。这些“垮掉派”的成员对美国政府以领导经济和科技发展的方式来干预、引领他们的思想认识、道德观念、价值判断感到极大的厌恶。他们认为，美国政府力图创造出一种“一致同意的社会”。这种社会不是一种理想的社会，因它是不自由的，它会在全社会营造出一种灰暗的氛围，从而“遏制了个人主义”。[5]人应积极地去改变社会，而不是消极地顺从社会。这些“垮掉派”成员他们以各自特有的方式对美国政府的统治、管理和引领进行了抵制和挑战。加里・斯奈德就是这“垮掉派”中的一员，他以他的诗歌表达了他对现实、社会的认识，表达了他对压抑人的个性发展、扼杀人对美好幸福生活热切追求的美国官方统治机构的不满、反感和抵抗。

美好幸福的生活不只是物质方面的，它还应包括精神方面的内容，从某种意义上来说，后者有时比前者还要重要和必不可少。战后美国人在物质上富裕了，但由于上述种种原因，很多人在精神上却一点幸福感都没有。很多人苦闷、沮丧、疲乏，人与人之间相互隔膜，缺乏理解、交流和沟通。在这种情形下，“垮掉派”对官方政府所设定的一些道德准则、所建立的新的文化秩序进行一定的抵制和反抗这是情有可原的。这些“垮掉派”成员都是一些思想开放的青年作家，他们对社会的道德伦理建设、文化价值思想的发展有他们自己所特有的看法，他们对社会成员的精神生活也有较高的要求，一个社会只注重经济发展、科技进步，而不注重文化思想建设、精神生活改善是不能让这些青年作家们感到满意和满足的，他们会以自己独特的方式来表达自己的理想、欲求，这是自然而然、正常合理的事。作为政府执政机关、社会舆论宣传机构，及其他领域里的人民大众都应对“垮掉派”的言语行为表示出应有的宽容、理解和支持。不仅如此，他们还应采取相应的措施来改变政府在各相关部门落后过时的工作方式、工作内容，调整以往的一些陈旧的规章制度，创新在思想文化领域里的一些传统保守的理念、思想和体制，这样才能有利于社会风气的改善、社会秩序的和谐稳定。但在“垮掉派”诞生之初，社会上有很多人士对他们表示不理解。如美国记者保罗·奥尼尔（Paul O’Neil）在 1959 年《生活》杂志里的一篇文章中竟将“垮掉派”称为“胡子拉碴、穿着拖鞋、浑身发臭、脏兮兮的人”，[6] 还说“他们‘有点懒汉病’而且‘有点敌视女性’”。[7] 联邦调查局局长 J·埃德加·胡佛在 1960 年共和党总统候选人提名大会上竟对共和党人说，“‘垮掉的一代’是对这个国家的主要威胁”。[8] 其时，有不少美国民众对“垮掉派”也表示不认可、不接受。他们认为应对“垮掉派”和同性恋者加以镇压，“因为他们似乎嘲笑着传统的家庭和社会价值观。”[9] 美国社会各界对“垮掉派”的态度和反应是不合理的、不正确的。这样的态度和反应鲜明地反映出美国社会保守、狭隘、不文明、不民主的一面，也反映出美国社会其时缺乏自由的学术、文化空气和健康的政治生态。

从完整的意义上来说，美国人所一直追求的“美国梦”，除体现于物质层面的富有外，还包括精神层面的安适、幸福、欣悦。没有精神层面的幸福美满，只有物质层面的富裕的美国梦是虚幻、不真实的，也是昙花一现的。20 世纪 50 年代初，很多白人工人阶级和中产阶级纷纷迁往郊区，在那里购买能体现现代生活方式的牧场式或加利福尼亚式住宅（ranch or California - style home），除此，他们还购买汽车、电视机、洗衣机等高档消费品，他们尽情地享受着中产阶级优裕自在的生活方式，但当大国间冷战一开始，他们立刻感受到生活的紧迫，前途的不确定性，这种精神上的危机意识立刻粉碎了美国人对生活的幸福美满感。尽管有豪华住宅、漂亮的汽车，但他们觉得人生是虚无的。“垮掉派”的所作所为、所思所言和加里·斯奈德的诗歌创作都是旨在让美国政府、美国的主流文化能注重人精神层面的建设和发展，只有精神层面的东西，如文化价值思想、道德伦理观念、对自由民主的认识等能符合全体美国人民共同的审美期待、认同标准，“美国梦”才能振起腾飞的羽翼，将美国人带入更加美好的未来世界里。

注释

[1] 卡罗尔·帕金，克里斯托弗·米勒，等. 美国史（下册）[M]. 葛腾飞，张金兰，译. 上海：东方出版中心，2013：145

[2] 卡罗尔·帕金，克里斯托弗·米勒，等. 美国史（下册）[M]. 葛腾飞，张金兰，译. 上海：东方出版中心，2013：142

[3] 卡罗尔·帕金，克里斯托弗·米勒，等. 美国史（下册）[M]. 葛腾飞，张金兰，译. 上海：东方出版中心，2013：142

[4] 董衡巽，朱虹，施咸荣，等. 美国文学简史（下册）[M]. 北京：人民文学出版社，1987：355

[5] 卡罗尔·帕金，克里斯托弗·米勒，等. 美国史（下册）[M]. 葛腾飞，张金兰，译. 上海：东方出版中心，2013：174

[6] 卡罗尔·帕金，克里斯托弗·米勒，等. 美国史（下册）[M]. 葛腾飞，张金兰，译. 上海：东方出版中心，2013：157

[7] 卡罗尔·帕金，克里斯托弗·米勒，等. 美国史（下册）[M]. 葛腾飞，张金兰，译. 上海：东方出版中心，2013：157

[8] 卡罗尔·帕金，克里斯托弗·米勒，等. 美国史（下册）[M]. 葛腾飞，张金兰，译. 上海：东方出版中心，2013：157

[9] 卡罗尔·帕金，克里斯托弗·米勒，等. 美国史（下册）[M]. 葛腾飞，张金兰，译. 上海：东方出版中心，2013：157

第三节　论加里·斯奈德和他的《会见群山》

Gary Snyder
Meeting the Mountains

He crawls to the edge of the foaming creek
He backs up the slab ledge
He puts a finger in the water
He turns to a trapped pool
Puts both hands in the water
Puts one foot in the pool
Drops pebbles in the pool
He slaps the water surface with both hands
He cries out, rises up and stands
Facing toward the torrent and the mountain
Raises up both hands and shouts three times!

加里·斯奈德从1959年开始出版了多部诗歌集，其中有《乱石扶墙》(*Riprap*，1959)、《神话与文本》(*Myth&Texts*，1960)《僻野》(*The Back Country*，1968)《观浪》(*Regarding Wave*，1970)《龟岛》(*Turtle Island*，1974)《留在雨中：新诗1974—1985（1986)》(*Left out in the Rain: New Poems* 1974—1985, 1986)《无尽的山水》(*Mountains and Rivers Without End*，1996)《山顶的危险：诗歌》(*Danger on the Peak: Poems*，2005) 等等。上面的《会见群山》选自《观

浪》。所有诗集中的诗歌都涉及到自然环境以及人与自然的关系。人与自然的关系在 19 世纪美国浪漫主义诗人的很多诗篇中就有大量的涉及和深入的探讨，如布莱恩特（William Cullen Bryant，1794—1878）在其《致水鸟》(*To a Waterfowl* ）和《哦！乡村最美的姑娘》(*O Fairest of the Rural Maids* ）及惠特曼在其很多诗篇中都对自然界的山林河泽、花鸟虫鱼等进行了浪漫主义的描写，并将自己对自然的喜爱融注到诗篇当中，寄托自己对社会、人生和未来的认识和期冀。及至 20 世纪初，罗伯特·弗罗斯特成功地继承了 19 世纪美国一些浪漫主义诗人喜欢写自然、颂自然的传统，创作了大量的自然诗，其中有不少也可称为山水诗，成为美国现代主义文学时期一名重要的自然诗人。到 20 世纪 50 年代以后，在美国的诗坛上又诞生了一名声誉显赫的后现代主义诗人，加里·斯奈德。同上述诗人一样，加里·斯奈德描写的也是美国的自然，由美国美丽的河山、美国大地上所生长着的各种奇花异草，生发出充沛的激情，创作出大量的歌山咏水、颂花赞林的美丽诗篇。与上述很多诗人不同的是，加里·斯奈德能创作这些山水诗的根源其实并不在美国，尽管他写的是美国的自然。如前文所述，加里·斯奈德创作这些山水诗来自于他对东方文化，尤其是中国传统文化的喜爱。他将自己的这份喜爱投入到诗歌创作中，创作了不少在形式上类似中国古典诗词，在思想内容、艺术意境方面也与中国古典诗词颇多相似的诗歌。上文的《会见群山》也是一首典型的山水诗。下面拟就此诗作详细探讨。

一、大意解读

他爬到浪花翻腾的溪水边，然后沿着平板似的礁石向后退。他将手指放入水中，然后转身面向一泓深深地陷入地下的水潭。他双手放在水里面，一只脚插进池中，然后将一些鹅卵石投入池中。他用双手拍打着水平面，大声呼喊，立起身、站了起来。面对着激流和山脉，他举起双手，呼喊三次。

二、主题思想讨论

这是一首极其简易通俗的自然诗。诗人描写了自己身处自然界中无限欣悦、极其兴奋激动的心情。诗中有浪花翻腾的溪水，巍然矗立的礁石、清澈无比的溪水，清亮怡神的深潭，波平如镜的水面，还有飞瀑似的激流，及高大巍峨的群山。自然风光旖旎迷人，一看就知道这是一个未受现代工业文明污染的美丽地方。诗人在这样一个充满诗情画意、景致秀丽的山水间，像一个孩童似的欣喜异常。他将手和脚都伸进水中，感受山水给他带来的清凉感觉，体验山水给他带来的心境的平和、宁静和清新。他想与水融为一体，让水洗尽城市文明布满在他心头的煤灰，永远浸润、滋养他那颗为家庭生计、功名利禄奔波劳碌而疲惫不堪的心灵。面对飞流而下、水花四溅的瀑布，面对苍翠欲滴的群山，他惊喜万分，欢呼雀跃，大有纵身一跃，汇入那白花花的激流，洗尽满身灰尘，扑进群山的林木之中，享受那无尽的绿林给他带来的蓬勃朝气和旺盛的活力。

诗人与自然同喜共乐，与自然和谐地融为一体，这应和了中西方哲人所探讨的审美移情说。中国传统文化中有一些寓言文本，其中探讨了移情现象。像庄周梦蝶，通过周与蝶在梦中的关系探讨了天人合一的理念。周与蝶在梦中不分彼此、不辨你我，达到物我同一，臻于“天地与我并生，而万物与我为一”（《齐物论》）的至高境界。人将自己的情感、理想、思念、欲求等作用在客观物象如蝴蝶身上，赋予其以人的一切精神、意念和情感，这样就实现了物化，这在中国传统文化中称为物化移情。这样的移情与西方人所说的移情有相通之处。那么西方人所言的移情是什么呢？

朱光潜先生在《西方美学史》中，对西方的移情作用作了如下的定义：

什么是移情作用？用简单的话来说，它就是在人观察外界事物时，设身处在事物的境地，把原来没有生命的东西看成有生命的东西，仿佛它也有感觉、思想、情感、意志和活动，同时，人自己也受到对事物的这种错觉的影响，多少和事物发生同情和共鸣。[1]

从朱光潜先生的阐述中，我们可以看出，移情作用的发生主要靠审美主体人的想象，通过想象，人将自己的思想感情、意志欲求等，灌注到审美对象身上，在特定的审美环境中，受特定的审美氛围的影响，人仿佛觉得审美对象也像人一样具有意志、情感，于是，审美主体和审美客体一起产生情感上的共鸣、思想上的沟通，主体和客体间的对立归于无有，相互成为和谐的一体。在西方，移情说最重要的代表人物应是德国美学家里普斯。里普斯对移情说有这样几句论述：“移情的作用就是这里所确定的一种事实：对象就是我自己。根据这一标志，我的这种自我就是对象，也就是说，自我和对象的对立消失了，或则说，并不曾存在。”[2]

考察里普斯对移情的定义和阐述，我们会发现，西方人认为，移情注重的是审美主体和审美客体的和谐统一，这一点同中国传统文化中对庄周梦蝶的研究及由此研究人们所推理出来的有关移情的定义有相通之处。但仔细研究中西方人对移情的阐述，人们发现了它们之间所存在着的本质的不同。陶东风先生曾十分精辟而深刻地指出了它们之间的差异，他说：“在利普斯（作者按：即上文所说的德国美学家里普斯）那儿，物没有地位，已被我取而代之；而在中国古人那儿，物有独立的价值和意义，我化人、契入物而不是取代物，这才是真正的物我同一”[3]。陶东风的论见鲜明地指出了西方审美移情与中国古代物化移情之间的本质差异。在中国古人那儿，物有情思理想，而这种情思理想实际上是在人与物的对话交流中人赋予物或曰灌注到物身上的，于是在人的审美想象中，物同人一样都有思想、意志、情感。在西方人那儿，审美主体见到审美客体具有某种其可以利用的本质特性，于是便取审美客体而代之，以实现自己的审美意图。在审美过程中，审美客体消失了，主客体对立的消隐是以审美主体的替代来实现的。审美客体即为审美主体。因此，西方人所说的主客体的统一与中国传统文化中所说的“天人合一”“物我同一”是有区别的。在中国传统文化中，“天”“物”在审美活动的起始、过程及结局中都是存在的，它们因人运用自己的想象力和创造性而与人一样具有情思理想，处于等同的地位，它们与人是和谐共处，同呼吸、共命运的一个整体。上文所说的人将情感灌注到物身上，听起来颇有些抽象，其实它是源于人的生活、审美体验的。当人在特定的环境影响、特定的氛围刺激之下，以某种充满感情的心情去观物时，就会将自己全部的热情倾注到物身上，于是就有了“登山则情满于山，观海则意溢于海”“人有悲欢离合，月有阴晴圆缺”这样天人合一的审美现象。

由上面的论述，我们再来看一看上文朱光潜先生对移情的定义。朱先生虽是介绍西方的移情观，但从其阐述中，我们发现他还是在一定程度上受到中国的物化移情论的影响的。特别是他所说的“把原来没有生命的东西看成有生命的东西，仿佛它也有感觉、思想、情感、意志和活动”，这明显地受到中国文化中物化移情说的影响。因此，我认为西方移情说的定义还是应以德国美学家里普斯的阐述为准，朱光潜先生的论述应是综合了中西方人对移情说的观点而得出的，具有一定的普遍性，但它不太适合作为西方人对移情说的代表性观点。

加里·斯奈德在《会见群山》中所描述的诗中，人处于美丽、清秀的山水中的种种表现归根结底也是一种移情的作用。诗中人将自己的美好理想、纯洁的感情倾注到他所见到、触摸到的自然界的山山水水中，他从中得到欢愉、畅快，他从中感到心旷神怡、激动亢奋。那么在诗中，诗中人的移情是属于一种中国传统文化中的物化移情，还是西方人所认为的审美移情呢？

我认为诗中人的移情应是中国传统文化中所倡导的物化移情。诗中，诗中人将双手、双脚伸入清澈晶亮、纯净凉爽、润滑温婉的溪水之中，其实这是与水、与自然在交流、对话，他想让自然排遣自己心中郁积已久的烦闷、愁苦，他要让水洗净自己身上的泥尘，消除灵魂上的污浊，通过对话，他能与水成为和谐的一体。水有他所灌注的生气、灵性，他有水荡漾在皮肤上所带来的柔滑纯洁感、水的干净清爽感。通过对话，他会成为一个完全不同于以往的“他”，一个全新的、获得了自然富有智慧的启迪的“他”将出现在众人面前。诗中人面对奔腾而下、水花四溅、清爽之气透人肌骨的激流飞瀑，面对逶迤起伏、波澜壮阔的群山，欢呼喊叫，高举双手，这更是一种与自然的对话了。我们可以想像那飞溅的水花飘洒在诗中人的身上，犹如仙露琼液一样注入他的心田，他会感到多么的清爽和洞明！他要跃入飞流激湍之中，他要扑向群山的怀抱，他要从激流、大山中获取温暖、获取真知灼见。激流的狂奔，大山的冷静、雄伟都会启迪他在现实的世界中如何立身处世，如何应对社会上随时都可能发生的各种事件，处理随时都可能遇到的各种各样的困难。激流、大山会给他以启迪，给他以智慧，赋予他以青春的活力与刚毅。

在这种移情过程中，我们看到诗中人与自然界的山山水水进行着一种积极的、对话式的交流、沟通。自然需要他灌注生气，他需要从自然中吸取精神、品格、情操。二者相互吸取，相互沟通，彼此相得益彰，通过对话交流，二者实现物我同一、天人合一。物并没有因为我的出现、我的审美注视，我的审美作用而消隐自身，它自始至终都在给予诗中人以启迪、滋养。因此，加里·斯奈德在诗中所运用的移情应是一种典型的中国传统文化中的“物化移情”。

在一次与一位名叫法阿斯（Faas）的人的会面中，加里·斯奈德曾这样说道：

There is a direction which is very beautiful , and that’s the direction of the organism being less and less locked into itself, less and less locked into its own body structure and its relatively inadequate sense organs, towards a state where the organism can actually go out from itself and share itself with others.[4]

上述这段话的意思为：有一种方向是非常美丽的，这是一种有机体越来越脱离自身，越来越离开自身的躯体结构，越来越从它那不能很好地行使职能的感觉器官中分离出来，而走向一种有机体实际上能从自身的结构中脱离出来，并与它者进行分享的状态。

如果将人视为审美活动中的审美主体，那么上述这段话中的有机体应指排除人在外的一切动植物。从该段话中，我们可以看出，加里·斯奈德在其审美活动中，并不把审美客体——有机体看成是一种被动的审美观察对象，并不把它看为一种即将被审美主体所取代、不具有独立价值的物。作为审美客体，有机体会主动地从自身所处的状态中分离开来，并与审美主体分享其所具有的品性、价值。在这一审美活动中，审美主体和审美客体是处于同等的地位的。有机体之所以能从自身所处的境况中，从自身的结构、质地中脱离开来，还是在于审美主体在与其对话交流过程中能将自身的主观情感、思想意志等赋予有机体，这样有机体也就成了像审美主体人一样具有情思理想的主体了。所以这一过程起初是主体与客体间的交流，但随着审美活动的进行，主客交流逐渐变为主要交流。这其实就是一种典型的中国古代文化中的物化移情，通过这一移情过程，物化为人，人物交流最后成为人人交流，这后者的“人”乃是一种物化的“人”。有机体发射出一种于审美主体有益、有用、有价值、有意义的品性、特质，而之所以它能发射，是因为由于审美主体受环境、氛围的影响，以某种特定的心绪、情感赋予有机体，另外，有机体因其感觉器官不能很好地行使其职能，它也仰仗审美主体的作用，这样，由于审美主体的作用，有机体最终才能发射，这种发射的方向是美丽的，因它是符合审美主体的审美意愿的，所发射的东西又是审美主体所必需的。审美内容发射出来以后与审美主体进行分享，这样审美过程就告结束了。

其实，加里·斯奈德审美活动中的“物化移情”不止包括有机体，即有生命的动植物，它还应包括一些无生命的物质，如山、水等。他诗歌中的每一座大山、每一条小溪都像那些有生命的动植物一样富有灵性、具有鲜活的生命。如在《皮尤特小溪》第二节一开始，诗人就告诉我们，斗转星移，岁月如梭，无数个夏日匆匆而过，但自然的美质却没有变。绵延不尽的群山上面，依旧是浩浩的长空。诗人在第一节所描写到的花岗岩、树木、岩石、小溪、山脉及第二节开头提到的天空、群山、岩石等都没有因岁月的流逝而改变其本性、风貌，它们的美质依然保持着，显示其特有的生命力，给人以美感的享受和智慧的启迪。因此，在加里·斯奈德诗歌中所言及的审美活动中的主客交流应是指人同自然界中的一切有机体和无生命物质之间的交流对话。

从加里·斯奈德上述那段话，我们可以看出，加里·斯奈德在理论上同他在诗歌创作实践中一样，都是吸取了中国传统文化中的物化移情的思想，这一思想的实质就是天人合一。加里·斯奈德虽为西方后现代主义诗人，但在移情说这一点上他没能应用西方文化中的审美移情观，因这一观念消隐审美客体，使审美客体——自然处于被动的地位，这不符合自小就在农场环境里长大，长大后又写下了若干首赞美自然诗歌的加里·斯奈德的审美观、生态观。

加里·斯奈德以优美的笔触描写自然、赞美自然，这一方面同他自幼就培养出爱自然的特性有关，另外，也同他对社会现实的关注有很大关系。因 20 世纪 50—60 年代，美国的第三次技术革命正如火如荼地展开，科学技术的发展给美国战后的经济带来空前的变化。从 1961 年 2 月至 1969 年 10 月，美国的经济持续稳定地增长，时间长达 106 个月，这在美国的历史上被称为“百月繁荣”时期。1961—1969 年间的阿波罗登月计划又将高科技研究带入一个新的发展阶段。一般地来说，科学技术的突飞猛进，经济的快速发展和繁荣会给一个国家和民族带来一些严重的生态问题，这在历史上不少的国家里是不乏其例的。如伦敦“雾都”的称谓就来源于其时英国工业文明的快速发展。加里·斯奈德和他那个时代的很多有识之士都十分敏感地注意到了科技、经济发展与生态保护这一事关国计民生的重大问题。作为一个诗人，他在很多诗歌当中都以浪漫而睿智的诗笔描写自然、探讨人与自然的和谐统一、检视自然与文化之间的差距，并力图探讨将自然与文化紧密地结合在一起的方法和途径。加里·斯奈德等人的努力是没有白费的，20 世纪 60 年代美国政府通过了一系列的立法，力图扩大生态环境和自然资源保护以解决工业发展所带来的新问题。如在 1963 年，政府通过了清洁空气法，

1964年通过了《荒地法》，这使“越来越多的美国人关心保存荒地，而且他们还意识到化学污染物威胁着环境和国民的身体健康。”[5]1965年10月政府又通过了“《水质法》及《空气质量法》”[6]。在美国政府这一系列为民服务，关注民生的执政举措中，我认为是应有加里·斯奈德一份不可磨灭的功劳的。

加里·斯奈德创作了大量的自然诗，抒发了自己对美国的大好河山的由衷热爱，这除了上面所分析的原因而外，还与他所身处的20世纪50、60年代美国特定的社会环境有很大关系。20世纪50、60年代在美国的历史上可谓典型的多事之秋，这是一个喧嚣、嘈杂的时期。加里·斯奈德身处闹市，但他内心渴望着一份平静、一份安宁，他将自己对静谧清幽生活的期冀投入到自己所热爱的诗歌创作中，从他所喜爱的自然界的鲜花、绿林、青草、山峦、小溪、田野中寻找心灵的慰藉。读他的诗，我们面前会十分清晰地显现出一位精神矍铄的老人整日踯躅于深壑幽谷之中，漫步在湖畔海边，或穿行于密林碧野之间，他在这些地方全神贯注地赏山、观林、看天、视草、听涛，他是那么地兴致勃勃、那么地充满着童真野趣。这位老人好像远离了他所生活的都市的尘嚣，仿佛并不属于他所生活的那个时代。那么他所生活的20世纪50、60年代又是一个什么样的时期呢?

如前所述，20世纪50、60年代对于美国来说是一个经济上繁荣富裕、科技上快速发展的时期。20世纪60年代肯尼迪政府实施了“新边疆”政策，加快了经济改革的步伐，突出国家对经济的干预。“新边疆”政策和美国政府实施的一系列的社会改革使美国经济获得了持续的增长。美国政府对经济管理的干预成为战后25年内一种常态化的举措，这给国家的经济的确带来了繁荣，给人民的生活水平带来了提高。

但是，生活水平的提高并没有给美国的人民带来精神上的愉悦，这是因为美国的政府其时为了维护其垄断统治地位的稳固将工作的中心基本上都放在经济改革上，对文化建设、人民大众的思想建设则较少关注，这引起了人民的不满，其时所出现的“垮掉派”“旧金山文艺复兴派”在某种程度上都是针对政府在这方面的管理失当而应运而生的。况且，美国政府其时的改革是以财政赤字、通货膨胀和扩大政府开支以及刺激总需求为代价的，这些因素后来又促发了20世纪70年代的经济滞涨这样的严重问题。

除上述这些潜在的因素会酿成严重的社会问题外，还有美国国内严重的种族歧视问题，这一问题困扰美国社会多年，即至20世纪50－70年代它导致了轰轰烈烈的美国黑人民权运动的爆发、开展。从20世纪50年代开始直至20世纪70年代，美国黑人开展了一系列非暴力的抗议行动，到20世纪50年代中期至60年代中期，美国黑人反对种族歧视和种族压迫的斗争可谓达到了高潮。1955年，在阿拉巴马州蒙哥马利市，为了反对公车上的黑白隔离措施，美国黑人进行了集体罢乘活动。1963年，在华盛顿哥伦比亚特区，25万名群众集会反对政府的种族隔离措施，“以支持种族平等”。[7] 参加民权运动的美国黑人们采取抵制、静坐、游行、和平进军等方式，强烈要求政府能接受他们的要求。1966 年，斯托克利·卡迈克尔（Stokeley Carmichael），作为一名反对种族歧视的自由乘车运动者，提倡“黑人团结起来通过任何必要的手段为自身的解放而斗争”[8]。从 1964 年以后，美国黑人的民权运动逐渐从先前的非暴力走向武装抗暴斗争的道路。民运领袖小马丁·路德·金，作为“一名非暴力主义的提倡者，号召进行大规模示威游行以强行取得经济和社会公正”。[9] 1968 年 4 月 4 日，他在田纳西州孟斐斯（Memphis）支持罢工的黑人环卫工人[10]时，被人暗杀身亡。

20 世纪 50、60 年代美国经济的发展、国力的增强也使美国作为一个超级大国向海外扩张的野心得以扩大、增强。从 1955 年开始，艾森豪威尔政府就开始扶植南越的西贡政权，建立亲美民主政府，对北越共产党大肆屠杀，由此越南战争，即由苏联和中国等社会主义国家支持的北越（越南民主共和国）和由美国等资本主义国家支持的南越（越南共和国）之间的战争开始爆发。从 1961 年开始，肯尼迪政府出钱出兵派顾问，以支持南越对北越的战争，至 1965 年，约翰逊政府将战争升级，共派兵 50 万至越南参战，对越北方进行狂轰滥炸。美国政府对别国内政的干涉及对越的侵略激起了美国高校学生强烈的反战情绪。1965 年美国高校学生发起成立“学生争取民主社会组织”（SDS）以反对美对越战争，该组织还组织了一次有近 2 万人参加的游行活动，他们在白宫前，抗议政府发动战争。后来该组织人数不断扩大。1965 年，“密歇根大学举行了首场越南‘时事宣讲会’”，[11] 动员广大学生、民众反对美国对外政策，反对对越战争。学生们针对政府在学生中征兵还成立了反征兵组织。1967 年 10 月，有 1 万多名游行示威者，“堵住了加利福尼亚州的奥克兰就职中心入口”，[12] 强烈要求政府停止征兵，另外。还有 20 多万人在华盛顿举行反战大游行。1968 年反战运动升级，由抗议转为反抗，并为此而受到政府和军警的野蛮镇压。学生们反战情绪高涨，积极参加示威大游行，强烈要求政府停止侵越战争。对社会发展、人类文明的进步来说，学生们的主张和行动自然有其合理、正确的一面，但示威游行、抗议、反抗、斗争及由此而引发的镇压等事件无论如何都影响了社会的稳定。因此，20 世纪 60 年代对美国来说虽是个大变革时代，但也是社会大动荡时代。

除了美国黑人民权运动、高校学生反越战运动外，20 世纪 60 年代还爆发了美国女权运动。美国妇女们为了实现经济上的独立，摆脱对男性的依附，以最终实现两性平等，改变社会对女性由来已久的歧视、压迫，纷纷起来反抗以男性为主导的观念，向一切在两性关系上的旧的传统观念、以男权意识为中心的社会意识形态进行挑战。女权运动促进了社会思潮的进步，解放了广大妇女们的思想，使她们在社会的各行各业和家庭生活中都能获得一定的尊严、地位和权利。但女权运动毕竟是对美国根深蒂固的旧的文化传统的一次大挑战，因此它对社会秩序也必然会带来一些动荡。

总而言之，20世纪60年代在美国历史上是一个风云大际会的时代，在这一时期，改革、创新、发展与动荡、骚乱、无序并存。在这样的社会背景下，加里·斯奈德，作为一名知识分子，一个热爱佛教、研习禅宗多年的诗人，自然会与我国古代的很多信奉佛教的知识分子一样，想到风景如画的高山流水中，想到群山的宽广怀抱、森林的葱翠温馨、溪水的清爽怡人中去寻找温暖和安适，以获取人生的智慧和力量来应对新时代的各种挑战。很多人会将诗人的这一行为看成是一种消极避世之举，也有人会将之视为一种贪图安逸的行为。如我国很多学者在评论我国古代的一些山水诗人及他们的代表作时，常常会在文后附上这样的评论，认为他们是在避世，其沉湎于山水之乐仅是一种隐者的雅趣。我认为，这样的观点未免过于武断、片面，也略有些肤浅。诗人们因不满朝政的混乱、黑暗，世道的不公、邪恶，而遁入山林，他们从自然所独具的美质中获取有关人生的真知灼见，并以这样的真知灼见来影射、讥讽他们所面临的不合理的社会现实，以充满智慧、洋溢着满腔热爱之情的诗句赞美生活中的劳动人民和他们朴实善良的品质，这其实说明诗人们并没有放弃自己的社会责任。他们在青山绿水的环境里，歌唱自然的美好、纯净，但每首诗都会隐含着对混乱无序、黑暗腐恶的社会现实的鞭挞。加里·斯奈德的山水诗也是如此。他歌山咏水也是为着纠正社会的邪恶、稳定社会的秩序、净化美国的空气。加里·斯奈德本人就是一名“垮掉派”成员，也可以说是“旧金山文艺复兴派”一员，诗人们加入或创建这些组织，其目的就是要承担拯救社会的重任，尽管这些团体的成员所采取的方式如纵欲、吸毒等显得过于偏激，对人民大众的健康、社会的安定会带来一些危险的因素，但他们要求社会改革，要求自由民主的愿望，要求社会能在稳定、和平、安宁的环境下健康发展的欲求则是合理的、正确的。他们从城市的喧嚣嘈杂中走出，步入这能耳闻声声鸟鸣，目见琮琤溪水和壮美雄奇的苍山，仰望从九天飞流直下的银河急瀑、碧蓝如洗的天空，撩起一捧水花，银珠四溅，光芒耀眼，或对着大山深处高声喊叫，那如洪钟般的声音在山谷中久久地回荡鸣响，这与秀水相拥、与群山相偎、与林木相依的景致是何等的惬意，何等的令人心旷神怡啊！这样的景致是只有天上的神仙才能享受得到的幸福美景。加里·斯奈德在诗中以抒情的笔触描写大自然中这些迷人的风光，无疑会给自己烦躁、疲惫的心灵带来莫大的慰藉，但更重要的是，诗中自然所拥有的秩序、平衡、纯洁、美丽会与外部社会里的骚乱、动荡形成强烈的对照。自然的美质无疑会如一缕清新的晨风吹散社会的粉尘，会如一泓清泉涤净尘世的污垢。文学作品都具有其特定的教育功能。自然山水诗此处就发挥了其应有的教育功能。诗中虽无详尽烦琐的说理，但它通过锦绣河山的生动描写，通过人与自然环境和谐相处的形象描画，以一种间接的，但却能予人以深刻印象的方式启迪人们要珍爱自然、热爱和平、维持社会稳定、追求自由和纯净的社会空气。

三、艺术特征分析

全诗只有一节，诗很短。诗行长短不齐，形式上看去，同上两首一样，还很像我国古代的宋词，也与惠特曼的自由诗很像。诗押了一些脚韵，但并不符合传统格律诗韵脚的规范。第四、六、七行末尾押了一个全同韵，该三行都以同一个词 pool 结尾。第三、五行末尾也押了一个全同韵，该两行都以同一个词 water 结尾。第八、九行末尾押韵。

诗中还用了一些行内韵，如在第一行，the – the ；在第十行，the – the。除一些不规则的脚韵、行内韵外，诗中还使用了一些头韵，如：第一行的 He、第二行的 He、第三行的 He、第四行的 He 和第五行的 hands；第一行的 crawls – creek，第一行的 foaming 和第三行的 finger；第三行的 water、第五行的 water 和第六行的 one；第五行的 Puts、第六行的 Puts – pool 和第七行的 pebbles – pool；第八行的 slaps – surface 和第九行的 stands；第八行的 He、第九行的 He 和第十一行的 hands；第八行的 water – with；第十行的 toward – torrent 和第十一行的 times；第九行的 rises 和第十一行的 Raises。

纵观上述韵的使用，在英国诗人的诗歌和美国诗人的诗歌中，押脚韵很少用全同韵，但诗人在该首短诗中押了两个全同韵。这两个全同韵出现在诗的五句诗行中，占了这首短诗诗行总数的近一半篇幅。还有两行末尾也押了韵。其余的诗行末尾均不押韵。从全诗来看，没有传统格律诗所谓的固定的、规范的韵式，但全诗诗行中，有近一半的诗行押脚韵，这无疑给全诗带来较强的韵味。另外，该诗同其他美国诗歌一样，喜用、多用头韵。短短的十一行诗中，用了十个头韵。这些韵的有效使用使全诗带上很强的乐感，同上文探究过的两首诗相比，该首短诗的乐感应是较强的。下面，本文分析一下该首诗的节奏：

Meeting the Mountains

He cráwls | to the édge | of the fóam | ing créek
He backs úp | the slab lédge
He púts | a fín | ger ìn | the wát (er
He túrns | to a tráp | ped póol
Puts both hánds | in the wát (er
Puts one fóot | in the póol
Drops péb | bles ìn | the póol

He sláps | the wá | ter súr | face wìth | both hánds
He críes | out, rí | ses úp | and stánds
∧Fá | cing tó | ward the tór | rent ànd | the móunt (ain
∧Ráis | es úp | both hánds | and shóuts | three tímes!

该诗的基本节奏为抑扬格，因诗行长短不一，故各行的音步数不尽相同。除有十处音步为抑抑扬格替代外，其余的均为抑扬格音步。该诗节节奏变格很少，除抑抑扬格替代外，仅有五处其他的变格。一处为第三行末尾出现的超音步音节替代，一处为第五行末尾出现的超音步音节替代，一处为第十行开头出现的单音节替代，一处为第十行末尾出现的超音步音节替代，最后一处为第十一行开头出现的单音节替代。如前文所述，对于后现代主义诗人创作的诗歌，节奏变格中出现的抑抑扬格替代一般可以不予计较，它和抑扬格都属上升的节奏，对主节奏抑扬格变化的幅度甚小，何况诗离传统格律诗统治英语诗坛的时间较远，故对这方面的要求也不能过于严格。总而言之，诗的节奏变格很少，这一特点是与诗的思想内容、情感意蕴紧密相关的。诗中人在清新秀丽的大自然中，像一个天真无邪的少年一样，饶有兴味地攀爬岩石，伸指于清凉爽洁的溪水和深潭之中，一会儿投石于深潭，一会儿双手拂水；一会儿站立起来，面对着飞瀑激流和雄伟的高山，双手直指苍穹，高声呼喊。诗中的“他”在美好的自然环境中，忘却了生活中的一切烦恼，抛弃了社会现实中的一切包袱，远离他所处的那个时代所特有的喧哗、纷扰、骚乱和恐慌，在这个像琼楼玉宇的神仙世界里，他欣喜异常，欢呼雀跃，仿佛这里才是他真正的家，才是他心灵真正的归宿。他似与周围的山山水水和谐有机地统一在一起了。诗宣扬了一种天人合一的理念，诗中人对自然沉迷，对自然的喜爱，对自然的崇敬，使他成为了美好大自然的一个部分。自然给予他以快乐，自然给予他以幸福，自然让他回到浪漫天真的少年时代，自然让他回到母亲的怀抱。这样的思想内容、意境情感必然要配上较为流畅的节奏，这样，诗中充沛的情感，人与自然融为一体的思想才能在美好流畅的节奏中缓缓地流淌出来，给人带来溪水的清凉、大山的壮美之感。

诗中用了不少韵，尤其是后现代主义诗人在诗歌创作中一般已不再用的脚韵，诗人在前两首诗中也没用脚韵，只是用了一些腹韵，但在这首诗中，诗人却用了不少的脚韵，虽然脚韵并未形成规范的韵式，但它对诗的乐感是起到了增强的作用的，这一点上文已有论述。诗人对脚韵、头韵的使用也关联着诗的思想内容、意境情感。因为韵能给诗输入乐感，韵再配上流畅的节奏无疑会使诗如溪水般淙淙流淌，吟咏出天人合一，人在优美的自然环境中欣悦激动这样的艺术内容和艺术意境，从而使诗的艺术魅力得以张扬、发挥。该诗没有统一规整的传统格律诗所特有的韵式，但不少诗行入了韵。除此，诗中还用了头韵、行内韵等。该诗诗行长短不齐，但每行的音步具有可分辨性，每行具有一定的节奏格式。全诗的基本节奏为抑扬格。综合这些因素，该诗在艺术形式上要比前两首更为接近传统，其诗体因属英语现当代格律诗。

该诗创作于 1970 年，而前两首则创作于 1959 年，为什么该首《会见群山》一诗要比前两首更为传统、规整呢？在英语诗歌领域中，对传统格律诗变革力度最大的是自由诗，但自由诗发展最为快速、最为普遍的年代是从第一次世界大战到第二次世界大战这一时间段。但“到了 1941 年许多重要的诗人认为它是相当老式的了（rather old－fashioned）。”[13]在盛行了一段时期以后，自由诗在读者中的欢迎度、接受度开始越来越小，创作自由诗的诗人也越来越少。即至 20 世纪 50 年代以后，人们又开始产生了一股恋旧、怀古情绪，不少诗人又开始创作格律诗，像加里·斯奈德在 1959 年和 1970 年分别创作了半格律半自由诗和现当代格律诗，都表明，其时诗人在诗歌创作中有一种向传统回归、向传统看齐，从传统中汲取养分的趋向。

诗歌语言朴实清新，意境秀丽，感情真挚、奔放。文风不事雕饰，无忸怩作态的印迹。文笔流利自然，似随手写来，十分自然。诗人凭率真直爽的性情将自己对自然的喜爱倾注笔端，读此诗，我们可以栩栩如生地窥见诗人那洋溢着无比喜悦兴奋之情的心灵。该诗的语言结构非常规范，基本上所有的句子都是按主—谓—宾或主—谓—宾—状结构排列，这种句法结构在后现代主义诗歌中是极其少见的，就是在现代主义诗歌中也较为少见。诗歌句法结构的特点使诗意十分明朗、清楚，很像是一篇通俗易懂的现当代散文语言。这种句法结构易于将诗人对大自然的满腔热爱、与自然融为一体的情愫十分逼真、生动、率直地倾吐出来，感情充溢于诗的字里行间。全诗只在最后一行用了一个惊叹号，这惊叹号反映出诗中的“他”在自然中的无限畅快之情，反映出自然的美、自然的纯、自然的净给他的心灵所带来的巨大的震撼！诗中其余各行均不用标点符号，因诗中主人公在自然中已忘却了外界的一切，他对自然的热爱、他内心所沸腾着的激动和欣悦之情像喷涌而出的山间泉水一样汩汩流出，流水奔腾不息，中途毫无阻隔、停顿。

总之，就艺术风格而言，这是一首既非常优美、动人，又具有创新性的诗歌。

四、结语

如前所述，该诗在诗行安排上借鉴中国古代宋词的一些特点，诗行有长有短。但实际上，美国浪漫主义时期的惠特曼在其自由诗中，也会创作出大量的参差不齐的诗行，所以在这一点上，加里·斯奈德也可以说对惠特曼自由诗诗行的特点进行了一定程度的继承，这一推断也符合“垮掉派”成员对惠特曼都怀有深深的崇敬，并喜欢学习惠特曼的浪漫主义的创新精神这一特性。该诗的句法结构与前两首不同，该诗的句法结构基本上符合英语散文的句法结构的特点，而前两首诗的句法结构借鉴、吸取了汉语，尤其是中国古代诗词的句法特征。而这一借鉴、吸取也造就了前两首诗的后现代主义特征。这首诗虽创作于 1970 年，与前两首诗的创作时间间隔较远，也属于文学上的后现代主义时期，但句法结构上并不属于后现代主义的诗歌文本的句法结构。该首诗的句法结构十分规范，甚至要比现代主义乃至浪漫主义时期的诗歌句法结构还要规范、正式。因此，该首诗在语言的结构上不属于后现代主义的诗歌，也不属于后现代主义之前的现代主义诗歌。

诗歌的句法结构借鉴吸取了散文的句法特点，因这一特点易于将诗人沸腾的情感倾泻而下。惠特曼的自由诗在句法上就借鉴吸取了散文的不少特点，加里·斯奈德在这首诗中也进行了借鉴和吸取，他们这样做的目的都是为着能将诗的艺术内容、艺术情感、艺术意境十分生动形象、非常完满自然地表达出来。在发展民族主义文学的道路上，是离不开借鉴和吸取的，没有借鉴和吸取就没有艺术的创新和发展。句法结构是艺术形式上一个较小的方面，但从这一较小方面，我们能看出诗人在艺术形式创新、民族主义文学发展方面所做出的努力和贡献。

诗人在艺术内容上也做到了借鉴、吸取，除此，他还做到了继承。他借鉴吸取了中国古代文化中所推崇的“天人合一”的思想，并将这一思想体现于该诗创作中。但“天人合一”这一思想在美国浪漫主义文学时期，也有诗人在其诗歌中触及过。如布莱恩特在他的《哦！乡村最美的姑娘》中描写了一位美丽、单纯、活泼的乡村姑娘在葱绿苍翠的树林中嬉戏、游玩的情景，揭示了美丽、清纯的姑娘与秀美的大自然融为一体的理念。因此，在这一点上，加里·斯奈德对美国浪漫主义诗人布莱恩特的创作主题还进行了继承。当然，同艺术形式上的借鉴、吸取和继承一样，艺术内容上的借鉴、吸取和继承也为美国民族主义文学的发展做出了贡献。

诗创作于 1970 年，那是风云变幻、各种运动风起云涌的 20 世纪 60 年代刚刚结束的年代。当历史的车轮驶入 20 世纪 70 年代时，60 年代社会局势动荡不宁的余波尚未平息，由 60 年代经济改革所带来的负面效应开始显现，经济滞涨开始逐渐形成。20 世纪 70 年代初几年，美国出现了经济衰退，衰退导致了大批工人失业，物价飞涨，通货膨胀率增高，生产下降。这极大地影响了人民群众的生活。人们不得不为基本的物质生活的保障而整日发愁、奔波劳碌，很多人常常感到身心疲惫。60 年代各种运动可谓纷至沓来。运动的规模和气势可谓一浪高一浪，刚刚进入 70 年代，人们又得为基本的生存而操劳奔走、忧烦劳苦。在这样的条件下，人们普遍地觉得生活的压力重如巨石，精神生活也因物质生活的紧张、沉重而变得毫无一点生趣。加里·斯奈德在这样的时期、这样的情势下，以一首首优美的诗歌提出了返璞归真、天人合一的思想，这一思想无疑是在为动荡不定的现实之舟寻找一块压舱之石，为风雨飘摇的社会局势寻找宁静的港湾，也是在为那些饱受生活的艰辛和磨难、精神和文化生活又极度贫乏的美国人寻找一片宁静安谧、怡适愉悦的安静之所。每个美国人都有自己的梦想，美国作为一个国家有自己宏伟灿烂的美国梦。个人的梦想都要融人一个国家、一个民族宏大的梦想之中。美国人深知，社会局势的动荡有其合理的、正当的成因，有其历史发展的必然性。黑人民权运动的爆发，是必然而然之事，因黑人遭受歧视、黑人白人不平等现象的存在已有若干年的历史，而人人生而平等的思想早已深入人心，运动的发展、思想的深入决定了黑人勇猛无畏的抗暴斗争的发生。青年学生的反越战运动的发生也是必然的，因为社会的发展需要和平的环境，人与人之间需要和睦友爱的关系。而多年来由顽固的男权意识所形成的对妇女的歧视也与人人生而平等的思想相抵触，这一抵触也必然导致女权运动的发生。应该说，这些运动都能推动社会的前进，文明进程的加快，但这些运动会在一定程度上加剧社会的动荡，加剧人们心头的不安和忧戚。这是自然而然的。人们在动之后要有静，热之后要有冷，在剧烈的社会运动之后，要有冷静的思考。当经济危机到来之时，人们在辛勤的奔波、繁忙的劳动之余，也应有一片清静的处所，平衡一下内心的躁动和紧张。诗人在此时提出天人合一的理念无疑是在用温暖挚爱的双手抚慰人们烦躁不安的心灵，无疑是在为社会寻找平衡、稳定、秩序的良方佳策。这一理念无疑会为美国梦的内涵增添新的内容，无疑会为个人的美好梦想及辉煌的美国梦的飞翔提供温润美好的滋养和强劲的动力源泉。

注释

[1] 朱光潜. 西方美学史［M］. 北京：人民文学出版社，1979：584

[2] 胡经之，李健. 中国古典文艺学［M］. 北京：光明日报出版社，2006：259

[3] 胡经之，李健. 中国古典文艺学［M］. 北京：光明日报出版社，2006：261

[4] Gary Snyder— Wikipedia https：//en. wikipedia. org > wiki > ...

[5] 卡罗尔·帕金，克里斯托弗·米勒，等. 美国史（下册）［M］. 葛腾飞，张金兰，译. 上海：东方出版中心，2013：208

[6] 卡罗尔·帕金，克里斯托弗·米勒，等. 美国史（下册）［M］. 葛腾飞，张金兰，译. 上海：东方出版中心，2013：208

[7] 卡罗尔·帕金，克里斯托弗·米勒，等. 美国史（下册）［M］. 葛腾

飞，张金兰，译．上海：东方出版中心，2013：190

[8] 卡罗尔·帕金，克里斯托弗·米勒，等. 美国史（下册）[M]. 葛腾飞，张金兰，译．上海：东方出版中心，2013：179

[9] 卡罗尔·帕金，克里斯托弗·米勒，等. 美国史（下册）[M]. 葛腾飞，张金兰，译．上海：东方出版中心，2013：213

[10] 卡罗尔·帕金，克里斯托弗·米勒，等. 美国史（下册）[M]. 葛腾飞，张金兰，译．上海：东方出版中心，2013：213

[11] 卡罗尔·帕金，克里斯托弗·米勒，等. 美国史（下册）[M]. 葛腾飞，张金兰，译．上海：东方出版中心，2013：237

[12] 卡罗尔·帕金，克里斯托弗·米勒，等. 美国史（下册）[M]. 葛腾飞，张金兰，译．上海：东方出版中心，2013：238

[13] 吴翔林. 英诗格律及自由诗 [M]．北京：商务印书馆，1993：268

第五章　詹姆斯·兰斯顿·休士和他的经典诗歌

第一节　论詹姆斯·兰斯顿·休士和他的《黑人说河流》

Langston Hughes
The Negro Speaks of Rivers

I've known rivers:
I've known rivers ancient as the world and older than the flow of
  human blood in human veins.
My soul has grown deep like the rivers.

I bathed in the Euphrates when dawns were young.
I built my hut near the Congo and it lulled me to sleep.
I looked upon the Nile and raised the pyramids above it.
I heard the singing of Mississippi when Abe Lincoln went down to
  New Orleans, and I' ve seen its muddy bosom turn all golden in
  the sunset.
I've known rivers:
Ancient, dusky rivers.

My soul has grown deep like the rivers.

正如美国社会的发展繁荣离不开美国各民族人民的共同奋斗、协心努力一样，美国文学的发展、美国文学的五彩缤纷也离不开美国各民族人民的勤奋耕耘、艰苦创新和悉心培育。在美国各个民族中，美国黑人，即非洲裔美国人对美国社会各方面的贡献是尤为突出的。在文学方面，美国黑人在量和质方面都取得了极其显著的成就。美国的黑人文学经历了一个漫长的发展阶段。

自黑人于1619年一踏上美洲大地时始，黑人文学的种子就开始播撒在美洲大地其时尚很贫瘠的文学土壤中，它与美洲土著居民印第安人的文学一样——一开始是以口头文学形式，主要是以歌曲、民谣、美国南部黑人圣歌形式口口相传的。随着美国内战的结束，美国黑人获得了一定的自由，这时，蓝调歌曲（blues），也叫布鲁斯歌曲，一种缓慢而伤感的美国黑人民歌开始产生，蓝调歌曲产生于做工歌曲和田间号子。田间号子歌是美国黑人劳动时所哼唱的歌曲，有问有答，有唱有和，类似于我国民间传说中的壮族少女刘三姐和她的乡亲经常举行的对歌会。这种音乐形式产生于黑人的故乡——非洲音乐中的应答轮唱。蓝调歌曲音调忧伤，旋律动听优美，描写了黑人的孤寂、漂泊、离别、丧失、恋爱、苦闷、磨难和凄惨的命运。一战后，爵士乐从蓝调歌曲中发展起来，但蓝调歌曲依然存在，并仍在不断地发展着。

直到18世纪60年代，美国黑人才开始创作书面文学（即：It was not until the 1760s that blacks began to produce literature in written form.[1]）。18世纪末，朱庇特·哈门（Jupiter Harmmon，1720—1800），纽约长岛的一个白人种植园里的奴隶，开始用简易的英语创作诗歌，诗歌属于宗教性的，规劝黑人奴隶要温顺、耐心、容忍、逆来顺受（即：his poems are religious，admonishing black slaves to be patient，enduring，servile and dutiful.[2]）。菲利斯·惠特利（Phyllis Wheatley，1753—1784）是另一位很有才华的奴隶诗人。1773年她出版了《有关各种主题的诗歌——宗教的和道德的》（Poems on Various Subjects，Religious and Moral）。诗中，尽管她赞美她的主人约翰·惠特利（John Wheatley），讴歌白人社会，但字里行间仍透露出其内心的愤懑和对自由及被解救的热烈期盼。对蓄奴制的仇恨，对自由、平等及有朝一日能被解放的期望后来成为美国黑人文学一以贯之、坚持不懈的创作主题。

与诗歌一同创生并发展的是美国黑人的记叙性文学，大多叙述黑人从出生到死亡这一生中所经历的各种各样的苦难和所遭受到的各种非人的待遇及残酷的迫害。除记叙性文学外，美国黑人在小说领域里也取得了很大的成绩。威廉·威尔士·布朗（William Wells Brown，1816—1884），一个逃亡的黑奴，于1853年出版了第一部非裔美国人小说《克劳特尔；或总统的女儿》（Clotel；or The President's Daughter）。在19世纪落幕之时，查尔斯·W·契斯纳特（Charles W. Chestnut，1858—1932）也开始出版小说，并奠定了其在美国文学史上，尤其是在美国黑人文学领域里的重要地位。

在19世纪和20世纪交替时期，在美国诗坛上，人们能经常看到保罗·劳伦斯·邓巴（Paul Laurence Dunbar，1872—1906）和詹姆斯·威尔顿·约翰逊（James Weldon Johnson，1871—1938）活跃繁忙的身影。这两位黑人诗人均以其大量的优秀的诗歌为黑人诗歌的发展作出了自己杰出的贡献。

当20世纪20年代到来的时候，美国黑人的艺术园地里掀起了一股规模宏大、气势颇为壮阔的风潮，这就是哈莱姆文艺复兴运动（即：Harlem Renaissance[3]）。哈莱姆地区本为纽约城中荷兰移民的居住区，20世纪20年代，117，000名白人离开了哈莱姆，随即，87，000名黑人涌入哈莱姆居住（即：During the 1920s，117，000 whites left Harlem and 87，000 blacks moved in.[4]）。哈莱姆成为纽约最大的黑人聚居区，同时它也是黑人的文化首都，因为在这批黑人中，有不少是受过教育的黑人，其中包括很多的黑人知识分子和艺术家。美国内战结束后，随着经济的发展，社会的变化，美国黑人中产生了一批中产阶级，他们有稳固的社会地位，经济上具有一定的独立性，文化水平上，他们都曾接受过良好的教育，黑人知识分子及艺术家大都属于这一阶层。这些黑人知识分子和艺术家经常聚集在一起，形成了哈莱姆地区一个稳定的团体，他们相互交流思想，彼此勉励，互相分享作品出版面世所带来的胜利喜悦。本节所研究的兰斯顿·休士就是这一团体的代言人，他和他的同伴一道倡导黑人文学应摆脱文化传统的约束，应开创出黑人文学的新潮流。文学艺术应着力塑造新黑人形象，应摆脱以往那种逆来顺受的黑人形象对人物塑造的影响。他们提倡黑人应恢复自尊和自我独立性，他们内心要洋溢着一种活泼、轻快、朝气蓬勃的精神，这样才能对抗外在的压力。他们通过这场运动传播黑人的文学创作思想、文学创作方法、文化理念及黑人要求独立、自尊、自由的愿望，同时通过这场运动，他们要让人们尤其是白人能了解黑人的美、黑人的活力、黑人的自信和黑人诚实的品质，以及黑人对社会发展、黑人对文学艺术的繁荣所作出的不可磨灭的贡献。上面的《黑人说河流》在某种程度上能体现出哈莱姆文艺复兴运动的一些宗旨。下面，本文具体地研究一下该首短诗。

一、大意解读

第一节，我已了解了河流：我知道，河流像世界一样的古老，它比流淌在人类血管里的血液还要古老，我的灵魂变得像河流一样深刻。

第二节，当东方刚刚破晓时，我在幼发拉底河沐浴，我在刚果河附近建造茅舍，河水潺潺流过，催我进入梦乡。我面朝尼罗河，在河畔竖起了金字塔。当亚伯拉罕·林肯沿着密西西比河去新奥尔良时，我听到河水在吟唱，我还看到大河浑浊的胸膛在夕阳下泛起金色的光芒，我了解河流，古老而黑黝黝的河流。

第三节，我的灵魂已变得像河流一样的深刻。

二、主题思想讨论

这首诗作于1920年，诗人那时刚满18岁，刚刚结束高中阶段的学习。为了同远在墨西哥的父亲谈论未来的人生规划，他搭乘开往墨西哥的火车。当火车经过密西西比河时，他望着滔滔不绝、奔腾向前的河水，不禁感慨万端，浮想联翩，仅用了10分钟的时间，便写下了这首传世名作。诗人其时虽很年轻，但其诗恰如他诗中所说的灵魂一样非常深刻，含义丰繁、深邃。

从诗里，我们可以看出，密西西比河给了诗人无限多的感触，丰富的联想。首先浮现于诗人心头的感触应来自于密西西比河本身。密西西比河，不论说在美国，还是说在世界的版图上，都不是一条普通的河流。在美国，它是最大的河流，在世界上，它名列世界第四长河。密西西比河以全长流程达3767km，流域面积占41%的美国国土面积的雄姿成为整个北美大陆的第一长河，其长度仅次于非洲的尼罗河、南美洲的亚马逊河和中国的长江。大河从艾塔斯卡湖（Lake Itasca）流出后，极目远眺，可见河对岸，山峦起伏，风景优美，明尼苏达州湖泊星罗棋布，大小不一，它们一个个将充沛的湖水源源不断地输入大河，河水波涛翻滚、奔涌不息。在大河的上游，坐落着“千湖之城”，那是美国中北部最年轻的大城市——“双子城”。双子城是美国中北部较大的商业、金融、电子、农业机械和运输机器制造中心。大河的中游以平静稳定的水流，深广阔大的航道，流经美国经济比较发达的平原地区。这里有美国很多重要的经济中心和交通枢纽。最引人注目的是“通向西部之门”——圣路易斯，几百年来，无论是在英国殖民地时期，还是在美国独立以后，一代又一代的移民们克服重重困难，长途跋涉，纷纷从东部向西部进发，他们要征服遥远的西部边疆，到那里垦荒种地，劈山造田，到那里淘金，希图能早日发家致富。圣路易斯是他们的必经门户。这些有着顽强斗志、不屈不挠战斗精神、不畏艰难、不怕牺牲的拓荒者们都形象地将圣路易斯称为“通向西部之门”。在美国，一提起密西西比河，人们就会想到圣路易斯，想到那些勇猛顽强、敢于冒险的美国先民们，是他们的勇敢开拓，才有了美国今天的繁荣强大。为了让人们永远地牢记圣路易斯，缅怀先民们的拓荒精神，美国人于1965年在圣路易斯密西西比河畔建造了直插云霄、巧夺天工的萨里南拱门，风光旖旎、雄伟壮阔的密西西比河宛如一条白练或玉带从拱门脚下浩浩而过，气势极为雄壮，给大地增添了巍峨的风姿，给附近的城市增添了多彩的风光和恢弘的气势。大河的下游，可见温润的气候、充足的雨量，它们一同为那里的土壤提供了丰富的营养，下游地区有美国玉米的最大产地，还有最大的港口城市孟菲斯（Memphis）。孟菲斯不仅是世界上最大的现货棉花市场，而且还是世界上最大的硬木木材市场。孟菲斯又是音乐之都，很多人喜欢演唱布鲁斯歌曲，美国很多著名的音乐家都在这里及密西西比河畔长大，整个城市沉浸在浓郁的音乐氛围中，随处可以听见节奏铿锵有力的布鲁斯音乐。孟菲斯于20世纪50年代又成了美国摇滚乐的发源地。除此，这里还有美国农机制造、汽车装配、制药、木材和农产品的加工基地。密西西比河在巴吞鲁日（Baton Rouge）城下，开始进入三角洲地区。那里巍然屹立着美国最大的海港——新奥尔良，海港不仅有迷人的海上风情、秀美的自然风光，它还承担着大宗货物的中转、运输，而位于新奥尔良西北 116 千米处的巴吞鲁日，不仅风姿雄奇、巍然，而且它还以其生产的著名的石油和化工产品而成为美国南方重要的工业城市。

诗人在第一节说他了解河流，了解他在火车上目之所及的密西西比河，他对上文所阐述的密西西比河雄伟、秀丽的风光，对大河所流经的区域那些伟大的城市，和这些城市闻名全国、享誉全球的一些工农业产品，对区域内的一些著名的风景名胜、伟岸的海港在美国社会发展过程中所担负的重要作用不可谓不晓。了解了这些，作为美国社会的一名建设者，作为一个自小就在美国本土出生、长大的年轻人，他能不为美国所拥有的这条伟大的河流而自豪吗？自古，人类就逐河而居，因水是生命的源泉，水可以说是人类的乳汁，而河无疑是人类的母亲。这条自北向南直泻而下的河流，几乎将美国切分为东西两块，它自诞生之日起，不知养育了多少美国的儿女，有多少美国的子子孙孙们吮吸了它甘甜的乳汁而茁壮健康地成长。它像人类所赖以生存的地球一样古老、悠长，它比奔流在人类血管里的血液还要古老，因为没有河水的滋润、营养、补给，就不会有生命的存在，不会有鲜红的血液在血管里奔涌，不会有一代又一代人类的繁衍，也不会有人类的健康和生命的延续。想到这里，诗人觉得他的灵魂变得像河水一样深刻，因为他从河想到了人类的存在，想到了生命的延续，他变得不再单纯，变得像哲人一样深邃无比。

雄伟、壮观、美丽的密西西比河见证了美国的沧桑巨变，同时它也见证着 20 世纪 20 年代美国的繁荣富强。“1921 至 1922 年间，国民生产总值增长了 15%，这是比飞速发展的战争时期更大的跳跃性增长”[5]。在 20 年代，大多数美国人都买得起汽车，新住房建设也获得很大发展，它与汽车工业一样，成为推动经济增长的主要因素。另外，城市电影业发展迅猛，很多家庭都拥有了收音机。20 世纪 20 年代美国的社会面貌发生了翻天覆地的变化，这一变化带来了经济的繁荣、人民生活水平的提高，也带来了人民精神风貌的乐观自信。这一变化无疑是美国各族人民经过多年的艰苦奋斗、勤奋探索、勇敢开拓所取得的，这其中也凝聚着美国黑人的心血和汗水。无论是内战前，还是内战后，抑或是美国建国之前，黑人都为美国的发展、美国的繁荣付出了艰辛的、常人所难以想象的艰苦劳动。美国的每一寸土地，美国的每一片山河都清晰地见证着黑人勤奋劳动、艰难创业的辉煌历史。密西西比河的宏伟、河两岸的繁华富饶其实象征着美利坚合众国的繁荣昌盛，而在这繁荣昌盛后面，有美国人民，其中包括美国黑人辛劳的付出，无谓的牺牲，美国黑人在被剥削、被压迫，甚至在遭受无情迫害和欺凌的条件下为国家建设所作出的巨大努力。兰斯顿 · 休士看到了密西西比河，目睹了河两岸的繁荣和秀美的风光，他为大河骄傲，为富强的美国自豪，他更为他的祖先们，那些自 1619 年始一代又一代被贩卖到美国劳动的非洲裔美国人而感到自豪，因为美国今日的繁华离不开他们的劳动，是他们与其他种族的人（包括白人）一道用勤劳的双手缔造了美国的繁荣，是他们用辛勤的汗水、沸腾的热血创造了美国历史上一个又一个奇迹，没有他们，就不可能有美国的现今。

密西西比河带给休士无比的自豪感，但它也会给他带来忧伤、愁苦和愤懑。上文提到的孟菲斯是世界上最大的现货棉花市场和最大的硬木木材市场，但它在历史上也是最大的奴隶市场，很多奴隶被贩卖到河的下游或三角洲地区，会遭遇可怕的噩运。马克·吐温笔下的哈克和吉姆乘木筏顺密西西比河一起逃亡，很容易让诗人想起那罪恶的奴隶制，想起奴隶制铲除后社会上仍存在着的种族隔离现象。林肯一次乘木筏沿密西西比河前往新奥尔良所见到的奴隶惨遭欺压迫害的景象让林肯触目惊心，也会让诗人心痛不已。密西西比河所激起的联想会让诗人倍觉痛苦、气愤，但这种痛苦气愤的感情同时也会激起诗人强烈的民族自尊心、民族自豪感。这种强烈的自尊、自爱、自豪使诗人从密西西比河自然地联想到远在千里之外、万里之遥，相隔千山万水的非洲故乡，那里的山山水水、那里闻名全球的名胜古迹也同样会让诗人产生自豪、骄傲的情感。

在诗的第二节，诗人提到了非洲的刚果河、尼罗河以及金字塔。刚果河位于非洲的中西部，从流量来看，它仅名列亚马逊河之后，应为世界第二大河。与密西西比河只贯穿于美国的南北部不同，刚果河流经多个国家，整个流域面积包括了刚果民主共和国的几乎全部，刚果和中非共和国的大部分领土、赞比亚的东部地区、安哥拉的北部领土以及喀麦隆和坦桑尼亚的部分地区。刚果河流域宽广，周围支流密集、副支流众多，还有很多小河也都流向刚果河。刚果河流域雨量充沛、水源充足，所流经的地区都有四季常青的森林，森林的外围便是一片茫无际涯的绿色海洋——非洲的热带大草原。刚果河有着悠久的历史，早在公元前后，班图人就在刚果河下游建造居所，后来人群逐渐密集起来，势力也逐渐强大，最终发展成为中南部非洲一股实力强大的部族，征服既而取缔了其余部族。13 世纪末至 14 世纪初，下游地区诞生了刚果王国，并控制了河口地区，由此，刚果河也就得名了。刚果河自诞生之日起，养育了非洲多个国家的人民，非洲人民不仅终年吸吮到它甘甜的乳汁，而且河流周围众多蔚蓝色的湖泊，还有无数条从悬崖上急流而下的瀑布，是那么地耀人眼目，那么地怡情悦神，那么地秀美壮观，非洲人民都深深地感恩这条堪称人类母亲的河流，是她给予了他们以生命、活力、健康和美丽。

刚果河从长度来说，仅次于尼罗河。尼罗河是非洲的第一大河，它也是世界第一长河。尼罗河流经非洲的东部和北部，从南向北，最后注入地中海。从远古时始，尼罗河谷就是一片“稻花香里说丰年，听取蛙声一片”的喜人的丰收景象，尼罗河奔腾在撒哈拉沙漠和阿拉伯沙漠的左右夹持之中，河水蜿蜒前行，奔流不息，犹如一条绿色的长龙，充满着勃勃的生机和青春的活力 。尼罗河流域是世界古代文明的摇篮之一。有河就会有人，有人就会有先进、发达的文明，因人富有智慧，人凭借自己的聪明才智、勤奋努力能创造出人间一个又一个伟大的奇迹。人能上九天揽月，能下五洋捉鳖，人类能创造出地球上一切先进的文明。尼罗河下游的埃及是世界四大文明古国之一。埃及早在公元前 5000 年就有了农业，埃及人很早就懂得如何种植栽培农作物，如何兴修水利。埃及人还于很早的时候就发展了天文学，制定出人类最早的太阳历。古埃及在建筑、雕刻和绘画等领域均取得过举世瞩目的成就。尼罗河畔，开罗附近是高耸入云的雄伟壮丽的金字塔和狮身人面像。它们与其说是古埃及人为帝王（法老）修建的陵墓，倒不如说是勤奋的埃及人奉献给人类的一份绝世杰作。“最高大的胡夫金字塔高 146. 5 米，底长 230 米，共用 230 万块平均每块重达 2. 5 吨的石块”[6]一块块地垒砌而成，占地面积达 52000 平方公尺。更令人称奇的是，石块与石块之间没有使用任何如水泥样的黏着物，全凭石块间的彼此叠压和相互咬合连接在一起。金字塔历经千年沧海桑田、风雨侵蚀，而巍然不倒，它一直以其雄伟的身姿、高大健壮的躯体向人们讲述着古埃及人超凡的智慧、过人的勇气、奇妙的构思、大胆的设计和伟大的勤奋精神。

刚果河、尼罗河都堪与美国的密西西比河媲美，而埃及的金字塔也丝毫不逊于密西西比河周围的城市建筑，这两大河流和金字塔是非洲人民的骄傲，它们是美丽、壮观的化身，更是勤劳、勇敢、智慧、勇气的象征。两大河流中的每一滴水珠都是黑人洒下的晶莹汗水，因为河流的治理、环境的保护需要黑人辛勤的付出，金字塔上的每一方石块都凝聚着黑人勤奋劳动的心血。伟大的建筑同伟大的河流一样见证着黑人创造文明、建设世界、美化地球的丰功伟绩，密西西比河河水闪耀着黑人智慧、勤奋的光芒，刚果河、尼罗河、金字塔闪现着黑人勤奋劳动、服务人类、献身文明创造的身影。美国社会中所一直存在着的种族歧视、种族隔离现象不仅是对黑人的人身侮辱，更重要的是对黑人创造历史、献身人类文明进步的漠视和否定。非洲和美国的历史充分地证明，黑人也是历史的创造者，人类文明的进步、社会的发展也有黑人一份不可磨灭的贡献。

诗人从密西西比河还想到了中东的一条著名的河流，即发源于土耳其安纳托利亚高原和亚美尼亚高原山区，流经叙利亚和伊拉克的幼发拉底河，该河与位于其东面的底格里斯河合流，注入波斯湾，这是西南亚最大的河流。幼发拉底河是人类最早的发源地，东方古代文明的发源地之一。两河所流经、滋养、温润的美索不达米亚平原曾经是古巴比伦的所在地，这片古老、丰饶的土地曾见证了世界上最早的文明曙光——美索不达米亚文明（即两河文明）之光。公元前 4000 年，勤劳智慧的两河人发明了楔形文字。文字的发明促进了两河文明的发展，而两河文明的发展又促推了尼罗河文明和印度文明的进步。希腊人从文明的这一相互促进中学到了数学、物理学和哲学，犹太人从中获取了神学知识，并将之广为传播、散布；阿拉伯人从中摄取了建筑学方面的知识，并影响了中世纪整个欧洲的建筑风格，美化了城市的风貌。约公元前1792年，《汉谟拉比法典》颁布发行，为世界文明史增添了法治、秩序、公正的一页，促使人类的发展向更文明、更和谐、更有秩序的阶段迈进。

两河流域的文明是不同种族的人共同建设、创造、发展而形成的。早在西元前1000年初期，该河流域分别为南部的巴比伦人，中部的阿拉米人和北部的西台人所居住。阿拉米地区后来成为亚述帝国的一部分。其中的“阿拉米人属欧罗巴人种地中海类型。北非和南阿拉伯的一部分人混有尼格罗人种特征”[7]。西台人属于印欧赫梯人，而巴比伦人是指世世代代居住在“古巴比伦地区的人民，含阿摩利人、苏美尔人、阿卡德人、迦勒底人等多个民族”[8]的人。在谈论两河文明的建设者时，我们是不能偏向某一种族，而将其他种族撇于一边的。不同种族的人在不同的历史时期、不同的社会发展阶段都为文明的进步贡献了自己的聪明才智、心血和汗水。他们在人类社会的发展史上，在人类文明进步、发展的不同阶段上都留下了清晰而坚实的脚印，这脚印千秋万代不可磨灭，他们的功勋是永世不可篡改、侵夺的！

美国的种族主义者内战前将非洲裔美国人当作奴隶，对他们的心灵和人身进行残酷的蹂躏、侮辱和野蛮的迫害，内战后在奴隶制已被联邦政府废除之后仍竭力想复辟，回归内战前的状态，虽未能得逞，但对黑人采取非人道、不合理的种族隔离政策，这是在抹杀非洲裔黑人对美国社会的发展所做出的巨大贡献，否定黑人在人类文明的发展过程中所起的伟大作用，也是对黑人所付出的艰辛劳动的强行侵夺。

诗人热爱幼发拉底河，那清澈纯净的河水可以洗去他一身因劳作奔波而流下的汗水和灰尘，沐浴在那清亮的河水中，他会感到周身神清气爽，畅快无比。诗人喜欢刚果河，流水淙淙，他在河畔的木屋里听那似母亲摇篮曲一般的河水声，会甜美地进入梦乡。诗人对自己的祖先们崇敬不已，他们的智慧、他们的勤奋、他们的毅力让他敬佩有加，他会不由自主地将自己比作那些建造世界上最宏伟工程——尼罗河畔金字塔的祖先们，他要向他们那样创造人间奇迹，他要向他们那样让自己的作品流传千古。这些河流对于诗人来说都如母亲一般。他尊爱她们，正因为有她们的无私付出，才会有他祖先在非洲大陆上的存活，也才会有一代又一代的黑人兄弟姐妹在大陆上的繁衍生息。河流养育了黑人的子子孙孙、祖祖辈辈，黑人又以他们辛勤的汗水浇灌了大河流域肥沃的土壤，他们兴修水利、灌溉农田、栽培植物、保护森林、防止土壤沙化等，这些都是对母亲河一份真诚的孝敬，是人类馈赠给大自然的一份份丰厚的礼品，正因为有了黑人的辛勤劳作，才会有大河汤汤，潮水奔涌，才会有“飞流直下三千尺，疑是银河落九天”、滚滚大江东逝水的壮观景象。大河与黑人是紧密联系在一起的整体。诗人写非洲的母亲河、中东的大河，写非洲的伟大工程奇迹，有让世人了解黑人对人类作出了伟大贡献的意思，有警告种族主义者不要歧视黑人，停止种族隔离现象的用意，同时他还有一个意思，即文艺作品中诗人、作家们所经常论及的主题：人与自然是一体的，人离不开自然，自然也离不开人类。

诗人从密西西比河联想到了非洲的母亲河、中东的幼发拉底河及埃及的金字塔，然后思绪又返回到密西西比河。看到眼前的密西西比河，诗人心中在升腾起豪壮的情感之余会不免生出一股凄苦、辛酸的感觉，因大河勾起诗人对往昔奴隶制残酷的沉痛记忆，但当亚伯拉罕·林肯出现在诗人的脑际时，那沉痛的记忆又逐渐散去，林肯废除罪恶的蓄奴制、解放亿万黑奴的光辉举措就像太阳透过层层乌云放射出万道金光一样，让混浊的河水在夕阳下泛起金色的光芒，照亮了诗人心头的每一个角落。这是诗人在显示了黑人强烈的民族自尊心、黑人伟大杰出的才能之后提到了废奴英雄林肯，这无疑是在激励他的黑人兄弟姐妹们继续为黑人的彻底解放、黑人与白人的平等地位而英勇战斗、奋发努力，也是在提醒种族主义者，若继续顽固地坚持和执行种族隔离政策，会有第二个林肯出现在美国的政治舞台上，从而彻底消除种族隔离，实现种族平等。

诗人了解这些河流，她们可以说都是人类的母亲，都是人类的骄傲，她们从远古走来，向遥远的未来奔去，大河那黑黝黝的躯体正如黑人的皮肤一样，闪耀着炫目的光芒，她们滋养着人类、创造着文明。整个人类社会的发展、人类文明的进步都离不开河流，正如离不开黑人的无私贡献、辛勤付出一样。

诗人以刚刚 18 岁的年纪写出了这首激情昂扬的诗歌，诗中论及了河流对人类文明发展的贡献，论及了黑人的民族自尊心和自豪感，触及了人与自然紧密相关、不可分离的思想，还隐约地透露出黑人要为自身的彻底解放而奋斗、种族主义者应停止种族偏见和种族隔离的政策和做法的意愿。诗歌短小精干，但内容非常深刻，正如诗人在第一节末尾和第三节所说的那样，“我的灵魂已变得像河流一样深邃”。

三、艺术特征分析

这是一首自由诗，诗行长短不齐，参差无序，最长的诗行有多达十三个单词，最短的诗行仅有两个单词。全诗没有格律诗那种全部以“音步”来说明节奏的传统格式。有的诗行可以分辨音步，有的诗行则不行。有些诗行末尾押韵，属全同韵，如第一节第一行末尾、第一节第四行末尾、第二节第七、八行末尾及第三节末尾都出现了一个 rivers，属全同韵，其余诗行末尾均不入韵，因此从全诗的韵式来说，诗没有统一、规整的韵式。全同韵主要是由诗句“I've known rivers”和“My soul has grown deep like the rivers”重复引起的。它的韵味更多地应得益于修辞技巧“重复”的巧妙使用。

诗没有韵式，但用了一些其他的韵，请看：

1. 头韵，如在第一节中，第一行的 known 和第二行的 known；第一行的 rivers、第二行的 rivers 和第四行的 rivers，第三行的 human - human 和第四行的 has，第二行的 the - than - the 和第四行的 the；在第二节中，第一行的 bathed 和第二行的 built，第二行的 hut 和第四行的 heard，第二行的 my - me、第四行的 Mississippi 和第五行的 muddy，第二行的 lulled、第三行的 looked 和第四行的 Lincoln，第二行的 sleep、第四行的 singing、第五行的 seen 和第六行的 sunset，第二行的 near、第三行的 Nile、第五行的 New 和第七行的 known，第一行的 the、第二行的 the 和第三行 the - the、第四行的 the 和第六行的 the，第七行的 rivers 和第八行的 rivers。

2. 行内韵，如在第一节中，第三行的 human - human；在第二节中，第二行的 I - my。

诗人在诗中用了大量的头韵，还用了两处行内韵，这一点同惠特曼创作自由诗时一样。头韵和行内韵使没有统一韵式的自由诗充溢着一股音乐美感，这使诗读起来朗朗上口，具有一定的吸引力。自由诗在惠特曼时代创作的人极少，但在第一次世界大战到第二次世界大战的二十年期间内，却得到了蓬勃的发展。该诗创作于 1920 年，正是自由诗开始为众多诗人关注、广大读者开始欣赏的年代，休士的这首自由诗正好适应了英美诗坛上的这一诗歌创作潮流及广大读者的审美趋向。

除在韵方面吸取了惠特曼自由诗的一些特点外，诗还吸取了自由诗富有演讲词风采的特征。惠特曼为了宣传他的自由民主思想，在广大的美国人民中播撒自由民主的种子，常常使其自由诗洋溢着一股股浓厚的演讲词的神采。他所采用的方法之一就是将诗行的第一个单词加以重复，同一个单词或词语让读者在同一首诗中聆听数次，这既加深读者对这一单词或词语的关注和重视，又能使诗听起来悦耳、富有感染力。如在第一节中，第一行第一个词语 I've 在第二行开头重复了一遍，该词语在第二节第五、七行又各重复了一遍。第一节第一行中不仅是起首词语在全诗中重复了四次，而且整行诗句在该节第二行和第二节第七行都进行了重复。第二节第一行的起首单词 I 在该节第二、三、四行均作了重复。不仅是重复起首单词或语句符合惠特曼自由诗带有演讲词的艺术特征，而且全诗的语调也非常符合惠特曼自由诗的这一特点。全诗语调直接，毫无含蓄蕴藉之味，诗人通过简单明白的语句将自己的思想感情直截了当地倾吐出来，这很像一个演说家在主席台上作演讲一样，不同文化层次的听众都能很快地理解演说人演说的思想内容。

诗的语言结构十分规整，几乎所有的诗句都是散文语言，每句中的各个成分基本上按传统语法的规则排列，语意十分清楚明朗。这样的句法现象使上文言及的诗的语调具有直接不隐晦的特点。诗中运用象征手法，诗人以非洲古老的刚果河、尼罗河和金字塔来象征故乡辉煌灿烂的文明，象征黑人对人类所作出过的伟大的贡献。诗人以此象征来影射美国种族主义者歧视、压迫、隔离、压制黑人行径之不成立、不正当、不合情、不合法！诗人又以中东一条古老的河流——幼发拉底河来象征人类文明的摇篮，而这一伟大杰出的文明是由不同种族的人所创造发明的。诗人借此欲说明，美国社会的发展、人类文明的进步是不同种族的人共同努力而实现的，美国的种族主义者要么顽固地坚持蓄奴制主张，要么实行种族隔离政策，这是在抹杀黑人对社会的发展、文明的进步所作出的贡献，他们的这种做法是与历史、事实相违背的。他们利用黑人进行社会建设、文明创造，但在对黑人的待遇上，却疯狂迫害、野蛮镇压、残酷隔离，这是毫无人道可言的。

诗中的河流都象征着人类的文明，第一节提到的 rivers，即“密西西比河”也象征着美国古老的文明，这一文明是不同种族的人，其中包括白人、印第安人、黑人等所共同创造的。密西西比河这一名称就取自于美国北部威斯康星州的阿尔贡金人（印第安人的一分支）所使用的印第安语言，在印第安语中，“密西”是“大”的意思，而“西比”意指“河”，“密西西比河”即意味着“大河”。诗中还使用隐喻，如用“混浊的密西西比河胸膛在夕阳下泛起金色的光芒”（its muddy bosom turn all golden in the sunset）来比喻“黑暗的蓄奴制被林肯全力铲除，阴霾散去，金色的阳光普照大地，黑人从阴暗中走出，沐浴在自由的阳光下”，它还隐喻“黑人于 20 世纪 20 年代所遭受的种族隔离现象终将寿终正寝，自由的阳光必将照亮每一个黑人的心灵”。诗人用“dusky rivers”隐喻黑人，黑黝黝的河水闪着光亮，正如黑人的皮肤在阳光下发着亮光一样。读到“dusky rivers”，我们似能见到黑人在河畔勤奋劳动的身影，我们似能想像到黑人对人类文明的发展所作出的巨大贡献。在“the flow of human blood in human veins”（人血管中血液的奔流）中，诗人也使用了隐喻，他以“血管中血液的流动”来隐喻“人的生命”。

诗人还使用“类比”（analogy）手法，如在“我的灵魂已变得像大河一样深邃”（My soul has grown deep like the rivers）中，诗人就使用了“类比”这一手法，他以密西西比河河水的深邃来比喻自己思想的深刻、深邃，比喻十分形象，想像很丰富。

诗中还使用了“重复”（repetition）手法，诗的第一节末尾及最后一节重复了“我的灵魂已变得像大河一样深邃”（My soul has grown deep like the rivers），这一重复突显了诗人在见到密西西比河时所产生的各种复杂的情感，密西西比河给诗人的脑海所带来的丰富的想像和深刻的思考。这一重复也启示读者，诗的意义浅中有深、平中有奇，读者须深入诗的字里行间才能吃透诗人蕴于其中的真知灼见、深厚的美学意蕴、深长透彻的哲理。

四、结语

诗歌创作的年代属于英美现代主义文学时期，现代主义文学最明显的标志是与传统文学形式的分裂，它热衷于追求新的文学表现方式，对技巧、技艺展示出浓厚的兴趣。上文所说的自由诗蓬勃发展的时期不是惠特曼所生活、创作的年代，而是从一战到二战这二十年间的事。这二十年也是英美现代主义文学迅猛发展、盛况空前的时期。在诗歌领域里，很多诗人向传统的格律诗发起了挑战，因惠特曼时期，其所创立的自由诗虽对传统的格律诗进行了大胆的改革，动摇了格律诗统治英语诗坛长达五百多年的地位，但那时跟从惠特曼进行自由诗创作的诗人可谓少之又少，不少人在惠特曼时期及惠特曼去世以后会写些现代格律诗或半自由半格律诗，这些诗虽与传统的格律诗有着不小的差异，但它们明显地仍带有传统格律诗的巨大影响，同惠特曼的自由诗相比，这些诗对传统格律诗的革新从力度上来说是比较微弱的。在现代主义文学发展的鼎盛时期，即从 1910 年开始到第二次世界大战爆发这一段时期之内，顺应着现代主义文学风起云涌的浪潮，人们在对传统的价值观念、艺术标准进行质疑的同时，对传统的诗歌形式、传统的格律诗对诗歌艺术形式的影响进行了冷静的审视，继而发起了革新运动。人们在革新的同时，将目光投向了改革诗歌艺术形式的先驱惠特曼身上。19 世纪中下半叶，惠特曼对传统的格律诗进行了大刀阔斧的改革，他本人在美国诗坛上留下了大量的优秀的自由诗诗作，但在其时及以后的文学发展时期，惠特曼的自由诗并未得到人们广泛热烈的响应，在 20 世纪 20 年代现代主义文学大发展时期，诗人们感觉自己的创新应继承惠特曼所开创的传统，应将自由诗推向美国诗坛，从而与英美现代主义文学运动做到同声相应、同气相求。

兰斯顿·休士的这首诗就是顺应当时文学发展的大潮流而创作的。从上文艺术特征的分析上，我们可以见到惠特曼的重要而显著的影响。其实，美国作家、诗人的这一创新是对传统的一种继承，因为待《黑人说河流》这首诗诞生之际，惠特曼的自由诗已问世 65 年了，只因惠特曼突破格律诗传统的创新虽在人们的心头留下了深刻的记忆，但在其时及之后并未在诗歌发展史上形成规模盛大的传统，所以到 20 世纪 20 年代人们以对惠特曼的创新加以继承的方式进行再度创新，力图彻底革除传统的艺术形式对诗歌创作的影响。从诗歌艺术形式的这一发展过程，我们可以得出这样的结论：有时创新并不表现为标新立异、别出心裁，继承也是一种创新，继承也是一种发展。

兰斯顿·休士以这首自由诗应和了英美现代主义文学要求创新变革的呼声，

为美国民族主义文学的发展做出了自己的贡献。兰斯顿·休士虽是个黑人，但他深知，他同时也是个美国人，当文学的发展进入到现代主义时期时，作为一个黑人诗人，他当然要为哈莱姆文艺复兴运动服务，但他同时也要为现代主义文学的发展工作，因为现代主义文学潮流波及了整个欧美大陆，它会决定一个民族的文学在其时及以后的发展大趋势，他所创作的《黑人说河流》这首自由诗就是对这一趋势的适应，是对美国民族主义文学发展所作的一份重要贡献，同时，该诗的思想内容又是对哈莱姆文艺复兴运动宗旨的一种阐发和张扬。

黑人有黑人的梦想，他们梦想着有朝一日在美洲大地上真正实现人人平等的理想。黑人的梦想与美国梦也是统一的。美国梦是一个民族的梦，一个国家的梦，这个民族、这个国家所有成员、公民的梦都应统一到美国梦之中。兰斯顿·休士等人于 20 世纪 20 年代所发起的哈莱姆文艺复兴运动既是对黑人自尊、解放、自由和黑人与白人应享有平等地位的一种诉求、呼吁和声扬，又是对美国梦的腾飞所添加的一种动力。

美国黑人要求解放，追求自尊、独立、自由、民主经历了一个相当漫长的过程，这是因为种族压迫、种族歧视、种族隔离在美国可谓根深蒂固。从 1619 年始，一批又一批的非洲黑人被运送到美洲，他们到了美洲大地不是像那些欧洲移民那样去经商从政、信教宣教、发家致富、当家作主，以实现自己心目中的伊甸园理想。他们到了美洲大地是为白人劳动，做奴隶的，直至 1776 年美国建国以后，奴隶制仍保留了下来，尤其在南方，种植园主大量地使用黑奴，他们不把奴隶当作与他们一样的人来看待，很多奴隶连奴隶主家的一条牲畜都不如。富有民主精神的林肯总统一直将解放黑奴、实现人人平等作为自己一生的奋斗目标，在 1859 年，他就曾坚定地说过："政府不可能长期容忍一半奴役一半自由……要么全部自由，要么全部奴役。"[9] 1863 年，随着《解放黑奴宣言》的正式生效，林肯开始在全国推行全境自由的进程。由于林肯总统在内战期间对奴隶主的沉重打击及其对美国社会各界所做的艰苦细致的领导工作，黑人的待遇终于有了很大的改善。1865 年 3 月，美国国会成立了被解放黑奴事务管理局，用来帮助那些被解放了的黑奴逐渐实现人身自由，1865 年，非洲裔美国人还积极投身政治活动，直到 1877 年及以后的很长时期，"南方仍有一些非洲裔美国人继续担任经选举竞得的职位。"[10]像兰斯顿·休士在密西西比河上看到奔涌的大河能发出无比自豪的感慨并产生深刻而丰富的联想，这其实与他作为一个黑人所处的境遇得到了较大改善有很大关系，因为这时的黑人毕竟已不同于内战前处于被奴役、被欺凌、被压迫地位上的黑人，这时的黑人在生活待遇、政治地位上均不可与以前同日而语。但黑人在各方面的境遇、地位在美国说到底一直没能得到根本性的改变。在奴隶制刚被宣布终结的时候，就有很多南方白人为了一直将黑人控制在社会的从属地位上，用黑人的法典及暴力手段加以对抗，从 19 世纪 70 年代中期以后，南方政治普遍地对种族问题表现出很大的兴趣。那时，若黑人不满自己的从属地位，联邦政府又不出面保护他们的公民权的话，那么，他们就会面临很大的危险，甚至就有可能被杀害。随着1877年美国重建时期的结束，“南方进入了一个在政治和政府、经济以及社会关系方面皆为白人至上主义的时代。”[11]到19世纪90年代，在美国的南方，剥夺黑人公民权及种族隔离已立法化。通过武力的手段，白人建立了自己优越的社会地位。直至休士的《黑人说河流》一诗诞生之日，美国南方的种族隔离现象仍很盛行，这一现象渗透到社会的很多部门，如工厂、医院、军队等等。

美国要实现美国梦，实现一个“人人生而平等，造物者赋予他们若干不可剥夺的权利，其中包括生命权、自由权和追求幸福的权利”的伟大梦想，就必须彻底废除奴隶制，铲除人剥削人、人压迫人的不合理现象，废除种族隔离政策，真正实现种族平等，不管什么形式的政府若对上述目标加以抵制、破坏，人民便应加以改变或推翻。兰斯顿·休士领导的哈莱姆文艺复兴运动，应是为美国梦的最终实现，为一个人人生而平等的社会的到来所做的艰苦努力和不懈的奋斗，他的《黑人说河流》一诗应是为美国梦的飞翔所添加的一片绚丽的羽翼。

注释

[1] 吴定柏. 美国文学大纲 [M]. 上海：上海外语教育出版社，1998：181

[2] 吴定柏. 美国文学大纲 [M]. 上海：上海外语教育出版社，1998：181

[3] 吴定柏. 美国文学大纲 [M]. 上海：上海外语教育出版社，1998：182

[4] 吴定柏. 美国文学大纲 [M]. 上海：上海外语教育出版社，1998：182

[5] 卡罗尔·帕金，克里斯托弗·米勒，等. 美国史（中册）[M]. 葛腾飞，张金兰，译. 上海：东方出版中心，2013：562

[6] 金字塔. 百度百科. “科普中国”百科科学词条编写. 百度

[7] 阿拉米人. 百度百科. 百度一下. 百度

[8] 巴比伦人. 百度百科. 百度一下. 百度

[9] 卡罗尔·帕金，克里斯托弗·米勒，等. 美国史（中册）[M]. 葛腾飞，张金兰，译. 上海：东方出版中心，2013：123

[10] 卡罗尔·帕金，克里斯托弗·米勒，等. 美国史（中册）[M]. 葛腾飞，张金兰，译. 上海：东方出版中心，2013：154

[11] 卡罗尔·帕金，克里斯托弗·米勒，等. 美国史（中册）[M]. 葛腾飞，张金兰，译. 上海：东方出版中心，2013：173

第二节　论詹姆斯·兰斯顿·休士和他的《母对子说》

Langston Hughes
Mother to Son

Well, son, I'll tell you:
Life for me ain't been no crystal stair.
It's had tacks in it;
And splinters,
And boards torn up.
And places with no carpet on the floor —
Bare.
But all the time
I'se been a – climbin' on,
And turnin' corners,
And sometimes goin' in the dark
Where there ain't been no light.
So, boy, don't you turn back.
Don't you set down on the steps
Cause you find it's kinder hard.
Don't you fall now —
For I'se still goin', honey,
I'se still climbin',
And life for me ain't been no crystal stair.

当兰斯顿·休士尚很年幼的时候，他的父母分居了，他由堪萨斯州的外祖母抚养，直至 14 岁时，他才在俄亥俄州的克利夫兰定居，并与母亲在一起生活。他的母亲有一定的文化教养，平常能写诗诵文，所以少年时期，休士在母亲的影响和培育下，对文学展现出浓厚的兴趣，经常在中学的学报上发表诗歌。上文的《母对子说》记叙了母亲对儿子的教育、勉励。下面，本文深入地研究一下该诗。

一、大意解读

噢，儿子，我要告诉你：对我来说，生活一直都不是什么水晶做的阶梯。水晶有着诱人的光泽，它清澈透明，光彩照人，常常用来制作玻璃或一些装饰品，美化居住环境或人的外表形象。母亲说她的生活一直都不是什么水晶做的阶梯，是说她的生活道路一直都不平坦，一直都不是什么阳光灿烂、鲜花盛开、众人为之钦羡的坦途。她接着说。她的生活里有平头钉、玻璃碎片、砸碎了的木板块，在她生活的地板上没有地毯，一切空空如也。这里是说，她生活的道路上布满了荆棘，充满着坎坷，到处都是淤泥、水坑及一些刺人的障碍物。她的生活与豪华、奢侈、富贵无缘。那么她是如何走过她的生活道路的呢？她说，尽管如此，她一直在向上攀爬，有时得在拐角处转弯，有时得在黑暗中摸索、行走，在没有一丝光线的地方走着、爬着。这是诗的第一部分，即前十二行的主要内容，是母亲对儿子讲述自己所走过的艰难的人生之路及自己如何克服人生之路上的各种困难、障碍。

在接下来的第二部分，即诗的第十三至第十六行，母亲以对儿子提出疑问的语气对儿子进行勉励和教诲。她说，唔，儿子，你没有因为觉得爬行的道路有点儿艰难而回头或在台阶上停下来吧！你现在不会倒下吧！诗人在这几句诗行中虽未用问号，但句式是疑问句。语气虽是疑问性的，但规劝、教育、勉励的用意则比用祈使句或带否定意义的陈述句来得强。母亲让儿子在生活的道路上不要因为遇到一点儿挫折就泄气或停下脚步，或转身回头，也不能因为一点儿伤痛就倒下。

在诗的第三部分，即诗的最后三行，母亲希望儿子要向她学习。她说，亲爱的儿子，你看，我还在走着，我还在爬行，虽然生活对我来说，一直都不是什么水晶做的阶梯。

二、主题思想讨论

从诗歌的标题和遣词用语上，我们可以看出，这是一位黑人母亲对自己儿子的诚挚教诲、深刻启发。长期以来，黑人在美国社会中一直生活在最底层，他们总体上受教育的程度不高，因此他们的口头和书面用语大多不太规范、不太正式，同规范的英国英语和美国英语都有很大的距离。无论是在发音，还是在词汇、语法上，我们都能看出它与标准英语之间的较大差异。因黑人在美国的人口中占有较大比重，久而久之，这一少数种族形成了自己独特的、有别于白人的语言特色，即美国黑人英语。美国黑人英语也成了美国英语中一个重要的语言变体。闻声如见人，一听到或一见到美国英语的这一变体，我们就知道这是出于美国黑人之口、之手。

诗中，黑人母亲以十分地道的黑人英语对儿子进行了教育和勉励。她首先向儿子讲述了自己艰辛曲折、充满坎坷不平的人生之路，然后她告诉儿子，尽管生活的道路布满荆棘，没有华贵的地毯，有时黑暗无光，但她并没有放弃，她一直都在努力，一直在不断地攀行。最后她勉励儿子遇到挫折、困难，不要放弃，要向她那样，执着地前进。

一个黑人在美国的社会中要生存，要养家糊口，要发展，其所遇到的辛酸、波折、痛苦是可想而知的。因为种族压迫、种族歧视、种族偏见、种族隔离一直是美国社会中巨大的社会问题，美国政府一直标榜人权，美国《独立宣言》中也声称“人人生而平等”，但在对待黑人的问题上，美国政府的这些主张、声明一直没能得到很好的贯彻。在 1863 年元旦，林肯总统颁发的解放黑奴的宣言中，美国黑人似已获得了解放，美国的一些官方机构也竭力帮助一些黑人获得自由，但在美国抵制林肯谋求黑人解放的力量也相当强大。如 1866 年，在美国南部，成立了一种秘密团体三 K 党（Ku Klux Klan），专门对黑人及支持黑人解放的组织和个人实施恐怖和暴力行为，以恢复白人优越主义（white supremacy）和消灭林肯总统所在的共和党。1866 年 5 月，在田纳西州的孟菲斯，一些白人，其中也包括一些警察，对非洲裔黑人进行了三天的攻击，只因联邦军队的黑人老兵对一名正被警察追捕的黑人提供了帮助，此次事件导致了 45 名黑人死亡。1866 年 7 月末，在新奥尔良的一次警察与黑人团体的争斗中，有几十名黑人被打死。另外，在重建时期，很多非洲裔美国人认为学校应实行种族融合政策，黑人孩子应与白人孩子上相同的学校，但这些主张却遭到了南方白人领导们的反对，他们认为，“学校里的种族混合将会赶走白人的孩子，破坏新生的公立学校制度。因此，没有一个州规定学校实行种族融合。”[1]那时，黑人学校从政府接收到的办学经费也明显地要少于白人学校。这种在教育方面的种族隔离现象使种族歧视很快地成为了一种制度，成为一种司空见惯的习俗。到 19 世纪 90 年代，南部民主党人加紧实施剥夺黑人选民公民权及种族隔离政策，并以此突出白人在社会生活、政治生活等方面的优越性。当时光的车轮进入进步主义时代（1900 至 1917 年），种族问题虽没有其他问题突出，但它仍然是美国社会中一个主要的社会问题。在南部，一些白人进步主义者常常“带头制订种族歧视法律。”[2]一些白人统治者对非洲裔黑人动用私刑及暴力恐怖行为，从 1900 年到第一次世界大战期间，在美国的南部和中西部地区，竟有 1100 多人受到私刑的迫害。1908 年，在亚伯拉罕·林肯的故乡——伊利诺伊州的斯普林菲尔德，一群白人暴徒竟以私刑残忍地将两名黑人杀害，还对一些黑人的企业进行了破坏。到《母对子说》一诗诞生之日，种族隔离、种族歧视现象仍很严重，一些种族迫害事件仍时有发生。种族隔离仍然法制化，联邦最高法院强调“隔离但平等”，这本身就自相矛盾，真正在执行的过程中，“平等”部分又无人问津。

以上所阐述的是1863年以后美国黑人在美国社会里的总体状况，总的来说，美国黑人虽然在法律上已摆脱了奴隶的身份，但他们依然生活在社会的底层，遭受着迫害、折磨、摧残及一些不公正、不平等的待遇。一个黑人，包括黑人妇女要想在美国社会里正常地和自由自在地生存、生活、发展是相当不易的。休士诗中的母亲在诗的第一部分所讲述的她在生活中所遭遇到的艰难、贫穷、曲折、困厄在黑人中应是很普遍的，也很有典型性。对于白人贵族来说，生活会像蜂蜜那样甜蜜，生活的道路是由水晶制作而成的，那里晶莹剔透、光亮如日。上层人士的孩子刚踏上人生之路，就能看到自己辉煌灿烂的未来，因为他们是白人，他们是白人中资本家、贵族的后代，他们人生的一切自出生时起就已由自己显赫的家族所规划、安排好。他们的生活道路是水晶做的阶梯，从底能看到上，从上也能看到下，一切都是透明如水、光焰耀人的。而对黑人来说，生活的道路永远如同他们的肤色，漆黑一片，似永无希望的曙光。在黑人的一生中，他们要遭遇到各种各样的艰难曲折，有像荆棘、玻璃碎片一样扎人、刺人的侮辱性的话语，有像棍棒、皮鞭、子弹一样伤人身体的人身攻击，有脏乱拥挤的贫民窟及贫民窟中那“床头屋漏无干处，雨脚如麻未断绝”的居住环境。在他们的人生之路上，没有人会为他们铺设什么地毯，即预先安排好光明美丽的前程，他们的人生之路会空无所有，除了所经常遇见到的泥泞、沟壑、碎石砖块外，别无坦途，没有人会为他们的前程，他们的教育、工作、晋升等作下什么美好的安排。一切要靠他们自己去开拓、去争取、去努力，尽管社会的环境异常地险恶，有时甚至会失去自己的一切，包括生命和亲人，但他们依然要执着地前行，顽强地向上攀登。他们的眼前会经常是黑暗一片，前进的道路上会有诸多拐角，但他们依然不能被黑暗、障碍、困难所吓倒，他们依然要奋勇向前，寻找希望、追求光明的未来。诗中的母亲就是这样一位黑人妇女，她在险象环生、惊涛恶浪的人生大海上，奋力拼搏，艰难地驾驶着人生之舟，努力地向她心目中理想的、阳光灿烂的海岸划行，决不退缩，决不泄气，也决不放弃。她以自己的人生经历、人生经验和人生感触来教育、启发、开导自己的儿子，这样的教育是非常必要的，尤其是在一个黑人家庭里，这样的教育更显必要、重要和可贵！因为在美国这种盛行种族压迫、种族歧视、种族隔离的国家里，每一个黑人，自出生后懂事识理时起，就必须做好应对生活的艰辛的心理准备，在其成长的历程里，必须逐渐学会挑起生活的重担，为自己、为家人忍辱负重、忍气吞声，勤奋劳动、刻苦工作。穷人的孩子早当家，孩子要早当家，早明事理，得由父母言传身教，没有父母的教育、培养，任何家庭的孩子都不会早当家、早做主。黑人社会地位的低下、政治地位的遭排挤、生活环境的窘迫困厄使他们对自己的子孙后代会采取一种特殊的、不同于白人的教育方式和教育内容，因为他们深知自己的后代子孙会遭遇他们所经历过的各种磨难和打击，他们要坚强，要有毅力和勇气去应对人生之路上的一切不幸和波折，这样的品质培养应从很小的时候或少年时代就开始了。通过父母正当合理的教育，每一个黑人孩子既能有一种容忍世道不平的品格，又能有一种不畏困难曲折、不惧飞短流长、不惮吃苦受难和不怕流血牺牲的精神，在人生之路上，尽管有太多的惊涛骇浪、太多的风霜雨雪、太多的坎坷障碍，他们都能坦然面对、机智解决、沉着应付、勇敢担当。每当遇到困难或处于危险境地的时候，黑人孩子们都不能退避躲藏或停下前进的脚步，不论处境多么险恶，困难有多么艰巨，他们都不能倒下，而应挺起腰杆，继续朝着自己的人生目标前进。

兰斯顿·休士在20世纪20年代领导了哈莱姆文艺复兴运动，他一直在为黑人的尊严、黑人的自由、黑人的彻底解放、黑人和白人应享有的平等地位而奋斗，他在他的诗歌中也大力弘扬黑人高贵的品质、黑人对美国社会的发展所作出的无私贡献，赞美黑人的尊严、黑人的勤奋精神。我们可以想像，在20世纪20年代，种族问题在美国依然是主要的社会问题，休士的这些主张和他的努力是一定会招来美国白人阶层的讥刺、冷嘲和无情打击的，但一旦遇到诸如此类的挫折，他应如他母亲所说的那样，不能畏葸不前或退避三舍，而应顶住狂风恶浪，勇往直前。其实，就在刚刚过去的进步主义时代，有不少黑人都能勇敢地站出来为黑人所应享有的权利、尊严、自由等而斗争。如从哈佛大学获得哲学博士学位的首位非洲裔美国人杜波依斯（W. E. B. Du Bois）就极力鼓励非洲裔美国人要对他们在美国所取得的成就感到骄傲，应珍视黑人男女对美国社会所作出的巨大贡献。在他的著作《黑人的灵魂》（Souls of Black Folk，1903）中，他对妥协者布克·T·华盛顿提出了批评，他激励黑人要持续不断、永不懈怠地为他们的权利而斗争。1905年，杜波依斯与其他人还在加拿大开会，商讨种族平等（含公民权利、工作机会和教育平等）及尽快结束种族隔离问题。由于他们的努力，一个倡导种族融合的民权组织，“全美有色人种协进会（National Association for the Advancement of Colored People，NAACP）”[3]于1910年在纽约市成立，该组织一直致力于为黑人谋求平等权利和结束种族歧视的斗争。还有一位反私刑斗争的杰出领导人名叫艾达·B·韦尔斯（Ida. B. Wells），她是非洲裔美国人改革者和记者，在19世纪90年代与20世纪初，她对私刑进行了口诛笔伐。她在美国北部和英国进行公开、广泛的演讲，声讨私刑的非人道和残忍，她还奋笔写下了《南部恐怖》（Southern Horror，1892）和《红色记录》（A Red Record，1895），对私刑，这一恐怖骇人的行径进行了猛烈的抨击。由于她的多方奔走和辛勤工作，她终于“说服了一些北部白人承认并谴责私刑的恐怖。”[4]

诗中母亲嘱咐儿子在曲折困厄面前不能退让，要勇于攀登、敢于向前，她其实也是在要求儿子能像其时一些著名的黑人那样，要有勇猛无畏、不惧险恶环境的斗争精神，要像杜波依斯、艾达·B·韦尔斯那样不屈不挠地、机智勇敢地同种族主义者作斗争。勇气、毅力和不懈的斗争能为黑人带来希望的曙光，能让白人种族主义者抑制住他们的种族偏见，以最终消灭种族压迫、种族欺凌。在为黑人谋求尊严、和平等权利的道路上，在哈莱姆文艺复兴运动的征途上，她希望她的儿子不要懈怠、不要妥协彷徨，要像其时一些黑人名人如杜波依斯、艾达·B·韦尔斯那样做彻底的斗争，最后他们黑人一定会赢来斗争的胜利，看到种族平等之花在美洲大地上嫣然绽放。诗的最后，母亲要儿子要像她那样继续攀行，这里诗的含蕴非常深刻。“母亲”其实是个典型，一个集黑人各种人格个性、思想品质于一身的艺术典型，简而言之，即那些不惧艰难困苦、环境险恶，勇敢无畏地为黑人的平等权利作不懈的、永不停息斗争的人。

全诗通过母亲对儿子讲述自己坎坷曲折、艰难困苦的人生之路，通过对儿子的悉心教诲和勉励，反映了美国黑人在美国社会里的悲惨遭遇、所遭受到的不公正的对待，从一个侧面揭露了种族压迫、种族迫害、种族隔离、种族歧视对黑人身心的严重摧残，这首诗也显示了黑人在种族隔离制度压迫下所表现出的坚强的意志、同环境和命运进行不懈抗争的顽强的战斗精神及对美国未来所抱有的必胜的信念和乐观主义精神。环境压人，制度迫人，习俗逼人，落后的政治文化传统杀人，但生活在美国社会底层里的这些黑人不为这一切所吓倒，他们一边勤奋地工作、正直地生活，一边竭尽全力地为他们的彻底解放、为他们的自由、为全社会的平等而进行勇敢地战斗。美国黑人为全人类一切爱好和平、平等、尊严、自由的人士，为全人类一切敢于同人剥削人、人压迫人的反动势力，全心全意谋求社会平等、文明进步的人士树立了光辉的榜样。

三、艺术特征分析

诗歌用黑人英语写成，语言朴实、简单。诗是母亲对儿子的教诲和真情诉说，因此语调亲切温和。诗的语调还于凄婉和略带悲戚感中透出一股坚定、刚毅的品格，这与诗的思想内容是一致的，因诗中母亲走过充满艰辛、苦难的人生之路，但她并不屈服于命运和任何环境、势力，她能与一切阻碍她攀登人生之梯、妨碍她前行的恶势力作勇敢的抗争，不懈地、坚决地朝着自己的人生目标奋勇前进。

诗的语言非常生动形象，因诗人使用了一些修辞手法。诗中最明显的修辞手法是暗喻，如在“Life for me ain′t been no crystal stair”中，诗人将 Life（人生）比作 stair（阶梯），强调诗中母亲的人生不是什么由水晶做的阶梯。还有以下一些暗喻如 tacks（平头钉；荆棘）、splinters（玻璃碎片）、boards torn up（碎裂的木板块）。这些词语都用来比喻生活道路上的艰难曲折、坎坷不平、阻隔障碍。

诗中的 crystal（水晶）也是一种暗喻，它用来比喻那些晶莹透明、漂亮诱人、光彩照人的东西。在“And places with no carpet on the floor—”中，“carpet”也是一种暗喻，她用来比喻那些华美昂贵、美艳奢侈的东西。诗中还使用了“重复”修辞手法，如“Life for me ain't been no crystal stair”在诗的最后一句又重复了一遍，这句的重复强调了诗中母亲所走过的人生之路的艰苦，所遇到过的坎坷、困难、障碍之多、之大。

该诗是一首自由诗，诗行长短不齐，参差无序。有的诗行长至九个单词，有的诗行短至一个单词。在节奏方面，有些诗行无法分辨音步，没有一定的节奏格式。在音韵方面，诗中没有统一规范的韵式，除第二行末尾的 stair 与最后一行末尾的 stair 押全同韵以及 stair 与第七行的 Bare 押脚韵外，其余各行均不押韵。但该诗用了不少辅助性的韵，这同惠特曼的自由诗十分相似。首先，有些诗行的末尾用了腹韵，如第八行末尾的 time 和第十二行末尾的 light，第十一行末尾的 dark 和第十五行末尾的 hard；另外，诗中还使用了行内韵，如第一行中的 well—tell，第十二行中的 Where—there；最后，诗中还使用了不少的头韵，如第一行中的 son、第二行中的 stair 和第四行中的 splinters，第一行中的 tell、第三行中的 tacks 和第五行中的 torn，第五行中的 boards、第七行中的 Bare、第八行中的 But 和第九行中的 been，第九行中的 a - climbin' 和第十行中的 corners，第十二行中的 been 和第十三行中的 boy—back，第十一行中的 sometimes、第十三行中的 So 和第十四行中的 set - steps，第十三行中的 don't 和第十四行中的 Don't - down，第十五行中的 find 和第十六行中的 fall，第十五行中的 hard 和第十七行中的 honey，第十七行中的 For 和第十九行中的 for，第十七行中的 still、第十八行中的 still 和第十九行中的 stair，第十八行中的 climbin' 和第十九行中的 crystal。这些音韵的使用使该首自由诗带上了一定的乐感，这也是很多创作自由诗的诗人经常采用的方法，在不采用格律诗的节奏和韵式的情况下，在诗中使用一些辅助性的音韵，尤其是头韵，这样可使自由诗具有一定的音韵美，读者读起来感到适口，听者听起来也感到颇为悦耳。

四、结语

同上首的《黑人说河流一样》，该诗发表的时间也处于英美现代主义文学发展的鼎盛时期。诗人以自由诗形式对传统的格律诗、现代格律诗进行反叛，对现代主义文学的进一步发展，以最终臻于兴旺强盛作出了重要贡献。该诗对美国民族主义文学的发展也同样做出了贡献。美国的民族主义文学的发展不能脱离西方现代主义文学发展的总方向、总趋势和总要求，在现代主义文学要求革新传统的艺术形式，颠覆传统的价值观念的呼声中，美国的民族主义文学是不能如离群的孤雁一样自树大旗，另搞一套的，它的发展必须汇入现代主义文学的滚滚大潮中，这样才能站稳脚跟、健康茁壮地成长和发展。《母对子说》，作为一首自由诗，在艺术形式上对传统的艺术形式进行了突破，从思想内容上对传统的种族偏见、种族隔离、种族歧视等也进行了反抗，并对传统的在黑人中普遍流行的逆来顺受、温顺贤良、对白人无限忠诚和无条件服从，而黑人自己则天生愚蠢无能、粗陋庸俗的落后陈腐的旧观念进行了彻底的否定和鄙弃。因此，该诗不论在艺术形式上，还是在艺术内容上，都符合现代主义文学的发展要求和发展趋向，对美国民族主义文学的发展来说，它是一个了不起的贡献。同时，该诗同《黑人说河流》一样，都为黑人所作，它们都是美国黑人文学中闪耀着夺目光辉的艺术瑰宝，是美国民族主义文学中一个重要的、必不可少的分支——黑人文学，是艺术宝库中极其珍贵的，且具有十分重要的艺术价值和思想意义的佳作名篇。

该诗通过母亲对儿子的谆谆教诲和启发告诉人们黑人在美国社会里所遭遇到的各种人生苦难和曲折以及所遭受到的严重的种族压迫、种族歧视。母亲沉痛的诉说揭示了美国社会里的一个根深蒂固、也是很难根除的痼疾——种族压迫、种族隔离问题。这一问题从 1619 年非洲黑人被贩卖到美洲大陆，直至该诗诞生的 1922 年，已存在了近 300 多年的历史，在 1863 年林肯颁发黑人解放宣言之前，这一问题表现为蓄奴制的泛滥，待到美国内战结束，直至 20 世纪初，这一问题表现为严重的种族歧视、种族隔离现象的存在。非洲裔美国人在美国的总人口中占有不小的比重，他们早在 17 世纪初就来到美洲大陆参与美洲的建设、参与国家各行各业的改革与发展，他们为美国的繁荣富强做出了不可磨灭的贡献，这是人神共知、天地可鉴的！对于这样一批国家建设、发展的功臣总是抱有不应有的偏见，或歧视、或欺压、或隔离，这是不人道的，这既不利于社会的和谐稳定，也不利于社会更加快速的发展，更不利于美国《独立宣言》精神在美洲大地上传播、发扬和光大。因此要实现一个人人享有幸福生活权利，个个都精神饱满地为国家的发展贡献自己最大力量的美好的美国梦，种族问题是必须尽快加以妥善解决的十分重要的问题。此问题就是如山高，也必须踏平；就是如海深，也必须填平，否则，要实现美国梦，那只能是一句空话！

注释

[1] 卡罗尔·帕金，克里斯托弗·米勒，等. 美国史（中册）[M]. 葛腾飞，张金兰，译. 上海：东方出版中心，2013：159

[2] 卡罗尔·帕金，克里斯托弗·米勒，等. 美国史（中册）[M]. 葛腾飞，张金兰，译. 上海：东方出版中心，2013：446

[3] 卡罗尔·帕金，克里斯托弗·米勒，等. 美国史（中册）[M]. 葛腾

飞，张金兰，译．上海：东方出版中心，2013：447

[4] 卡罗尔·帕金，克里斯托弗·米勒，等．美国史（中册）[M]．葛腾飞，张金兰，译．上海：东方出版中心，2013：448

结束语

本书研究了20世纪美国的一些重要诗人及其经典诗歌。20世纪，美国文学经历了现代主义文学运动和后现代主义文学运动的发展阶段。本书所研究的五位诗人皆为现代主义和后现代主义文学运动中的一些重要的诗人。全书共五章，现将每章中所含各节的主要内容总结如下。

第一章为“罗伯特·弗罗斯特和他的经典诗歌”，该章共四节。第一节为“论罗伯特·弗罗斯特和他的《没有走的路》”。该诗为一个隐喻，它隐喻人生道路、事业生涯中的各种选择。诗人写作该诗，是受了他的一个朋友爱德华·托姆斯的影响。爱德华参加了一战，但献出了年轻的生命。爱德华在人生面临选择时，选择了战场而不是家中平静的港湾，因他深知，逆境锻炼人，选择常人所不常走的路是重要而有意义的选择。另外，选择要符合社会历史发展的基本规律，符合一个民族、国家存在和发展的基本要求。爱德华其时的选择是符合这些基本条件的，他的牺牲是值得的。再者，一个人的选择应同国家、民族的前途、命运，事业的发展结合起来，这样的选择才能使人生放射出异彩。选择还应考虑一个人的志趣和能力，弗罗斯特选择了诗歌创作这条道路，最后获得了成功，就是因为他考虑了他的上述因素。在艺术特征方面，全诗为一大隐喻，诗的语言素朴，蕴含深刻的哲理。诗歌的基本节奏为抑扬格，以传统的格律诗的眼光，全诗节奏变格较多，但每节节奏变格的具体情况均关联着该节的思想内容、情感基调。该诗为五行诗节诗，押abaab韵，这种韵式为弗罗斯特所独创。诗中还使用了头韵、行内韵，增添了诗的乐感。

弗罗斯特不为文学潮流的演变所动，他坚持传统格律诗的创作，并在传统的基础上有所创新，弗罗斯特的选择是成功的。诗人的选择为美国民族主义文学的发展作出了贡献。诗中所探讨的选择问题对于一个人在人生的道路上作出正确、合理、有意义的选择具有重要意义。正确的、重要而又有意义的选择能为美国梦的最终实现贡献智慧和力量。

第二节为“论罗伯特·弗罗斯特和他的《补墙》”，全诗可分为三个部分，涉及到两种对立的观念和力量。一种是不喜欢墙，而另一种则是喜欢墙。前者包括三个方面的因素：自然、猎手和诗人，站在这些因素对立面的是邻居。邻人坚持认为，没有好篱笆就没有好邻居。诗人对邻人的观念不仅不赞同，而且是持有一种十分戏谑的看法。这两种观念究竟何种是正确的，要看具体情况来定。当物质文明的发展与精神文明的发展同步进行时，人与人之间的墙无存在的必要；若在发展物质文明的同时，没有注重精神文明建设，则人与人之间的墙就显示其必要性和重要性了。从发展的眼光来看，人与人之间不应有墙，若有墙，也应设法加以消除。没有了这堵墙，社会就会更加地温暖、团结、和谐。诗人的观点对美国在进步主义时代推行政治改革具有有益的促进作用，有利于社会风气的改善、社会的稳定。在社会清明时期，人与人之间建墙无甚必要，但在社会动荡时期，人与人之间应以建墙为宜。从政治学角度来看，在共产主义社会尚未到来之时，人与人之间、国与国之间应当建墙设篱，但当共产主义社会来临之时，设篱建墙便成多余。全诗为一大隐喻，它影射了人与人、人与社会和国与国之间的关系。该诗为近似素体诗，节奏变格较多。节奏变格多同诗的思想内容有很大关系，因全诗涉及到两种观点之间的对立和矛盾。诗的语言平易清新，语气轻缓，十分流畅。诗中使用了“跨行”和“行内停顿”技巧，增强了语言表达的连贯性、语气的温雅和缓性。全诗用了大量的头韵和行内韵，使不带韵式的近似素体诗增添了很强的乐感。全诗还使用了“平行结构”“平行对照”和“重复”修辞技巧，使语言表达更为形象、生动，也在一定程度上烘托了诗的主题思想。“素体诗”在弗罗斯特之前是很少为美国诗人所触及的一种诗体，弗罗斯特的这首近似素体诗弥补了美国文学在这方面的不足，为美国民族主义文学的发展作出了独特的、应有的贡献。继承也是创新，弗罗斯特对英国文学的古老传统的继承是对美国民族主义文学的一大贡献。弗罗斯特的观点能提示人们应想方设法地去消除人与人之间、国与国之间的隔阂、危机和危险，能引导人们去为一个和谐友好的社会环境、国际环境努力奋斗、不懈追求。

第三节为“论罗伯特·弗罗斯特和他的《摘苹果之后》”。该诗只有一节，可分为三个部分。诗发表于第一次世界大战爆发的年代，其时，诗人正在伦敦从事诗歌创作。诗人写作该诗，根据其时所处的时代历史背景，应是对和平安宁生活的一种向往，对战争的反感、厌恶。诗人描写了梦中的劳动，除寻找、体味梦的美好之外，还有就是从梦中获取现实的力量。诗人此时需要心灵的能量来战胜现实的恐惧和危险。诗人将劳动与睡眠有机地交融在一起。他描写了梦的美好，而这美好来自于劳动的艰辛和甜美。诗人以诗意笔触描写了田园生活、梦中的劳动，张扬了人与自然融为一体的精神。他的诗意描写对照了外界战争的残酷，激励人们去保卫和平、反对战争，并尽快结束战争。这一描写还启发人们去热爱自然，抑制住人性中一切恶的因素，助生善的因子。诗歌语言朴素、意境优美。诗的基本节奏为抑扬格。节奏变格较多的地方是诗的第三部分，即在梦中参加劳动这一部分。此处变格多关联着这一部分的思想内容。在这一部分，否定性情感因素和肯定性情感因素并存，节奏变格多应属显而易见。诗的最后一部分，节奏变格很少，因这一部分的描写是说明性的，语调平和。全诗没有统一规范的韵式，每隔几行就换一种韵式。全诗应属现当代英语格律诗，或可视为半自由半格律诗，他的诗中闪耀着传统格律诗的光辉。诗中使用了头韵、行内韵，加强了诗句的流畅性。“跨行”技巧的使用促进了诗句的流畅性，“行内停顿”增强了语气的和缓性。全诗在艺术形式上有不少创新之处，它综合了传统格律诗、经过诗人自己创新了的格律诗、惠特曼自由诗的一些特点。诗人在艺术形式上采取继承、综合、创新的方法，为20世纪早期美国诗歌的发展提供了一种新的趋向。诗中珍爱和平、热爱劳动、亲近自然、反对战争的主题有利于美国人为美国梦的实现而勤奋努力。

第四节为“论罗伯特·弗罗斯特和他的《雪夜林边停歇》”。该诗为一首自然诗，诗人在诗中探讨了对大自然的深情厚意。但诗人的用笔不仅仅着墨于此，他从这一主题思想又引申出对另一主题思想，即人不能一味地沉湎于自己的兴趣、爱好当中，每个人都承担着一份社会的责任，在满足自己的志趣、爱好的同时，不能忘却自己的责任担当。弗罗斯特在20世纪20年代没有离开祖国前往欧洲，他留了下来，因他要通过诗歌创作为美国文化的振兴、美国人精神生活的改善而工作。在他的每首自然诗中，他都尽力蕴含一些深刻的哲理，让人们去沉思、去发掘、去体味和理解人生的意义。诗歌语言朴素、意境清新而自然。诗人为我们描画了一幅雪夜幽林的美妙图景。诗的意境还具有生动活泼的神韵美。诗中运用了拟人和重复修辞手法。诗的基本节奏为抑扬格，节奏变格极少，这与诗的思想内容相谐。诗宣扬了一种天人合一、人与自然交融一体的精神，意境优美、情感真挚而细腻，故全诗总的来看，节奏变格偏少。全诗的音韵形式应是根据英语传统格律诗中三行套韵体（the terza rima）的形式改造创新而来，具体地来说，它是依从《西风颂》中一个部分的形式结构改编的。全诗音韵流畅，动听顺口，美学效果极似《西风颂》。诗中运用了“行内停顿”，使语气缓和，运用了“跨行”，使语意衔接连贯，无中断之感。诗人能对传统的格律诗的一些特点加以继承、创新，为美国的民族主义文学发展作出了贡献。弗罗斯特为美国梦的精神层面的营造和建设抒写了灿烂的一页。

第二章为“埃兹拉·庞德和他的经典诗歌”。第二章共四节，第一节题为“论埃兹拉·庞德和他的《在地铁站》”。《在地铁站》描写了诗人在巴黎协和广场从地铁站走出时瞬间所看到的情景以及这情景在他的意识中所留下的短暂而美好的印象。诗为一首典型的意象主义诗歌。全诗共两行，每行出现了两个意象，这两个意象均形成一种对比关系，都以大意象衬托、突出小意象。这两句诗中的意象在第一、二行之间是一种文学上的比喻关系，诗人以第二行中的自然物所唤起的视觉印象及心理感觉来映衬第一诗句所表达的内容。诗人是通过联想、比喻修辞手法建立起两句诗行之间紧密相关的美学关系。诗人通过对比手法来表示对美的向往，对真和善的礼赞，也表示了自己对战争、混乱、无序的厌恶、痛恨。该诗以短、新而为人们所欣赏。全诗为一首自由诗，诗的内容、情感、语言表达、结构设计等均符合意象主义诗歌的创作原理。诗意象精简，语言经济，意义蕴藉。诗选词不仅精确，而且十分恰当、生动形象。庞德以意象主义运动的奠基人身份创作了这首闻名全世界的意象主义诗歌，开创了英美诗歌创作的新风尚。庞德不仅创建了意象主义诗歌的创作理论，而且身体力行，创作出成功的意象主义诗歌，为美国民族主义文学的发展作出了贡献。庞德的人生观、审美观对美国梦的构筑具有借鉴意义。

第二节为“论埃兹拉·庞德和他的《一份协约》”。这是一首关于对惠特曼的认识和评价的诗歌。庞德青少年时代不喜欢惠特曼，因庞德所生活的时代、历史环境与惠特曼在内战前所生活的社会历史环境、时代特点不一样，但随着年岁的增长和对文化历史的学习，庞德认识到了惠特曼的伟大。惠特曼的坚韧、惠特曼的决心和斗志、惠特曼不懈的创新精神让庞德钦佩不已。庞德不但在主观上认可、接受了惠特曼，而且还将惠特曼创立的自由诗运用到意象主义诗歌创作中。这首诗表面看上去是一首谈论对惠特曼认识的诗，而实际上是一首倡导创新与发展的诗。该诗为一首半格律半自由诗，基本节奏为抑扬格，诗的节奏变格较多，这关联着诗的思想内容。因诗中谈到的对惠特曼的认识经历了从憎恨到理解、接受、友好、钦佩，再到认为与他灵魂相通、心智一体的变化，诗人以节奏上的多处变格来适应这一内容，这是恰当的、正确的。这首诗既吸取了格律诗，又吸取了自由诗的一些特点，在修辞手法上，诗中最明显的是暗喻。诗中还用了一些头韵、行内韵，增添了诗的韵味。作为一首半格律半自由诗，该诗丰富了英语诗歌的艺术宝库，庞德为美国民族主义文学的发展作出了贡献。全诗倡导的创新精神有助于推动文化文明的发展。庞德所认为的与惠特曼在精神气质、文化传统上的相通还表现于对惠特曼提倡的民主精神的认可和颂扬上。在自由民主方面，他与惠特曼应是具有一致观点的。他对惠特曼的认同、礼赞、学习和效法对美国梦的构筑和实现具有重要意义。

第三节为“论埃兹拉·庞德和他的《长干行》译诗”。庞德不仅是位诗人，而且还是名杰出的翻译家，他一生中翻译了不少中华文化典籍。《长干行》为李白的一首诗，庞德曾根据厄内斯特·凡诺洛萨对《长干行》的研究手稿翻译过该诗。本节在研究该译诗时，将其与许渊冲的译文进行了比较，主要从选词方面和语句传译方面进行了对比。通过比较、分析，本节认为：许译，因译者对中国传统文化的了解和熟悉，失误较少，在意境、风格的传译方面较为忠实、地道；庞译，因译者对中国语言文字的陌生，对中国传统文化的不精熟，以及译文系根据别人的研究手稿完成这些因素，因而在词语选择和语句传译方面虽逊于许译，但总的来说，错译、译得不妥之处并不多，语言风格上朴实无华，语句流畅、较自然。庞德以自由诗译我国古代的格律诗，虽形式上达不到翻译的忠实标准，但从接受美学的角度来看，它符合 20 世纪初美国读者的审美需求。本节还对庞德选译《长干行》的原因进行了探析，认为这有利于美国民众了解中国传统文化以及中国古代人们对爱情婚姻的态度，有助于美国人民培养正确的婚恋观。庞德选译这首诗有利于美国人在社会秩序动荡不安的状态中转变自己的人生价值观，去追求高尚的精神生活，为美国梦的圆满实现而奋斗。

第四节为“论埃兹拉·庞德和他的《为择墓地而作的颂诗》”。庞德在该诗中对第一次世界大战后西方文明的衰落进行了描述，同时，他还对自己在一战前及一战后文明衰落过程中的所作所为进行了痛苦、深切的反思和谴责。一战后，美国的很多知识分子都有深深的失根之感，他们要寻根，寻找文化之乡的温暖。庞德提出要学习欧洲文化，以充实美国的文化，矫正美国文化的发展方向。庞德在诗中发出了悲观主义的哀叹，他的“悲”其实是一种自责和冷静的思考。庞德的“悲”有利于人们进行深刻的反思，并在反思过后振作起来。该诗以英语传统格律诗中的套韵体写成。诗的基本节奏为抑扬格。诗中节奏变格较多，这是由诗的思想内容、情感风格所决定。诗人认为，一战后，很多美国人一味追逐社会时尚，忘却文化的振兴和发展，很多人思想颓废、道德沦丧，庞德对此深为失望、痛心，同时他还怀有深刻的自责感。诗的情调是感伤的、压抑低沉的，同时还含有对社会风习的严厉批评，因此，根据这些因素，诗的节奏总的来说变格较多。诗中用了头韵、行内韵，增添了诗的韵味。诗中混合采用了多种语言，烘托了诗的主题意义，还有效地使用了多种修辞技巧、大量地用典，增强了语言的生动性，意义的丰富性。庞德在 1920 年时以格律诗写作该诗，是旨在让美国民众学习欧洲传统文化，这是对其时的美国文化一份挽救，反映了庞德在振兴和发展美国民族主义文化方面的责任担当。庞德的努力有利于美国梦的腾飞。

第三章只有一节，即“论托马斯·斯特尔那斯·艾略特和他的《杰·阿尔弗雷德·普鲁弗洛克的情歌》”。这是一首意识流诗，诗讲述了普鲁弗洛克，一位艺术爱好者于黄昏时分同自己心目中的另一个自我一起去艺术沙龙，参加沙龙人士举办的沙龙活动。诗人通过普鲁弗洛克的所见、所思、所想揭示了第一次世界大战期间西方资本主义社会阴沉晦暗、腐朽落后的景象以及上流社会和普通民众附庸风雅、精神散漫、心灵空虚的整体面貌。普鲁弗洛克向往上流社会里的生活，但他与他所接触的上流人士有着本质的不同，他憎恶他所置身于的丑恶的社会现实，很想砸烂这个可恶的世界，建立一个崭新的世界秩序。但普鲁弗洛克知道自己不是个英雄，当真正的英雄出现的时候，他和那些腐败透顶、颓废没落的西方文化的代表就会退出历史的舞台。诗人在诗中批判了一战期间西方人的迷惘、消沉和颓废，也表达了自己对西方人必将走出迷雾，迎来新时代的期盼。诗人采用意识流手段来反映上述内容，描写、刻画得细致、生动、具体、丰满，创新和发展了惠特曼在诗歌创作中所开创的心理描写的手法。在艺术特征方面，本章结合诗歌的思想内容详细地分析了意识流、内心独白、自由联想、解释、半引语等技巧的应用，还分析了反语、明喻、象征、借代、夸张、暗喻、重复、对偶、平行结构等修辞手法在诗歌中的使用，最后，本章研究了该诗的音韵节奏。分析了每节诗的韵式，认为诗人在 20 世纪 20 年代仍对传统的格律有着执着的坚持，实属不易！另外，本章还分析了头韵和行内韵的使用，这些韵增添了诗的韵味。全诗的基本节奏为抑扬格，以抑扬格五音步的诗行占多数。抑扬格五音步的大量使用也在一定程度上破除了意识流非理性的思维传统。在这一部分，本章详细地分析了诗歌各部分的节奏与它们的情节内容、思想情感之间的关系，说明节奏是服务于诗的思想内容的。该诗可视为半格律半自由诗，但归为现代英语格律诗更为适宜。该首诗为一首典型的现代主义诗歌，它在内容和基调上包含了一些悲观主义的因素，但诗人在诗的最后为读者指明了希望的出路。诗人在最后所点燃的希望的明灯也让美国人看到美国梦有破镜重圆之日。诗人以这首意识流长诗为美国民族主义文学的发展作出了自己独特的、卓越的贡献。

第四章为“加里·斯奈德和他的经典诗歌”，本章共三节。第一节为“论加里·斯奈德和他的《乱石扶墙》”。第二次世界大战在美国社会里诞生了“垮掉的一代”，加里·斯奈德是“垮掉的一代”的代表人物，准确地说，他是垮掉派所衍生的一个分支“旧金山文艺复兴”派的重要诗人。加里·斯奈德在早年就对自然、生态文明表现出浓厚的兴趣，他将自己的这一兴趣融入到诗歌创作中，探讨自然和文化之间内在的关系。在《乱石扶墙》中，诗人将创作时选词同砌墙时用砖进行了比拟。他吸取了意象主义诗歌创作的一些原理，意象主义诗歌注重意象的瞬间性、简约性、新鲜和生动性，加里·斯奈德认为，诗人作诗对词语的选择应注意吸取这些特点，这就如同建筑工人在选定和放置石头之前不要作太多的考虑、思量一样。本节认为，斯奈德的观点有其合理之处，但也不能做得过分，因适切、生动的意象是通过反复的实践产生的。加里·斯奈德还吸取了后现代主义的一些创作特征，认为诗歌语言的意义就像漫游的行星发出闪烁不定的光辉一样，具有开放性、不确定性这样的特征，但他用“rocky sure - foot trails”（充满岩石的，但却可以稳步前行的小道）来暗指文学文本的意义并非完全的不确定，它是可以把握和理解的。最后诗人还认为诗歌语词的意义不是孤立的，它们是相互联系、相互依存的，诗歌词语的意义同万事万物一样会发生着变化。在艺术特征方面，该诗风格朴实，质地较敦厚。诗中用了一些隐喻，有的带有多重性、蕴藉性，隐喻生动形象。诗的语言十分精炼，诗行短小精干。本节推断，诗人吸取了中国古典诗歌中五言、七言诗的一些特点。诗人在英诗创作中创造性地吸取了汉语重意合的一些特点，促进了不同语言文化之间的互鉴交流。诗的基本节奏为抑扬格，变格较多。各部分的变格都同每一部分的思想内容、情感意义紧密相关。诗中使用了不少腹韵、一些头韵和行内韵，增添了诗的韵味和乐感。诗人以人们习见常为的一些行为来阐述较为深奥的原理，揭示了物质生产行为同精神生产行为具有相似性、一致性这样的特点。诗人在艺术形式上的创新为美国民族主义文学的发展作出了一项重要的贡献。斯奈德无“东方主义”思想，具有包容精神，有助于美国梦的腾飞。

第二节为“论加里·斯奈德和他的《皮尤特小溪》”。《皮尤特小溪》描写了诗人对自然的一种精细的观察，以及他对自然的一种感悟。诗人吸取了我国古代山水诗的传统，根据自然景观有感而发，写作时情景交融。诗的第一节写景，第二节抒情，写感受。诗中的遣词用语影射了20世纪50年代末美国人民所面对的沉重的社会现实。诗人于山水间获取欣悦的力量，这力量可以超越现实的藩篱。诗人于山水中还可领悟到人生的真谛。诗人以倡导人们回归自然的方式来对抗美国的现实社会秩序、主流文化价值观，从美好的自然中吸取道德上的教益，这与我国古代的一些山水诗人相类似。本节还论述了中国古代山水诗对美国的后现代主义诗人加里·斯奈德具有吸引力的原因。山水所具有的自然本性能使后现代主义诗人吸取道德和精神力量。该诗的后现代主义特征主要表现在它的语言风格上。诗人吸取了中国古代五言、七言诗的一些特点，汉语重意合的特征，他将这些特点、特征应用到英诗创作当中，这种对汉语语言特性的借鉴吸取在英语中产生了很好的美学效应。诗歌所具有的这些独特的艺术特性也构成了后现代主义文学文本的语言风格。在语言风格上，该诗还应用了象征手法，使语言隽永、深刻。诗中还使用了一些修辞手法，使语言生动形象。诗使用了头韵、腹韵、行内韵等，增添了诗的韵味。全诗的基本节奏为抑扬格。节奏变格多的有三处，分别分析了节奏变格与各处思想内容、情感意蕴的关系。诗节奏变格较多，但用得精到、巧妙、合理。该诗属半格律半自由诗。加里·斯奈德应为美国文坛上在后现代主义文学运动时期注重中西方文化交流的第一人，他通过诗歌创作证明了两种语言之间具有互鉴性、可沟通性。加里·斯奈德通过诗歌创作让美国政府、美国的主流文化注重人精神层面的建设和发展，这对美国梦的腾飞是有益的。

第三节为“论加里·斯奈德和他的《会见群山》”。《会见群山》系一首简易通俗的自然诗。诗人描写了自己在自然界中欣悦激动的心情。诗人与自然和谐地融为一体，这应和了中西方哲人所探讨的审美移情说。本节分析了中国传统文化中的移情说和西方人所言的移情说之间的差异，并认为朱光潜的移情观综合了中西方人对移情说的不同观念，具有一定的普遍性，但不太适合作为西方人对移情说的代表性观点，而加里·斯奈德，作为一名美国诗人，在诗中所运用的移情应是一种典型的中国传统文化中的“物化移情”。中国传统文化中的物化移情，其实质是天人合一。加里·斯奈德描写、赞美自然，同他自幼培养出的爱自然的特性有关，也同他对社会现实的关注有很大关系。诗人创作了大量的自然诗，抒发了对自然的热爱，这同他所身处的 20 世纪 50、60 年代的美国特定的社会环境有关。20 世纪 60 年代是美国历史上风云际会的年代，在这一时期，改革、创新、发展与动荡、骚乱、无序并存。在这样的社会背景下，诗人想到自然中去寻找温暖，获取人生的智慧和力量来应对现实的各种挑战。诗人通过人与环境和谐相处的形象描画，启迪人们要珍爱自然、维持社会稳定、追求自由和纯净的社会空气。诗押了一些脚韵，但不符合传统格律诗韵脚的规范。诗中还用了一些行内韵和头韵，这些韵给全诗带来了较强的乐感。诗的基本节奏为抑扬格，诗的节奏变格很少，这关联着全诗的思想内容、情感意蕴，因诗中洋溢着热爱大自然的充沛情感，探讨了人与自然融为一体的思想，这样的情调、内容需要较为规整流畅的节奏。诗的语言朴实清新，意境秀丽，文风自然。诗歌的句法结构借鉴吸取了散文的句法特点，这一特点易于诗人表达自己沸腾的情感。诗人在艺术内容上借鉴吸取了浪漫主义诗人布莱恩特的一些特点，为美国民族主义文学的发展作出了贡献。诗人在社会动荡的年代提出天人合一的思想，这是在为社会的稳定、平衡寻找良方佳法，它为美国梦的内涵增添了新的内容，为美国梦的腾飞提供动力源泉。

第五章为“詹姆斯·兰斯顿·休士和他的经典诗歌”，本章共两节。第一节为“论詹姆斯·兰斯顿·休士和他的《黑人说河流》”。休士为 20 世纪 20 年代哈莱姆文艺复兴运动的代言人，他和他的同伴一道为黑人文学艺术的繁荣做出了不可磨灭的贡献。《黑人说河流》在某种程度上能体现该运动的一些宗旨。诗中提到的一些著名的河流以及埃及的金字塔都说明人类文明的发展成就是世界各民族的人民，不论他们是何种肤色、来自于何方共同努力、一起奋斗所取得的，黑人在人类文明的进步、美国和非洲的繁荣发展方面做出了杰出的贡献，取得了显著的成绩。休士为这些成就而感到骄傲自豪，也为黑人在美国一直未能得到与白人相同的社会地位，经常遭受种族主义者的欺凌和压迫而感到愤懑、心痛。诗隐约地透露出黑人要为自身的解放彻底奋斗的意愿。该诗为一首自由诗，诗中用了大量的头韵和两处行内韵，增添了诗的乐感。诗吸取了惠特曼自由诗富有演讲词风采的特点。诗的语言结构十分规整，语意明朗。诗中使用了象征、隐喻、类比、重复等手法，使诗的文采较为华美，想像丰富。休士的这首自由诗应和了英美现代主义文学要求创新变革的呼声，为美国的民族主义文学的发展作出了自己的贡献，诗的思想内容又是对哈莱姆文艺复兴运动宗旨的一种阐发和弘扬。诗人对黑人和白人应享有平等地位的诉求、呼吁和声扬是对美国梦的腾飞所添加的一种动力。

第二节为“论詹姆斯·兰斯顿·休士和他的《母对子说》”。在《母对子说》中，黑人母亲对儿子进行了教育和勉励。她首先讲述了自己艰辛曲折的人生之路，然后她告诉儿子，尽管生活黑暗无光，但她并没有放弃，最后她勉励儿子要执着坚定地前行、努力地去奋斗。全诗反映了美国黑人在美国社会里的悲惨遭遇，从一个侧面揭露了种族压迫、种族迫害、种族隔离、种族歧视对黑人身心的摧残，也显示了黑人在这种种族隔离制度压迫下所表现出的坚强意志和同环境作抗争的战斗精神。全诗用黑人英语写成，语言朴实、简单。语调亲切、温和。诗的语调还于凄婉和略带悲戚感中透出一股坚强的品格。语言生动形象，用了暗喻、重复修辞手法。全诗为一首自由诗，但用了少量的韵，如全同韵、腹韵等。此外，还用了不少的头韵，这些音韵增添了诗的乐感。诗在艺术形式和艺术内容上符合西方现代主义文学的发展要求和发展趋势，对美国的民族主义文学发展是一个了不起的贡献。母亲的诉说有利于人们认识并重视美国社会里一个根深蒂固的问题——种族问题，而要实现美国梦也必须彻底根除这一痼疾。

以上是本书五章各节的内容概要。本书研究的这五位诗人是20世纪美国文学史上极其著名也是非常重要的诗人，所研究的诗歌也都是美国文学中的名篇佳作，其中有些诗歌在世界文学史上都占有很重要的地位，历经世纪风雨的演变仍闪耀着夺目的艺术光辉。在20世纪美国文学史上，除上述五位诗人外，还有一些诗人，他们也相当有名，其诗作也不乏出类拔萃、闻名海内外的，这些诗人中有埃德温·阿灵顿·罗宾逊（Edwin Arlington Robinson，1869—1935）、卡尔·桑德堡（Carl Sandburg，1878—1967）、华莱士·史蒂文斯（Wallace Stevens，1879—1955）、希尔达·杜利特尔（Hilda Doolittle，1886—1961）、卡明斯（e·e·cummings，1894—1962）、艾伦·金斯堡（Allen Ginsberg，1926—1997）等等，他们以其著名、优秀的诗作共同创造了美国文学一个又一个繁荣昌盛的景观，为美国民族主义文学的发展作出了杰出的贡献。这些诗人及其经典诗歌在以后美国诗人及其诗歌的专题研究中将一一加以讨论。

后 记

万木萧疏、百花凋谢的一个初冬的早晨，我于住宅小区毓秀花园内锻炼、漫步，忽见一株葱郁苍翠的茶树上开出了一朵鲜艳夺目的茶花。花朵娇艳秀丽，近处看时，时有暗香盈袖。我欣喜异常，在旁久久凝视，想到今日适逢我的这本书脱稿之际，茶花突然向人间展露其美丽的容颜，莫非是大自然在这寒冷的冬天向我表示特殊的恩惠，对我多日的劳动给予一份特别的回报？

我在 2017 年 6 月份出版了一部《美国浪漫主义诗人及其经典诗歌研究》之后，便踏上了 20 世纪美国重要诗人及其经典诗歌的研究路程。以前讲授“美国文学”课程时，诗歌部分因课时有限，一般讲到罗伯特·弗罗斯特为止。弗罗斯特以后的诗人及诗作一般没有时间讲。翻看“美国文学”教材，厚厚的一册或两册放在面前，常常颇感遗憾。在决定进行美国诗歌研究时，我就打算在结束前一部分浪漫主义诗人及其经典诗歌研究之后，将后面的美国诗歌部分也作深入的研究，还以论著的形式来撰写。从 2017 年 6 月份着手写作，度过了漫长的炎炎夏日，到今天为止，全部书稿已完成了。看着面前厚厚的一迭书稿，其内心的喜悦、兴奋之情是可想而知的，那心情就如今日看到料峭的寒风中那一朵鲜红灿烂的茶花一样。

本书中所选用的诗歌全部选自以下几本教材：一、《美国文学选读》（第二册）（杨岂深、龙文佩主编，上海译文出版社，1987 年版）；《美国文学选读》（下册）（李宜燮、常耀信主编，南开大学出版社，1991 年版）；《美国文学欣赏》（第二版）（吴定柏编注，上海外语教育出版社，2009 年版）。这几本教材也是我近二十年来上“美国文学”课所使用过的教材。解读诗歌大意时，本书参考了上述教材中编注者、编者所提供的词语解释，在此，特向上述教材的主编、编注者、编者表示衷心的感谢！

研究本课题时，涉及诗歌的节奏、韵律、诗歌体裁的确定等问题，我参考了吴翔林著的《英诗格律及自由诗》（商务印书馆，1993 年版）。吴先生在书中所阐述的方法十分实用，也很科学合理。吴先生虽已仙逝，但我仍然要向他送上我诚挚的感激，愿先生于九泉之下能知悉、领会我对他的这份敬意和谢忱。若没有吴先生这本书的指导，要想顺利地完成本课题的研究，那是难以想像的。

妻子林青女士完成了本书绝大部分内容的文稿录入工作，特表谢意！

2019. 1. 30